Tensei shitara
Kurojishiouji no
otomodachi deshita!

oishiku taberarete
hanryo ni
narimashita.

Tensei shitara Kurojishiouji no otomodachi deshita!

転生したら黒獅子王子のお友達でした！美味しく食べられて伴侶になりました

oishiku taberarete hanryo ni narimashita.

猫梟・由麒しょう

Presented by Nekofukuro・Sho Yuki

yum

Cover illustration

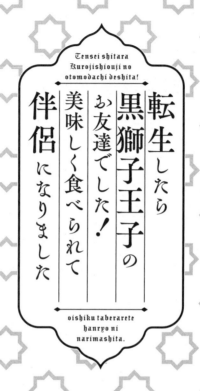

この物語はフィクションであり、
実際の人物・団体・事件等とは、いっさい関係ありません。

Contents

P.007
16歳——恋の季節

P.117
ファウス16歳——俺の一番大切な人

P.139
18歳——大好きな人は甘えん坊

P.208
ファウス18歳——俺の最愛の人

P.217
サバイバル・ハネムーン

P.283
一番初めの贈り物

P.299
はやく大きくなぁれ！

P.333
探せ！アダルの婚活必勝法

紹介

テオドア・メディコ
（テオ）

医学博士の息子で、
前世は日本人だった記憶を持つ。
ラヴァーリャ王国で
ファウスに出会い「ご学友」になる。

ファウステラウド・ヴェネレ・オルトラベッラ・ラヴァーリャ
（ファウス）

ラヴァーリャ王国第二王子。
百年ぶりに生まれた黒獅子獣人。
食べ物の好き嫌いが多いが、
テオの料理は大好き。

アダルベルド・ラヴァーリャ・コーラテーゼ（アダル）

貧乏公爵家の後継ぎ。獅子獣人。
体力勝負に強く、いつも陽気で前向き。

シジスモンド・アルティエリ（シジス）

成金子爵家の後継ぎ。獅子獣人のハーフ。
観察力が高く、狙った商機は逃さない。

シモーネ聖下

聖女を信奉するラヴァーリャ国の
最高司祭にして王弟。白獅子獣人。
気さくで優しいが一筋縄ではいかない麗人。

バルダッサーレ殿下

ラヴァーリャ王国第一王子。
黄金の獅子獣人。
苛烈な性格だが、なぜかシモーネには弱い。

16歳

恋の季節

三

　バルダッサーレ殿下がぼくの膝で眠っていたのは明け方までだった。

　ぼくは眠れないと思ったのに、気がつけば寝ていた。緊張していたはずなのに、疲れていたのか、図太いのか自分でも分からない。

　夢の中で、ずうっと大きな岩を抱えていたような気がする。バルダッサーレ殿下がぼくの膝を枕に寝たせいだ。

　夏の朝は早い。

　まだ冷たい空気の中、陽が昇り始めた頃、殿下はぼくを押しつぶしていたことに気がついたようだ。

　ごそごそと身じろいだせいで、ぼくも目が覚めた。

「昨日……私は、お前に何か言ったか」

　大あくびしながら、バルダッサーレ殿下は眠そうな目で呟《つぶや》く。

　ぼくは、とっさにどう答えたものか迷う。

　なかったことにしたいのは、シモーネ聖下への愛を告げてしまったこと？　バルダッサーレ殿下は、「口づけを」と言ったのだから。

「忘れろ。そうすれば、昨夜、野良猫が来た件は見逃してやる」

　気だるげにそう言うと、バルダッサーレ殿下はもう一度ごろりと横になる。

　起きて自分の寝室に戻るつもりじゃなかったのか。単にぼくの膝の上に乗っかっていて寝心地が悪かっただけらしく、枕を抱きかかえてまた寝ようとしている。

「あの、ぼくは……」

「お前もまだ寝ろ。まだ早い」

　起きるには確かに早いけれど、ファウスと一緒に寝るのも止めたのに、そのお兄さんと眠れるかな。

　男同士、雑魚寝《ざこね》する気持ちになればいいのかな。

　ぼくが枕と掛布を抱えてまごまごしていると、黄金の瞳が眠たげに開いた。

「お前は、私が伴侶にと招いた。同衾して、何が悪い？」

「え、え？」

　安らかに眠ろうとするバルダッサーレ殿下とは逆に、ぼくの目は冴えてしまった。

確かに、ぼくはバルダッサーレ殿下が伴侶にしたいから、ファウスと引き離したことになっている。

このままじゃ、客観的には、連れて来られたその日に、手を出されたことになってしまうのか！

実際は、ただ膝枕しただけだけど！

ファウスに誤解されたらどうしよう！　誓ってぼくはそんなことはしないぞ。

「ぼくは、そんなつもりではありません！」

「耳元で叫ぶな。響く」

鬱陶《うっとう》しそうに、殿下は目を閉じたまま文句を言う。

「だって。だって、殿下！　起きてください！　自分のベッドに帰って！」

慌てたぼくは、何とかバルダッサーレ殿下を説得しようとした。

ぼくを無視して眠ろうとする殿下の肩を、がくがく揺する。機嫌を損ねたら怒られるとか、殴られるとか、そんなことは頭に浮かばなかった。

とにかく、ぼくとバルダッサーレ殿下との間に何かあったと思われるのは困る！

とっても困る！

ぼくはファウスの、必ず助けに来るという言葉を信じると誓ったばかりだ。傷だらけのファウスの前で、一度ぼくが先に諦めてしまっているのだから、これ以上ファウスの気持ちを無駄にしたくはない。

「煩い。このベッドも、私のものだ」

揺さぶるぼくの腕を、殿下が摑《つか》む。そのまま、ぐいとぼくを抱き枕のように抱え込んでくる。

確かに、この宮殿のものは全てバルダッサーレ殿下のものだから、寝室のベッドもここのベッドも殿下のものだけど！

そういう事じゃないんだ。

ダメダメダメ！

ジタバタぼくが暴れると、ますます強く抱きついて動きを封じようとしてきた。

息が苦しい。ぐぬう。セリアンの馬鹿力。

「騒ぐな。頭に響く。眠れんだろうが」

「ただの二日酔いですよ！」

「煩い」

わざと大声を出してやると、バルダッサーレ殿下は嫌そうに眉を顰《ひそ》める。本当に頭に響くのだろう。

酒に逃げているから、ぼくに意地悪されるんだぞ。

「離してくれないと、聖下に、バルダッサーレ殿下にいやらしい事をされたって言います！」

ぱっと、腕が離れた。

ぼくはごろごろ転がって、バルダッサーレ殿下から距離を取る。

「叔父上に余計なことを言うな」

「言います。恥ずかしくて、とても口にできない事をされてしまいましたって、嘘泣きします」

「……」

のそりとバルダッサーレ殿下は起き上がる。

「聖下」の威力は絶大だった。

頭がくらくらしているのは本当らしく、座り込んだままじっとしている。

「誰が、お前みたいなガリガリのチビを抱くか」

「聖下がそれを信じてくれれば良いですね」

「……」

ぼくは完全に虎の威を借る狐になった。

でも、ファウスに妙な誤解をされるぐらいだったら、いくらでも聖下の名前、つまりバルダッサーレ殿下の叶わない恋を利用するつもりだ。

そもそも、初めにぼくとファウスに嫌がらせをしてきたのは、そっちなんだから！

ぼくが泣いて諦めると思ったら大間違いだ。

「お前に手出ししていないと、ファウステラウドに直接言う」

「本当ですね？」

「お前も、叔父上に妙な嘘を吐くな」

「バルダッサーレ殿下が約束を守ってくださるなら、言いません」

ぼくとバルダッサーレ殿下は、お互いに弱点を握り合った。

瞼《まぶた》が半分しか開いていない黄金の瞳が、面倒くさそうにぼくを見て、頷《うなず》く。そのまま立ち上がるのかと思ったら、もう一度ベッドに転がった。

「ファウステラウドには言ってやるから。もう少し寝かせろ。眠い」

「殿下は……そうやって女の人のところに転がり込むんですか」

「人聞きの悪い。大抵の女は向こうから伸し掛かってくる」

生々しい言葉を、半分夢の中でバルダッサーレ殿下は呟いていた。

ふらふらになるまで酔っ払ったバルダッサーレ殿下は、ぼくに「慰めてくれ」とか言って抱きついてきたものなぁ。ぼくは膝枕で済んだけれど、大人の殿下に「慰めて」と言われて、膝枕して撫《な》で撫でして終わりだと思う女の人は少ないだろう。もっと色っぽくて大人な展開に発展してもおかしくない。

「あー……そうか」

ぼくは、ふと、殿下の御相手として名前が挙がる人達の容姿に思い至った。年上で、色白な女性が多い。ラヴァーリャ人らしい褐色の肌、濃い色の髪と瞳の人ももちろんいるけれど、殿下に注目している人が見れば、殿下の好みは色が白い人だと気づくぐらいには多い。

そして、殿下のお妃《きさき》候補に挙がった姫君たちも、明るい色の髪と瞳をした、比較的色白な人達だった。

そして。

聖下は白金の髪と蒼い瞳をしている。ぼくと同じぐらい色が白いのを、ファウスは「魔法を使うセリアンは色素が薄い」とか言っているけれど、色素欠乏症の気があるんだろう。

ファウスが黒獅子《くろじし》なら、聖下は白獅子なんだろうな。

「そんなに好きなら、好きって言ったら良いんじゃないですか？」

二度寝の体勢に入ってぐうぐう寝ているバルダッサーレ殿下に言ってみる。もちろん聞こえていないし、聞いていても無視されるだろう。

「ぼくも、言えませんけれど、ね」

ぼくだって言えない。

ファウスは気軽に好きって言ってくれる。とても嬉《うれ》しい。でも、ぼくも好きですとは言えない。

ぼくはファウスの従者で、一生傍《そば》にいたいけれど、その立場はあくまで臣下だ。

バルダッサーレ殿下だって、同じだろう。

聖職にあって聖女のために存在している聖下に、愛を乞う事ができないのだ。

ファウスに好意を示してもらえるぼくですら言えないのに、親族としての愛情はあっても、恋愛対象としては認識されていないバルダッサーレ殿下が、口にできない気持ちは、ぼくにも理解できる。

昨夜、恋心を滅多刺しにされて深酒してしまったバルダッサーレ殿下の心情を思うと、少しだけ同情した。

あくまで少しだ。

ファウスに怪我《けが》をさせたことは忘れてないからね。

朝からバルダッサーレ殿下は不機嫌で、従者の人達にはピリピリと緊張感が張りつめていた。

新入りの従者になるはずのぼくは、殿下の寵姫《ちょうき》扱いだった。お世話のお手伝いを命じられることもなく、キラキラな衣装を着せられている殿下を見物しているだけだ。

ぼくが従者から貴人扱いになったのは、初日からぼくのベッドに殿下が潜り込んだからだよ！

とんだ風評被害だ。

しっかりとファウスには言い訳してもらわないと困る！

そんなことを考えながら、バルダッサーレ殿下は黙っていたら、ただの美形王子なのになぁ、と残念な評価をしていた。

ファウスをもっと大人っぽくして、金髪にしたらバルダッサーレ殿下になるので、笑顔を見せたらもっと格好良くなると思うんだけれど、殿下は渋面《じゅうめん》だ。

ファウスがみんなの愛され王子なのは、いつも朗らかだからだと思うんだよね。誰でも、笑顔の人に敵意は持ちにくいし、不機嫌そうな人には警戒する。

バルダッサーレ殿下にも言い分はあるだろうけれど、今日不機嫌な理由は聖下に見捨てられたことと、二日酔いだ。自業自得な事情で周りに当たり散らすのは、良くないと思う。

ファウスはそんな事しない……こともない。ファウスも甘えん坊な我儘《わがまま》王子だからな。拗《す》ねたり不貞腐《ふてくさ》れることも、たまにはある。

でも、お世話をしてくれる女官さんに当たり散らす前に、ぼくに甘えたり、アダルやシジスと一緒に遊んでいるうちに忘れてしまう。

「あ」

ガシャン！

殿下の着替えを手伝っている女官さんが、緊張しすぎて重い装飾品を落としたらしく、大きな金属音が響く。

「煩い！」

「申し訳ございません！」

音が二日酔いの頭に響いたのか、殿下が怒鳴る。

女官さんが泣きそうな顔でひれ伏す。

不機嫌な殿下が怒鳴るのはいつもの光景のようで、従者の人たちは硬直しつつも「またか」という空気に包まれる。嵐がすぎるのを、頭を伏せて待つような雰囲気なのだ。

ミスをした女官さんの上官なのか、少し年嵩《としかさ》のセリアン女性が「申し訳ございません」と頭を下げて、小さくなっている女官さんを下がらせる。

「怠慢だ」

「重ねてお詫《わ》び申し上げます」

不機嫌に吐き捨てた殿下に、偉い女官さんは深々と頭を下げた。

皆、中断された着替えの続きを始めて良いものか、戸惑っている。するとまた苛立《いらだ》った殿下が眉を顰める。

「いつまで私を裸で待たせるつもりだ！」

「申し訳ございません！」

雷のように怒鳴られて、一番近くにいた人が首を竦《すく》めて謝っている。

殿下が怒るから、怖がって周りが萎縮して、またミスを繰り返す。

ううーん、絵に描いたような悪循環、パワハラ上司だ。そして、誰もそれを殿下に指摘できない。

「バルダッサーレ殿下」

「なんだ」

「お茶をお持ちしましょう」

「要らん」

「では、お水を」

「要らん。何も口にするつもりはない」

殿下の矛先が部外者のぼくに向いた途端、てきぱきと女官さん達は動き始める。

ぼくの一つ目の思惑、硬直した雰囲気を壊すことは、ひとまず達成された。

もう一つは、水分をとらせることだ。

聖下に冷たくされて落ち込んでいるところに、二日酔いで体調が悪くて、余計に自制がきかなくなっているんだ。

人は誰でも、体が悪い時は心も落ち込む。心が辛いときは、体も元気がなくなる。二日酔いの症状ぐらいは軽減させなければ、バルダッサーレ殿下の暴走は止まらないだろう。

「朝食を召《め》し上がられる時にでも、お茶を……」

「朝は要らん」

頭痛と吐き気。

典型的な二日酔いの症状だ。

皆慣れているのか、殿下がそのまま仕事に行くものだと思っている。

「では、せめてお茶を三杯飲んでからお出ましくださ い」

「要らんと言っている！」

しつこいぼくを怒鳴りつけるバルダッサーレ殿下。

ぼくも、びくっと体が震えたけれど、ここで引き下がっても良い事はない。

それにぼくは、殿下の弱点を手に入れていた。

徹底的に、虎の威を借る狐にならせてもらう。

ぼくはファウスに怪我をさせたことを、根に持っているんだから！

「ぼくは今日、聖下にお会いします。殿下のいらっしゃらないところで」

「さっさと茶の用意をしろ」

バルダッサーレ殿下は、一瞬で手のひらを返した。

聖下という名前の虎は、ものすごく良く効いた。

四

大人しくお茶を飲んでから執務室に向かったバルダッサーレ殿下は、ぼくまで同行させた。

ぼくの専属となってくれた侍従官トルフィさんが、下級文官の制服を見繕ってくれたので、官僚が出入りする表側の行政区画にいても悪目立ちはしない。

バルダッサーレ殿下に言われるままに、ちょこちょこ小走りについてきたぼくを、護衛役の武官の人達は不思議そうに見ている。

バルダッサーレ殿下は、身長に見合って足が長く、当然ぼくより歩幅が大きい。その長い足で、更に早足で歩くので、ぼくはついていくのが大変だった。

ファウスを始め、アダルやシジスと一緒にいる時は、そんなことを感じたことはなかった。みんなぼくに合わせてくれていたんだろう。

改めて、みんな優しいな。

早くファウスのところに帰りたいな。

比べて、バルダッサーレ殿下は地味に意地悪だ。

尻尾が楽しそうにゆらゆらしているから、絶対ぼくガゼイゼイ言いながらついて来ていることが分かっている。

一晩一緒にすごしたから分かった。

バルダッサーレ殿下は、あの傲慢な態度ほど他人の思惑に無頓着じゃないし、周りのことも見えている。

気づいていても、無視しているだけだ。

今だって絶対、意に反してぼくにお茶を飲まされた仕返しをしているんだろう。

とうとう姿が見えなくなるぐらい距離が離れると、バルダッサーレ殿下は黙って廊下の途中で立ち止まった。

待っていてくれるのかな、と期待したぼくは浅はかだった。追いついてきたぼくを、バルダッサーレ殿下は無造作に小脇に抱えたんだ。荷物みたいに。

さらに「遅いぞ。鈍足」と失礼なことを呟き、そのまま歩き出したのだ。

なんなんだ、この扱いは！　持ち運ばれるのは楽だけど、ぼくにだって見栄というものがあるんだ。

もちろんぼくは「聖下に……」という切り札を切ろうとした。

「私が望んで招いた婚約者候補を、大切にして何か問題があるのか？」

シレッとそんなことを言う。

ぼくの方を見もしない黄金の眼差《まなざ》しはトボケているけれど、唇の端がニヤニヤしているから、絶対ワザとだ。「大切にする」なんて欠片《かけら》も考えてない。

聖下相手には、絶対こんなことしないくせに。

しかも警護している武官さん達は、手荷物扱いのぼくを見て、「殿下御自ら、抱きかかえて運ばれるとは」とか驚いている。

いや。これは抱きかかえているんじゃなくて、持ち運ばれているんだ。合っているのは「運んでいる」ことだけだ。もっとちゃんと見て欲しい。

ぼくは憮然としたまま、バルダッサーレ殿下はニヤニヤしたまま、執務室まで辿《たど》り着いた。


成人した王族であるバルダッサーレ殿下は、当然公的な役職にもついていた。

手荷物扱いで入室という屈辱に震えたぼくだけれど、将来ファウスも似たような仕事をすると思えば、見学したくなる。

ファウスのお勉強は、政務について学ぶためのお勉強であって、具体的な仕事内容の説明にまで至っていないのだ。貴族議会に席はできても、ファウスはまだまだ子供枠だ。

その辺りは、バルダッサーレ殿下が結婚してしまえば事情が変わってくるのだろう。

バルダッサーレ殿下は、ラヴァーリャ王都の部分的な行政官を担っているらしい。

らしい、というのは何の説明もなく仕事が始まったからだ。

殿下の元に決裁を求めてやってくる案件の内容は、聖堂との利権関係であったり、メインストリート周辺の商業許可の権利であったり、税収の話だった。

やることがないので、大人しく部屋の隅っこに立って話を聞いていれば、だいたい王都の中心街辺りが担当なのだと予測がつく。

「退屈か?」

朝一で決裁待ちをしていたのだろう、官僚の群れが引いた時に、バルダッサーレ殿下は面白がるようにぼくを振り返る。

ほら、絶対にぼくの存在を忘れたりなんかしない。

わざと放っておいて、退屈させて意地悪しているんだ。

意味の分からない話を延々と聞かせて、眠くなったら馬鹿にしようとしているのだろう。パワハラ上司気質め。

「興味深いお話でした。しかし、ぼくが聞いてしまっても良いものでしょうか。いくつか贈賄の申し出のようなお話もありましたが?」

わざとヒヤリとしそうなことを言ってやる。

新しい区画開発に参入したい商会からの贈り物が、法に触れるのか触れないのか、ぼくには分からない。

行政官としての当然の旨みかもしれないし、規模としては見逃される程度なのかもしれない。

「ほう。今の話で、それを?」

一息つくつもりなのか、バルダッサーレ殿下は執務室の扉を閉めさせる。

大きな椅子《いす》の向きを変えて、ぼくを覗《のぞ》き込む。

黄金の瞳が楽しそうに瞬いていた。

意地悪め。

「王への税に加えて、殿下の厩舎《きゅうしゃ》に馬を貸与する話が何件かありました。無期限ですよね?」

「期限は切らなかったな」

悪びれることもなく頷くバルダッサーレ殿下。

　ぼくの前世の記憶でも馬は高価だけど、この世界でも馬は高価だよ。とくに、王族へ献上するような馬は選び抜かれた血統を育てている。それを無期限貸与って、もらったも同然では？

「同じ商会から、贈り物が複数件ありました。一件ずつは少量でしたけれど、回数を重ねれば、それなりの量になりそうだと、聞いていて思ったのです」

「そうか。お前、読み書きぐらいはできるのだろう？」

「はい、基本は父に教わり、その後は、ファウス様とご一緒する機会を頂きました」

　ぼくの最初のお仕事は、ファウスの御学友だ。だから、当然なのだ。歴史も語学も法律も、文学も音楽も算術も一通り習う。法律を読むために古ラヴァーリャ語だって習った。全部覚えているかどうかは個人差があるのだろうけど、機会だけは豊富に与えられているんだ。

　本当は武術の訓練だって受けている。全くついていけなかったけれど、一応は。

　ただ、あくまでも勉強のレベルで、実践として運用したことがないから通用するか自信はない。

「医学者の息子だったな。算術は得意か？」

「人並みだとは思っています。得意と言えるほどではありません」

「……そうか」

　興味深そうに頷きながら、バルダッサーレ殿下は積み上がった資料と決裁書類を捲《めく》っている。

　文官として採用されている人の方が、ぼくよりもよほど頭が良いだろう。

　前世の記憶があって少し有利だったせいか、ファウス達よりは暗算が早いけど、驚かれるほどではない。

「殿下。ぼくがこのままこの部屋にいて良いのでしたら、せめてお茶だけでも淹《い》れさせてください」

　ぼくの答えに興味を惹かれているらしいバルダッサーレ殿下に、ぼくからも提案した。

　ぼんやり立っているだけって暇だし、いたたまれない。いるだけで色々聞いてしまうけど、それが不味《まず》いならバルダッサーレ殿下は出て行かせるだろう。

「その辺に座っていろ。椅子を用意させる。なぜそう、茶を淹れたがるんだ？　私は何も欲しくないから、必要ない」

　ぼくが聞いてしまったことは問題なかったらしい。

咎《とが》められることもなく、茶を飲ませたがることに疑問を持たれてしまう。

「殿下は、まだ頭痛と吐き気を感じていらっしゃるでしょう」

「ああ。いつもの事だ。朝は調子が悪い」

「二日酔いですから」

「あの程度の酒は、翌日まで残らない」

「残っているから何も食べたくないんですよ」

二日酔いで頭が痛い上に、胃腸が荒れているから食べ物を受けつけないいんだよ。

不摂生のせいで機嫌が悪いから、従者は殿下の顔色を窺《うかが》うような態度になるんだ。悪循環だなぁ。

朝の報告を聞いている時だって、ぼんやり不機嫌そうだから、文官さん達はビクビクと殿下の顔色を窺っている。

それでは、起きなくても良いミスを招くだろう。

「それと茶を飲むことに何の関係がある」

「水分をたくさんとって、代謝を促すんです」

「たいしゃ……?」

「聖下も認めてくださったアクア・ヴィダでも構いません」

「叔父上が。たしかに、そのようなものを施していらっしゃると聞いた」

ぼくは説明を端折《はしょ》るために聖下の名前を出す。

二日酔いの仕組みから説明するのは面倒だからな。

どこまでがこの世界の知識で、どこからがぼくの前世の記憶なのか、きっちり分けて覚えているわけでもないし。下手なことを言って、不審がられたくない。

まったく乗り気ではなかったバルダッサーレ殿下が、聖下の名前を出した途端、動きが止まる。

耳がピン、と立ったかと思うとぱたぱたと動き出す。

本当に良く効くな、聖下の名前。

二日酔いで経口補水液までは必要ないだろうけど、あの不味い砂糖塩水を飲ませてやろう。

ぼくを手荷物扱いした報いを受けてもらうのだ。

「叔父上に……」

「聖下も認められた体に良い飲み物です」

「好きなだけ持ってくればいい」

吐き捨てるようにバルダッサーレ殿下が言ったので、ぼくは内心拳を握った。

言ってしまった以上、責任を取ってもらおう。

ぼくは侍従官トルフィさんに頼んで、本当に好きなだけ持ってきてもらった。たぶんティーポット二個分はあるだろう。

ぼくが用意した、アクア・ヴィダこと経口補水液を一口飲むなり、バルダッサーレ殿下は渋い顔をする。

それほどひどい脱水ではなかったのか、経口補水液を不味く感じるのだ。

王子様の舌は甘味だけでは誤魔化せないらしい。

ぼくはニヤニヤしたくなりながらも、澄まして尋ねる。

「不味いですか？」

「貴様、叔父上にこんなものを飲ませたのか！」

「聖下はあの時とても弱っておいででしたから。むしろ美味《おい》しいと飲んでおられましたよ」

「叔父上が、美味しい……と」

マジマジとティーカップに注がれた砂糖塩水を眺めるバルダッサーレ殿下。

脱水症状が出ている時は美味しく感じられるだけで、健康な人にとっては不味いんだけど、そこまで教えてあげるつもりはない。

ぼくは、足の長さの違いを見せつけられた恨みも覚えているのだ。

聖下が美味しいと言ったせいで、バルダッサーレ殿下はそれ以上は不味いと言えなくなったらしい。

ものすごい顔をしながら、黙ってちびちびと舐《な》めるように飲み始める。経口補水液の飲み方としては、ゆっくり飲むのは問題ない。

カップの半分ほど中身が減ると、ぼくがすかさず追加するので、ますますバルダッサーレ殿下の表情が強張る。

「貴様……！」

「聖下が、お認めになりましたから」

「お、おじうえ。なぜ、このようなっ」

「バルダッサーレ殿下にも飲んでいただいたと報告します。その時に、殿下に優しくしていただいていると言えれば、ぼくも嬉しいのですが」

「テオドア・メディコ……！」

「はい。好きに持ってきて良いと仰《おっしゃ》ったので、お代わりはたくさんあります。どうぞ召し上がれ」

「これ以上飲めるか！」

「たくさん飲むお約束です、殿下。文章に誤字がありますす。集中力を切らしておいででは？」

「お前のせいだろうが、テオドア・メディコ」

「ぼくはお水を注いでいるだけです。先ほどから同じ書類を読んでいらっしゃいますよ。数値が二箇所ほど間違っていますね」

悔しそうにしながらも、バルダッサーレ殿下は、ぼくが淹れただけちゃんと水を飲んでしまうので、つい調子に乗ってしまった。

ティーポットを構えて傍にいるせいで、殿下の手元がよく見える。

見てしまうと、書類の中身も読めてしまうので、つい要らない指摘までしてしまった。

「この短時間で、書類の中身が把握できるのか?」

ティーカップに口を付けながら、バルダッサーレ殿下の目はギラギラと光っていた。

怒っているなぁ。

でも、怒鳴りつけたり、人に暴力を振るったりしない程度には冷静だ。

ファウスさえいなければ、この殿下はちょっとパワハラ気味で怖いだけの人なのかもしれない。

いや、これでも十分迷惑か。

「ぼくはずっと殿下の隣に立っているんですよ。読む時間ぐらいはあります」

「そうか。公式文書を読み取り、間違いを指摘することができる程度には理解できる。計算も早い……」

カップの縁を嚙《か》んでぶつぶつ独り言を言う殿下は、王子様らしくなく行儀が悪い。よほど中身の水が不味いのだろう。

「殿下。さぁ、水が減っていますよ」

「飲んでいる途中で追加するな」

「聖下はこの水をお喜びになって、命の水、アクア・ヴィダとまで命名なされたのに」

「さっさと注げ。全て飲む」

「お任せください」

投げやりになりながらもバルダッサーレ殿下は、せっせと書類を決裁し始めた。


午前中いっぱい、ぼくはバルダッサーレ殿下に水を飲ませながら、書類の細かいミスを見つける作業に熱中してしまった。

二日酔いの毒が水分摂取のおかげでどんどん代謝されてしまうのか、お昼になる前にはバルダッサーレ殿

下は集中力を切らすこともなくなり、不機嫌そうで気だるい雰囲気も霧散し、ずいぶん元気になってしまった。

結果的につつくミスがなくなってしまい、ぼくとしてはとてもつまらない。

経口補水液も、不服そうな顔をしながら全部飲んでしまった。

最終的には、予定よりも随分と早く仕事が終わったらしい。山ほどあった書類は分類され、再び回収に来た文官の手に渡る。

侍従官のトルフィさんが、お昼前に執務室までぼくを迎えに来てくれた。

「殿下のご命令で、テオドア様のご昼食とお着替えのために参りました。今日の殿下は、とてもご機嫌が麗しいようですね。どのような魔法を使われたのですか？」

穏やかな明るい瞳が、丸く見開かれている。

ぼくはトルフィさんに連れられて部屋まで戻りながら、「二日酔いが抜けて元気になっただけじゃありませんか？」と答える。

たぶんぼくの予測が正解だ。頭痛と吐き気がなくなって、ただ元気になっただけだろう。

不快感が解消されれば、人は誰でも機嫌が良くなる。

「お酒を過ごされた翌日は、一日中不機嫌でおられることが多いのですが。テオドア様をお傍に置かれたせいでしょうか？」

ぼくのお昼ご飯を給仕してくれながら、トルフィさんはさかんに不思議がる。

確かに、ぼくは二人の王子が争うぐらい執着された、婚約者候補という設定だ。ぼくが傍にいるから、バルダッサーレ殿下の機嫌が直ったのだと解釈されたようだ。

それは誤解だ。むしろ朝から、細かく嫌がらせを仕掛け合ってきた。

午後はもう呼ばれないだろう。部屋でぼうっと過ごすしかない。

「殿下から、上級文官の制服を着て、午後もお傍に侍《はべ》るようご命令が来ておりますよ」

「はい？」

「午後は陳情の対応がありますので、お傍にお仕えして記録係をするようにとの仰《おお》せです」

「あれ？」

驚くぼくをよそに、トルフィさんはいそいそと立派な制服を広げる。下級文官とは、生地も仕立ても違うそれは、確かに一握りの高級官僚のものだった。

何が起きているんだろう。

二日酔い対策の水分多量摂取攻撃に音《ね》を上げたバルダッサーレ殿下に疎まれて、午後はぼくのすることがなくなるのかと思ったのだけど、事態は真逆に動きだしたのか？

なぜか、よりピカピカの制服を着せられて、バルダッサーレ殿下の執務室の前室にいる。

前室というか、控え室というか、待合室というか。記録係と聞いて部屋に行ったのだけれど、ぼくが人の顔と話をよく覚えていることや、話を要約することができると知られると、配置換えになった。

駅の待合室みたいに、あちこちに椅子が置かれている部屋と、殿下の部屋を行ったり来たりする業務を割り振られた。

バルダッサーレ殿下は、王都でも中央区辺りの行政官……だと思う。説明してくれないからぼくの予測だ。

都市計画やら、税収の問題やら、法律の問題やら、はたまた治安やら、色々と担当していて忙しそうにしている殿下だけれど、陳情を聞くという仕事にも真面目《まじめ》に取り組んでいるみたいだ。

裕福そうな商人から、王城に上がるために決死の想いで来たんだろうなぁという一般市民まで、二十人ぐらいの人が詰めかけている。

一人につき三十分の時間を取ったとしても、二十人もいれば十時間かかる計算だ。その半分でも五時間。

午後いっぱいはこの人達と話をするために、バルダッサーレ殿下は時間を取っている様子で、ぼくは面会を求めてやってきた人の受付と、簡単な内容の聴取、優先順位の割り振りをさせられた。

ぼくのほかにも二人ほど同じ仕事をしている人がいて、ぼくはただの助手なんだけど、なかなか重要で権限が大きい仕事をいきなり振ってきたよ。

予約制ではないから、基本的には早い者勝ちだ。内容によっては、前後する。とはいえ、午後一にやってきたのに、最後の人が殿下と話すのは日暮れ時なんだよね。

まぁ、王太子殿下と直接お話しできる機会だし、王族相手なので、誰も文句も言わずじっと我慢して待っている。

その間、セリアンの護衛武官という、怖くて強そうな大男にじっと睨《にら》まれて過ごすのはなかなかの試練だ。悪いことはしていなくても、謝りたくなってしまう。

そこで、ぼくみたいな受付係の権限が効いてくるんだよ。

殿下に会う順番を前後させる力があるから。

どうして、こんな大事な仕事をぼくに任せるんだろうかと思いながら、ぼくは「早くしろ！」と喚《わめ》く商人さんを、まぁまぁとお茶を淹れて宥《なだ》め、ガチガチに緊張して水も飲めなさそうな人に、まだ時間はありますからとお菓子を出していた。

人は誰でも、食べるとストレス解消になるから。

それに、王宮で出されるお菓子は、美味しいから、食べていくべき。

残り二人の上級文官はセリアンで、文官といえどもゴツくて怖いのか、ぼくが小さくて子供だからなのか、ぼくには気楽に話したり、お茶を受け取ってくれる人は多い。ついでに無理を通そうとする人も多いけれどね。

徐々に面会者の列が進みだしたころ、新たな面会希望者が来た。ぼくは新人なので、すぐさま対応に出た。

こんな時間に来ても、会えるかどうか分からないぞ、と内心の声を隠して部屋から出ると、そこに立っていたのは、二人のお供を連れた綺麗《きれい》なセリアン女性だった。

セリアンだけあって、ぼくよりも背が高い。シジスと同じぐらいはあるんじゃないかな？

金髪というには少し色の濃い茶色い髪に、蒼い瞳のとても華やかな美貌だ。

「テオドア・メディコの顔を見に来ました」

初対面で、名乗りもなく、来訪の要件を聞かされる。

ぼくは面食らいながら、笑みを浮かべた。

高貴なお方だろうから、顔パスは当然だと思っているのかな？

「バルダッサーレ王子殿下への面会をご希望ではないのでしょうか、レディ……」

「アークィラよ」

「アークィラ様」

ぼくを蔑むように目を細めたセリアン女性、改めアークィラ・ブラン公爵令嬢《こうしゃくれいじょう》はツン、と顎を反らす。

名前を聞いて、ぼくはバルダッサーレ殿下のお妃最有力候補者だと分かった。

ファウスが取り寄せた資料の一番上にあった名前だ。アダルの実家コーラテーゼ家みたいな崖っぷちギリギリ公爵家ではなく、勢いのあるちゃんとした公爵家だ。アークィラ嬢は、王妃になる意欲も実力も備えているのだ。

「殿下には、もちろんお会いするわ。このアークィラがお慰めしなければ。お前は知っているかしら？　あの方は、ああ見えて寂しがり屋なのよ」

勝ち誇ったように笑うアークィラは、とても綺麗だったけれど、ぼくは複雑な気分だった。

酔っ払って「慰めてくれ」をあちこちで言ってるんだな、バルダッサーレ殿下。

深酒の引き金がどこにあるのか知らないけれど、少なくとも聖下に冷たくされた日が入っているのは間違いない。

何回落ち込んで、酒に逃げたんだろう。

お酒に加えて女の人に頼るから、聖下からは早く妃を選べと迫られる悪循環。

ファウスの方が精神的には頑丈そうな気がしてきた。

ファウスが甘える先はぼくと食べ物だからな。周りに迷惑にならないし、健全だ。

どうしようもないバルダッサーレ殿下の私生活を垣間見てしまいながら、ぼくは執務室に続く行列を思った。

まだ十人以上も順番待ちがいるのに、このお姫様に乱入されたら迷惑だな。

列の最後尾に大人しく並んでくれそうにはないし、そうして良い相手でもない。何番目に来ようが最前列にご案内しないといけない相手だ。

「テオドア・メディコは、ぼくです」

仕方なく名乗ると、彼女も毛色の違う文官であるぼくをぼくの姿に、答えを予想していたのだろう。じろじろと頭の先から爪先まで眺める。嫌な視線だ。

アークィラの丸い耳はぺたんと伏せられていて、ぼくに対して警戒しているのがよく分かる。

「どれほどの美童かと思えば、貧相な」

「……」

ぼくの容姿が平凡なのは自覚している。これだけ綺麗な人に、パッとしないと言われても傷つかないけれど、気分は良くない。

「そのみっともないメガネは、どうしても掛けねばならないのかしら？　殿下の御前で無礼でしょう？」

顔を覗き込むためか、ぎゅう、っと力任せに顎を摑まれ、ぼくは悲鳴を堪《こら》えた。

「ないと見えませんのでっ」

ものすごい力だな！　ぼくの顎に、くっきりと手形が付く。

セリアンは女性でも馬鹿力だ。

「小さくて、みすぼらしい」

「……」

ぎりぎりと指先がぼくの顎に食い込んでくるので、既にぼくの目には涙が浮かんでいたが、必死で唇を引き結ぶ。

ぼくが絡まれていることぐらい、周りも分かっているのに遠巻きにしている。

どこから見ても身分の高いお姫様が相手なので、何も言えないのだろう。護衛武官の人たちも、槍を一度動かしたけれど、殿下の身に危険がないので動けないらしい。

「お前が、殿下を誑《たぶら》かしたとの由《よし》。真実かしら？」

ずい、と顔を近づけたアークィラは、ぼくの耳元に怖い声で囁《ささや》く。

「何のことでしょう？」

「お前が、早速殿下の寝所に潜り込んだと聞いたわ」

「……誤解です」

潜り込んできたのは殿下の方です。ぼくじゃありません。

情報の出どころがどこなのか知らないけれど、もう知れ渡ってる。噂《うわさ》が回るのが早すぎて怖い。

頼むからファウスには、こんな話は伝わらないで欲しい。

「では、お前は寝所を共にしなかったというのね？」

「……」

膝枕はしたので、返事に困ってしまう。

処女性を絶対視しないラヴァーリャにおいては、ぼくとバルダッサーレ殿下が関係してしまったとしても、ぼくがお妃になれる保証にはならない。殿下がぼくを気に入らなければ、お妃競争は継続だ。

反対に殿下がぼくの体を気に入ってしまえば、アークィラは大変不利だ。ぼくと殿下の様子を窺いに来たのは、そういう事情だと分かるんだけど。

白昼の。

人目のある廊下で。

昨夜のことを赤裸々に説明することはできない。

断じてできない。

ぼくの立場は無罪を主張するだけなんだけど、ぼくの羞恥心が邪魔をする。

「まぁ、まぁ、まぁ！」

ぼくが顎に食い込む指から逃げられず、爪先立ちになっているところに、今度は芝居がかった甲高い声が響く。

次は誰なんだよ、もう。

「ラヴァーリャの貴婦人は、廊下で子供を苛《いじ》める作法がおありのようですわね！」

「田舎者の山猿が、何をしに来たの？　道を間違って山から下りてきたのかしら？」

「誰が田舎者ですって！」

「自然に降った雪を食べているせいでしょう？　その真っ白い髪は」

「わたくしの美しい髪に、何て言い草かしら。焼け焦げた髪の女は、頭まで焦げ付いているようね！」

ぼくを挟んで、いきなり喧嘩《けんか》が始まった。

しかも、レベルが低い。


きぃきぃと甲高い声で罵り合っているというのに、ぼくの顎を摑んだ指はびくともしない。

痛いから、離して欲しい。

そして、バルダッサーレ殿下の執務室の前ではなく、別の所で拳を交わして欲しい。

夕日に向かって走り去ってくれても良いから、ここは止めて。迷惑だから。

そのうち、キレやすいバルダッサーレ殿下が怒り出すから。彼が怒っていると、皆ピリピリしてとても空気が悪くなるんだよ。ぼくの職場環境のために、止めて。

「失礼ですが、レディ……」

ぼくは、必死で身を捩《よじ》って、背後で叫んでいる女の人を見ようとした。

ようやくアークィラの指が外れる。ひりひりしてすごく痛いよ。

「ヴァローナですわ！　カファロ公国第四公女、ヴァローナ・ビェールィですわ！」

歌うように彼女は答える。

絶対ワザとだろう。執務中のバルダッサーレ殿下に、自分が来ているアピールをしたいんだろうけれど、逆効果だから止めてください。

バルダッサーレ殿下は、聖下がお好きらしいし、聖下は貴方たちみたいに大声で騒ぐ人じゃないんだ。

大勢の信徒を相手に話すことに慣れているせいか、とても静かに、分かりやすく話す。高貴なお方らしい物腰なのだ。

アークィラも、ヴァローナも、上から数えた方が早いぐらい高貴なお方だろうに、この差は何なのだろう。

「声を抑えてください。殿下が執務中です」

「これは、失礼いたしましたわ、小さな野ネズミさま。目ばかり大きくて、キョトキョト落ち着かないところが、とても似ておいでですわね」

「……」

透けるようなプラチナブロンドに、真っ青な瞳をした綺麗な女のヒトが、にんまりと目を細める。

先に現れたアークィラほど大柄ではないけれど、それでもぼくと目線は同じぐらいだ。

滴るような悪意に、ぼくは閉口した。

大きな目、と言われているのは、色付きのメガネの事だろう。ぼくの弱い目を保護するためのメガネは、不自然で目立つのだ。


「お前が、殿下の寝所に潜り込んだ慎みのない野ネズミかしら？　わたくしが駆除して差し上げなければ」

ぎゅう、と今度は頬を摑まれた。

カファロ公女ヴァローナの爪は、綺麗に整えられて尖《とが》っている。その爪で容赦なく摘《つま》まれるから、女性の力でも充分痛い。

「公女殿下、誤解です。ぼくはそんなことはしていません」

頬に穴が開きそうな気分で、ぼくは抗弁した。

ただ膝枕をしただけで、どうしてこんな目に遭わなきゃならないのか。

彼女達が大声で話すせいで、陳情待ちの人達にはぼくがバルダッサーレ殿下と関係があるように見えてしまう。

「まぁ。わたくしはお前に、口を開く権利は与えていなくてよ。躾《しつけ》ができていない、困った野生動物だこと」

「……申し訳……」

謝るのは嫌だけど。腹が立つけれど。ここはぼくが頭を下げなければ、バルダッサーレ殿下の執務室の前の騒ぎが収まる気配もない。むしろ謝っても収まらない気がする。

頬を引っ張られたまま頭を下げるという、難題に挑戦しようとしてるぼくの耳に、新たな足音が聞こえる。

わざとこちらに向かっていることを知らせるように、カツカツと音が反響してきた。

「アークィラ・ブラン嬢！　ヴァローナ・ビェールィ・カファロ公女！　ここで何をしている！」

硬く厳しい声は、ファウスのものだった。

声と同時に、ぱっとぼくを摑んでいた手が離れる。

二人のご令嬢は慌てて腰を屈《かが》めて、礼を取る。

ぼくは、ここで聞くとは思わなかった声に、涙を零《こぼ》してしまいそうになる。

周りの人たちもぼくも、当然膝をついた。

「ファウステラウド王子殿下。これは……」

言い訳をしようとしているアークィラの横を、すたすたとファウスが通りすぎる。後ろにはアダルもシジスもついて来ていた。

ファウスは、膝をついたぼくの頬を両手で挟み、赤くなった場所を撫でてくれた。

まさかここで会えるとは思っていなくて、ぼくは頬が痛いのも忘れてしまいそうだった。

正装した煌《きら》びやかなファウスの姿を忘れないように、懸命に顔を上げてしまう。

昨日の夜に会ったばかりなのに、とても長く離れていた気がする。

ぼくはいつだって、ファウスに会いたい。君の傍にいたいんだ。

「ご令嬢方は、貴族議会で承認されるまで候補にすぎない。なぜ勝手に王宮内を歩いているのだ」

二人の令嬢に目を向けたファウスの横顔は、凜々《りり》しくも厳しかった。

「バルダッサーレ殿下に、ご挨拶申し上げたく参りました。浅はかな行動をお許しください、ファウステラウド殿下。しかし、この文官もまた、正式に伴侶と認められていないのに、バルダッサーレ殿下のお傍に侍っていると聞きます。罰せられるべきは、この文官ではありませんか？」

不本意そうにアークィラがファウスへ食ってかかる。

ファウスの黄金の眼差しが、酷薄に細められた。

「文官が、文官の仕事をして何が悪い。テオドア・メディコは、私の従者だが、有能さゆえに兄へ貸し出しているだけだ。ご令嬢方は、テオのように役に立たないなら、兄の時間を煩わせるな。アダル、シジス。お二人を送って差し上げろ」

「ファウステラウド様！」

「わたくしは、まだ、殿下になにも……！」

全く納得していない二人を、アダルとシジスは、半ば引きずる勢いで連れ出してしまう。

純血のセリアンであるアークィラはまだしも、ただのヒトが、たとえ混血でもシジスの腕力に敵《かな》うはずもなかった。

二人の従者たちは、むしろ主人を連れ出してもらえてほっとしている様子だ。

それはそうだろう。いつ怒り出すか分からないバルダッサーレ殿下の執務室の前で騒ぐなんて、心臓がいくつあっても足りない。

二人のお姫様のせいで騒然としていた廊下は、静けさを取り戻す。

「テオ、痛かったな？　もっと早く来られなくて、ごめん」

「あの。ファウス様、どうして？」

バルダッサーレ殿下の宮殿に、ファウスが近づく用事なんてないはずだ。

ぼくの頬を痛ましそうに撫でてくれるファウスの手を掴むと、彼は快活に笑う。

「取り戻しに行くから、待ってててって言っただろう？」

「おっしゃいましたけれど、でも」

昨夜、別れ際に確かに言った。

逃げようと差し出された手を振り払ったぼくに、助けに来ると約束してくれた。

でも、こんなに早く助けてくれる算段が付いたんだろうか？

「帰ってから、アダルとシジスとも相談したんだが」

「はい」

「全く思いつかなかった。だから直接来た」

「直接」

「兄上に、テオを返せって」

真っ直ぐな瞳で、ファウスは阿呆《あほう》なことを言う。

ぼくはなぜ、この無計画三人組を信じてんだっけ？

いや、信じるに値するぐらい、彼らは誠実だけど、頼ってはいけなかった。

もっと具体的な行動計画を授けるべきだった。だって。

昔から、ぼくが抜けたらこの三人は、直線的にしか動かないんだよ！

「バルダッサーレ殿下に直接ぶつかる前に、根回しとか、協力者を募るとか」

「誰に？」

「考えて差し上げますから、今日はバルダッサーレ殿下のお怒りに触れないうちに、お帰りください」

不服そうなファウスの背中を、ぼくはぐいぐいと押した。

他のお妃候補と共闘するとか、搦《から》め手はあるだろう。それこそ聖下にお願いしても良い。どうして、真っ直ぐ当たって砕けに来ちゃうんだろう。

もう、しょうがないなぁ。ぼくがいないと駄目なんだから。

「嫌だ。だって、テオが、兄上に……朝まで、兄上と同じベッドにいたって聞いたら、もう我慢できなくて」

ファウスよ、お前もか。

アークィラや、ヴァローナと同じことを言うのか。

朝の出来事が知れ渡るの、早すぎませんか。

ぼくは困り果てた。

ぼくとバルダッサーレ殿下が同じベッドで朝まで過ごしたという客観的な事実は、気にしている人たちの耳には既に届いたと考えるべきだ。バルダッサーレ殿下のプライバシーってないんだろうか。

ファウスに何と言って納得してもらおうか、ぼくが悩みだした途端に、バン、と勢いよく執務室の扉が開いた。

中から、面会していた陳情者が出てくるのかと思ったら、仁王立ちになったバルダッサーレ殿下がいた。

少し前に陳情に入っていったふくよかな商人さんは、バルダッサーレ殿下の背後で、痩せ細りそうなほど困った顔をしている。

二対の黄金の眼差しが、一触即発の苛烈さで絡み合う。

「静かにしろ、ファウステラウド。騒ぎのせいで、話もできん」

「お騒がせして申し訳ありません、兄上。どうしても、お話ししたいことが――」

勢い込んで向かっていこうとするファウスが、一歩踏み出すより先にパァンッと尻尾が扉を叩《たた》く炸裂音が響く。

「私には無い。さっさと……」

「テオを大事になさらないのなら、このまま連れて帰ります！」

ファウスの腕がぼくの体に回る。

力を入れすぎないように配慮された抱擁に、ぼくは嬉しくなった。

バルダッサーレ殿下は、そんなファウスの姿を疎まし気に睨んでいる。

「私に負けたお前に、そんな権利はない。この子供は、私のモノだ。さっさと帰れ」

「嫌です」

もう一度ファウスに向かって苛立ちをぶつけようとするバルダッサーレ殿下に、ぼくは必死で目くばせをした。

ぼくとは何もなかったって、直接言う約束のはずだ。忘れているのかな。

このままファウスを追い返したら、いつ言うんだ。

思い出したように、バルダッサーレ殿下の視線が彷徨《さまよ》う。

「……痩せすぎで抱き心地が悪い子供に相手をさせるほど、私は暇ではない」

「テオは暇つぶしではありません！」

言い方は気に入らないけれど、最低限必要な情報はファウスに伝えてもらえた。

ぼくを馬鹿にされて、ファウスは怒っている。馬鹿にされた辺りは聞き流して欲しい。ぼくが絶世の美少年で、見た人全てを誘惑しまくる存在だとは、ぼく自身も思っていないのだ。

重要なのは、そこじゃないから！　バルダッサーレ殿下との間に何もなかったって事だから！

「ファウス様。どうか、ここは穏便に」

「静かにさせられないなら、お前は執務室の中にいろ、テオドア。さっさと帰れ、ファウステラウド」

ぼくの腕を摑んで引き寄せたバルダッサーレ殿下は、それ以上ファウスの言葉は聞かずに扉を閉めてしまう。

陳情者は慌てて部屋を出て行った。

「疲れる。弟にも、あの女達にも」

遠い目をしてバルダッサーレ殿下が呟く。

さっさとお妃を決めないから、候補の人たちは焦って争うわけだし。ぼくを取り上げるというちょっかいを掛けるから、ファウスは何度も立ち向かってくるわけだし。殿下の周りが騒がしいのは、半分は貴方のせいですからね。

あと半分は、第一王子という立場が引き寄せているので、ぼくは少し同情した。

今夜も深酒するなら、胃に優しいおつまみを考えてあげよう。

五

バルダッサーレ殿下の従者と寵姫生活の一日目は、働かされて終わった。

慣れない仕事にくたくたになって戻ってきたぼくを、侍従官のトルフィさんは甲斐甲斐《かいがい》しく世話をしてくれる。

ありがたい。勝手の分からないぼくのために、せっせと服を整えてくれたり、湯浴みをさせてくれたりするんだから、頭が上がらない。

夏は、夜が社交の時間なので、バルダッサーレ殿下は仕事が終わってしばらくすると出かけていった。

あれだけ働いて、まだ出かけるなんて、元気だなぁ。

なぜ殿下の動向をぼくが知っているのかというと、暫定の寵姫だからではなく、殿下の方から「お前一人で叔父上に会うのだから、くれぐれも誤解されないように報告しろ。お前に手出ししていないと、はっきり説明するように」と念を押しに来たからだ。

昨夜、ぼくとバルダッサーレ殿下はお互いの弱みを握り合ったのだから、裏切ったりしないぞ。

聖下相手にバルダッサーレ殿下のあることないこと悪口を言ったら、聖下からお仕置きされそうでいい気味だけれど、その後が怖い。本気でキレられると思う。

それぐらいバルダッサーレ殿下の叶わない恋は、根が深そうなのだ。

下手に揶揄《からか》って、ぼくまで火傷《やけど》したくない。

「テオドア様。シモーネ聖下がお越しになっておられます。お約束なさっていたとか」

「ありがとうございます、トルフィさん。毎日会いに来てくださる約束なんです」

ぼくは上級文官の制服を脱いで、いつもと同じ身軽な格好になっていた。

トルフィさんは困ったように首を傾《かし》げる。

「聖下の御前にお出ましになるのですから、お着替えをなさいますか？　テオドア様に合うご衣装を揃《そろ》えてまいります」

「いえ、そんな。聖下は気になさらないので、このまま。聖下がいらっしゃる所まで、ぼくがお伺いします」

昨日みたいにキラキラな衣装が用意されそうになって、ぼくは慌てて断る。そのぼくの態度に、トルフィさんは不満そうだった。

「それでは、バルダッサーレ殿下の面目が立ちません。テオドア様は今、殿下の寵を得ておいでです。着飾るのもお役目のうちです」

トルフィさんの言いたいことも分かる。従者の常識として、ぼくも同意できる。あくまで、他人事ならば。

ぼくの実態は寵姫どころか、バルダッサーレ殿下はぼくに興味はないそうだ。本人からはっきり聞かされているからな。地味なぼくには似合わない、キラキラした格好は遠慮したい。

「それは、また、そのうち。聖下は既にお越しなのでしょう？　お待たせする方が失礼です」

「しかし、テオドア様……」

「殿下がご不満であれば、次から従いますから。今日は、このまま！」

「……」

思い切り不満そうなトルフィさんを残し、ぼくはじりじりと後退して部屋を出た。

ぼくを着飾らせても、アークィラ嬢や、ヴァローナ姫のように眺めて楽しむことはできないよ。無理は禁物だ。


「元気そうでよかった。すまないね、会いに来るのが遅くなった」

宮殿の応接間で、聖下は待っていた。ぼくがいつも通りの格好でも、気にした様子はない。

トルフィさんが「寵姫の務め」と着飾ることを勧めてくれたけれど、これなら気にしなくて良さそうだ。

むしろ、キラキラしているのは聖下の方だった。いつものストイックな装いなんだけど、美しさが増している。

ファウスのお供で会う聖下は、もっと砕けた格好をしているのに、今日は堅苦しいぐらい上から下まできっちり着込んだ裾の長い衣装だった。

この暑いのに長袖で詰襟か、と思ったら素材が紗《しゃ》でできていて、風通しが良さそうだ。近づくと分かるんだけど、腕や足は、肌の色が透けるぐらい薄い。

風通しは良さそうだけど……色っぽい。機能美だけではなく、色気がありすぎないだろうか。艶《なま》めかしいというか。チラリズムというか。

聖職者がそんな格好をしていいのか。

これならいっそ、ファウスやバルダッサーレ殿下の夏の衣装のように、堂々と肌を晒《さら》した方が健康的じゃないのか。

ぼくは聖下の格好にびっくりしたけれど、当の本人は気にしていない。ラヴァーリャ式の低いソファにもたれるように座って寛《くつろ》いでいる。

「お忙しいのに、会いに来てくださってありがとうございます」

「来るって約束しただろう？　もともと、兄上に呼び出されていたから、ついでもあってね」

国王の前で、その衣装なのか？　いや、国王の前だからこそ、形式上は布が多いのか。

気になるけれど、聖下は平然としているのだ。

ラヴァーリャの感覚で言えば、お色気過剰でもなければ、恥ずかしくもないのだろう。

狼狽《うろた》えるぼくの方がおかしいのだ。ぼくはドキドキしながら、できるだけ聖下の首から上だけを見るように努めた。

「テオドアが元気そうで、安心したよ。バルドは我儘を言って、君を困らせていないかい？　怖がらせるようなことはしていない？　もっと近くにおいで」

手招きされて、ぼくは素直に聖下の傍に寄る。

ぼくの無事を確かめるように、頬を撫でられてくすぐったい気持ちになる。

頭を撫でられると、すごく子供扱いされていると思うんだけど、嬉しくなるから聖下は不思議だ。

「バルダッサーレ殿下は、良くしてくださいます」

「あの子に気を使わなくていいんだ。どうせ、僕に余計なことを言うなと言っていただろう？」

「まぁ。それは否定しませんが」

「全く」

呆《あき》れたような聖下の溜息《ためいき》に、ぼくは慌てた。これでは悪口を言ったと判定されてしまいそうだ。

「大丈夫です。ファウス様がいない時の殿下は、無闇に怒鳴ったり叩いたりしませんし、だいぶ、ぼくも慣れました。思ったより素直に言うことを聞いてくださるんです」

聖下の名前を出したら、覿面《てきめん》に大人しくなります。

と、ぼくは心の内で付け足す。

ぼくの思考は聞こえていないはずなのに、聖下は楽しそうに笑い出す。

「あははは！　そう。そうか、流石《さすが》だね、テオドア」

「流石と言われるほどの事は……」

「あの我儘な甘えん坊を手懐けたんだろう？　ファウステラウドから、君がバルドの執務室で働いていると聞いたよ」

「人手不足だったのでしょう」

ぼくは何とか思いついた理由を告げてみる。

二日酔いで機嫌が悪いバルダッサーレ殿下を何とかするために、聖下の名前を使って水を飲ませたのだ。その仕返しに労働をさせられたのだと思う。手懐けたとは、とても言えない。

「まさか。あれでバルドは、王子としての自負があるからね。使えない人材を義理で傍に置くことはないよ。貴族議会に僕は特別枠で出ているんだけれど、さて、何と言ったら君を解放してあげられるか、困ったな」

「どういう意味ですか？」

「君はバルドにかなり気に入られている、という事だよ。もし閨《ねや》に引っ張り込まれそうになったら、ちゃんと逃げなさい。僕が匿ってあげよう」

ぼくがバルダッサーレ殿下に認められていると、聖下は解釈しているらしい。

信じ難《がた》いことを言われて、ぼくは微《かす》かな違和感を聞き流してしまう。

「バルドは王妃として役に立たない相手が嫌いなんだろう。あれほど結婚を嫌がり続けているんだからね」

バルダッサーレ殿下が独身を貫く理由を、聖下はそう解釈しているらしい。

重すぎる愛は、全く届いていないようだった。

うーん。まぁ、そういう解釈もありかもしれませんが。

聖下は、どうしてあの歩く災害王子が自分の前でだけ子猫になるのか、一度考えた方がいいと思う。

口に出したら、バルダッサーレ殿下に殴り殺されそうだから、ぼくは保身のために黙っておく。

「バルドの妃候補として挙がる姫君たちは、各派閥の軽い御輿《みこし》だ。君ほど有能な人材ではないんだよ。

でも、あと七日もすれば、バルドの花嫁候補を絞る議題が挙がるんだ。僕が兄上に呼び出されたのも、その件だ。君がファウステラウドの元に戻るには、ほかの姫君よりも劣るところを挙げなければならなくてね」

「ぼくより優れた人はたくさんいますよ。アークィラ様達も、ヴァローナ様もお美しい方です」

ぼくの事を小さくて貧相だと言った、気の強いお姫様達の姿を思い浮かべる。ぼくより美しい事だけは、間違いない。

「頭がダメなら、顔ぐらいは良くないと困る」

さらりと怖いことを言って、聖下はまた笑みを深める。

「テオドアはあの娘達と違って、とてもかわいいよ。しばらくは、バルドの傍で不本意だろうけれど、我慢しておくれ。毎日顔を見に来るからね」

「できるだけ、殿下に嫌われるようにすれば、ぼくは名目上の妃候補からも外れますか？」

「それは、そうかもしれないけれど」

「嫌われる自信はあるんです」

ぼくは胸を張った。

嫌がらせをしている自覚はある。

聖下の名前をチラチラ出して、逆らえないバルダッサーレ殿下に不本意な真似《まね》をしている自覚だ。

このまま口煩い側近として振る舞えば、バルダッサーレ殿下の方から愛想をつかしてくれるだろう。

「ふうん？　僕はテオドアの事を嫌える人間がいるとも思えないけれど。努力するのは大切だ。バルドが呆れるように仕向けてごらん。協力がいるなら、僕も手伝おう」

「いいえ。聖下は会いに来てくださっただけで、十分です」

身を乗り出して楽しそうにしている聖下に、ぼくは慌てて断りを入れた。

聖下から会わない宣言をされて落ち込んでいるところに、聖下から意地悪されればもっと落ち込んで、酒の量が増えてしまう。酒の量が増えると、体調が悪くなって、周りが八つ当たりされてしまう。ぼくは意味もなく従者の人達が怒鳴られる姿を見るのは嫌だ。

「バルダッサーレ殿下は気が短くていらっしゃいますから、怒らせるのはすぐですよ」

「僕は厳しくしたつもりなんだけど、甘やかしてしまったかな。僕自身が末っ子だったから、弟ができたようで嬉しかったのが良くなかったのか。小さい頃のバルドは、何をするにも僕の後ろからついて来てね。すごくかわいかった」

目を細めるようにして、愛《いと》おしむように聖下は笑う。

バルダッサーレ殿下は、大きくなった今でも聖下の後ろからついて回りたいぐらいなんだろうけれど、そんなことは夢にも思っていない様子だ。

「ほどほどに呆れられて、ほどほどに怒られるようにしますね」

「テオドアならできるよ。何でもおやり」

聖下はぼく自身よりも、ぼくを信頼してくださっている気がする。

くすぐったい気分で、ぼくは頷いた。

「やりすぎて怒られた時は、助けてくださいね」

「ああ。何をしたらバルドが怒ったのか、ちゃんと僕にも教えておくれ」

ぼくはバルダッサーレ殿下の怒りそうなことを考える。

もちろん、聖下に悪口を吹き込むような、本気で激怒させてしまうようなのは良くない。

怒って、呆れて、時間が経ったら笑ってしまうぐらいがちょうどいい。

ぼくは聖下と別れた後、トルフィさんに頼んで料理長に新しい酒の肴レシピを伝えてもらったのだ。

六

ぼくの仮の寵姫生活二日目も、バルダッサーレ殿下の機嫌は悪かった。

昨夜はぼくの部屋に転がり込んでは来なかった。

自分の部屋で寝たのか、はたまたどこかの誰かに「慰めて」と言って潜り込んだのかは知らない。

朝から苛々した空気を振りまいている殿下の周辺は、ピリピリした緊張感で張り詰めている。

皆近づきたがらないし、そのせいで動きもぎこちなく、余計に殿下を苛立たせている。

「テオドア」

「はい！」

弾けそうな緊張感で張り詰めた中で、急に名前を呼ばれてぼくはびっくりした。ぼくもほかの従者の人達と同じく、息を殺して存在感を消していたのに。

「昨夜、叔父上に会ったと聞いたが」

「元気そうでいらっしゃいました」

慌てるあまり、的のズレた返事をしてしまう。

途端に、ぼくを見るバルダッサーレ殿下の目が怖くなる。飢えた肉食獣というよりも、怒ったライオンに睨まれているようで、お腹の底がひやりとする。

暴力は振るわれないと思うんだけれど、八つ当たりで噛みつかれそうというか。ぼくは無力な草食動物になった気がする。

「殿下とのお約束は、守りました！」

周りで聞いている従者の人たちにはよく分からないだろうけれど、殿下にはそれで充分通じた。

誓って聖下に悪口を吹き込んでいないぞ。

意地悪して嫌われる計画は立てたし、煽《あお》られたけれど悪口じゃない。

「ならば、いい。今日は視察に出る。ついてこい」

面倒くさそうに頷いて、バルダッサーレ殿下は当然のこととしてぼくに命令する。バルダッサーレ殿下の周辺は人手不足なのかな。

「承知いたしました」

「馬には乗れるな」

「乗れません」

「トルフィ、馬車に変更だ。伝達しておけ」

馬に乗れないと言ったら待機させられるかと思ったのに、ぼくのために移動手段を変更する気になったらしい。無礼なのに、ついまじまじとバルダッサーレ殿下の顔を見てしまう。

「私が望んでお前を呼び寄せたのだ。連れ歩く必要がある」

ムスッと不機嫌そうな顔のまま、バルダッサーレ殿下は言い訳のような、理由のようなことを説明してくれる。

なるほど、殿下はぼくを連れ歩いて、伴侶として望んでいることを対外的にアピールしたいのだ。

次の貴族議会は六日後だそうだけど、その時に結婚したくない口実にするつもりだな。

ぼくも地道な努力で、殿下に嫌われておかなければ。バルダッサーレ殿下の計画に流されてしまうと、仲良しアピールが繰り返される羽目になるから、ファウスを心配させてしまう。

ファウスが心配のあまり、どんな行動に出るのかが気になるところだ。

ファウスがぼくの事を大事に思ってくれていると分

かっているし、それはとても嬉しいけど、あの三人組は、行動力はあっても計画性がない。ぼくを心配してとる行動は、次も正面突破の突撃だろう。

最強だと思っていたファウスが、あっさりバルダッサーレ殿下に負けたのだ。次は大きな怪我になったらどうするんだ。

ハラハラしているぼくをよそに、バルダッサーレ殿下の服装は乗馬用のものから、別の煌びやかで裾の長いものに切り替えられた。

ぼくもまた、お供にふさわしいよう別室で着替えさせられた。ぼくの服は殆《ほとん》どないので、殿下とは別室に連れていかれて、サイズが合うものを見繕う事になる。

トルフィさんが用意してくれたものは、昨日聖下が着ていたものと、基本の形が似ていた。遠目には詰襟で長袖、裾は地面につくほど長いけれど、大部分が紗で織られていて軽くて通気性がいい。ウッカリしたらすぐ破れそうなところだけは難点だな。

着心地は抜群に良いので、何となく聖下の気持ちが分かった。

「テオドア様のことを、殿下は大変お気に召されたご様子」

ぼくの服を整えてくれながら、トルフィさんはそんなことを言い出す。

「そうですか？　昨日は別々に眠りましたよ」

誤解されそうな扱いは、初日だけだ。

ぼくが念を押すと、トルフィさんは穏やかな笑みを浮かべた。

「お寂しいかもしれませんが、殿下が同じ方を召されることは滅多にありません。お気になさる必要はないでしょう。朝はご機嫌を損ねてしまうことの多い殿下ですが、昨日、今日と劇的に上機嫌でいらっしゃいます。テオドア様のおかげです。私ども皆、感謝しております」

大袈裟《おおげさ》なぐらい、トルフィさんに感謝されてしまう。

いつも通り尊大で不機嫌そうだけれど、普段はもっと不機嫌なんだろう。バルダッサーレ殿下に仕える人は大変だな。

その点、ファウスは食いしん坊の甘えん坊だけど、周りに当たり散らすことはない。できた主人なのだ。猪突猛進《ちょとつもうしん》なところも、真面目で一生懸命で、かわいいじゃないか。

ぼくは心の内でファウスの美点を挙げた。

会いたいな。

ファウスに、会いたいな。

凜々しい美形なはずなのに、ぼくにおにぎりをねだってくれる君に会いたい。

「これからも、どうぞ殿下の心を癒して差し上げてください」

心の内にはファウスの面影を描いているのに、ぼくの想いとは裏腹に、トルフィさんはそう言って頭を下げる。

ぼくは、バルダッサーレ殿下に嫌がらせはしているけれど、決して癒していないと思う。これから意地悪して嫌われる予定だし。

「あの、その。ぼくにできる程度の事でしたら……」

あまりにも感謝されてしまうので、ぼくはついそんなことを言ってしまう。

殿下の不機嫌がちょっと治って、お仕えする人達への当たりがやわらかくなるなら、ぼくがいる価値もあるのかもしれない。

早く呆れられて、ファウスの元に返してもらうつもりでいるのに、正反対な返事をしてしまう意志が弱いぼくに、もう一度トルフィさんは笑顔を向けてくれた。


「落ち着いておられる殿下は、素晴らしいお方です。テオドア様は、今はファウステラウド殿下を懐かしく思っておいででしょうが、バルダッサーレ殿下に愛されれば、殿下がいかに素晴らしいお方か、ご理解いただけると信じております」

「はぁ。まぁ。いつも落ち着いていらっしゃれば……」

トルフィさんがガッカリしないように、ぼくは曖昧に笑った。

それはないです、と即答しそうだったけれど、トルフィさんがいくらぼくに優しくしてくれても、あくまでバルダッサーレ殿下の侍従官だ。第一王子の方を贔《ひい》屓《き》しているだろう。

ファウスと一緒に、小さいころから怒鳴り散らされているから、ぼくは別に愛されたくないんだけどな。

「馬車でお出ましになられるならば、御酒を召されるかもしれません。あまり過ごされないように、気をつけて差し上げてください。テオドア様のお言葉ならば、耳を傾けてくださいます」

ぼくの言う事じゃなくて「聖下に言いつけます」って聖下の威を借《か》れば大人しくなると思うけれど。

仕事中に飲酒とは、ラヴァーリャは自由だな。ぼくの前世の感覚からすれば、倫理観がずれている。ぼくは、ちょっと呆れたけれど、文句は言えない。ぼくは、仮の寵姫で新人の従者なんだから。

「殿下が御酒を召されるのでしたら。料理長に昨日頼んだ肴《さかな》を用意してもらうよう、伝えてください」

「承知いたしました」

にこにこと笑顔で請け負ってくれたトルフィさんには悪いけれど、ぼくは地味な嫌がらせ計画を発動させることにしたのだ。

昼間から酒を飲むなら、いい機会だ。

準備が整い、宮殿の前に寄せられた馬車に乗り込む際にバルダッサーレ殿下と再会した。

殿下の服装も、よく見れば袖のあたりに通気性の良い生地が使われている。でも、ぼくみたいに足まで丸見えにはならない。この違いはどのあたりにあるんだろう。この妙に色っぽい服は、大人の正装の一種なんだろうか。

チラリズム満載なぼくの格好を、頭の先から爪先まで眺めまわしたバルダッサーレ殿下は、「整えれば見られるものだな」と呟いた。

どういう意味なのか、追及すればきっと腹が立つので、ぼくは黙っておいた。

良いんだ。ファウスがぼくの容姿を好ましいと思ってくれれば、あとはどうでも良いのだ。

「馬でも時間が掛かるのに、お前が乗れないから更に掛かることになった」

馬車の中で、殿下はそんなことを言い出す。

当てこするくらいなら、置いていってくれたらよかったのに。

どうして謝らなきゃならないんだ、と思いながらも、一応謝る。

「申し訳ございません」

「ふん。これから行くのは、ブラン公爵が開発した醸造所だ。より大規模に展開するために、支援するという話になっている。私が現地を見るよう、仰せつかった」

ぶっきらぼうに説明してくれる。

ブラン公爵の名前は、昨日聞いたな。大柄で美人な、いかにもセリアン女性貴族らしいアークィラ・ブラン嬢の実家だ。

馬車はゆっくりと走る。王都の城壁を越えると、周囲がのどかな農村地帯に変化していく。

王都の城壁が小さくなったころに、一度馬車が停まった。

窓に掛かっていたカーテンを、侍従官が上げにくる。市街地では外から見えないように下ろしていたんだけれど、郊外に出てしまえば暑苦しいからな。

その時侍従官は、蒸留酒まで用意してくれた。

酌をするのは当然ぼくの役目なので、小さなグラスに琥珀《こはく》の液体を注ぐ。

「お前も飲むか」

「……」

毒味をしろという意味かな。

ぼくは躊躇《ためら》ってしまう。毒味が怖いというより、近づくだけで酔いそうなほどアルコール濃度が高いお酒は飲んだ事がないからだ。

欲しいと思ったことはない上に、ファウスが「テオは駄目」の一点張りで飲ませてくれない。ファウスは飲むくせに。

グラスを抱えて固まったぼくに、バルダッサーレ殿下はすぐに気づいた。

「毒は入っていない」

ファウスと同じ黄金の眼差しが、面白がるようにぼくを眺めてから、ひょいとグラスを奪うと一気に呷《あお》る。

ぼく自身の喉が焼け付いたような気がして、肩を竦めてしまった。

「ふん、悪くはないな」

香りを楽しむように、バルダッサーレ殿下は微笑《ほほえ》んでいた。

「ブランは気に食わんが、酒の味は良い」

「これから行く醸造所のものですか？」

「ああ。毎年差し出してくる。ここ五年ほど」

それはお妃さま獲得運動における賄賂でしょう。酒の味で娘を嫁にもらうか決断できるかは知らないけれど、アピールにはなるのかな？

「お酒がお好きなんですね」

「いや。好き嫌いではなく、飲めば眠れるからな」

酔った気配もないのに、バルダッサーレ殿下はすごく駄目なことを言い出す。

そういえば、ぼくをファウスから引き離した夜も飲んでいたな。この暴虐で傲慢な王子にも、悩みがあるんだろうか。

「お酒だけを召されるのはお勧めしません。胃に悪いですよ」

「そうか。お前なら、どうする？」

「お酒が飲みたいのなら、何か食べることをお勧めします」

ぼくは料理長に用意してもらった酒の肴を差し出した。

花と幾何学模様で飾り立てられた豪華絢爛《ごうかけんらん》な陶器のお皿が入ったバスケットと、その中身のギャップは大きかった。

美しい陶器の皿に、紙のナプキンを敷き、こんもりと黄金色の骨煎餅が盛り付けられている。

カリカリで美味しいんだよね。甘辛い味付けも良いんだけれど、今日はシンプルに塩コショウだけだ。

「……」

蒸留酒のグラスを手にしたまま、バルダッサーレ殿下はじっと皿を見つめる。

あまりにも沈黙が続くので、カタカタとゆっくり動く馬車の音が大きく響いた。

「なんだ、これは」

「ぼくの故郷ジェンマで食べられている、骨煎餅です。お酒に合うと大人気ですよ」

久しぶりに架空のジェンマ名物を作り出すと、バルダッサーレ殿下は戸惑ったようにぼくと皿を交互に見つめた。

耳がパタパタ動き、尻尾も揺れている。相当警戒しているな。

「魚の骨に見えるが？」

「魚の骨です。カリカリで美味しいうえに、栄養もありますよ」

「私を揶揄っているのか？」

「まさか。聖下から殿下はお疲れだと伺ったので、お元気になるように、と」

「叔父上が？」

聖下の名前を出した途端、ゴミを見るような顔をしていたバルダッサーレ殿下の表情が変わる。

「お前が先に食べろ」

見た目がカリカリに揚げた魚の骨なので、当然殿下の警戒は解けなかった。今度こそ毒味を命じられてしまう。

ぼくは嬉々《きき》として一つ摘む。

強く摑むと砕けてしまいそうなほど、カリカリに揚がっていた。でも油でベタベタにはならない。流石は料理長だ。いい仕事をしている。

「では、いただきます」

「聖女のようなことを言う」

ぺこりと頭を下げてから口にしたぼくに、バルダッサーレ殿下は意外な一言を言った。

それも骨煎餅を口に入れると、霧散してしまう。

美味しい！

すごく美味しい。

カリカリに揚げた香ばしい香りと味、決して喉に残らない食感。

塩コショウだけの味付けだと思ったら、いくつかスパイスが足されて、ぼくの記憶よりも繊細で深みのある味に仕上がっている。

揚げてあるはずなのに、重たくはない。

これならいくつでも食べられそうだ。

流石料理長。ぼくのレシピが、さらに洗練されて、上品な味に変わっている。

「そんなに美味《うま》いのか？」

「はい、美味しいです。料理長の料理は、芸術ですね！」

「魚の骨だろう？」

「骨煎餅ですから！　カルシウムが豊富で体にも良いんですよ！」

「かるしうむ？　学者ジョークなのか？　ともかく、……一つ寄越せ」

「どうぞ」

美味しそうに食べるぼくに触発されたのか、バルダッサーレ殿下は興味深そうにお皿に手を出した。

耳がピンと前を向いて立っているから、ワクワクしていると見た。

ファウスも、アダル達と鬼ごっこをしたとき、捕まえる寸前はこんな感じだ。

「……」

一つ口にした殿下は、黙って窓の外へ視線を投げた。

どうしたんだ、バルダッサーレ殿下。

不味そうではない。耳がパタパタ動いているし、尻尾も同じぐらいパタパタしている。嬉しい時の反応だ。

一口お酒を口に含んでから、もう一つ骨煎餅を口に入れる。

ぱりぱり、ぱりぱり。

「危険だ。なぜ、魚の骨が、こんな……っ。ゴミではないのか？　私は野良ネコではないのだ……！」

何やら葛藤しているバルダッサーレ殿下だけれど、骨煎餅へと手を伸ばす速度は、どんどん速くなっていく。

骨煎餅、骨煎餅、お酒、お酒、お酒、骨煎餅。

バルダッサーレ殿下は、無限ループに嵌《は》まっていた。

ぼくは飲み干すたびに、せっせとグラスに蒸留酒を注いだ。

お酒を飲みすぎないようトルフィさんに注意されていたけど、鬼気迫る勢いにぼくまで飲まれていたんだ。

ようやく地獄の反復行動が収まったのは、単に骨煎餅を食べつくし、お酒も飲みつくしたからだ。

バルダッサーレ殿下の褐色の肌が微かに上気している。

酔っているな。

小さなデキャンタを全部飲み干しておいて、少し酔った程度なのだから、セリアンの肝臓は頑丈だ。

「なんだ、もうないのか」

「ご試食程度のつもりでしたので」

酔いに潤んだ眼をしたバルダッサーレ殿下は、行儀悪くぺろりと指を舐める。

「お気に召されましたか？」

「毎日食べたい。毎日作れ」

発想がファウスと一緒だな！

ぼくは笑ってしまいそうになる唇を引き締めた。

酔っ払って上機嫌な殿下だけれど、笑ってしまって怒られたくない。

「料理長に伝達いたします。どうぞ料理長にお褒めの言葉をおかけください」

「お前が作ったのではないのか？　ジェンマ料理なのだろう？」

「作り方は教えましたが、ぼくの知識から殿下のお口に合うよう仕上げたのは料理長です。彼の技術は素晴らしい」

ものすごく美味しい骨煎餅になっていた。

ぼくの「怒りっぽい人はカルシウム不足だから、骨煎餅を食べさせよう」という安易な嫌がらせを、御馳《ごち》走《そう》に変えてくれた。

「ふん、欲のない。お前への褒美は？」

「ファウス様のところに返してください」

「それは駄目だ」

「……」

ぼくの望みを聞いておきながら、即答で却下してくる。

意地悪だなぁ、もう。

ぼくは上目遣いで睨みながら、食べ尽くされたお皿をバスケットにしまう。

「テオドア・メディコ。お前は平民の出だったな」

「はい」

「ジェンマでは、平民でも皆お前のような知恵者なのか？」

「父の代までは貴族に列されていましたし、医学者ですから、ぼくが平均的な平民ではありませんが」

ぼくは知恵者と言われるほどではないんだけれど、できるだけ正確に聞こえるように答える。

「私から見れば、平民と同じだ」

そりゃあ、ジェンマより遙かに巨大なラヴァーリャ王国の第一王子から見れば、ぼくはどこの馬の骨とも分からない平民でしょうよ！　しかも外国人だ。

「そもそもヒトなど、心身ともに脆弱《ぜいじゃく》ですぐ死ぬ、保護されるべき対象だと思っていたが」

「セリアンに比べればそうでしょう」

ラヴァーリャの支配層を占める獅子獣人セリアンのすごさは、この十年散々見せつけられている。

力も、体力も、その頑健な肉体に宿る強靭《きょうじん》な精神力も、ヒトとは比べ物にならない。

個々が強靭すぎて、策を弄するよりも正面突破が多い気がするけれど、馬鹿でもない。

弱点は繁殖力の低さだと思うけれど、それでも他種族との混血を交えながら、ラヴァーリャ王国を支配し続けているんだから、心配するほどではないのだろう。

「我らセリアンさえ強固であれば、ラヴァーリャは安泰だと思っていた。だが、お前のような平民を間近で見ると、平民にも目を向けるべきかとも思う」

「ぼくのような？」

「ヒトらしく脆弱で、足も遅く、馬にも乗れない」

余計なお世話だ！

ファウスは、ぼくが弱っちくって頼りなくても良いって言ってくれるぞ。

酔っ払ったせいで、妙に陽気な口調のバルダッサーレ殿下は笑っていた。

バルダッサーレ殿下は、ぼくの顔を引き寄せるように、顎を摑む。

メガネを取り上げられて、まじまじと覗き込まれた。

「だが、誰にも為《な》し得なかった病を癒し、新しい氷菓を発明した。専門教育を受けていないにもかかわらず、官僚としても動くことができる。これを聡明と言わずして、何と言う？　ファウステラウドにはもったいない」

ぼくは裸眼の眩《まぶ》しさに目を細めながら、バルダッサーレ殿下を見上げた。

「殿下。ぼくは……」

ぼくは必死で殿下の手を振りほどこうとした。

ぼくには興味がないって言ったじゃないか。なのに、今のバルダッサーレ殿下は違う。飛び掛かる前の捕食者みたいな目をしている。

「私のモノになるか――」

「教育の改革を！　平民教育の改革を提案します、バルダッサーレ殿下！」

王子の言葉を遮る無礼なんて、ぼくの頭にはなかった。

酔っ払ったせいで、危ない方向に傾こうとしている殿下の思考を、強引に中断させるしかなかった。

暴れるぼくを面白がるように、殿下は手を離してくれる。勢い余って、ぼくはふかふかの馬車の座席に転がった。

「嫌われたものだな」

「……教育の機会を広くお与えください。知識は力です。知恵ある民を広く育てることによって、ぼくよりもずっと聡明な者が頭角を現し、殿下の御力になるでしょう！」

ぼくは特別頭が良いわけではなく、単に前世の知識というアドバンテージがあるだけだ。

本当に頭が良い人は、どんな時代、どんな階層にだっているだろう。そっちを発掘する方がずっと良い。

「ラヴァーリャでは、学ぶことに制限をかけてはいない。王立士官学校のみ、入学資格が純血のセリアンだがな」

純血のセリアンは、貴族と同義だ。

「消極的な容認ではなく、知識を授けるのです。積極的に。国として、子供達に生活の知恵、知識、衛生習慣を広めれば、流行《はや》り病は減るでしょう。基本的な読み書きができれば、公の文書伝達も早まります。そうして種をまくうちに、今まで学ぶことのできなかった人までも知識を得ることで、中にはより高みを目指す人も現れます。その人はきっと、ぼくよりはずっと優秀です」

ぼくの必死の説明に、殿下はぱたん、ぱたんと尻尾を揺らす。唇に浮かんだ笑みの形が変わる。

この人は。

どれだけ意地悪くて、拗《こじ》らせていても、為政者《いせいしゃ》になる人なのだと思う。

ファウスとは根本的な心構えが違う。

ファウスはいつも、第二王子として兄を立てて従えばいいと思っている。

バルダッサーレ殿下は、義務として統治を受け入れている。その差だ。

下手にファウスが国の未来を変えたがれば、それは争いにしかならないから、ファウスの態度は正しいのだ。

でも、二人の王子は視点が違った。

「悪知恵を得た民は、従順さを失うだろう。いつか我らセリアンと、ヒトとの間に軋轢《あつれき》が生まれよう？」

「先に、国への帰属意識が生まれるでしょう。セリアンが優秀であることは、周知の事実です。けれど、ヒトは守られるだけの存在ではないと、まだセリアンは気づいていません」

「士官学校の、平民版か」

ぼくが言ったのは、ちょっと違うのだけど、バルダッサーレ殿下はそう解釈したようだった。

「平民にとって、子供もまた労働力だ。それを『学ぶ』といった何の対価もない、むしろ対価を払わねばならない事に時間を割くだろうか。

問題点はあるが、一考の価値もある。ジェンマでは、そのような教育制度があるというのだな。私に対して、自分を下げるために言っているのだと思えば腹立たしいところだが、まだ話がしたい」

ぼくから興味を逸《そ》らそうと思って口走ったのに、なぜかより興味を持たれてしまった。

ぼくは、だらだらと冷や汗が背中に滲《にじ》むのを感じる。

仮の寵姫ですよね？

結婚しない口実のために、ぼくを呼んだんですよね？

処女性に価値を置かない文化だとは知っているけれど、ぼくはファウス一人だけのものでいたい。

いや、ファウスとも、ちょっとえっちなキスしかしたことないけれど！

でも！

「今宵、お前の部屋に行く。続きを話そう」

「……はい」

「話すだけだ。何もしない。お前のようなガリガリのチビは好みではないと言っただろう」

「はい」

嘘だ。

さっきの目つきは違った。食べようと思っている目だった。

「骨煎餅も用意させるように」

バルダッサーレ殿下は、やはりファウスと兄弟だった。

食い気を忘れていない。ぼくは精神が削られそうな気分で、醸造所の視察のお供をしたのだった。

七

「どうしたんだい？　テオドア。浮かない顔をしているよ。バルドが何か、無茶なことを？」

「そんなことは、ないのですが……」

今日の聖下は時間がないらしく、お仕事で登城した聖下の元に、ぼくが顔を出しただけだ。

王宮内の聖堂で宗教的な儀式があるらしく、その合間に時間を取ってくださった。

忙しそうにしている聖下に、ぼくは相談しようか迷っていた。

骨煎餅嫌がらせ作戦は、微妙に失敗した。

美味しすぎたからだ。

ぼく自身もすごく美味しくてびっくりしたけれど、バルダッサーレ殿下は魚の骨を食べることに対する抵抗は思ったほどなかったのだ。

美味しかったからだ。

美味しいってすごいな。

嫌われて遠ざけられる予定だったのに、骨煎餅は気に入られて、ぼくがとっさに出した教育改革は興味を引いてしまった。

こんな予定じゃなかったのに。

「嫌われる作戦はうまく行ったかな？　僕は君を褒める言葉しか聞いてないよ」

「うまく行ってないんです。でも、ぼくを褒めるって、誰がでしょう？　バルダッサーレ殿下が？」

「バルドとはしばらく会わない予定だから、それ以外だね。兄上経由で聞いているけれど、バルドの側仕え達の表情が変わった、とバルドの侍従長が報告してきたらしい。テオドアがバルドの傍についてから、気の短いところが治っているそうだ」

身に覚えはあるかい？　と笑って聖下はぼくの顔を覗き込む。

今朝はトルフィさんにも同じことを言われた。ぼくの目にはとても不機嫌そうに見えるけれど、前の殿下はもっと酷かったのだろう。

はっきり否定しないぼくに、聖下は穏やかな笑顔を見せてくる。

「テオドア。流石は、僕のお仕えすべきお方。君は、穏やかな変革者だ」

「もったいないお言葉です」

ぼくは頬が熱くなるのを感じた。

ぼくの手を握って、ぼくの前に膝をつく聖下は、真剣な表情だった。本気でそう言っているのが分かるだけに恥ずかしい。

そんな大それたことは、していない。ぼくは少しだけ、良いと思うことをしているだけだ。

「君以外には誰にも言わないから、僕の賛辞を聞いておいて欲しい。君は、ラヴァーリャ王室に平穏と安寧をもたらしてくれるだろう。ひいてはこの国に幸福をもたらしてくれる。君にはそれができる。何度もそれを見せてくれた。僕は君に、とても感謝している」

「聖下」

真っ赤になって言葉を失うぼくを、聖下は笑顔で見つめる。

ぼくは大きなメガネに表情が隠れて安堵《あんど》していた。恥ずかしくて困る。

「君こそが救い。いつでも君の力になりたいと思っている僕がいることを、忘れないで欲しい」

「ありがとうございます」

辛うじてそう答えたぼくに、聖下は子供にするように頭を撫でてくれる。

「それで、僕にできることはないのかな？　嫌われる作戦はうまく行かなかったんだろう」

「そうなんです。骨煎餅を出したら、思ったより美味しくて、バルダッサーレ殿下は気に入ってしまって」

「骨煎餅？」

ぴく、と聖下の真っ白い耳が動く。

興味があるのかな、とぼくは首を傾げた。

「ええと。魚を捌《さば》いた時に、中骨が出ますよね？　聖下は、捌いた魚は見たことがないかもしれませんが」

「僕はそこまで箱入りじゃない。釣りだってできるんだ」

「はい？　そうなんですか、意外ですね。その中骨の部分を油でカラッと揚げて、塩コショウで味付けする簡単なおやつです。酒の肴にも合うので、バルダッサーレ殿下にお出ししたら、思った以上にお気に召されたようで……」

「どうして、僕には食べさせてくれないんだい？」

食べたかったの？

拗ねたような目をされたので、ぼくは驚いてしまった。

「魚の骨ですよ？」

「美味しいんだろう？」

王族出身の聖職者のくせに、自分の口に入らなかった魚の骨を恨んでいそうだった。

「ぼくは大好きですけれど、でも、本来はゴミですから。ぼくは嫌がらせの一環でバルダッサーレ殿下にお出ししただけで」

「テオドアが考えた食べ物が不味いはずがない。

煎り豆だって、大人気すぎて、最近は大人が欲しがって子供に配る分が足りなくて、困っているぐらいなのに」

それは、それは。提案したぼくとしては、嬉しい限りだけど。

「アイスクリームも、ワインシャーベットも、まるでバルドの手柄みたいに宴で出しているけれど、そろそろ僕の名前で、専用の工房を立ち上げようかと思っているぐらいなのに」

ぼくの知らないところで、大規模な計画が進行しているらしい。お金持ちのアイスクリーム愛はすごいな。

ぼく提案のお菓子でも、アイスクリームなどはお金がかかりすぎるので、一般には出回っていない。今は、バルダッサーレ殿下主催の宴の目玉料理として出されている。

噂では、あの氷菓の味が忘れられなくて、殿下の宴に呼んで欲しい貴族が列をなしているらしい。好評で、ぼくとしては嬉しい限りだ。

ファウスはもちろん、アダルもシジスも大好きだ。

「どうして、骨煎餅なんて新しい味を、僕は食べられないんだ」

「興味がおありでしたら、料理長に頼んでおきます……」

「是非！　是非とも、そうしておくれ」

いつになく熱く、聖下はぼくの手を握ってきた。すごい握力だ。流石セリアン。

そして、食への興味が強すぎる。

ファウスだけでなく、聖下も食いしん坊なのか。セリアンは皆、食いしん坊なのか。

「骨煎餅の事は帰る時の楽しみに取っておくとして僕が力になれることはないだろうか？」

前のめりすぎる姿勢が恥ずかしくなったのか、聖下は白い頰を赤く染めて、照れていた。いつでも余裕綽々《しゃくしゃく》な態度の人が照れると、かわいいな。

「お名前だけ貸していただければ、嬉しいです。バルダッサーレ殿下が、酔っ払ってぼくを押し倒すことがあったら『聖下に嫌われますよ』と言っても良いですか？」

正確には「ぼくは聖下じゃありません」と言うつもりなんだけれど、そんな事を聖下に言ったと知られたら、ぼくの命が危ない。

拗らせた恋心は、煮詰まりすぎた危険物だ。

「それは、もちろん。そんな時に僕の名前に効果があるかは不明だけれど、いくらでも。もっと簡単に、股間を蹴り上げる方が効きそうだけれどね？」

聖下のお名前は効果絶大だと思うけれど、聖下の提案した方法はより物理的でえげつなかった。

ぼくも男なので、股間が痛くなりそうだ。

「バルドのアレが潰れたら、僕が庇《かば》ってあげるから安心しなさい」

「ぼくに潰すことができたら、聖下の所に逃げますね」

「楽しみに待っているよ、テオドア。それから、僕ですら君の評判は耳に入っている。どうしても王妃の座が欲しい貴族たちの耳にも、当然入っていると思って行動しなさい。身辺に気をつけるのだよ」

「はい」

「バルドを肉の盾にしたらいいからね。あれで大きくて頑丈だから」

冗談だろうけれど、国の後継たる第一王子を盾にしたり、お道具を潰しても良いという許可を得て、ぼくは聖下の元から退出した。

仮にぼくが潰したとして、次の次の後継者問題が発生したら、聖下はどうするんだろうか。


恋しい相手である聖下から、股間を蹴り潰しても良いと思われているとは知らないバルダッサーレ殿下は、予告通りぼくの部屋に来た。

時間は随分遅い。

月が天頂にまで上がっている。

前世の記憶で言えば、午前零時近いだろう。

バルダッサーレ殿下は視察から帰ると、会議に出席し、どうしても今日決裁しないといけない書類を捌《さば》いてからやってきたのだ。

ファウスならとっくに夢の中にいる時間まで働いているところは、頑張っていると評価できる。

態度に色々難ありな人だけど、仕事はちゃんとしているんだよな。態度ももっとやわらかくなれば、皆ついてくると思うんだけど、そこはなかなか難しいらしい。

「御酒を召されますか?」

ブラン公爵家から献上されたお酒を用意してぼくが待っていると、涼しい窓辺の寝椅子に座った殿下は、面白そうにぼくを眺める。

「ああ。骨煎餅も用意したか?」

「ご用意してあります」

「その格好は、なんだ」

「……皆が気を利かせてくれました」

ぼくは聖下のお名前を盾にして、殿下のお道具を潰してでも逃げるつもりだけど、事前通達で部屋に行くと聞いている従者の皆さんは違った。できるだけ艶めかしく装えと、ひらひらふわふわした格好にしてくれたのだ。

ハレムの踊り子さん風と言いますか。

大事なところは辛うじて隠れている程度と言いますか。

ぼくみたいなヒョロヒョロのちびっ子には似合わないし、恥ずかしいばっかりだ。

しかも衣装だけではなく、香油をたっぷり使った良い匂いのお風呂にも入れられた。ちょっと人には言えないところまで洗われ、ぼくはいつ食べられてもいいように準備されていたのだ。

「ふん。お前にやった鍵は持っているか?」

「……はい。大切にしまっています」

「なら良い。いつまでも、うなじを噛めない腰抜けに、鍵は自分が持っていたとちゃんと言え」

殿下が話題に出したのは、初日にくれた金の鍵だろう。殿下の部屋とぼくの部屋を繋《つな》ぐ、小さな扉の。

あの鍵がぼくの手にあるという事は、殿下の方からぼくの部屋には来ない、という意味なんだろうか。

……来ているけどね。

「あれはお前の貞操の証明だと思え。それで昼間の続きだが」

ほんとうにぼくの体には興味はないらしいバルダッサーレ殿下はそう言いながら、手酌で飲み始めた。

ぼくはそんな殿下の傍に近づく。

綺麗な女の人だったら、お酌をしてもらうと嬉しいかもしれないけれど、ぼくなら残念なだけだ。

「その前に、殿下。足湯をさせていただけませんか？」

「足湯？」

「おみ足だけ温めるんです。体もほぐれて寝つきが良くなりますよ」

「好きにすればいい」

ぼくに対する警戒心が下がっているのか、あっさりと許可をくれる。

この足湯こそが、ぼくの新しい策だ。

嫌われ作戦ではなく、「バルダッサーレ殿下の機嫌を取る作戦」である。

働きすぎの殿下が疲れる。

疲労から寝つきが悪く、飲酒に頼る。

飲酒により睡眠の質が下がる。

寝不足と二日酔いで胃腸の調子が悪く、機嫌も悪い。

疲れた状態で政務について疲れる。

以上が、ぼくが分析した、殿下の悪循環だ。

もともと機嫌にムラがあるのかもしれないけれど、体調が悪くて態度が悪いなら、元気にしてしまえばいいのだ。

ぼくが傍にいなくても、体調を整えて機嫌よく元気な状態が維持できれば、側仕えの人達も楽だろう。

ぼくは事前に用意してもらった桶にお湯を張り、良い香りのする香油を落とす。

今は夏だから、少し熱い程度のお湯で良い。

ぼくが足元に屈みこんで、殿下のふくらはぎまでお湯につけると、殿下は細く溜息をついていた。

「心地いいな」

「足しか浸けていなくても、体が温まりますよ」

「そうなのか？」

不思議そうに答えながら、殿下の目は穏やかに閉じられる。手にした杯は、持っているだけで口に運ぼうとはしない。

じわじわと爪先から全身に、程よい温かさが伝わっているのだろう。足湯ってすごく気持ちいいから。

「失礼しますね」

半分眠っていそうなバルダッサーレ殿下に声を掛けて、ぼくは香油を手に擦《す》り込んで撫でるように優しくマッサージをした。

温められた香油の香りが、ふわりと漂う。

若くて健康なセリアンであるバルダッサーレ殿下は、足のむくみとは無縁そうだけれど、循環を促されるのは気持ちがいいはずだ。

「ん、ん…ン。テオドア、何処でこんな技を？」

「ただのマッサージですよ。痛くはありませんか？続けても？」

「続けろ」

満足そうな溜息をついて、バルダッサーレ殿下は本格的に横たわってしまった。

手にしていた杯は、サイドテーブルに置いている。骨煎餅は全部食べている辺り、すごく気に入ったのだろう。

尻尾も耳も、脱力してぺたんと体に沿っている。リラックスしているのが見て取れた。動物園の、お腹を出して寝ているライオンみたいだな。

「テオドア・メディコ。……暇を見て考えていた。平民に教育を施すという意味を。学者を育てるのとは、違うのだろう？」

眠るのかと思っていたぼくは、囁くような音量で呟かれた言葉に驚いた。

ぼくのとっさの提案をずっと考えていたのか。

ぼくはマッサージの手を止めずに答える。

「はい。全てのラヴァーリヤの民に、生きる上で最低限の知恵と知識を持たせるという意味です」

「最低限のものなら持っているだろう？　彼らは生きている」

「呼吸している事だけが生ではありません」

ぼくは人間らしい生活を、と口走りそうになって飲み込んだ。

ラヴァーリヤは、人権思想が広まっている世界ではない。これは、ぼくが前世の知識に引きずられているところだ。

人の権利は平等ではないし、命は残酷に線引きされる。富は蓄積されるところに溜《た》まり、奪われる者は何も持たない。

ラヴァーリャが豊かだからこそ、その歪《ゆが》みが小さく、見えづらいだけであり、不平等なのだ。

「国民の全てが、最低限文字を読むことができれば、命令も通達しやすく、役所の仕事も効率が上がりましょう」

殿下の心を動かすためには、為政者のメリットを挙げなければ駄目だ。

「思考を整理できます。例えば詐欺に遭ったり、迷信に惑わされることもありますまい」

「……兵士としても徴用しやすいだろうな」

「そうですね」

半分眠ったような声なのに、バルダッサーレ殿下は為政者らしいことを言う。

「ジェンマでは、平民の学校では食事が振る舞われました。予算は国庫から出すので、無料なのです」

話しながらチラリと窺うと、完全に目を閉じ、殿下の呼吸は寝息に変わっていた。

眠ってしまったのだろうな、と思いながらもぼくはマッサージを続けた。

聞いていなくても良いんだ。実現は難しいと分かっている。でも、知識は生きる力になる。

「そうして、食べる物に事欠く子供達にも、一定の知識と、それ以上に大切な生きる糧を与えました」

「……」

故郷ジェンマではなくて、前世の記憶だったけれど、どちらもラヴァーリャから遠い。

確認できないだろうと思って、ぼくはジェンマの話にしておいた。

ぼくの声が聞こえているのかいないのか、すっかり寛いだバルダッサーレ殿下は寝息を立てている。

そろそろお終《しま》いにすべきだった。

お湯も冷めてしまう。

起こさないように、静かにお湯を流して、何枚もの布で水気を拭う。

保湿目的でもう一度香油を擦り込んでも、バルダッサーレ殿下は眠ったままだ。

バルダッサーレ殿下が横たわってくれたのが寝椅子

で良かった。ちょっと狭いけれど、眠り込んでも大丈夫だ。

ぼくは苦労して、殿下の足を椅子の上に抱え上げる。

バルダッサーレ殿下を健康的に眠らせる作戦は大成功だ。酒の量も、せいぜいグラス一杯程度だし、明日は二日酔いで不機嫌にはならないだろう。

「おやすみなさいませ」

掛布を引っ張ってきて、寝冷えしないようにバルダッサーレ殿下に掛けると、ぼくはお湯の桶を部屋の隅に引っ張っていってから、自分も眠ることにした。

ぼくも眠い。ファウスと一緒の時は、とっくに就寝している時間だ。

「ふぁ」

あくびをしながら、ぼくが自分の寝台に登ると。

「お前をもっと早く、知ることができれば」

微かな声が聞こえた。

まさか起きちゃったのかな、と振り返っても、バルダッサーレ殿下の瞼は下りたままだ。

続きの言葉は聞こえない。

ファウスとは違う黄金の髪が、月光に照らされてとても綺麗だ。

本当に、黙っていたら格好良いんだけれど。喋《しゃべ》り出すと態度が傲慢すぎて駄目だ。

自分より立場の弱い人を怖がらせるところも駄目なんだよなぁ。

ぼくは安心して眠りについた。


嫌われ作戦は上手くいかなかったけれど、安眠作戦はすごく上手くいった。

次から部屋に来るとバルダッサーレ殿下が言い出した時は、足湯をしようとぼくは心に決めた。

ぼくの安眠にも繋がるから、とても大事だ。

八

骨煎餅と足湯が相当気に入ったのか、あの晩から毎日バルダッサーレ殿下はぼくの部屋に通い、ぼくの部屋で眠った。

初日は寝椅子で眠り込んでしまったけれど、もちろん王子様をその辺で寝かせて良いはずがない。次の日にはちょっと横になれる程度の椅子ではなく、ベッドか寝椅子か分からないぐらい頑丈で大きな椅子が運び込まれた。

ソファベッドの豪華版というか、背もたれが付いているから、辛うじて椅子を主張できるというか、とにかく大きい。

バルダッサーレ殿下に仕える人たちからすれば、どうしてぼくと同衾《どうきん》しないのか気になるだろうけれど、殿下にそれを質問するような勇者はいない。

バルダッサーレ殿下が用意しろと言えば、一両日中には要望が叶うようにできているのだ。

さすが大国ラヴァーリャの王子様。

問題はぼくの部屋が狭くなることだけだな。


毎日殿下と一緒に執務室に行き、正式な官僚ではないぼくは小間使いのように、もしくは秘書のように隙間仕事を任され、夜になると少しお喋りをしながら足湯とマッサージで殿下を寝かしつける。

そんな生活リズムができ上がった頃に、貴族議会が開催された。

もちろんその内容は、ぼくには窺い知ることはできない。

バルダッサーレ殿下はいつも通りぼくの部屋にやって来て、寝酒を一杯飲んで取り留めのない話をしていた。

内容は、新しい公共施設をつくる場所だとか、治水の順番だとか、新しく配属された官僚の教育係は誰だとか。

ぼくの意見を聞きたいというよりは、ぼくを相手に口に出して、自分の思考を整理している風だった。

ぼくは相槌《あいづち》を打つ程度の返事しかしてないけれど、ファウスと話す時とは違う新鮮さがあって面白い。

ファウスやアダル、シジスは、前世の記憶があるぼくから見れば幼い反応をしてくれる、かわいくて、面倒を見てあげたい相手だ。

バルダッサーレ殿下はぼくの知らない視点と知見を持った人だ。

ぼくを聖女として保護してくれる聖下とも違う。

「テオドア・メディコ」

「はい？」

お湯の温度を調節していたぼくは、急に名前を呼ばれて驚いた。

「このまま私の妃として国を担うつもりはあるか？」

「嫌です」

いつも通り政治向きの話をしていたバルダッサーレ殿下が、不意に話題を変えた。

ぼくは深く考えることもなく、反射的に答える。聞かれるまでもなく、答えは決まりきっている。

今更聞くなんて、酔っ払ったのかな。

「……即答だな。少しは躊躇わないのか？」

「酔ってらっしゃいますか？」

「こんな薄い酒で酔えるか」

不満そうにバルダッサーレ殿下は杯を掲げる。

ブラン公爵からの蒸留酒ではなく、中身はワインだった。眠るためのアルコール度数の高い酒が不要になった殿下は、好みで選ぶとワインになったらしい。

酔いすぎないせいで寝つきやすく、良眠のせいで翌日も元気でいられるという、好循環に切り替わっていた。

「正気でいらっしゃるなら良かった。今でもぼくの望みは、ファウス様の元へ帰る事です」

殿下の足元に跪《ひざまず》いたまま、ぼくは顔を上げた。

ファウスと一緒に怒鳴られていた時と比べて、殿下はもう少し理性的な人だと分かっている。

だから、ぼくは遠慮せずに意見することにしていた。

「私の妃であれば、この国の政《まつりごと》に関与できる。お前の意思が国政に反映されるのだ。財も第二王子の側近よりもはるかに多く手にするだろう。それでも、私よりもファウスが良いというのか？」

「はい。ぼくはファウス様のお傍にいたいのです、殿下」

「何故だ？」

「殿下がご結婚なさらない理由と同じです」

「……」

バルダッサーレ殿下は、怒ることもなく、黙り込み、目を閉じる。

ぼくは確信をもって、あえて踏み込んでみた。

長年拗《こじ》らせているらしい聖下への想いが、バルダッサーレ殿下を結婚に踏み切らせない理由だろう。

結婚する意味も、そのメリットも、この殿下は重々分かっている。

次の王として妻を迎えて後継を生《な》す必要性も、理解している。

　理性的に理解しているのに、感情的に整理できないから動けなくなっているのだ。

　それなのに結婚を拒否する理由を、周囲が「バルダッサーレ殿下の我儘」だと思っているのは、日ごろの態度のせいだ。

　誤解されるのは、自業自得だ。

　自分が上手くいかないから、バルダッサーレ殿下は、ぼくをファウスから取り上げるという子供じみた嫌がらせをしたのだ。

「そうか。どうしても、嫌か」

「はい」

　考え込んだ末に、殿下は溜息のように呟いた。

　ぼくも、解釈の間違いようがないぐらい、はっきり返答しておく。

　側近として仕える、というなら一考の余地があったかもしれないけれど、ぼくに用意されているのは妻として、伴侶としての立場だ。

　それは困る。ファウスとの恋が叶わなくても、それは嫌なのだ。

　ここで殿下に遠慮して曖昧《あいまい》な返答をしても、拗れる原因になるだけで、良い事は起こらない。だからぼくは遠慮しなかった。

　殿下だって、ぼくが弱そうで流されやすそうに見えて、本当は頑固な事ぐらい分かっているだろう。毎晩骨煎餅を食べに来ているんだから。

「私はもう寝る。お前も早く寝ろ」

「分かりました。おやすみなさいませ」

　怒ったふうでもなく、かといって落胆した様子もない。ぼくを妃にすることにはこだわることなく、穏やかに殿下は目を閉じた。

　いつものように殿下の足を拭いて、香油を塗り込んでいると、すぐにウトウトし始める。あとはぼくも自分のベッドに入って眠るだけだ。


　ぼくが使い終わったお湯を部屋の隅に片付けていると、コツコツ、と窓を叩く音がした。

　驚いて窓を見ると、いつかのようにファウスが逆さまになって覗き込んでいる。思わず声を上げそうになって、慌てて自分の口を押さえる。

　寝息を立てているバルダッサーレ殿下を窺うと、目覚めた様子はなかった。

ドキドキと緊張に走り出す心臓の鼓動が、聞こえてきそうだ。

びっくりした。

でも、嬉しい。

ファウスに会えて、元気そうな顔を見られて、すごく嬉しい。

声を殺して、何なら呼吸すら止めて、ぼくはそろりそろりと窓辺に近づいた。

ぼくが気づいたことを知ったファウスは、気楽に手を振っている。

もう、呑気《のんき》なんだから。バルダッサーレ殿下に見つかったら、ただでは済まないのに。

バルダッサーレ殿下は、ファウスがいない時は理性的な人だけれど、いる時は感情に任せて怒鳴りつけたり、手を上げたりする人なのだ。

足音を殺して、窓を開ける。

窓から顔を出すと、夜風が気持ちよく吹き抜けていった。

「ファウス様、危ない事をしないでください」

「テオ。手を出して」

「はい？」

ぼくのお説教も気にせず、ファウスは満面に笑みを浮かべていた。

言われるままに、ぼくは片手を差し出す。

屋根の何処に摑まっているのか、器用に両足だけで自分の体を支えているファウスは、差し出したぼくの手を両手で握った。

ぐ、と強く腕を引かれる。

「あっ」

ぼくは、不意に体が宙に浮いたのが分かった。

ふわりとお腹が冷えるような浮遊感に続いて、ぐん、と遠心力が掛かる。

世界が一回転した。

降るような満天の星が、ぼくの視界をいっぱいにしてしまう。

綺麗。

すごく綺麗で怖い。

「あァッ」

思わず叫んでしまいそうになるのを、ファウスは抱きしめて防いでくれた。

勢いのまま二人で抱き合って転がる。

辿り着いたのは吹き曝《さら》しの屋根の上だ。

屋上のような、広めの空間になっている。

もちろん屋上そのものではない。

手すりもない、少し開けた、屋根の上にすぎないのだ。

いきなり落ちることはないだろうけれど、見たこともない高い場所に連れて来られて、ぼくは必死でファウスにしがみ付いた。

「大丈夫だ。俺が摑まえているから、落ちたりしない」

「でも、でも、ファウス様ッ」

「怖くないって。ほら、テオも座って」

「は、はい」

がくがく震えながら、ぼくはファウスに促されるまま座り込む。ファウスにくっついていることが、ぼくの命綱みたいなものだ。

ファウスは怖いとは思わないのか、ぼくを抱き寄せたままパタパタ尻尾を振っていた。

ご機嫌だな。

「テオ、元気だったか？　ずっと会いたかった」

「元気でしたよ。ファウス様こそ、お変わりなく。ぼくもずっと、会いたかった」

ぎゅう、とファウスの腕に力が籠る。

長い尻尾までぼくの方に伸びてきて、頰に擦りつけられた。

「このまま俺と逃げよう」

「駄目です。前も言いましたよ。ここに来てはいけないとも」

ぼくに囁いた声は、楽天家なファウスのものだとは思えないほど真剣で、だからこそぼくは、穏やかに諭《さと》した。

ファウスだって、分かっている。

ぼくを連れて逃げても、未来がないことぐらい。

「貴族議会の決議は聞いたか？」

「いいえ」

「テオは、最終候補の筆頭に名前が挙がった」

「そんな、馬鹿な」

バルダッサーレ殿下のお気に入り、という名目で名簿にねじ込まれているのは予測できるけれど、高貴な姫君たちを差し置いてぼくが筆頭というのは何かの間違いだろう。

それとも、殿下本人の意向はそんなに重視してもらえるんだろうか。

「テオがかわいくて、すごく有能だって、皆知ってるんだ」

「それこそ、間違いでしょう？　ぼくは、見栄えはしないし、ただの子供だし――」

す、とぼくのメガネが取り上げられる。

夜の闇は、ぼくの目に優しい。

間近にぼくを覗き込む、ファウスの瞳があった。

「こんなに綺麗な赤い目をしているのに？」

「そんなことを言うのは、ファウス様だけです。メガネを返してください！」

真正面からの賛辞に頰が熱くなる。

「真っ赤になってかわいい。兄上には、見せてないよな？　テオのかわいい顔」

「バルダッサーレ殿下は、ぼくに興味はありませんよ！　初日にもそう言ったでしょう」

臆面《おくめん》もなくぼくをかわいいと言い切るファウスに、ますます恥ずかしくなってぼくは声を荒らげてしまう。

メガネを取り戻そうと腕を伸ばすと、易々《やすやす》とぼくには届かない高みに掲げられた。

今夜のファウスは意地悪だ。

メガネに向かって手を伸ばすぼくを、ファウスは揶《から》揄うように見つめている。

「テオから俺にキスしてくれたら、返してやる」

「……」

「もう、俺とはキスしたくない？」

したくないはずがない。

いつだって、ファウスの傍がいい。

甘えん坊で、我儘で、でも真っ直ぐなファウスの傍がいい。

夜中に屋根を走って会いに来てしまうぐらい、馬鹿な君の傍が一番いい。

「俺より兄上の方が良くなった？」

試すように目を眇《すが》めるファウスに、ぼくはたまらなくなった。

どこでどう間違ったら、そんな結論になるんだ。

ぼくは、一度だって、ファウス以外が良いと思ったことはない。

君の一番になれなくても、ぼくの一番はファウスだけだ。

「ファウス様の馬鹿」

意地の悪いファウスの首筋に腕を回し、思い切り体重をかけてしがみつく。

このままバランスを崩して、屋根から落ちたって良い。

ぼくの行動に驚いている唇に、口づける。

ずっと好き。

いつも好き。

やわらかい唇に触れると、ファウスの方からも口づけてきた。唇を舐められるだけで、くすぐったさと、背筋が震えるような興奮が走り抜けていく。

唇を押し開けるように、熱い舌がぼくの口腔《こうこう》に潜り込んでくる。

口蓋を刺激してくる動きに、ぼくはぼう、としてしまう。

気持ちいい。

くちゅくちゅと唾液をかき混ぜる、恥ずかしいほど淫《みだ》らな音も、気持ちがいい。

ぼくよりもザラザラしたファウスの舌に、粘膜を擦られる痛みすら甘く感じる。

何度も唇を結び合わせ、引き出された舌を擦り合わされて、舐められる。

このまま食べられてしまいそうだ。

「ふ、ぁ、ん。んぅ」

「ん。ん」

熱心にぼくの唇を探るファウスは、いつの間にかぼくの上に伸し掛かっていた。覆いかぶさるファウスに、縋《すが》りつくようにしがみつく。

豊かな真っ黒い巻き毛を探ると、パタパタと動くファウスの耳が指先に触れた。

薄くて、すべすべの毛で覆われたファウスの耳を撫でまわすと、口づけたまま、喉を鳴らすように笑われる。

「悪戯《いたずら》するな、テオ。くすぐったい」

「ごめんなさい。すべすべで気持ち良くて」

ぼくも思わず笑ってしまう。

もう一度耳を撫でてから手を離すと、ファウスはぼくの首筋に顔を埋《うず》める。

「テオ、大好き」

「ありがとうございます」

従者のぼくは、大好きとは言えない。

代わりに強く抱き締め返した。

真っ暗な夜の屋上では、ぼくとファウスしか、世界に存在しない気がしてくる。

ファウスとぼくの二人きりだ。

「テオに来るなと言われているのは分かっていたんだが……。兄上が毎日毎晩、テオの部屋で過ごしていると聞いた。我慢できなくて、テオを攫《さら》うために来てしまった」

「ぼくの部屋でおしゃべりをして、おやつを食べているだけですよ」

「本当に？　兄上に、何もされていないのか？」

「ご覧になったのでしょう？」

バルダッサーレ殿下とぼくが毎夜過ごしている事に、我慢できなくて来たと言うなら、ファウスはぼくが殿下に押し倒されている真っ最中でも、踏み込む覚悟で来たのだろうか。

ファウスの事だから、そこまで細かく考えていないのだろうけど。

ファウスの想像通りだとしたら、ものすごい修羅場だ。

「今日はたまたまかもしれない」

「ぼくがそういう意味で、バルダッサーレ殿下の寵《ちょう》を得ていると？」

「テオはすごくかわいいから、心配だ」

「毎日同じですよ。たまたま、バルダッサーレ殿下は骨煎餅を気に入ったので、ぼくの部屋にお越しになるんですよ」

「骨煎餅は、美味いのか？」

ぴくぴく、とファウスの耳が動く。

聖下と同じ反応だ。

本当にセリアンは食いしん坊だなぁ。

「今度、ファウス様に作ってさしあげますね。美味しいですから」

「楽しみにしてる。でも、さっき兄上は食べてなかった。寝てたぞ」

よく見ているな。むしろ、いつから見ていたんだろう。

「あれは、足だけお湯につけてマッサージしていたんです。疲れが取れて、よく眠れるように。バルダッサーレ殿下は、眠りが浅いようですから」

「俺にもしてくれ」

「はい、もちろんです」

即答しながら、ぼくはついつい笑ってしまう。

ファウスの寝付きはものすごく良いし、目覚めも良い。疲労とストレスに苛《さいな》まれているバルダッサーレ殿下とは真逆だ。でも、ファウスが望むなら、してあげたい。

「骨煎餅も、足湯も、ファウス様のために何回でもしてあげます。ぼくとバルダッサーレ殿下の間には何もないと分かっていただけましたか？　分かっていただけたなら、今日はお帰りください。見つかったら、ただではすみません」

「身代わりにはアダルを部屋に置いてきたから、大丈夫だ」

十歳の時から進歩していないファウスの発想に、ぼくはたまらなく愛しくなった。

もー、ぼくがいないと駄目なんだから。

「バルダッサーレ殿下以外にも、お仕えする人達に見つかっても、困ったことになります」

「テオを背負ってでも、城から出られるぞ」

「それでも、駄目です。ぼくは大丈夫ですから。お帰りください」

「テオ」

「お妃候補にぼくが残っているのは、何かの間違いです。次の議会では修正されて、ぼくはファウス様のところに戻されますよ」

「本当に？」

そうなるだろう、とぼくは思っている。

王太子というバルダッサーレ殿下の立場が、これ以上の抵抗を封じるだろう。

彼が自分で選べず、誰も受け入れられないから、貴族議会がふさわしい花嫁を選ぶ。それはぼくではない。

そうなればぼくは、お役御免だ。

新しい公共事業の話も、遠い戦の話も、外交官とのやり取りも、教育改革の話も、バルダッサーレ殿下と交わすことはない。

少し寂しい気もするけれど、それが今まで通りの姿なのだ。

ぼくは無事に第二王子の側近に戻る。

ファウスの傍にいれば、またバルダッサーレ殿下の八つ当たりや嫌がらせで、怒鳴られることになるだろう。

「あと少しの我慢です。ぼくも我慢します。ファウス様も、我慢してください」

「……分かった。でも、テオ。兄上からテオを守れなかった、情けない男だけど、俺はいつもテオを想っている。助けになりたいと思っている」

「信じています」

これは本心だ。ファウスの気持ちは、一度だって疑ったことはない。

「会いに来てくださって、ありがとうございます」

「攫って逃げるつもりで来たんだけど」

何度もそう言うファウスだけど、特に何か準備しているようには見えない。荷物すらない。

「手ぶらで？」

ぼくは思わず聞いてしまう。

「何かいるのか？」

「いいえ。いいえ、何もいりませんんよ、ファウス様」

ファウスは、あれこれ準備がいると考えたり、逃げる先はどうしようかと悩んだりしないらしい。

すごく彼らしくて、愛しくて、ぼくの胸はいっぱいになる。

ファウスは、本気で、全力で、そして打算もなくぼくを守ってくれようとするだろう。そんな彼の行動を支えるのは、ぼくでありたい。

「貴方の傍に戻るのに、荷物は何もいりません」

「……う、ん？　テオは何か難しそうなことを考えているな」

「いいえ。何も難しくはありません。ただ、ファウス様を信じているということです」

大好きだということだ。

「俺も信じている。テオを一番、信じている」

ちゅ、とファウスの唇がぼくの頬に触れる。

鼻の頭、瞼、眉、そして唇。

触れるだけの口づけが、何度も何度も落ちてきて、ぼくは幸福で泣きそうだった。

「必ず、取り戻す」

「必ず、戻ります」

ぼくとファウスは固く手を握り合った。


「なんだ、戻ってきたのか」

「……目覚められていたのですか、殿下」

ぼくがこそこそと部屋に戻り、音を立てないようにベッドに潜り込んだところで、バルダッサーレ殿下から声が掛かった。

心臓が止まるかと思った。

何度もバルダッサーレ殿下の姿は確認したけれど、ぐっすり眠っているように見えたのに。

びくびくしながらバルダッサーレ殿下の方を振り返

ると、変わらず横たわったままだ。

長い尻尾が、覚醒していることを知らせるようにゆらりと揺れている。

「うなじは噛ませたのか?」

「何のことでしょう。まだ夜も更けておりません。おやすみになられては? 御酒を召し上がられますか?」

「野良猫が煩《うるさ》く鳴いて、目が覚めた。勝手に出て行くなら、見逃してやろうと思ったのだが」

「野良猫ではありません。気高いぼくの王です」

「……」

ぱち、と黄金の眼差しがぼくを射る。

声もなくぼくは息を吞んだ。

怖いほどの威圧感。

甘さも隙も微塵《みじん》もないこの眼差しこそが、支配者だった。

「テオドア・メディコ。四日待て。あと四日だ」

「……はい」

あと四日で何が? とは思ったけれど、質問させてくれる雰囲気ではない。

もう一度眠り始めたバルダッサーレ殿下を見つめながら、ぼくはなかなか寝つけずにいた。

九

あと四日って何だろう。

ぼくはそんなことを考えながら、鬱々と過ごしていた。

悩んでいるぼくとは裏腹に、バルダッサーレ殿下は普段と変わりないように見える。

執務室に籠ったり、陳情を聞いたり、会議に出たり、かと思えば軍事訓練の視察に行ってみたり。

バルダッサーレ殿下について回るのがぼくの仕事なんだけれど、成人した王子が担う仕事って忙しいな。

そのうちファウスに振り分けられることもあるだろうから、ぼくはしっかり勉強するつもりでついていった。

ぼくをどこにでも連れ回すバルダッサーレ殿下の姿は、王宮に仕える人々の目にも留まっていたらしい。

「テオドア様は、本当にバルダッサーレ殿下の寵を得ておられるようですね」

毎日の着替えを手伝ってくれるトルフィさんは、そんなことを言う。

「そうでしょうか。ぼくは単に使い勝手が良いのでは？」

「殿下のお話し相手ができると言うだけで、充分ですよ。テオドア様をお連れになると、殿下のご機嫌がよろしくて周りも安堵しています」

「ぼくがお役に立っているのでしたら、嬉しいです」

ほかに言いようがなくて、そう返事をしてしまう。

ぼくがついてきたら、骨煎餅が食べられるから機嫌がいいだけじゃないのかな。

「どうかこれからも、バルダッサーレ殿下を癒して差し上げてください」

「……頑張ります」

優しい笑顔でそう言われると、ぼくも冷たいことは言えない。

本当は骨煎餅のレシピは料理長が知っているし、足湯なんて誰にでもできる仕事だから交代してもらって良いと思っている。

ぼくからバルダッサーレ殿下に、わざわざぼくの部屋に来なくても、自室で足湯をしてもらうよう提案してみたこともある。「お前が始めたのだから、お前がやれ」とあっさり却下されてしまった。

マッサージだって、ぼくみたいな素人《しろうと》じゃなくて、力の強い専門家にしてもらった方が気持ち良いだろうに。いや、綺麗なお姉さんの方がいいかな。

聖下に似た色白で青い瞳の女の人が良いなら、そっちに頼めばいいのに。なぜかぼくを指名し、ぼくの部屋に通いつめてくるのだ。

そのせいで、実態は癒しグッズにすぎないぼくは、噂の中ではバルダッサーレ殿下の寵愛を一身に集める寵童になっていた。

伝聞でしかぼくを知らない人は、妖しい美貌の少年を期待しているらしく、初対面の人にはことごとくガッカリされる。

ぼくの容姿がパッとしない、ヒョロヒョロのチビだとは分かっているけれど。勝手に期待して、勝手にガッカリするのは酷いじゃないか。

大柄な美丈夫であるバルダッサーレ殿下の陰に隠れるように歩くぼくを見て、びっくりしたようにバルダッサーレ殿下へ視線を戻し、「テオドア・メディコ……殿？」「ああ。私が連れ歩いている、コレだ」という会話を何回聞いたことだろう。

「かわいらしいお方ですね」と言ってくれるならまだマシだ。

お妃候補のご令嬢方は、あからさまに「貧相な」と評価する。

セリアンの方々。もう少し相手の事を思った発言をして欲しい。ぼくが泣いてしまう。

貴族議会終了後、お妃候補の筆頭に躍り出てしまったぼくの日常は、少し変化していたのだ。


「テオドア、お前を解放することにした」

「あと四日」の謎が明かされたのは、三日目だった。

いつも通りぼくに足湯をさせて寛いでいるバルダッサーレ殿下が、急に言い出したのだ。

「……」

「喜ばないのか？」

「とても嬉しいです、バルダッサーレ殿下。どなたか花嫁を決める決心がついたんですか？」

それぐらいしかぼくには思いつかなかった。

ぼく以外の誰かを花嫁として指名する。ぼく以外であれば、あっさり貴族議会の承認を得られるだろう。全員が精査済みの、高貴なお姫様なのだから。

「いや、それは……決めていない」

違うのか！

珍しく気まずそうに、黄金の瞳が泳ぐ。

「聖下に、愛してますと告白して、当たって砕ける覚悟をなさったとか？」

「だ、誰が！　叔父上に、そんな！　不敬だぞ、テオドア。叔父上は、聖堂で最も聖なるお方。誰の手も触れることはできない。たとえ国王でもだ！　間違っても、不遜な事を口にするな！　叔父上が……シモーネ聖下が穢《けが》れる」

途端に、バルダッサーレ殿下はあからさまに動揺して、大声を出す。

以前はこの怒鳴り声が怖かったけれど、分かりやすすぎる狼狽えっぷりと、ぼくには手を上げない人だと知っているので、冷静に受け流した。

「申し訳ありません」

「ふん、分かればいい。私が叔父上に不埒《ふらち》な想いを抱いているなどという妄想は、今後一切口に出すな」

「承知いたしました」

バルダッサーレ殿下の動揺具合が、ぼくの言葉の正しさを証明しているようなものだけれど、指摘しても怒られるだけなので黙っておく。

「き、貴様が余計なことを言うから……ッ」

バルダッサーレ殿下は、パタパタと尻尾を忙《せわ》しなく揺らしながら、自分の髪を弄《いじ》る。

必死で毛づくろいをして、動揺を抑えている猫みたいな仕草だった。

「申し訳ございません。ぼくもびっくりしてしまって、つい。もしかして、ぼくが毎日一生懸命マッサージして差し上げているから、ご褒美にファウス様のところに返してくださる、とか?」

「そんなところだ」

つん、と視線を逸らされてしまう。

親切でぼくを返してくれる気になったのかな。

元からぼくを取り上げたのだって嫌がらせが主な目的なのだから、返すのだって気まぐれかもしれない。

「明日、私の予定にブラン公爵の醸造所への視察が入っている」

「はい」

一度視察についていった場所だ。

少し王都から離れていた。行って戻るだけで、馬車だと一日仕事だ。

「その直後に、北方師団の出発式があり、私が出席しなければならない」

「そうですね」

忙しそうなスケジュールだな。

バルダッサーレ殿下はたった一人の成人した王子のせいか、こういう無茶な行程をよく組まれる。それをこなしてしまうから、いくつでも仕事が入るんだろうけれど。できるという実績を積み上げれば、より無理を通されてしまうのは、どこの世界でも起きることだ。

「行きは馬車で行くが、帰りは馬車では出発式に間に合わない。私は騎馬で先行し、お前は一人馬車で帰る。トルフィを連れていけ」

妙に作為的な計画に、ぼくは首を傾げた。行事を無理に詰め込まれているような気がする。

「ブラン公爵家のアークィラは、お前の名前が挙がるまで妃の筆頭候補だった。私とはハトコの関係だから、血が近すぎず、遠からず。年齢も今年で二十歳で婚姻に問題はない」

嫌な予感がする。

ご令嬢の頭上にいきなり躍り出た、平民出の寵童。一人で呼び出されて、王都から離れる。

「ぼくは、お留守番では……」

「アークィラが私の妻となり、次の王妃となった暁には、ブラン公爵家が王都の酒造や流通に大きな力を持つだろう。妻となれば、な。

家の勢いがあるのは結構だが、これ以上増長されるのは王家としても目障りだ。しかも、密輸の証拠がいくつも出ている」

「バルダッサーレ殿下。ぼくはファウス様のためなら命を懸けますけれど、貴方のためには――」

「たとえ平民であっても、私の寵を受けた者を害すれば、重罪だ。毎夜寵を得て、その腹には私の子がいるかもしれない。未来の国母を手に掛けようというのだからな。ブラン公爵家であっても、逃れることはできない」

決定的な言葉に、ぼくはたまらず立ち上がった。

何がご褒美だ。ただのおとりじゃないか。

それに、ぼくは誰ともそういう事はしたことないです。

ファウスに誤解されそうなことは、言わないで欲しい。男の身で処女懐胎なんて、怖すぎる。

どうしてぼくを傍に置いていたのか、よく分かった。周りに「そうじゃないか」と誤解させるためだったんだな！

この性悪王子め。一生懸命にリラックスできるように気を配ったぼくが、馬鹿みたいだ。

「バルダッサーレ殿下！　ぼく、立ち回りには自信がありません。そういうのは、嫌です」

必死で訴えると、黄金の瞳が酷薄に細められる。

狩りをする獣の目だ。

逃げることしかできないぼくには、到底できない表情だった。

「襲撃されるのは分かっているのだから、その前に逃げろ。私が欲しいのは、『襲撃した』という事実だけだ。

トルフィを付けてやるから、逃げて、そのままファウステラウドのところへ戻れ。あれには、お前の潜伏先を教えておく。

そうだな、お前は襲撃の恐怖で萎縮し、王妃への覚悟が揺らいだのだ。そのため、私の元から離れたこととしよう。優しい第二王子の元へ戻るのだ」

「信じてよろしいのでしょうか！」

「お前は、私の……。私にできる、お前への……。

——いや、お前は、聖下のお気に入りだ。傷一つでも付ければ、叔父上の不興を買う。これ以上は御免だ」

何度も言葉を飲み込んで、最終的にバルダッサーレ殿下はそう説明した。

確かに。ぼくが怪我をしたりしたら、聖下は怒ってくださるだろう。

会ってもらえないだけでも、充分落ち込んでいるバルダッサーレ殿下は、これ以上冷たくされるのは耐えられないのだろう。

ぼくへの気持ちよりも、聖下への拗れた恋心の方を信用するしかない。

「ブラン公爵家の計画を押さえるのに手間取ったゆえ、直前の告知で悪かったな」

本当に、バルダッサーレ殿下の言う通りだ。

もっと早く教えてくれたら、ぼくだって心の準備ができたのに。

ぼくはおとりにされる恨みの籠った顔で、仕方なく頷く。

「襲撃は帰路、王都に入る前に行われる。野盗を装った、雇われ者によるものだ。野盗そのものかもしれないがな。構成員にセリアンはいない。それ故、醸造所から離れた段階でお前は馬車から降り、トルフィと共に騎馬で移動せよ。トルフィには、お前程度であれば乗せることができると確認済みだ。

お前の逃亡先も確保した。王都のはずれにある私の屋敷だ。場所はトルフィが知っている。叔母から相続したものだから、ほとんど使われていない。埃《ほこり》っぽいのは我慢しろ。すぐにファウステラウドに迎えに行かせる」

「ファウス様は、この計画をご存知でしょうか？」

「当事者のお前に、今話しているのだ。あれにはまだ言っていない」

「分かりました」

下手に早めに教えてしまうと、ファウスの気性では真っ直ぐブラン公爵に殴り込みに行きそうだから、心配だ。

まだ悪いことをしていない、推定悪人は、捕まえられない。だからバルダッサーレ殿下は、大掛かりなお芝居を始めたのだろう。

おとりがぼくじゃなければ、もっと良かったのに。

「お前に、傷一つ付けることはない。事前に必ず逃がす。これは、本当だ」

「お願いします。ぼくは見た目通り荒事の役には立ちませんから」

すべての計画が決まってしまった状態なので、ぼくが口を挟む余裕はない。諦めて微笑むと、バルダッサーレ殿下はどこか痛むような表情をした。

黄金の眼差しが、切なそうに細められる。

「そうだな。計画が破綻しそうなことは、しない」

計画の心配か、と思いつつ、ぼくは足湯を終わって、仕上げの香油を塗り込んだ。

突然計画を知らされたけれど、思えば、今日が最後なのだ。

バルダッサーレ殿下とこうやって話をするのも、眠れるようにマッサージしてあげるのも。

そう気づいてしまうと、不本意ながら始まったバルダッサーレ殿下の従者生活に、思ったよりもぼくは馴《な》染《じ》んでしまっていたことに驚く。

「お前も早く寝ろ。明日は忙しい」

「そうですね。おやすみなさいませ、バルダッサーレ殿下」

「お前が常に、幸福であるように。良い夢を」

「……良い夢を」

ただの寝る前の挨拶だった。

けれど、今まで一度だって、そんな言葉を掛けられたことはなかった。

ぼくは不思議な気分で、目を閉じてしまったバルダッサーレ殿下を見つめた。ぼくの視線を感じているだろうに、すぐに寝息を立て始めた彼は、それ以上何も言わなかったのだ。


すべては計画通りだった。

予定が立て込んでいるバルダッサーレ殿下は、往路はぼくと共に馬車に乗り、復路は一人馬に乗って先に行ってしまった。

醸造所の案内に来てくれたブラン公爵は、朗らかで威厳のあるセリアン男性だ。とてもぼくに悪意を持っているようには見えない人だった。だからこそ、貴族社会って怖いのだ。

ブラン公爵に快く送り出され、その姿が完全に見えなくなってから、ぼくは用意された馬にトルフィさんと一緒に移る。

御者さんだけ取り残されることになるけれど、いつの間にか御者はいつもの人ではなく、大柄なセリアン男性に代わっていた。「何かあれば、馬に乗ってそのまま逃げますから」と豪快に笑ってくれる。

実際は、殿下が用意した追尾の軍と共に、実行犯を取り押さえる役目だという。

仕事とはいえ、危険な役目を引き受けるのは大変だ。無事でいて欲しいと思う。

そうやって御者さんとも、馬車とも別れ、ぼくはトルフィさんの前に乗せられて移動を始めた。


街道を逸れて、地元の人しか使わないような細い道を行く。

馬車の姿が見えなくなってから、トルフィさんはそれほど馬の速度を上げずに歩かせた。

ぼくもトルフィさんも小柄とはいえ、二人も乗せている馬の負担を考えているのだろう。

いくつもの道を曲がり、小さな林を抜ける。時々、農作業に行く住民ともすれ違う。生活道路なのだ。


ぼくは段々心細くなってきた。

トルフィさんの手綱さばきに迷いはない。道に迷っている様子はない。けれど、方角が違う事に、ぼくは途中で気づいてしまったのだ。

太陽の位置から、大体の方角は割り出せる。少なくとも、王都へ真っ直ぐ向かってはいない。

トルフィさんに尋ねるべきか、ぼくは迷った。

このまま気づかないふりをしておくべきか、それとも、問いただしてみるべきか。

どちらがぼくの生存率を上げるだろう。

「緊張しておいでですか、テオドア様」

「はい。ぼく、馬に慣れていなくて」

話しかけられると、ぼくは心臓が縮み上がりそうな気がした。

でも、まだ気づいた事に勘づかれてはいない。

ぼくも対策を立てていないのだから、知らないふりしかできない。

「大丈夫ですよ。これから、慣れない事ばかりするのですから」

「……ッ」

決定的な言葉に、ぼくは覚悟を決めた。

トルフィさんは取り繕う事を止めたのだ。

ぼくはとっさに、馬から身を投げ出した。

本当は飛び降りたいところだけれど、トルフィさんの腕の間からすり抜けて、ずり落ちただけだ。腰が抜けそうなぐらい怖いけれど、両手をついて立ち上がる。

トルフィさんも怖いけれど、馬に踏まれるのも怖い。相手に悪気がなくても、踏みつぶされるから。

「待ちなさい！　無駄ですよ、テオドア・メディコ」

「……ッ」

その声に、ぼくは弾かれたように走り出した。

トルフィさんはもう裏切りを隠すつもりがない。だったら、ぼくは必死で逃げるしかない。捕まって、嬉しい事は起きそうにもないのだ。

元から虚弱気味のぼくの体は、全力疾走にすぐに悲鳴を上げ始める。

喉が痛いほど苦しい、手足が痺《しび》れてくる。

心臓が激しく鼓動を打つけれど、ぼくは懸命に手足を動かした。

ファウス達と一緒に受けた訓練が、こんなところで役に立つなら、もっと頑張っていれば良かった。

いつも、いつも。

ぼくが苦手なことは、ファウスやアダル、シジスが助けてくれた。

ぼくが弱くても、三人は何でもない事のようにぼくを助けてくれていた。

今は、誰も助けてくれる人はいないのだ。

ただひたすら、立ち止まれば二度とファウスに会えないという思いだけが、ぼくを突き動かす。

会いたい。

ファウスに。アダルと、シジスにも、会いたい。

丈の高い草むらに足をとられ、よろめきながらも走り続ける。

どこかに人家があれば助けを求めるのに、見渡す限りあるのは畑ばかりだ。

「無駄です、立ち止まりなさい」

蹄《ひづめ》の音が、ぼくを追いつめるように近づいてくる。

「手間を掛けさせないでください。どうせ逃げきれないのですから」

へとへとに疲れ果てたぼくのすぐ前に、トルフィさんが降り立つ。

追いかけっこは、すぐに終わってしまった。

ぼくが逃げた距離は、短い。

ぜいぜいと肩で息をしながら、ぼくは振り上げられる白刃の煌めきを見つめた。

　ファウス。

　君に会いたい。

十

　漆黒の獅子が、荒野を疾走していた。

　豊かな鬣《たてがみ》を風に流し、炎のような黄金の瞳がひたすらに前を睨んでいる。

　獲物を追いかけているというより、どこかへ急いでいるように見えた。

　おかしいな。

　ライオンという動物は、全力疾走で延々と追いかけるような狩りはしないはずだ。

　獲物に忍び寄り、群れで囲んで飛び掛かり、仕留める。

　そんな狩りをするはずの獣の王は、駆り立てられるように走り続けているのだ。


　ぼくはそんな恐ろしくも美しい獣の、躍動する四肢を眺めていた。

　生命の漲《みなぎ》るような、潑剌《はつらつ》とした動きをぼくは知っている。

　君に、会いたい。


「ファウス、さま」

　ポロリとぼくが呟いたのは、ファウスの名前だった。

　酷く美しい夢を見ていた気がする。

　夢の名残《なごり》は瞬く間に摑みどころを失い、ぼくは闇の中に取り残されていることに気づいた。後ろ手に縛られた状態で、転がっているのだ。埃っぽい床に直接転がされているのだろう、体重が掛かった腕が痛い。

　ぼくに向かって振り下ろされる白刃の煌めきを最後に、記憶が途切れているので、何がどうなったのかよく分からない。

　トルフィさんが剣を抜いた時、ぼくは殺されると思った。

　気が遠くなる恐怖の中、心に浮かんだのは、ファウスの姿だった。

たまらなく恋しくて、ファウスに会いたくて苦しかったのだ。

必ず戻ると約束したのに、果たせないのが悲しかった。

もう駄目だと思ったのに、気がつけば怪我もしていない。痛いのは縛られた腕だけだ。

死なずに済んだのなら、まだぼくにはファウスの元に帰る機会があるはずだ。

帰りたい。

約束したんだ。必ず帰るって。

誘拐犯の居場所も分からないので、ぼくは息を殺したまま目だけを動かして周囲を観察した。

ずいぶん暗いけれど、闇に慣れると周辺の物の形ぐらいは見えてきた。

メガネはどこかに落としたらしい。

体を動かしてみると、後ろ手に縛られる以外の拘束はされていない。

ぼくが無力だと、相手はよく分かっているのだろう。

確かに縛られた状態では立ち上がるのも難しいし、ここから逃亡する方法も見えない。でも、このまま転がっているわけにはいかなかった。

今、ぼくには生かす価値があるのだろうけど、それは何なのか考えなければ。

そのためには、トルフィさんの目的に見当を付けなければならない。

ブラン公爵側の人間だった、とか？　ぼくの襲撃自体が偽情報だった、とか？

でも、バルダッサーレ殿下が欲しかったのは、「ぼくの乗った馬車を襲った」という事実。中にぼくがいる必要はない。トルフィさんもその作戦を知っているから、今更ぼくを誘拐しても意味がない。

では、他の誰か。

簡単に思いつくのは、ブラン公爵以外のお妃候補。

筆頭に名前が挙がるぼくを、二番手が排除しようとして失敗、その罪を負って失脚。ぼく自身も行方不明となれば、三番手に順番が回るだろう。

でも、三番手の勢力だったら、どうしてぼくを生かしているんだろう。貴族から見れば、ぼくなんて平民は、殺してしまった方が簡単だと思えるのに。

情報が少なくて煮詰まっていると、カツカツ、と硬い靴音が響いてきた。これは、靴底に硬い材質を使っている。野盗や、盗賊崩れではない。彼らは裸足《はだし》の場合すらあるのだから。靴を履いていても、踵《かかと》のない革靴がほとんどだ。

　ぼくは慌てて気絶したふりを続行した。

「――全く、呑気な。まさか気絶されるとは思いませんでしたよ。どこのお姫様ですか」

「お姫様なんだろう？　二人の王子が争ったと聞いている」

「まだ手を出さないでくださいよ。許可は出ていませんから」

「どんな美人だろうが、男じゃないか。興味はあるが、わざわざ――のお怒りを買ってまで手を出すつもりはない」

　耳を澄ませると、密やかな声が聞こえる。微かに異国の訛《なま》りがあった。

　一人はトルフィさん。もう一人は知らない人だ。

　会話の様子から知らない人の方が上位にいるらしい。ぼくを襲撃、誘拐した人は、それなりに高貴な身分で、異国とも通じているのだろうと推測が成り立つ。

　トルフィさん自身だって、異国の人かもしれない。

　バルダッサーレ殿下の侍従官の中で、ただ一人ぼくと同じ「ヒト」。髪と眼の色は薄い。

　バルダッサーレ殿下のお妃候補には、異国の姫君もいたじゃないか。

　初めは、ぼくが十三歳の時。

　十六歳の今も。

　カファロ公国から候補が挙がっていた。

　あまりにも一致する符号に、ぼくはどきどきと緊張に鼓動が速まるのを感じる。

　カファロ公国は今でも、三年前と同じように姫君を嫁がせたがっているのだ。

　一度は恥をかかされて引き下がったにもかかわらず、すごい執念だ。そんなにラヴァーリャ王妃の名は価値があるんだろうか。

　――価値があるんだろうな。

　ぼくの脳裏には、ラヴァーリャとその周辺国の地図が浮かぶ。交通の要衝《ようしょう》も、豊かな穀倉地帯も、港も、あらゆる財と力が集まる繁栄した王国、それがラヴァーリャだ。

　自国の姫がラヴァーリャ王妃となれば、恩恵は多大だ。その子が王位を継げば、カファロ公国の血が、ラヴァーリャ王族に入ることになる。手が届きそうなら、欲しくなって当然なんだ。

殿下の従者として働きだした初日に、色白で綺麗なお姫様が、アークィラ嬢と同じ時に現れたのを覚えている。ぼくは、ついつい聖下によく似た色合いで、バルダッサーレ殿下は色白美人が好きなのだと思われている事ばかりに目がいっていたけれど、姫君がぼくに突っかかって来た原因は、トルフィさんからの情報だったんだ。

ぼくが殿下の寵姫だという噂自体、初めはトルフィさんが流していたんだろう。随分と出回るのが早いと当日も思ったし、ファウスまで知っているのに、聖下は知らなかった。聖下が摑む情報経路とは違うところで流されたから、聖下は知らなかったんだ。

ぼくが現れるよりもずっと早くから、バルダッサーレ殿下の周辺にはカファロ公国の間者がいた。

その目的は何だろう。

確実にカファロの姫を王妃の座に据えるためだろうか。

かちゃ、とドアノブの回る音がする。

「起きろ。いつまで寝ている。『お姫様』」

異国訛りの声が聞こえた。


ぼくは、今目覚めたようなふりをして、ゆっくり目を開ける。メガネを失った目を細めて、声が掛かった方を見上げた。

トルフィさんと同じように色の薄い髪で、覆面をした長身の男がぼくを見下ろしている。

手にしているのは燭台《しょくだい》。つまり、この部屋の外も暗いのだ。ぼくが気を失ってから、日が暮れる程度の時間は経ったのだ。

これだけ時間が経ったのなら、ぼくが戻らないことにバルダッサーレ殿下も、ファウスも気づいているだろう。バルダッサーレ殿下はともかくとして、ファウスはぼくを探してくれると思う。

ぼくの誘拐に気づいてくれれば、絶対探してくれる。ファウスを信じている。

信じているし、一生懸命になってくれるとは思うけれど、助けが間に合うかと考えるとちょっと心もとない。

ファウス達三人がカファロ公国の関与に気づいて、更に追跡を開始して、ぼくまで辿り着くのは、いつかな。

ぼくはそれまで、生きていられるかな。

待っているだけでは、ちょっと厳しそうだ。

「本当に今まで寝ていたのか。さすが、男娼は呑気だな」

「……貴方は？」

蔑《さげす》みと侮《あなど》りを隠そうともしない男に、ぼくはできるだけ幼く聞こえるように尋ねる。

「お前の新しいご主人様だ」

「ご主人様？」

「そう。下賤な男娼にしては、物覚えがいいな」

愉快そうに男が嗤《わら》う。ぼくは意味が分からないふりをして、曖昧に微笑んだ。

ぼくが見た目通り弱くて、情けない男だと思ってもらいたい。二人の王子が取り合った『女』だと思うなら、それでいい。できるだけたくさん油断して欲しいものだ。

ファウスは、ぼくを探している。

それは絶対だ。

だから、見つけてもらえるまで、ぼくはできるだけ時間を稼ぐ。

この男は「新しいご主人様」だと言った。ぼくを殺す気はないのだ。理由は分からないけれど。

「もっと顔を見せろ。ラヴァーリャ王子達を籠絡したのだろう」

部屋に踏み込んできた男が、ぼくの前に屈みこむ。

蠟燭《ろうそく》の炎を近づけられて、ぼくは眩しさに目を細めた。

嫌悪に歪みそうな表情が、上手く眩しさに変換されたと願いたい。

この男は「ラヴァーリャ王子達」と呼んだ。つまり、国内の人間ではないのだ。

ぼくの推測は、ますます確信を得ていく。

「ふん。案外平凡だな。珍しい白金の髪と赤い瞳だが、それだけだ。こいつ以上の美女はいくらでもいる」

「あぅッ」

興味を失ったようにぼくの顔を離し、覆面の男は倒れたぼくの肩を軽く蹴ってくる。爪先が食い込んだ肩が痛い。

「ラヴァーリャの黒猫どもには珍しかったのではありませんか？」

「白雪のような我が姫の美しさも解せぬ、野蛮な黒猫が」

温暖なラヴァーリャでは、髪も瞳も、肌の色も濃い人の方が多い。それを揶揄《やゆ》しているのだと思うけれど、ぼくは不快感を出さないように顔を伏せた。

「だが少なくとも、猫どもの王子を籠絡《ろうらく》したのは間違いない。顔は大したことはないが、具合が良いのかもしれないな。ご主人様にせいぜい媚《こ》びてみせろ」

「……ッ」

ぼくに興味はないと言ったはずなのに、覆面の男は嗜虐《しぎゃく》的な声音でそんなことを言う。

ぼくは動きづらい体を捩って、思わずあとじさった。未知の暴力に体が強張る。

「ああ。やっと、顔色を変えましたね。テオドア・メディコ」

ぼくに見せていた優しい笑顔が嘘のように冷たく、トルフィさんが嗤った。

「どういう意味だ？」

「貴方が思っているほど、彼は愚鈍ではないという事ですよ。そうですね？　テオドア」

怪訝《けげん》そうに尋ねる覆面の男に、トルフィさんは面白そうに答える。ぼくが時間稼ぎをしようとしているのだと、トルフィさんはとっくに気づいているのだ。

ぼくは掌に冷たい汗をかきながら、じりじりと後ろに下がる。

トルフィさんの言葉を否定するために、懸命に首を振った。

「二人の王子に足を開いた男娼じゃないのか？」

「いいえ。むしろ触られたこともないでしょう。私が早く抱かれるように、せっせと手をかけてやったのですが、第一王子の食指は動かなかったようですし」

バルダッサーレ殿下がぼくに触れてないことを、トルフィさんはちゃんと分かっていたんだ。それなのに、あんな破廉恥な格好をさせるなんて、悪趣味だな。

ぼくは、我慢できずに睨んでしまう。

そんなぼくの顔を、トルフィさんは楽しそうに眺めていた。

「第二王子とはどうだか知りませんが。この反応ですと、犯され慣れているようではありませんね。反抗心をへし折る手段として、凌辱が有効そうで何よりです」

「……ッ」

ぼくは、怖がっていることがバレるのは良くないと分かっているのに、恐怖を押し殺すことができなかった。

怖い。

殴られるのも、剣を向けられるのも怖いけれど、押さえ込まれて、そういう意味で嬲《なぶ》られるのも怖い。

ぼくが知っているのは、ファウスがくれた優しい手と唇だけだ。労《いたわ》るように、甘い快楽を引き出すためだけに触れてくれた。

それがとても優しいことだと、分かっていた。

もっと怖いことが存在するのも、知っていた。

カチカチと煩く音がすると思ったら、震えるぼく自身の歯の音だった。

必死で奥歯を噛みしめて、気力を奮い立たせる。

ぼくに触れるのは、ファウスだけであって欲しい。

そのほかなんて、絶対嫌だ。

床を蹴って、ぼくは後ろに下がろうと抗った。

「愚か者のフリはお止めなさい、テオドア。貴方は、私達の正体にも気づいているのでしょう」

「……」

恐怖に浮かんだ涙を零さないように、ぼくは目を見開いたまま首を振った。

何も言いたくない。下手なことを口走る予感しかしない。

「私達の正体に？　お前の正体ですら、第一王子は摑んでいなかったのだろう？　それなのに」

「私の実家がラヴァーリャ貴族だというのは事実ですからね。まぁ、妾《めかけ》の子というのも、事実ですが」

「ふうん？　ほら、チビ。お前は、どこの誰に誘拐されたと思っているんだ？　答えてみろ。正解すれば、そうだな。犯して泣き叫ばせるのは止めてやろう」

笑いながら、じわじわと嬲るように男が近づいてくる。トルフィさんはぼくが逃げられないように、入り口に立ったままだ。

ぼくは恐怖で体が弾けてしまいそうだった。

正解でも、不正解でも、酷い目に遭わされると分かっていたけれど、答えるしかなかった。どうしたらいいか、考える余裕はなかったんだ。

「――カファロ公国。ヴァローナ・ビェールィ姫」

掠れた声で、ぼくは囁く。

かつてバルダッサーレ殿下の執務室の前で出会った、綺麗なお姫様の名前だ。

「……」

覆面の男の目つきが変わる。ぼくを蔑むように笑っていた光が消えた。

お腹の底が、ひやりと冷たくなる。

予想通りといった体《てい》で、トルフィさんは得意気に男の方を見た。

「見た目に反して、ずいぶんと賢いと申し上げたとおりでしょう」

「三年前、我が国を貶めた子供とは、お前か！　異国から来た子供。貧相で見るべき価値もない平凡さでありながら、お前が全ての原因だったと大使がおっしゃっておられた。

　こんな子供を連れ帰る必要などあるものか！　利用価値などどうでも良いわ！」

　大きな手が、ぼくの方に伸ばされる。冷たい怒りの気配に、ぼくは必死で逃げようとした。震える足で立ち上がり、走り出そうとする。

　怒りの内容はよく分からないけれど、ぼくを心底憎んでいることは、よく分かった。

　やっと立ち上がったのに、すぐ背後から襟首を掴まれ、ぼくは呼吸が止まりそうになった。

　嫌だ。

　声にならない悲鳴が、ぼくの唇を震わせる。

　嫌だ、嫌だ。

　助けて、ファウス。

　涙が零れそうになりながら、ぼくは男の手を振り切ろうと身を捩る。

　オォォオオ――――！

　突然、地響きのような咆哮《ほうこう》が轟《とどろ》いた。

　びく、とぼくを掴んだ男の腕が弱まる。

　ぼくは転がるようにして、その手を逃れた。

「なんだ？」

「さぁ。この近くに猛獣が出るとは……」

　トルフィさんと男は、怪訝そうに顔を見合わせる。

　ぼくは、背中が壁にぶつかるまで後ろに下がっていた。これ以上逃れようがなく、縛られた腕で、背後の壁を掻《か》いてしまう。

「まぁ、良い。外に出なければ安全だろう。チビ、こっちに来い。お前には仕置きが必要だ」

　険しい目つきのまま、ぼくに向かって覆面の男が近づいてくる。

　ぼくは恐怖で喉が詰まったように、呼吸すらままならなかった。

　捕まるのは怖い。

逃げたいのに、どこにも逃げられない。

男が手にした燭台の、ゆらゆらと揺れる蠟燭の炎すら恐ろしい。

「お前が全ての原因だ！

変わった知識で、野蛮な黒猫どもに新しい氷菓をもたらしたお前のせいで、我が国の氷菓は、今やただの氷と貶《おとし》められている。最も素晴らしい氷菓子は、太陽の国ラヴァーリャにあり、と。氷と雪を抱く、我がカファロのものではない、と。

第一公女殿下は、失意の中で他国に嫁がれた。大国の正妃として君臨すべきお方だったのに……！　お前が！」

「いやだっ」

ぼくを捕まえようと伸ばされた腕から、必死で身を躱《かわ》す。恐怖にかられたぼくは、バランスを崩して床に転がってしまう。

「逃げるな！　お前一人の身で姫様の屈辱は癒されぬだろうが、報復は必要だ。

第一公女殿下の復讐《ふくしゅう》を果たし、第四公女殿下が、ふさわしい地位につかれる。これこそが正義！」

「お待ちください、服従させよとの命令です。必要以上の折檻は――っ」

「己の立場を思い知れば、服従などその後でついてくるッ。暇な兵士を集めろ。死なない程度に嬲らせれば――」

止めようとするトルフィさんを振り払い、男は恐ろしい計画を告げながらぼくの行く手を阻んだ。

ぼくを無力な子供だと侮っていた油断がない。逃げるような隙もない。

転がったぼくは、必死で起き上がろうと身を捩ったけれど、それよりも男の腕の方が早く届く。

恐怖から目を逸らすこともできず、ぼくは憎しみで歪んだ男の顔を見上げていた。

ファウス。

ファウス。

今、どこにいるの。

君に来て欲しい。

無茶だと分かっているけれど。

お願い。

助けて。

オォォォ――――！

ぼくの祈りに応えるように。

再び、地響きのように低く、長い咆哮が轟いた。

肌がびりびりと震える。

本能的な恐怖をかきたてる声だ。

しかも、ものすごく近い。

ガタン、ガタン、と大きく物が倒れる音が、立て続けに響く。

「ライオンだッ、こんな所に、なぜ――っ」

「近づくな！　誰か、槍を！」

「危険すぎる、どこから、こんな巨大な！」

何人もの悲鳴と怒号が折り重なる。

物音は急速に近づいてきた。

グォオオォォ――――！

背筋が凍りそうな咆哮が、壁一枚隔てて轟く。

ぼくは、目を見開いて扉の方を見つめていた。


ドンッ。


質量すら感じさせる轟音と共に、扉とその壁が吹き飛んだ。

ばらばらと砂ぼこりが舞い上がる。

「ひっ！」

すぐ傍にいたトルフィさんは、真っ黒い風の塊に背後から弾き飛ばされた。短い悲鳴と共にぼくの視界から消えてしまう。

覆面の男がぼくの視界を遮っていたけれど、「ギャッ……」と潰れたような悲鳴を上げて、彼すらも吹き飛ばされた。

何が起こっているのか、本人にも分からないだろう。

ぼくにも分からない。

残っていたのは、黄金の炎のような目をした、巨大な獅子だ。

男が取り落とした燭台に照らされた気高い獣は、鬣《たてがみ》も、艶《つや》やかな毛皮も、全て漆黒だった。

意思を感じさせる眼差しで、ぼくをじっと見つめると、様子を窺うようにゆっくり歩み寄ってくる。

「ファウス……」

ぼくの唇がその名を刻んだのは、なぜかは分からない。

「ファウス」

グォ、と短く獣が鳴く。

丸い耳が戸惑うようにパタパタと動く。

長い尻尾はゆっくりと大きく揺れていた。

ぼくはその仕草を知っている。

困っている時、迷っている時、ファウスはそんなふうに耳と尻尾を動かしていた。

巨大な漆黒の獅子なのに、ぼくはこの獣が、待ち望んでいたファウスだと確信していた。

「ファウス……ふぁうす、さま……！」

限界まで溜まっていた涙と感情が、堰《せき》を切って溢《あふ》れ出す。

涙で視界は歪んだけれど、ぼくは巨大な獅子に身を寄せた。できるだけ近づきたかったんだ。


グルルルル。


肌が震えるほど低く、優しく、獣が喉を鳴らす。

多くの大人を弾き飛ばすほどの力を持った猛獣だというのに、ぼくは少しも怖ろしくはなかった。

足音もなくぼくの傍まで来てくれた獣の、豊かな鬣に顔を埋める。

ファウスと同じ、太陽の匂いがする。

「会いたかった。貴方に、会いたかった……。来てくださると信じていました」

ふかふかの鬣に涙に濡《ぬ》れた頬を押しつけると、グルグルという音が更に大きくなる。

ザラザラの舌が、ぼくの涙を舐め取ってくれる。


『遅くなって、泣かせて、ごめん。テオ』


温かい獅子の体に身を寄せながら、ぼくは確かにファウスの声を聴いた。

それはとてつもなく大きな安堵をもたらしてくれる。

君がいれば、ぼくは何も怖くない。

「ファウス様！　どこにいらっしゃいますか！」

ぼくがファウスにくっついて泣いていると、遠くからアダルの怒鳴る声が聞こえた。

獅子になったファウスが壊しながら進んだ道を、アダルは追いかけてきているらしい。あちこちから物を壊す音がする。

大勢の足音が響く。

黒獅子の姿のまま、ファウスはぼくの頬を舐めた。

なんだか不貞腐れた雰囲気を纏《まと》っている。

オオオオオ――――！

居場所を知らせるように、ファウスが咆哮を上げる。

すぐさま、ガタン、バタン、と壁や扉が壊されて、
舞い上がる埃の中から、アダルとシジスが顔を出した。

「ファウス様！　ご無事で……！　テオドア？　大丈夫か、探してたんだぞ」

「見つかって良かった！　ファウス様、テオドアの居場所がわかったんですか？　ものすごく鼻が利きますね！」

シジスが上着を脱いでぼくを包んでくれる。

押しのけられたファウスは、こんな時なのに不満そうだ。

ファウスの表情が分からないのか、シジスは生真面目に黒獅子に向き合った。

「バルダッサーレ殿下にお借りした兵が、建物全体を制圧済みです」

「突然現れた黒獅子に、戦意喪失していましたから簡単でした」

アダルがそう言って笑う。

フン、とファウスが豊かな鬣を揺らした。報告に満足したのかな？

「王都に連行して取り調べに移ります。ファウス様は、テオドアと先に戻られてはどうでしょうか？」

アダルの提案を聞いて、太い鼻先がぼくの胸に押しつけられる。

疲れ果てていたぼくは、アダル達に後を任せて帰ることにしたんだ。

約束通り、ぼくはファウスの元に帰れるんだ。

十一

慌ただしく王都に戻った後の記憶は、ひどく曖昧だった。疲れ果てていたせいか、床についてしまったんだ。

眠くてたまらなかったが、時々目を覚ますと、いつもファウスが傍にいてくれた気がする。

王子様の彼がぼくの世話をするなんて考えられないのに、そんな気がしたんだ。

ぼくの願望だったのかもしれない。

頭がはっきりしてきたころには、見覚えのないベッドに寝かされていた。

「目覚めたかな、テオドア。気分はどうだい？　何か欲しいものは？」

何度目かの目覚めがきて、ぼんやり目を開けると、すぐ傍にいたのは聖下だった。穏やかな優しい声で、尋ねてくれる。

ぐるりと視線を動かしても、ファウスの姿は視界に入ってこない。ぼくはおこがましくも、がっかりしてしまった。

聖下は優雅に額を撫でてくれる。ぼうっと体が熱くなっているぼくは、とても心地いい。

「ふぁうす、さま」

横たわったまま、体を動かすのも億劫《おっくう》で、瞼はとても重い。

想いが口から出てしまったぼくを覗き込んだ聖下は、楽しそうに笑う。

「ふふ、欲しいのはファウステラウドか。少し待ちなさい、あの子は席を外していてね。用事が済めばすっ飛んでくると思うのだけど」

熱を帯びた頬を、聖下の手が優しく撫でてくれる。慈しみに満ちた眼差しを向けられるだけで、ぼくは安心しすぎて、もう一度眠ってしまいそうだった。

『我が君に、神の祝福があらんことを』

ぽかぽかと茹《ゆだ》ったような体が、少し軽くなる。

聖下が治癒魔法を使ったんだ。

負担が大きいと知っているぼくは、慌てて目を開けて聖下の顔を見上げたけれど、彼は満足そうに笑っているばかりだ。

「聖下ッ」

「静かに。まだ横になっていなさい。テオドア、君が倒れてからもう四日経っている」

びっくりした。うとうとと微睡《まどろ》みながら、水を飲まされたり、体を拭かれたりした記憶が、所々に残っているけれど、そんなに時間が経っていたなんて。

起き上がろうとするぼくの肩を、そっと聖下が押さえてくる。

優雅な動きだというのに、流石セリアン。ぼくの背中はベッドから全く離れなかった。すごい力だ。

「聖下に、御迷惑を……」

ぼんやりしていた頭が、急速に晴れていく。

うとうと眠っている場合じゃない。聖下がどうしてここにいるのか知らないけれど、お世話をする相手であって、してもらう相手ではないのだ。

「僕のことは良いから、少し待ちなさい。メディコ博士にも知らせておこう。心配させたからね」

聖下はもう一度ぼくの髪を撫でると、行ってしまった。

入れ違いに入ってきたのは、ファウスではなく、父様とシジスだった。

父様は「心配したよ」とぼくを抱きしめてくれた。

「テオに何かあったら、ルチアさんに申し訳が立たないよ」と笑った父様だけど、目には涙が浮かんでいた。

いつものんびりしている父様の涙に、ぼくは胸を突かれるような思いを味わう。母様がいないぼくと父様は、たった二人の家族なんだ。

長く王宮に住まわせてもらって、父様と一緒にいる時間は短くなったけれど、ずっと心配してもらっていたんだ。

ぼくが倒れてからの父様の気持ちを想うと、切なくて、素直に「ごめんなさい」と言えた。

「良いんだよ」といつもの笑顔で父様は言う。

「私だって、好き勝手しているんだから。テオは、テオの思うようにおやり」と。

父様の言葉は、いつだってぼくを勇気づけてくれる。

医学者としての父様は、ぼくの診察もしてくれていた。

ファウス達に助けられた後、ぼくは熱を出して倒れてしまったらしい。長時間の緊張と疲れが出たせいなので、休養が必要だという見立てだ。

「ファウステラウド殿下から、テオはここで休息するようにと言われているからね。私もまた顔を見に来るよ」

そんなことを言って、飄々《ひょうひょう》と父様は帰ってしまった。

そう、帰ってしまったのだ。

聖下にしても、父様にしても、ぼくを案じてくれているのだけど、慌ただしく去ってしまう。

聖下も父様も見送ったあと、残ったのはシジスだけだ。

「テオドア。なかなか助けに行けなくて悪かった」

申し訳なさそうに頭を下げるシジス。

丸い耳がぺたんと倒れているから、ずいぶん気に病んでいるみたいだ。

「大丈夫だよ。元から体は強くないから、熱を出しちゃったけど、すぐに元気になる。ぼくがいない間、ファウス様を助けてくれて、ありがとう」

ぼくが微笑むと、シジスは困ったように視線を彷徨わせる。

「テオドアがいないと、私も、ファウス様もアダルもてんで駄目なんだ」

「課題ができないっていうこと？」

「違う。いや、課題の提出も遅れに遅れたけれど、そういうことではなくて。

テオドアがいないと、楽しくない。ファウス様も覇気がないから、何もする気が起きなくなって。私も、アダルも調子が出なくて、テオドアがいてくれたら、といつも思っていた」

「ぼくはいつも、足手まといになってばかりなのに？遠乗りも行けないし、狩りもできないのに」

「テオドアがいないと、何をしても面白くない。アダルがお見合いに失敗して、肉を食べても元気が出ない」

「肉を食べて元気が出ないのは、重症だね！」

実に具体的な元気が出ない事例に、ぼくは思わず笑ってしまう。ぼくが笑うと、シジスも力が抜けたように微笑んだ。

「そう。肉を食べても美味しくない。テオドアがバルダッサーレ殿下のところに行ってしまったのは、私の力が足りなかったせいだから、愚痴も言えない」

「シジスのせいじゃないよ」

混血のシジスは、どうあがいても腕力でバルダッサーレ殿下に勝つことはできないのに、震えながらもファウスの代理を申し出てくれた。

ぼくはその献身に感謝こそすれ、非難するなんて思いもよらないのに、シジスは違ったらしい。

「あの場で、ファウス様のお傍にいたのは私だけだ。私の責任だよ、テオドア」

ずっと気に病んでいたらしいシジスに、ぼくは申し訳なくなってきた。

ぼくはぼくなりに、バルダッサーレ殿下の傍で好きなようにやっていたのだ。ファウスほどではなかったけれど、バルダッサーレ殿下だって、ぼくの好きにさせてくれたと思う。

もちろん「聖下に言いつけます」という切り札を握って、使い倒したせいもあるんだけどね。

「シジスは、シジスのできることをしてくれた。ぼくはすごく感謝している。それに、ぼくは強《したた》かで図太いからね。バルダッサーレ殿下にも負けないよ」

「……そうだな。テオドアは、ちゃんと帰ってきた」

「うん。だから、シジス。これからもよろしく。ファウス様のお傍に一緒にいよう」

ぼくが手を差し出すと、シジスはきょとんとした顔をしてから、すぐに笑顔に切り替わる。

「テオドアがいないと、課題を投げ出すファウス様を窘《たしな》められないし、バルダッサーレ殿下に喧嘩を売りに行こうとするファウス様を止められないんだ」

「それは大変だったね」

「ああ。アダルと二人で羽交い絞めにして止めた。すごく怒られた」

「止め方まで腕力か」

「私一人だと、ファウス様に引きずられるだけだから」

慌てるシジスの姿が目に浮かぶようで、ぼくはますます笑ってしまう。問題の解決方法が、腕力一点突破すぎて面白い。しかもこの三人は、真剣なのだ。

もー、本当に、ぼくがいないと駄目なんだから。

笑いと共に、涙が浮かんで仕方がない。

ぼくは、ファウス様も、アダルとシジスも大好きだ。

ぼくの居場所は、ここにある。

「テオドアがいないと、ファウス様は寂しくて仕方がないみたいで、すぐにバルダッサーレ殿下の所へ殴り込みに行こうとするから、私とアダルは交代で見張っていたんだ」

「その、ファウス様は？　アダルはどうしているの？」

「聞いてないのか？　二人とも王宮に出向いている」

シジスの言葉を聞いていると、ここが王宮じゃないみたいだ。確かに見たこともない部屋だけど。

首を傾げるぼくに、シジスは迷ったように表情をくるくる変える。

「テオドアは、熱を出して倒れたから知らないのか。いま、王宮では政変が起きてゴタゴタしているんだ。巻き込まれずに静養できるように、テオドアはこの別邸に運ばれたんだ。

ファウス様が顔を出せないのは、事態の収束に奔走しているせい。子爵家の私では役に立たないから、コーラテーゼ公爵家のアダルがついて回っている」

身分的には問題ないだろうけれど、性格的には問題しかなさそうな二人に、ぼくは心配になってしまう。

「……ぼくが誘拐されたから?」

「それは、きっかけにすぎない。バルダッサーレ殿下は、あの事件を契機にブラン公爵の非を鳴らして、ついでに色々汚職を明らかにしたりし始めてね」

「なるほど」

そんなことをしたかったのか、バルダッサーレ殿下は。

「ブラン公爵の派閥が切り崩されたせいで、摘発の規模がどんどん大きくなって。

テオドアの誘拐の実行犯が、カファロ公国と繋がっていることまで明るみに出てしまって。カファロを始めとした、密偵の繋がりまで表に出そうになったり。

そのうえファウス様は、黒獅子に変化できることが知れ渡ってしまったり。これは、ここ二百年ほど起きなかった奇跡だから、それはそれで大変なんだ」

「大事だね」

一度にたくさんの事件が起きて、収拾がつかずに揺れている事だけは想像がつく。

バルダッサーレ殿下は、この混乱を望んでいたのかな。

ブラン公爵家に諦めさせるために、ぼくを利用したのかと思ったけれど、それ以上を狙いたかったのかな。

呑気に花嫁選びなんてできなくなるぐらいの、混乱を。

少なくとも、ファウスの黒獅子化以外は、バルダッサーレ殿下の思惑の内だろう。

「そう。大事なんだよ。当事者の一人であるテオドアが、王宮にいると危ないぐらい大事なんだ。もちろんファウス様も今日中には戻ってこられるし、私かアダルが常に傍にいることにしているから、安心してくれ。誰にもテオドアに触れさせないから」

「うん。ありがとう」

「今度は失敗しない」

「信頼している」

ぼくが笑うと、ようやくシジスも普段の笑顔に戻った。気が楽になったのか、ぼくがバルダッサーレ殿下に連れ去られたあと、アダルは更に二回もお見合いに失敗したことまで教えてくれた。

アダルは、お見合い以外の方法を検討し始めているらしい。

頑張れ。

ファウスに会いたいな、と思いながら、疲労のせいですぐ眠くなるぼくは、また眠って過ごした。

眠って、少し起きて、また眠って。

そんなふうに日暮れ近くになるまで眠って、ふと目を覚ますと、バルダッサーレ殿下がぼくの傍に座っていた。

聖下が傍にいた時のように、気配もなく、ただ静かに。

窓から差し込む夕焼けに照らされて、金色の髪がキラキラと輝いている。

にこりともしない端整な面差しは、それだけで絵になるのだ。

美形はお得だな。

普段よりは随分と簡素な服装だけど、偉そうな雰囲気は間違いなくバルダッサーレ殿下だった。

黄金と宝石でギラギラしていなくても、単体で充分派手な人だ。

「起きたのか。目覚めなければ、このまま行こうと思っていたのだが」

「……」

どうしてこの人がこんな所にいるんだろう。夢の続きなのかな、とぼくは殿下の顔を見ていた。

ゆっくりとした仕草で、バルダッサーレ殿下はそんなぼくの髪を梳《す》く。

「世話になったな、テオドア・メディコ。もう会う事はないかもしれないが。お前にもっと早く会っていれば、私のやりようも変わったかもしれない。よく休め」

「――はい」

「お前がいれば、あの子猫とて、国の一つぐらいは治められるだろう」

ぼくが返事をすると、満足したようにバルダッサーレ殿下は頷き、立ち上がる。

足音も立てずに遠ざかる後姿。

長い尻尾がゆらりと揺れているのを見ながら、ぼくはこれが夢なのか現実なのか、よく分かっていなかった。

再び瞼が重くなり、バルダッサーレ殿下の言葉を飲み込めないまま、眠りに落ちた。

夜半。

眠っているぼくの傍で、声を落とした囁きが交わされていた。

天蓋が下ろされているせいで、月明かりに照らされても、ベッドの外の様子は分かりづらい。

長身の二人が室内にいるところまでは分かるのだけど。

話の内容までは聞き取れず、気になってぼくの意識が浮上し始める。

「眠っています。また明日にされては？」

「ああ、分かっている。顔だけ見たい」

「少しだけですよ」

途切れ途切れに聞こえる声に、ぼくは、ぱち、と目を開ける。

ファウスの声だ。

会話しているのは、シジスとファウスだ。

胸が引き絞られるような切なさが募ってきて、ぼくは必死で体を起こした。

聖下はわざわざぼくの元へ来てくださった。

父様も来てくれた。

シジスも。確かバルダッサーレ殿下まで、ぼくに会いに来てくれた。

皆に気に掛けてもらえて、とても嬉しいけれど。

ファウスは、別枠だった。

会いたい。

ぼくに気を使って、すぐに行ってしまうなんて嫌だ。

薄い夏用の掛布を剝《は》いで、寝間着姿なのも忘れて、ベッドから転がり落ちそうな勢いで起き上がる。

薄い紗で作られた天蓋を開こうと手を伸ばすと、ちょうどぼくの顔を見るために傍まで来ていたファウスの手と重なった。

「テオ」

驚いたようにファウスの黄金の瞳が見開かれる。

「ごめん、起こした――」

「ファウス様！」

目の前が涙で歪んで、情けなく声が震えたけど、摑んだファウスの手を離すつもりはなかった。

「ファウスさま……！　やっと、来てくれた」

縋りつくように両腕を伸ばすと、ファウスは目を細めて笑う。

いつの間にかぼくよりもずっと大きくなってしまっ

たファウスの手が、ぼくの指を搦め捕る。

「遅くなって、ごめん」

ぼくの体を引き寄せ、抱きしめてくれるファウスの胸に、ぼくは額を擦りつける。

ファウスの声、ファウスの体温。

触れると思い知らされてしまう。

ずっと、離れて寂しかった。戻りたくてたまらなかった。

「いいえ、謝らないでください。貴方に、ずっと会いたかった。戻りたかったから、ぼく、つい涙が出てしまって」

「俺も会いたかった。テオを攫いに、何度でも行きたかった」

苦しいほど強く、ファウスがぼくを抱きすくめる。

涙が零れるぼくの頬に、啄《ついば》むように優しく唇が触れる。

嬉しくて、嬉しくて、胸が苦しい。

「何度も来てくださいましたね」

夜の闇に紛れて、屋根の上からぼくの部屋まで来てくれた。

バルダッサーレ殿下には最初からバレていたけれど、なぜか咎《とが》められなかったな。

「テオが駄目って言うから、いつも仕方なく戻っていたんだからな。一度でも、一緒に行くって言ってくれたら、攫って地の果てまでだって逃げたのに」

ぼくの額や、瞼、鼻の頭、唇の端に、ファウスは次々と口づける。

ファウスとぼくは隙間がないぐらい、ぴたりとくっついていた。

ぼくの事を大事にしてくれる気持ちが、狂おしいほど伝わって、嬉しい。

ぼくも同じぐらい、ファウスが好き。ファウスの傍にいたい。

「テオ。もう二度と、どこにもやらない。俺は、テオがいないと駄目なんだ。テオがいないと、魂が足りなくなった気がする」

「ぼくだって、ファウス様のお傍にいたい。本当は、貴方に攫われたかった」

理性では、二人で逃げるなんて許されないし、不可能だと分かっているけれど。

できる事なら、そうしたかった。

バルダッサーレ殿下の元で、ぼくは強《したた》かに振る舞ったけれど、ずっとファウスの傍に戻りたかったんだ。

「テオ」

ガラス細工にでも触れるように、ファウスはぼくを丁寧にベッドに横たえる。

ぼくは、覆いかぶさるファウスの黄金の瞳を見上げていた。

「俺と、誓いを立ててくれるか？　ずっと、俺の傍にいると。俺の力が足りなくて、兄上から取り戻せなかったけれど、もう二度とこんなことは起こさない。危ない目にも遭わせない。怖い思いもさせない。命に代えても、必ず守ると約束する。テオがいてくれないと、俺は欠けてしまう。テオがいないなんて、耐えられないんだ」

ぼくの指に、ファウスの指が絡む。

懇願するように指の付け根に口づけられて、ぼくは涙を浮かべたまま、笑ってしまう。

「ぼくのために、ファウス様の命を賭けたらダメですよ」

「テオが怖い思いをするぐらいなら……」

ファウスは、ぼくの指先に口づける。やわらかい唇に食《は》まれて、ぞくりと妖しい疼《うず》きが響く。

ぼくは、変な声を出してしまいそうになって、慌てた。

「ぼくが、ファウス様を守って差し上げます。アダルや、シジスみたいに強くはないですけれど。ぼくがいないと、課題も遅れてしまうと聞きました。ちゃんとできるか、見張って差し上げます。だから、ずっとお傍に置いてください」

艶やかなファウスの巻き毛に、触れる。

ファウスは嬉しそうに笑いながら、ぼくに伸し掛かってきた。

再びぴたりと隙間なく抱きしめられる。

「課題の事をバラしたのはシジスか？」

「ええ、我儘を言って、シジス達を困らせたのでしょう？　羽交い絞めにして止めたと聞きました」

「あいつめ、テオに余計なことを。格好悪いことは黙っていろと言ったのに」

「格好悪いと思うのでしたら、そんな事をしなければ良いんですよ。　ちゃんとぼくが、見張ってあげます」

「……もっと格好良く言おうと思ったのに」

強く抱きしめられていて、ファウスの表情は見えなかった。それでも、子供っぽく拗ねているのだと分かる。

ファウスが、たまらなく愛おしい。

愛しさで胸がいっぱいになる。

「テオ、うなじを噛んでもいいか？」

「……」

ファウスの手が、ぼくの首筋を撫でる。

六歳の時に一度噛まれて、ものすごく痛かった記憶が瞬く間に蘇る。どれぐらい痛かったのか、子供すぎて忘れてしまったけれど、「すごく痛い」という記憶だけは鮮明だ。

「駄目なのか？」

ファウスがものすごくしょんぼりした声を出す。

ぱた、ぱた、とシーツを叩く軽い音は、揺れるファウスの尻尾の音だ。

よほどうなじを噛みたいらしい。

うなじへのこだわりはよく分からないけれど、そこまで言うなら、一度だけ我慢しよう。

ずっと傍にいたいほど好きな人のためなら、痛くても我慢できるはずだ。

「あんまり、痛くしないでください」

悲壮な覚悟を決めて、ぼくは自分の首筋の髪を払った。

ひと思いに、ガブリと噛んでもらおう。

注射と一緒だ。ぐずぐずと躊躇っている間に、恐怖心が募って余計に怖くなるのだ。

「……テオは初めてだよな？」

「当たり前でしょう！」

目を閉じて覚悟を決めたぼくの決意をよそに、ファウスは下らない事を気にしている。

ぼくのうなじにこだわっているのは、ファウスだけだ。

「そうだよな、当たり前だ。誰にも触らせないように、俺がちゃんと見張っていたんだから！」

なぜかファウスは嬉しそうに、声を弾ませて一人で納得している。

そんな事はどうでも良いんだけれど、噛まないんだろうか。ぼくのうなじ。

痛い思いをする決意が、時間が経つと揺らいでしまうじゃないか。

「ファウス様、噛まないんですか？」

「もったいないから、明日にする。ちゃんとした贈り物も、用意できていない。病み上がりのテオに、酷いことはしたくない」

「……」

ぼくの額に口づけてから、我慢すると言いながら、ファウスはものすごく嬉しそうに体を離した。

痛みに備えて目を閉じていたぼくは、仕方なく目を開ける。ぼくの決意はどうしてくれるんだ。

「なるべく、痛くないように気をつけるから」

「そうしてくださると、ありがたいです」

「テオが、もっとシテって言うように、頑張る」

「……そうなんですか？」

うなじって、何回も噛んで欲しくなる部位なんだろうか？

ぼくはそう思えないけれど、セリアンはそうなのかも。ぼくにはない耳も尻尾も持っている、獅子の獣人族なんだから、きっとヒトとは違う感覚があるんだろう。

明日シジスにこっそり聞いてみよう。

アダルに聞いたら、一瞬でファウスに伝わりそうだから、こういうことはシジスに聞く方が良い。

「テオ、明日はもっと早く戻れるように頑張るから」

ちゅ、とファウスの唇が、ぼくの唇に触れる。


そのまま深く唇が結び合わされる。

歯列を割って潜り込む舌に、ぼくはうっとりと舌を絡める。

深い口づけが、酩酊するような官能をもたらすことを、ぼくは知っていた。何度もファウスにキスされてきたからだ。

粘膜を擦り合わせる甘い快楽が、唇から全身に、じわじわと毒のように回ってしまうのだ。

舐《ねぶ》るように舌を吸い上げられ、口蓋を強く擦られる。口の中を弄られているだけなのに、体中が快楽に反応してしまう。

何度も口づけて欲しくて、ぼくはファウスの首に腕を回してしがみついた。

気持ち良くてたまらない。

疲労からの熱とは違う火照《ほて》りが、ぼくの肌を炙《あぶ》っていく。

「ファウス、さま」

「かわいい。テオ、かわいい。我慢しないといけないのに」

ちゅ、くちゅ、と淫らな水音が、静かに室内に響く。

恥ずかしくていやらしいことをしていると、ぼくは思い知らされる気分だ。

腰の奥が疼くように熱を持ってしまう。

あんまり長くキスしてしまうと、いけないところが硬くなってしまうのだ。

ぼくも年頃の男の子なので、好きな人にえっちなキスをされると、そうなってしまうのは仕方がない。

でも、ファウスに知られるのは恥ずかしいので、もぞもぞと体を離す。

ファウスも、熱を帯びた溜息を吐いてから、ぼくから体を引き剝がした。

潤んだ金色の目が、ものすごく色っぽいけれど、これ以上するつもりはないようだった。

「テオ。かわいすぎて、もったいないんだけど、今日はもうお休み。また明日」

「はい、ファウス様。おやすみなさいませ」

「大好きだ」

「……ぼくも。大好きです」

熱に浮かされたまま、ぼくは自らに禁じていた言葉を口にする。

ファウスは目を見開き、幸せそうに破顔した。

十二

翌朝。

ぼくが目覚めた時には、ファウスは出かけていた。

アダルもファウスのお供で出かけたそうで、ぼくの傍にはシジスがいてくれる。

熱が下がって元気になったぼくは、早速ベッドから起き出していた。

特にすることはないので、風呂に入りたいと希望すると、あっさり許可が出た。お湯に浸かってリラックスすることを考えると、心が浮き立つ。

ぼくが溺れないように見張るつもりか、シジスは服を着たまま浴室までついてきてくれた。

好きなように入って良いと言われたので、贅沢《ぜいたく》に石鹸《せっけん》をたっぷり使って体を洗う。自分へのご褒美というやつだ。

バルダッサーレ殿下に連れていかれてから、ぼくは結構頑張ったと思うんだよ。

慣れない仕事もしたし。

バルダッサーレ殿下の生活改善にも、ちょびっと貢献したはず。

「ご機嫌だね、テオドア」

「バルダッサーレ殿下の所にいた時は、ぼくも緊張していたんだと思う。そう言えば、昨日は殿下が来られた気がしたんだけど」

お湯をかけていると、水滴が飛んだのか、シジスの高い位置にある褐色の耳が、ピシピシッと素早く動いた。くすぐったいらしい。

尻尾が濡れるのが嫌なのか、地面に届くぐらい長い尻尾は、シジスの片足に巻きついている。

「ああ、少しだけ。ファウス様の許可なくお通しして良いのか迷ったけれど。殿下に何か言われたのか?」

緊張した面持ちでシジスが聞き返してくる。

夢かな、と思っていたけれど、やはり昨日バルダッサーレ殿下は来ていたのだ。

「大した事は、何も。よく休むように言われただけで」

「……そうか」

ほっとシジスが安堵の息を吐くから、ぼくは髪を泡だらけにしたまま笑った。

「大丈夫だよ。ファウス様がいない時の殿下は、ちょっと気難しくて怒りっぽい方だけど、弱い者に暴力を振るう人じゃない」

「そんなふうに言うのは、テオドアぐらいだよ。何もなくて良かった」

「ねぇ、シジス。シジスは、うなじを噛まれたり噛んだりしたことはある?」

「へ?」

ついでに昨日、尋ねてみようと思った事を口にすると、シジスは瞬く間に真っ赤になった。そわそわと視線を彷徨わせ、耳をパタパタさせている。

「昨日ファウス様に、うなじを噛ませてって言われたんだけど。ぼく、痛いのは怖いな、と」

「あ、うん。痛い、かも」

珍しく、しどろもどろになりながら、歯切れ悪くシジスは呟く。

なるほど。やはり、うなじを噛まれるのは、覚悟がいることなのか。

「やっぱり? 痛そうだよね。でもファウス様が、噛みたいって言うなら、噛ませてあげたいし。何とか、痛くない方法はないかな」

「ファウス様が言ったのか? テオドアに?」

「昨日の晩、ぼくの所に来てくださった時に」

難しそうな顔で、シジスは大きく尻尾を揺らす。ふさふさの飾り毛がびしょ濡れになったけれど、気づいていないみたいだ。

「テオドアは、ファウス様の望みを受け入れるんだな？」

「痛いのは嫌なんだけど、ファウス様がそう言うなら」

一度ぐらい噛ませてあげても良いかな、と思っている。

黒獅子そのものにまで変身しちゃうファウスなんだから、うなじを噛みたいっていう獣っぽい欲求があるのかもしれないし。

「そうか、そうか……やはり。テオドア。うなじを噛む行為は、セリアンの間では強い求愛だ」

「そうなの？」

うんうん、と何度も頷きながら、シジスはさらりと教えてくれる。今度はぼくが赤面する番だった。

ファウスがうなじを噛みたがったのは、今に始まったことじゃない。もう何年も前から、ぼくのうなじを舐めたり、キスしたりしてくる。ぼくの髪が長いのだってうなじを見せるな、という意味だし。

しょっちゅう「大好き」とは言われるけれど、そんなにぼくが好きだったなんて。

もちろん、ぼくもファウスが好き。

うなじを噛むのに、そんな意味があるとは知らなかったけれど、ぼくだって好きだから噛んでもらいたい。

「既婚女性の首回りは、たいてい隠れているだろう？そういう意味だ」

シジスに言われて、ぼくは王妃様達の服装を思い出す。

一年中、確かに首は隠れている。チョーカータイプのアクセサリーだったり、聖下みたいに詰襟の服装だったり。

愛されていると噛み跡が付いちゃうから、か。

「ファウス様が覚悟を決めておられるなら、私もアダルも従うまで」

「そんな、大袈裟な」

「なるべく痛みのないように。分かった、手配する」

「……手配？」

うなじを噛む前に、局所麻酔でも掛けてくれるんだろうか？

「テオドアは、大人しくファウス様に任せておけばいいんだ。明日はお祝いしなければ。今からでも間に合うだろうか」

「……お祝いって」

ぼくがファウスに噛まれるのは、つまりファウスがぼくを大好きだというアピールだけど、シジスに祝われるのは恥ずかしい。

こういうことは、ぼくとファウスの二人だけの話だと思うんだよね。

「のんびりしている時間はない。テオドア、私も手伝おう」

「ぼく、体ぐらい自分で洗えるから、シジス！」

今一つシジスの言葉の意味を摑みかねている間に、シジスはやる気が漲った表情でぼくの腕を摑む。

うなじを噛まれるだけなのに、シジスは断固としてぼくの体を隅々まで綺麗にすることにこだわった。

ファウスやアダルに比べれば非力とはいえ、ぼくがシジスの腕力に敵うはずもない。

少し前、トルフィさんにお世話されていた時よりも、酷い目に遭ったのだ。


夜。

ファウスは早く戻ると言っていたけれど、日が暮れてもまだ戻らなかった。

ぼくも関わっている汚職一斉摘発に巻き込まれているんだから、遅くなっても腹は立たない。

ただ、緊張して待っていたのに、その緊張の糸が切れてしまったというか。

バルダッサーレ殿下の仮の寵姫だった頃よりも、更にきわどい格好をさせられたぼくは、初めは恥ずかしさに震えていたのに、待つ時間が長すぎて平気になってしまっていた。

人間、何でも慣れるものだ。決してぼくが図太いわけじゃないぞ。

シジスは「私は邪魔をしないから」と、変に気を利かせて、夕食後はぼくの部屋に入ってこない。話し相手すらいなくて、ぼくは暇なのだ。

窓越しに、高く昇った月を見上げて、大体の時間を知る。

真夜中だ。

明かりがもったいないし、月が綺麗だから、蠟燭の炎も消してしまう。

うなじを噛むのは明日に延期だろう。

枕を抱えて、ごろりとベッドに横になった。

まったく、シジスめ。うなじを噛むのが求愛行動だとは分かったけれど、だからってこんな卑猥《ひわい》な格好をさせなくても良いじゃないか。

肌の色が透けるぐらい薄くてやわらかい生地を何重にも重ねているけれど、これ、帯を引っ張ったら解《ほど》けるんだよ。

えっちすぎないか。考えた人は誰なんだ。

ぶつぶつシジスへの文句を言いながら、ぼくはウトウトし始めた。


「テオ」

優しい声で名前を呼ばれて、閉じた瞼に口づけられる。

「テオ、眠い？」

「んぅ」

微かに目を開けると、枕を抱えたぼくの隣に、ファウスが横たわっていた。

こめかみに、耳元に、次々に口づけられる。やわらかい唇の感触がくすぐったくて、ぼくは寝ぼけたまま身を捩った。

「ファウス、さま。おかえりなさい」

ファウスが帰ってきたなら起きなきゃ、と思うのに、体はまだ眠っていてなかなか動けない。

「遅くなってごめん。待たせすぎたな」

「ん――……」

うなじを噛むんだったな、とぼくは寝ぼけながら考える。

ファウスの腕の中で、ゆっくりと体を反転させて、うつぶせになった。

指先で首筋に掛かる髪を払う。

これでうなじに噛みつきやすくなっただろう。

「どうぞ、ファウスさま」

「……はぁ」

ものすごく息を詰めた後のような、大きな溜息。

「テオの、馬鹿」

「ふぇ？」

ぼくの首筋に、ファウスの大きな手が触れる。

酷く熱い。

ファウスの体温は、こんなに高かったかな。

「本当に、こんなことしたら駄目だ。無防備すぎて、心配になるだろう」

「ん、んぅ？」

ちゅ、と耳の後ろに口づけられる。

薄い皮膚は敏感で、ぼくはびくんと肩を竦ませた。

眠気がだんだん消えていく。

「いい匂い。テオの全部を齧《かじ》ってみたい」

「ん、アッ。ファウス、様っ」

耳の後ろから、首の付け根。うなじに高い鼻が擦りつけられるように押し当てられる。

伸ばした舌でぞろりと舐められると、ぼくはぞくぞくと背筋が震えるのを感じた。

ドキドキする。

すごく、いやらしいことをされている気がする。

「噛んでも良いんだろ？」

「は、はい……あ、アッ、でも、ファウス様、違う……ん。そこは、ちがっ」

しゅ、と素早く帯が抜かれる音がする。

ぼくは一本の帯だけで支えられた服がどうなってしまうのか知っていた。

何枚ものやわらかくて薄い布が、帯と共に広がってしまう。

ぼくの体を隠してくれるものが、一瞬でなくなってしまう。

うつぶせになったぼくの胸に、ファウスが掌を這《は》わせてくる。

もちろん、素肌だ。

ドキドキしたぼくの鼓動すら、ファウスに知られてしまいそうになる。

「ここも、俺が触ってもいい？」

「……っ」

肌を味わうように、ファウスの掌が触れる。胸全体を撫でまわされて、緊張で尖った乳首が探り出されてしまう。

恥ずかしい。

なぜか分からないけれど、すごく恥ずかしい。

「かわいいね、テオ。すごくドキドキしてる」

「だって、だって……ぼく」

「こんなことされるって、考えてなかったんだろ」

ぼくの耳を齧るぐらい近くで、ファウスが楽しそうに囁く。

ファウスの言葉は大正解だ。うなじを噛まれる痛さ

は想像していたけれど、まさか裸に剝《む》かれていやらしいことをされるとは思わなかった。

ファウスに触れられるのが、嫌なわけではないけれど。

口の中を愛撫するような、えっちなキスはしたことがあるから、全然嫌じゃないんだけど。

でも、こんなことをされる覚悟はなかったというか。とにかく、顔が熱くてたまらないぐらい、恥ずかしい。眠気なんて、吹き飛んでしまった。

胸を弄るファウスの手に、泣きそうになりながら手を重ねる。

ぼくよりずっと長い指を、押さえきれるはずがない。緊張で尖った乳首を悪戯するように摘み上げられ、指先でもっと尖らせるように擦られる。

じんじんとした、もどかしい痺れにぼくはくすぐったくなってしまう。

「ファウス様、そんなところ、だめぇ」

「気持ち良くない？」

「わ、分からな、ん、ぅ。くすぐったい、あ、ぅ」

「テオは勉強ができるから、すぐ覚える」

「あ、ぁ……そんな、の」

くるくると痛みになり切らない絶妙な強さで弄られて、ぼくは性器までムズムズしてしまった。

このままだと性器が熱くなって、恥ずかしい事になってしまうのが容易に想像できる。

早く乳首を弄るのを止めてもらわないと、とても困る。

「ファウス様、おねがい。乳首、弄ったら、おおきくなっちゃう」

ファウスの指を押さえながら、ぼくは必死で背後を振り返ろうとした。

ぼくの背中に伸し掛かるように抱きついてきているファウスは、そんなぼくの声を聞いた途端、ぴたりと乳首を弄る動きを止める。

ついでに呼吸まで止めていた。

どうしたのかな、と尋ねるより早く、大きく大きく溜息を吐かれる。

「はぁぁぁ。テオ、テオは。すぐ、そういうことを言う」

「ひゃあっ」

尖らせた舌で耳殻を辿られて、ぼくは甘ったるい悲鳴を上げた。

甲高くて、恥ずかしい。ぼくがファウスに触れられて、感じてしまっていることが全然隠せていない。

「かわいいけど。本当に、駄目。そういうのは、駄目だ」

ぼくの耳を唇で食みながら、文句を言うファウスの声は、すごく楽しそうだ。

「顔を見せて。かわいいテオ」

抵抗する暇もなく、くるりとファウスの腕の中でぼくはひっくり返されてしまう。

薄くて破廉恥な服はぼくの腕に引っかかっているだけで、ぼくの貧弱な体が晒されてしまう。

かぁっと頭のてっぺんまで血が上ってきた気がするけれど、そんな情けない格好のぼくを見下ろすファウスの眼差しは、とても満足そうだった。

黄金の瞳が、光って見える。

「ああ。やっぱり、かわいい。赤くなってるテオも、すごくかわいい。駄目だ、そんな泣きそうな顔したら、駄目」

「んん、ふぅ」

ちゅ、とぼくの上唇と下唇に、それぞれファウスが口づける。

普段の貪るような深い口づけには進まず、仰《の》け反《ぞ》ったぼくの喉に口づける。薄い肌に熱い唇を感じると、火が灯《とも》ったような気がする。

ちろちろと舌先で舐められながら、鎖骨にじっくり歯を立てられると、ピリピリした痛みを感じるのに、ぼくの体はそれを快楽に変換してしまう。

「俺に全部、食べられちゃうだろう」

「ファウス、様」

ファウスの言葉は怖いはずなのに、ぼくは滴るような甘い蜜に溺れてしまう気がした。

息が苦しい。

ファウスの手が、ぼくの腕を離れて、わき腹やお腹を撫でてくる。愛撫というほどの触れ方ではないはずなのに、ファウスの指が触れたところは全て、火が灯ったように熱い。

もっと、もっと、触って欲しい。

もっと、ファウスを近くに感じたい。

ぼくは自由になった腕で、ファウスの首に縋りついてしまう。

ぼくの腰を摑んだファウスは、ぼくの胸や時に乳首に直接口づけてくる。くすぐったくて、油断すると快感に変わってしまいそうで、ぼくはますます強く、ファウスの首に縋りついた。

ファウスは喉を鳴らすように笑う。

「かわいい。全部かわいい。テオ」

ファウスの長い尻尾が、ぼくの足に触れる。

くすぐるように尻尾の飾り毛に膝を撫でられて、思わず身を捩ってしまう。

「テオ、気持ちいい？」

「はぁッあ、ぅ。だめ、だめぇっ」

フワフワの尻尾は、あろうことかぼくの性器を撫でていく。

やわらかくて曖昧な刺激に、熱くなりだしていたぼくの性器は素直に硬く立ち上がってしまう。

性器の付け根から、敏感な先端まで尻尾の毛がさわさわと撫でてきた。

初めての感触は、酷く恥ずかしいのに、すごく感じる。

「しっぽ、しないで、ふぁうすさまっ。ぼく……んんぁっ」

びく、と腰を震わせて、ぼくはたまらない快感に震えた。

あんまり弄られると、敏感すぎる場所はすぐ我慢できなくなってしまうんだ。

「我慢しなくてもいい。気持ちいい？　テオ」

「あ、ぁァッ。ふぁうす、さま。ん、ぁ、だめ、きもち、いいからぁ」

両手でぼくを抱きしめてくれているのに、ファウスの尻尾は優しく、けれど容赦なくぼくの性器を撫でます。

時々その下の袋まで撫でてきて、ぼくは快楽に頭が煮えてしまいそうだった。

性器の先端、露出してしまった粘膜をやわらかくあやされれば、我慢するのはとても辛い。

ばくばくと走り出した鼓動が、ぼくの耳にも聞こえてきそうだ。

サリサリと何度も先端の切れ目を擦られて、ぼくはだらしなく喘《あえ》いで、腰を動かす。

「ひぃ、んんん――」

性的なことに慣れていないぼくの体は、甘すぎる愛撫に踏みとどまることもできずに、射精してしまった。

精を吐き出す快感は激しく、ぼくはファウスよりも先にイってしまった事を気にする余裕もなく快楽に堕ちてしまう。

「かわいい。かわいいな、テオ。もっと、気持ちよさそうな顔をして」

真っ赤になったぼくの頬に口づけながら、ファウスは酔ったようにかわいいと繰り返す。

「テオ。ずっと、大好きだ。テオがいないと、俺の魂は、欠けてしまう」

「ぼくも。ファウス様が、好き」

ファウスの瞳が、痛みを堪えるように細められる。

熱を帯びた囁きと。熱い唇。

慈しむように、愛おしむように口づけられて、ぼくの胸はひたひたと幸福感が満ちていく。

ファウスが、すごく好きだ。

ファウスに触れられることは、とても幸せだった。

涙が出そうな気がする。首に縋りついたぼくの手を、ファウスはそっと外す。

肌の温度が遠ざかって、寂しい気がするぼくに、ファウスは金の目を細めるように笑った。

繋いだ手の、指と指が深く絡んで、ぼくは嬉しくなる。

「もっと触れてもいいか？」

「触って、ファウス様」

ファウスはぼくの言葉を聞き終わった途端、大きく足を広げさせてくる。

ぼく自身の精液で濡れた股間を晒される羞恥を感じる間もなく、ファウスの足が入り込んでくる。

くねくねとしなる尻尾が、ぼくの足首から内腿を撫で上げていく。それだけで、ぼくは快楽に震えてしまう。

性器が触れてしまうほど近くで擦り合わされて、興奮し切ったファウスの性器の熱を思い知らされた。

ぼくよりも随分立派なそれが、いやらしく擦りつけられる。性急な仕草は、ファウスがぼくを欲しがっている証拠で、怖いけれど嫌ではなかった。

「ゆっくりするから、最後までしてもいいか？」

「は、い」

ファウスの指先が後孔に触れてくる。

慎ましく窄《すぼ》んでいるはずのそこは、普段よりもずっとやわらかくなっていた。

もちろん、シジスのせいだ。

「テオ？」

「だって、その……」

じわりと押し広げられ、違和感を覚えながらも従順にファウスの指先を飲み込むぼくの体に、ファウスはもちろん察したようだった。

「テオが、俺を許してくれるなら。嬉しい」

「……ッ」

どれだけ恥ずかしかったか、とか。

どれだけシジスに文句を言ったか、とか。

色々言いたいことはあるんだけれど、中を探られる感触に、ぼくは何も言えなくなってしまう。

痛みも、恐怖もない。

ただ開かれたことのない場所まで入り込む感触を受け止めるだけで、ぼくの許容量はいっぱいになっていた。

ファウスが切羽詰まっているのは、押し当てられる性器の熱で十分分かっているんだけど、彼は急がなかった。

準備されているとはいえ、初めてのぼくの体を根気よく緩めていく。

ぼくは、中を弄られる感触に震えながら、ファウスの肩や腕に、頬を摺《す》り寄せる。

「テオ」

腰を上げさせられる感覚に、ぼくは閉じていた目を開いた。

お尻の間に、熱すぎるほど熱い感触が押し当てられている。

ぼくを気遣ってくれているファウスに、たまらなく幸せな気持ちになる。

「大好きです。ファウスさま――――ッぁ、あ」

「ばか」

ぐぅと体を開かれる感触に、ぼくはたまらず大きく口を開けてしまう。

体の中を、穿《うが》たれていく違和感。

でも、この火傷しそうなほど熱い体は、ファウスのものだと思うと、苦しさよりも愛しさで胸が締めつけられる気がする。

深く深く、ファウスが中に入り込んでくる。

ぼく自身が、呼吸するたびに熱の塊を締めてしまうのが分かる。

苦しそうな、切なそうなファウスの顔を見ていれば、力を抜くべきだと思うのだけれど、自分の体は思うようにならない。

ファウスに快楽を与えられるほど、ぼくの体は慣れていなくて。

小柄すぎてきっと快感よりも苦しさの方が上だと思うけれど。

でもぼくは、ファウスが大好きだと伝えたかった。

「だいすき」

言葉を発するたびに、お腹の奥がいっぱいにされる気がする。

ファウスの体が、衝動を堪えるように震える。

熱い肌も、狂おしい眼差しもすべて、愛しくてたまらなかった。

「だいすき。ごめんなさい」

もっとうまくできたらいいのに。

ファウスが思うように快楽を追える体だったら良かったのに。

そんなふうに思うけれど、ぼくはぼくでしかなくて。

代わりに精一杯微笑んだ。

「ぼくで、気持ち良くなって」

「テオ、テオ……っ」

息苦しいほど強く、ファウスが抱きしめてくれる。

ファウスの体格に見合った性器は、きっとぼくの中に入り切ってはいない。


ぼくの中に入り込んだ性器が、中を捏《こ》ねてくる。粘膜が擦れ合う感触は、酷く淫靡《いんび》だった。

腰が抜けるんじゃないかと思うほど、激しく揺らされた気もする。

ぼくとファウスの体格差から見れば、ずいぶん慎重に揺さぶられたとも思う。

翻弄されるまま、ぼくはファウスにしがみついて、忙しない呼吸に震えていた。急に、熱い飛沫《しぶき》がぼくの中に叩きつけられる。

「テオ、愛してる。大好き。一番。俺の唯一」

体の内側を濡らされる感覚に酔う暇もなく、ぼくの首筋に歯が立てられる。

ぼくは、ファウスのものになったのだ。

ファウスが、ぼくのものになったのと同時に。

ぼくの記憶がはっきりしているのは、そこまでだった。


ファウスは随分と優しくぼくを抱いてくれたのだとは分かっているけれど。

翌朝は腰が抜けたように動けなくなったり。

ファウスからの贈り物で、ぼくの部屋が溢れかえったりした。

そして。

「テオドア・メディコ。
一生、ただ一人愛すると誓う。
俺の傍にいると約束して欲しい」

懇願されて、ぼくは受け入れた。
バルダッサーレ殿下の傍にいて、思い知らされたんだ。ぼくは、どうしても、ずっと、ファウス、君の傍にいたい、と。

でも。
この誓いが、そのまま男の身で王妃の地位につくことになるとは、思わなかったんだけど、ね。

おわり

ファウス16歳
俺の一番大切な人

兄上の剣に弾き飛ばされ、俺は大きく宙を飛んで衝撃を殺したけれど、地面に叩きつけられた。

ぐ、と肺を締めつけられるような痛みが走り、堪えきれない呻《うめ》きが上がる。

そんな俺の姿を真っ青な顔で見ていたテオが、兄上の前に走り出た。

刃を潰したとはいえ巨大な剣を片手で振り回していた兄上は、テオの行動を見て楽しそうに目を細める。

駄目だ、テオ。

兄上は、テオの優しさに付け込んでいるだけだ。

情けない事に、俺の声は音にならない。

「バルダッサーレ殿下。すでにお二人の勝負はついたも同然です」

テオが震える声で、兄上に懇願する。

俺は悔しくて悲しくて、砂に爪を立てた。

テオは優しい。

優しすぎるほどに、優しい。

俺の我儘に笑って応えてしまうし、無理難題を押しつけられた料理長の危機にも同情する。

優しすぎるほど優しいテオが、俺が一方的に痛めつけられるのを、黙って見ていられるはずがない。

俺の傷を、まるで自分の事のように苦しんでくれる。

綺麗な赤い瞳に一杯に涙を溜めて、俺を助けようとしてくれる。

弱さにも見えるほどのテオの優しさは、テオのしなやかな強さだと分かってるけれど。

今は駄目だ。

これでは、兄上の策略に嵌まったも同然だ。

「これ以上は、勝者の名誉を汚す、行きすぎた行為です。強者としての慈悲と余裕をお見せください」

テオが進み出たのは、全て俺のためだ。

兄上に膝を折ることは、玩具にされることと同義だと分かっているのに、潔く身を投げ出してしまう。

嫌だ、と声の限り叫んだつもりなのに、届かない。

俺が不甲斐ないせいで。

俺が弱かったせいで。

テオに辛い思いをさせてしまう。

今すぐに飛び起きてテオを取り戻しに行きたいのに、

立ち上がることもできない。

兄上は強引で高慢ではあっても、決して愚かじゃない。俺が立ち上がれないよう、着実に衝撃が蓄積するように嬲ったんだ。

悔しい。大事な人に辛い思いをさせる、愚かな自分が情けない。

テオ、行っては駄目だ。

引き留めたいのに声は出ず、シジスの助けでようやく立ち上がる。

テオ。テオ。

必ず助けに行くから。

怖い思いはさせないから。

呆然《ぼうぜん》と座り込む華奢《きゃしゃ》な背中を、俺は懸命に見つめることしかできなかった。


テオは、俺が殺されると心配したのだと思う。

それぐらい派手に兄上は俺を嬲った。俺を痛めつける行為そのものを楽しんでいたのだろう。心底俺の事が嫌いなんだな、兄上は。

全身血だらけで、直後は一人で歩けないぐらいだったけれど、セリアンはテオが予想しているより遙かに頑丈だ。シジスが俺の傷口を洗い流し、手当てをしている間にアダルが戻ってきた。

「派手に負けましたね、ファウス様」

包帯だらけの俺の顔を見るなり、アダルは目を丸く見開く。テオとは違って、心配した素振りもない。

「……」

「バルダッサーレ殿下に思いきり殴られたと聞いていますが」

「ああ、そうだ」

「ファウス様はテオを渡すまいと――」

「シジス、言うな」

シジスが俺の代わりに理由を話そうとするのを、止める。そんな俺に、アダルはもの言いたげな顔をした。

挑発するような、そそのかすような顔だ。決して諌《いさ》めたり、慰めたりする表情ではない。褐色の耳がピンと前を向いている。

「なんだ、アダル。言いたいことがあるなら、言え」

「いえ？　ファウス様は、大事な相手も守れなかったのかと」

「アダル、無礼な！」

「だが、事実です。そうですよね？　ファウス様」

「……」

カッと怒りで尻尾が逆立ちそうな気がする。アダルの言葉は真実で、だからこそ俺の胸を抉《えぐ》るのだ。

涙をいっぱいに溜めたテオの赤い瞳が、俺の脳裏にチラつく。テオを悲しませたのは、俺のせいだ。

「ファウス様。相手が悪かったのです。バルダッサーレ殿下は、城内でも有数の剣の名手。最初から相手の得意な舞台で勝負したのは――」

「兄上に嵌められたのは、間違いない」

「ファウス様っ」

突き上げるような怒りを飲み込みながら、俺は包帯だらけの腕を組む。

ハラハラしているシジスとは違い、アダルの目は楽しそうだ。アダルは、俺と同じぐらい好戦的だった。

「一番大事なテオを取り上げると言えば、俺の頭に血が上るのも兄上の計算の内だ。突っかかっていくことも。兄上の得意な剣の勝負に持ち込まれて、引けなくなることも」

「それは、そうですが。護衛であるはずの私の力が及ばず、申し訳ありませんでした」

「シジスのせいじゃない。そうですよね、ファウス様？」

「ああ、弱かったのは俺だ。テオを守るためには、もっと冷静でなければならなかった」

少なくとも、真正面から兄上に突撃しては駄目だったんだ。テオも直談判に賛成したから、見込みが甘かったのだと思う。もしくは、兄上の狡猾さを見誤ったんだ。

「どうしますか？　ファウス様」

アダルが言いたいことは分かる。

俺も同じ気持ちだ。

「当たり前だろう。取り返す」

今度は兄上に邪魔されないように。

一度負けたからって、簡単に諦めてたまるか。

大事にしてきた。

傷つけないように、怖がらせないように、壊れ物のようにしか触れたことのないテオが、兄上に無理強いされるなんて、考えるだけで兄上に斬りかかってしまいそうだ。

「当たり前ですね」

「何を馬鹿な、ファウス様。アダル、煽っていないでお止めしろ。ファウス様、ここは聖下のお力をお借りしましょう？　聖下のお言葉であれば、バルダッサーレ殿下もお聞き入れくださるはずです」

シジスの言葉は、常識的だった。俺たち四人の内、参謀役はいつもテオだったから、その穴を埋めるつもりなのだろう。普段はもっと血の気が多いのに。

テオを取り戻すことを考えると、血が沸き立つようだった。大人しく待つことはできない。

「確かにテオは叔父上のお気に入りだ」

「そうです。ですから、無理は――」

「シジスは、叔父上に報告を。できるだけ大袈裟に、兄上がテオを怖がらせたことをお伝えするように。兄上は叔父上には頭が上がらないからな」

「はい。そういたします」

俺が穏便な策を採用したと思ったシジスは、ほっとした顔をする。

叔父上のお力は強力だし、兄上にはものすごく有効だと分かっている。けれど、叔父上の立場では強硬策には出られない。叔父上を頼っているだけではだめだ。

「アダル、テオのいそうな部屋を探せ。屋根伝いの道筋を割り出すように。警備兵の巡回路もだ。今夜、俺が行く」

「ファウス様！　せめて、私が……ッ」

「お前が行っても、テオを背負って屋根は走れないだろう」

「もちろんそうですが。ファウス様に危険なことはさせられません。アダル、笑ってないで君も何とか言え」

「見張りと、不在の代理はお任せください」

「そうじゃない！」

「テオだって、俺が来たらがっかりするだろう？　ファウス様が来られた方が喜ぶはずだ」

「そうかもしれないけれど、違う！」

「もしもお二人で駆け落ちすることになりましたら、父を頼ってください。必ずお味方いたします」

「あてにさせてもらう」

俺が笑うと、アダルは満面の笑みで頷いた。

シジスは信じ難いモノを見るような顔をする。いつも人形みたいに澄ましているのに、そんな面白い顔もできるんだな、シジス。

これぐらいやらなければテオは取り戻せない。

俺は諦めたりしない。

テオは俺の一番大事な人だ。

テオが連れていかれてから、俺はテオの部屋へ通った。

兄上も来ているのは腹が立つけれど、話をする以上の関係にはならなかったらしい。

城内の噂では、兄上が、俺から奪った少年に夢中になっている、とか。

賢い寵童が慰めているせいで、気難しい面が穏やかになっている、とか。

俺を不安にさせる事ばかりだけれど、噂と実態はかけ離れていた。

窓越しに窺ったテオと兄上は、穏やかそうに話をしていた。

せっかく会いに行っても、テオはすごく喜んでくれるけれど、一緒に逃げるとは言ってくれない。

この境遇が辛いとも言わない。

俺はテオに窘められて、姿だけを見て部屋に戻ることになった。

テオを助けに行ったのに、元気づけられたのは俺の方なんだ。

いつもそうだ。

優しくて柔和な態度なのに、テオはとても強い。

テオがいなくて、魂が欠けたように苦しいのは、俺の方なんだ。


シジスやアダル達が聞き込んできたところによると、テオが兄上を手懐けてしまったのは本当らしい。

流石だ、テオ。

気難しい兄上に、ちゃんとした食事を取らせ、睡眠を確保し、強い酒を控えさせたという。

俺も食べたことのないジェンマ名物で、兄上を虜にしたらしい。俺も食べたいぞ。

叔父上からは、「骨煎餅が美味しい」という妙な自慢をされたけれど、骨煎餅って何だろう。骨って何の骨だ？

叔父上が自慢するんだから、テオ絡みだろうな。羨ましい。

俺も食べたことのないテオの料理のおかげか、テオがかわいすぎるせいか。

体調が良くなった兄上は、不機嫌に従者に当たることもなく、穏やかに振る舞うようになったそうだ。

第一王子に仕える侍従官や女官からは、テオは癒しの聖女のように崇《あが》められているらしい。

テオが有能すぎて、困る。自分の美貌と実家の権勢だけが自慢のアークィラ・ブラン公爵令嬢や、身分と美貌だけが頼りのヴァローナ・ビェールィ・カファロ公女なんて、テオとは比べ物にならない。

テオがすごい事は、俺が一番知っているけれど。貴族議会で、満場一致でテオが筆頭候補に挙がったのも「当然だ」とは思ったけれど。このままでは、テオが本当に兄上の妃にされてしまう。

それは駄目だ。

絶対に駄目だ。

やはり、次に会いに行ったときは、強引に攫って地の果てまででも逃げよう。

俺はそう決意していた。


次はいつテオの部屋に忍んでいこうか。テオを攫ったら、どこへ行こうか。いっそ国外まで逃げようか。

貴族議会でさらに兄上の妃候補を絞るまでに、時間がない。

このままでは手の届かない人になってしまう。

俺がそう考えていた頃、急に兄上に呼び出された。

「王都郊外の屋敷で、テオドアを解放する。一時は身を隠せ。騒動が起きるからな」

ほんのわずか、すれ違うような接触で、兄上は俺に言いたいことだけを言う。驚く俺の目の前に、黄金の鍵が突き出される。

「これは？」

「私とテオドアの部屋の間にある扉の鍵だ」

夫が妻の寝室を訪ねる際に、使う鍵だというのだ。

両者の部屋が直接繋がっている場合に設置される。

俺は尻尾がブワリと膨れるような気がした。

テオは何もされていないと言う。

それを信じたい。

けれど、兄上はテオを自分のものにするつもりで俺から取り上げ、二人はいつそうなってもおかしくない距離にいたのだと、思い知らされた。

俺の醜い嫉妬を、兄上は唇を歪めるようにして嗤う。

「常にテオドアが管理していた。あれの貞操の証《あかし》とした。お前が気にすることを、あれも気にしていた」

「……ッ」

「お前には過ぎた相手だと思うが」

兄上は俺を置いて歩き出す。拳一つ分ほど高さの違う、兄上の顔を思わず睨んだ。

「それでもお前が良いというのだから、仕方がない」

そのまま兄上は、足音も高く歩き去ってしまう。

掌に収まる小さな鍵を、砕かんばかりに握りしめる。

テオはとても賢くて、なのに驕《おご》ることはなくて、誰に対しても穏やかな、すごい人間だと分かっている。

テオに比べれば、俺は思慮が足りない幼稚な男だって、分かっている。

けれど。

俺はテオが、一番好きだ。テオが一番大事。

嘲《あざけ》られても、諦めるものか。


アダルとシジスを連れて、兄上が指定した屋敷に向かった。

昼をすぎた頃には、テオは王都郊外の屋敷に連れて来られるはずだった。

なのに、いくら待っても来ない。


昼はとうにすぎていた。

「何か起きたのでしょうか」

シジスが心配そうな声を出す。

テオを待つ時間は永遠のようで、俺も落ち着かない。


『ファウス』


不意にテオの声が聞こえた。

方角は分からない。

けれど、はっきりと聞こえたんだ。

俺は周囲を見回す。


『会いたい』


もう一度強く、テオの声が聞こえる。

酷く切羽詰まった、追い詰められたような声だ。

テオの声が、俺の中を貫いていったように深く突き刺さる。

なんだろう、この感覚。

俺自身は走ってもいないのに、心臓が破れるほど息苦しい。

テオが感じている恐怖と苦しみのようにも思える。酷く生々しい感覚だ。

テオがすぐ傍に来ているのかと思ったけれど、誰かがこの無人の屋敷に入ってきた気配はない。

俺は胸を押さえて、周囲を見回した。

「どうされました？　ファウス様」

「テオが、近くにいるような」

「何の音もしませんが？」

ぱたぱた、とアダルが耳を動かす。

確かに俺の耳にも、馬蹄《ばてい》の音も、人の声も聞こえない。この屋敷の中にいるのは、俺達だけだ。


『ファウス！』


不思議がっている俺の頭を殴りつけるように強く、再び声が響く。

引き絞られた弓の弦のように、俺は緊張した。

背筋がざわめく。

尻尾の毛が逆立つのが分かる。

感じているのは、死の恐怖だった。

助けを求めるテオの叫びだ。


『君に会いたい』

「テオ」


どこにいる？

テオは今、どこにいて誰に怖い思いをさせられているんだ。

焦りで走り出したい気分だったけれど、その後は、いくら耳を澄ませてもテオの声も気配もしない。

「ファウス様？」

様子がおかしい俺を案じるように、アダルが声を掛けてくる。俺と同じ純血のセリアンであるアダルには、テオの声が聞こえていないようだ。もちろんシジスにも。俺にしか聞こえない声なんだろう。

「テオの声がした。アダルには聞こえないか？」

「はい？　会いたい気持ちが強すぎて……」

「気のせいじゃない。テオの身に何か起きている」

幻聴ではないと、俺は確信していた。アダルとシジスも、そんな俺を揶揄う様子もない。テオがここに来ていないのだから。

早くテオを見つけ出して、迎えに行かなければならない。

「シジス、兄上にテオが戻ってない事を伝えてくれ」

兄上が、俺に嫌がらせをするために嘘を教えた可能性だってある。だが、それはないだろうと心の中で否定した。

兄上は、俺が嫌いだ。でも、テオの事は気に入っている。

テオを俺の元に返してくれる。俺のためではなく、テオのために。

戻るはずのテオがここに来ないのは、兄上の意図から外れた事態が起きているんだ。

「バルダッサーレ殿下に探して頂くのですか？」

「いや。兄上が探してくれるなら、それは勝手に探せばいい。俺達は俺達で動こう。テオの行方に心当たりがあるか確認してもらいたいだけだ」

「では、殿下の権限で動かせる小隊をお借りするようにします」

「頼んだ。できるだけ、早く戻れ」

御意に、と答えてシジスは駆けだした。

次期王として配下を揃えている兄上とは違って、俺の側近と呼べるのはアダル達だけだ。シジスもその意味を理解して急いだのだ。

シジスが王宮に戻って行ってから少し時間が経った。

アダルは珍しく緊張した面持ちで外を眺めている。

「ファウス様、馬車がこちらに来ますが。あれでしょうか？」

紋章も掲げていない小さな馬車だ。目立つ装飾もない。

テオが乗るには最適だと思うけれど、きっと違う。

アダルも同じことを考えている。

セリアンの勘はよく当たる。

「違うだろうな。アダル、警戒を怠るな。俺とお前で、後れを取ることはないと思うが」

「当然でしょう」

好戦的な笑みがアダルの顔を彩った。

シジスを行かせたのは、アダルよりも気が利くせいもあるけれど、荒事になった時の戦力として頼りにならないからだ。俺とアダルがいれば、生半可な暴力には屈しない。

案の定、馬車から降りてきたのはテオではなかった。

白金の髪と青い瞳の女だ。

手勢を数人連れているが全員ヒト。あの数では俺たちの相手にはならない。

俺は冷静に相手の戦力を値踏みしていた。

あの女は、兄上にまとわりついていた姿を見たことがある。カファロ公国の第四公女だという。

女達が玄関ホールに入る前に、俺とアダルは迎え撃った。

「このような寂しい所でお会いするのは残念ですわ、ファウステラウド様」

絡みつくような視線で俺を見つめる女に、俺は心が冷えていくのを感じる。煮えたぎるような怒りと焦りの上を、冷静さが覆いつくす。

「招待した覚えはないが、何をしに来た」

名前も覚えていない女だったけれど、俺は気にしなかった。名乗りも求めなかった。

この女が誰であろうと、どうでもいい。問題は、なぜここに来たのか、だ。

伯母上から兄上が相続した無人の屋敷。ここで何が行われるのか、知らないはずがない。

「殿下に有益なご提案を。頷いてくだされば、貴方の従者をお返しいたします」

自信に溢れた微笑みが、女の顔に広がる。

俺の従者が、テオの事を指しているのはすぐに分かる。

アダルが飛び掛かりそうになるのを、肩を掴んで引き留める。まだ早い。

「ファウス様ッ」

アダルが言いたいことも分かる。

この一言で、女と取引なんてありえないし、無事に帰してやるつもりもない。テオがここにいない原因だと名乗ったのだ。

「貴方が玉座につく手助けをしましょう。伝説の黒獅子である貴方こそ、王となるお方。わたくしも、我が祖国も、貴方のお味方です」

さも良いことのように、恩着せがましく宣言した。

胸がムカムカしながらも、俺は一応尋ねる。

「対価は？」

「ラヴァーリャ王妃の座をわたくしに」

嬉しそうに、楽しそうに女は告げた。カファロ公国と手を組んで、兄上を引きずり下ろせということだ。

俺は怒りで目の前が真っ赤になった。

玉座なんてどうでもいい。

欲しいと考えたこともない。

この女はそんなもののために、テオを危ない目に遭わせたと言ったのだ。

恐怖に駆られたテオの叫びを思い返すだけで、俺自身の呼吸が止まりそうになる。体中を支配する怒りが、俺を食い破って噴き出しそうだった。

「テオをどこにやった！」


グルル。


低く唸《うな》りが上がる。

全身の毛が逆立つような怒りに駆られて、女に向けて踏み出す。

女の従者たちが前に進み出るけれど、そんなものは壁にもならない。

提案を一顧だにしない俺の態度に、女の顔色が初めて変わる。

「冷静になられては？　ファウステラウド様。

わたくしの提案を受け入れられれば、貴方は玉座も、このわたくしも手に入れ――」


「テオをどこにやったと聞いている！　お前など、欲しいと思ったこともない！」

己の美貌への驕《おご》り高ぶりと、俺への媚を混ぜ合わせた卑屈な微笑みに、俺は声を上げる。

全身が膨れ上がった気がした。

力が溢れてくる。

今なら、何でもできそうな気がした。

微かなテオの気配を摑んで、矢のように走り出したくなる。

「ひっ。わ、わたくしに、何かなされば、あの従者は、戻りませんわ。今頃、慰み者にでもされているでしょう」

俺の怒気に当てられた女は、腰を抜かしたように座り込んでしまう。譫言《うわごと》のように紡がれる信じ難い言葉に、俺は牙を剝く。

カファロ公国が、何を企んでいようと興味はない。

俺を王座につけ正妃となる思惑のために、テオを巻き込んだことが許せない。

テオは一番大事な人だ。

テオは誰にも傷つけさせない。

こんな女のために、泣いて良い人じゃない。

「どうぞ、あのような貧相な平民のことなどお忘れになって。わたくしがいれば、必要のない者でしょう？　あのような代用品……」

「テオをどこにやったか聞いている！」

「……北の農村を抜けた先に……」

限界まで青い瞳を見開いて、女は掠れた声で呟いた。

俺は怒りと共に、さらに体が膨れ上がっていくのを感じる。

早く。

早く。

テオを助けに行かなければ。

怖がっていた。

俺に助けを求めていた。

次第に俺の体が変化していく。

テオの姿を探し求め、テオに辿り着くために必要な姿へ。

爪は鋭く、四肢は太く。

喉から迸《ほとばし》るのは、獣の唸りだ。

『アダル、続け！』

俺の叫びは、既に咆哮に変わっていた。

グオォォォッ。

大地を揺らすような、深く大きな響きが、俺の喉から迸る。

俺の前でへたり込んだ、みすぼらしい小さな女などどうでも良かった。

この牙で噛み砕けば絶命するだろうが、そんな事はきっと、テオが望まない。

石畳を蹴って走りだす。

全身の筋肉を撓《たわ》めて飛び出せば、風に溶け込んだように速い。

体が軽い。

感覚が全て解放されたような、広がりを感じる。

テオの気配も分かる。

どうしてさっきまで、分からなかったんだろう。

テオの気配は、夜空の月のようにはっきりと分かるのに。

女の言った通り、北の方角だ。

振り返りもせずに、俺は真っ直ぐテオに向かって走り出した。

『ファウス』


俺のすぐ傍にテオがいるように、声が聞こえる。

真っ直ぐ向かう先に、テオがいるのが分かる。


『ファウス。

今、どこにいるの。

君に来て欲しい』

涙に濡れたテオの声がする。

泣かないでくれ、テオ。

必ず助けるから。


市街地を抜け、農村地帯を抜け、人家も消えた郊外を必死で走り続ける。

テオの気配が次第に濃厚になるのを、俺の感覚は捉えていた。

廃屋のように偽装された屋敷の中だ。

人気がないように見せかけられているが、武装した兵士が詰めていることぐらい、俺の耳と鼻にはすぐ分かる。

ヒトの兵士が何人いようが、完全獣化したセリアンの相手にはならない。

大きく膨れ上がった俺の体は軽く、頑丈だった。

テオに辿り着くまでに、何人もの武装した人間を容赦なく弾き飛ばし、壁すらも破壊する。

テオへ辿り着く最短距離を進む。

あらゆるものを弾き飛ばして、必死で急いだ先に。

後ろ手に縛られ、床に転がったテオがいた。

「ファウス……ふぁうす、さま……」

小さな唇が、俺の名前を呼ぶ。

変わり果てた姿だというのに、テオは間違うことも、迷うこともなかった。

俺は近づくことを躊躇う。

膨れ上がった大きな体は力強いけれど、ヒトのテオから見れば恐ろしい猛獣にしか見えないだろう。

怖がらせるかもしれない、という俺の迷いとは裏腹に、テオは躊躇いなく俺に身を寄せてくれる。

俺の心は、喜びと安堵で熱く溶けた。

「会いたかった。貴方に、会いたかった……。来てくださると信じていました」

綺麗な赤い瞳から、ほろほろと涙が溢れてくる。

俺も会いたかった。

ずっと会いたかった。

テオがいないと、俺は欠けてしまう。


『遅くなって。泣かせて、ごめん。テオ』


俺の言葉は獣の唸りだというのに、聞き分けているらしいテオは、涙を零しながら笑ってくれる。

かわいいテオ。

かわいいのに、強いテオ。

俺はやっと魂の欠片、分かちがたい半身を取り戻したんだ。

抱きしめられない腕をもどかしく思いながら、俺もまたテオに寄り添った。

手勢を引き連れたアダルとシジスが到着し、カファロ公国の拠点を制圧したのはすぐ後の事だ。


戻ってきたテオは、すぐに熱を出した。

慌てふためく俺に、メディコ博士も、叔父上も「疲れから来た発熱だから心配ない」と言う。

熱に浮かされて眠り続けるテオの傍を、ウロウロとうろつきまわる俺に、シジスとアダルは「早く後始末を付けましょう」と言って追い出してくる。

煩い奴らだ。

テオの傍にずっといたいのに、アダル達の言葉の方が正しいのが悔しい。


テオが床についている間に、王宮は、汚職の一斉摘発、父上と兄上の大喧嘩、ついでに俺の完全黒獅子化に揺れていた。

黒獅子完全獣化は、ここ二百年なかった慶事として城下の話題をさらっていた。人目のある場所を獅子の姿で走ってしまったのだから、噂が広がるのは仕方がない。

珍しがられるのは分かっていたが、それが妙な方向に転がり、何故か俺が王位を継ぐ話になってきたのだ。

兄上が珍しく父上に逆らったのが、直接的な原因だ。

情報の欠片を総合すると、急に生涯独身宣言したらしい。俺からテオを取り上げたり、何を考えているのか分からない上に迷惑な人だ。

兄上が折れないので父上の怒りは収まらず、本格的に、兄上は廃嫡、王太子の座は俺に回ってくるようなのだ。

カファロの女も王位につけてやると言っていたが、俺は玉座には興味がない。むしろ迷惑だ。伴侶に迎えるつもりのテオだって、王の伴侶より、王弟の伴侶の方が気楽だろう。

だが俺個人の事情など関係なく、王の命令に従わない第一王子から、俺の方へと鞍替えを始める貴族たちも出始める。

その対応にシジスとアダル、ひいてはコーラテーゼ公爵とアルティエリ子爵が引き出される。

王宮内の勢力図が塗り替えられる騒ぎになったんだ。

巻き込まれた俺は、当事者である兄上に文句を言った。そもそもテオを危ない目に遭わせたことだって、一言言わなければ気が済まない。

抗議する俺に対して兄上は平然としたものだ。

「お前のような未熟な子猫とて、テオドアに助けられれば、国の一つぐらいは治められるだろう」

悠然とした笑みと共に、俺を馬鹿にしてくる。兄上が俺を馬鹿にするのはいつもの事だが、テオの事は認めたんだろうか。

首を傾げる俺を、忙しいと追い払い、兄上は翌日姿を消した。

第一王子の失踪を受けて王宮はさらに騒然としたが、俺の王位が確定したので俺の周囲も騒然とした。

兄上。いてもいなくても、迷惑な人だな。


回ってきた王太子の座を前に、俺は父上に宣言した。伴侶に迎えるのは一番大事な人一人で充分だと。

兄上の反抗にうんざりしていたらしい父上は、予想外にあっさりとその宣言を受け入れてくれたのだ。

経緯はどうあれ、父上は俺の恋を承諾した。

あとは行動あるのみだった。

「ご機嫌麗しいですね、ファウス様。テオドアが元気になったからですか？」

俺に会いたいという、何とか伯爵やら、何とか公爵やらを迎える前。アダルが楽しそうに聞いてくる。

「ああ。うなじを噛む約束をした」

俺もニヤニヤしてしまいそうな顔を引き締めて答える。

「婚約の贈り物は何にしようか。メガネを壊されていたから、メガネは絶対いるとして、テオが好きなものは何でも贈りたいんだが。テオは、何も欲しがらないから困る」

俺の嬉しい悩みを聞いたアダルが、肩を竦める。

「分からないのでしたら、メディコ博士に研究施設でも作って差し上げては？　テオドアにはひとまず黄金と宝石を慣例に沿って贈るべきでしょう。婚約者ですから」

「ああ、ああ！　そうだな！」

「それ以上に、優しくして怖がらせない事じゃないですか？　テオドア、小柄で華奢ですから」

生々しすぎるアダルの忠告に、俺は顔が熱くなってしまう。

そうだ。テオが無防備なのをいいことに、散々舐めたり触ったりしてきたけれど。テオの細い腰とか、小さな尻も触ったことはあるけれど。

敏感で、少し握ってやっただけですぐ硬くなってしまう性器とか。

深いキスをしただけで、喘いで色っぽく蕩《とろ》ける赤い瞳とか。

俺の頭の中が、色めいた妄想でいっぱいになってしまう。

ああ、今すぐテオに会いたい。

早く帰ると約束したけれど、今すぐ帰りたい。

「アダル。テオで良からぬことは考えるな」

「考えませんよ」

ごほん、と咳払いをすると、アダルは訳知り顔でニヤニヤする。「俺の好みはもう少し美人です」とかなんとか、余計なことを言う。

見合いで断られ続けているくせに、高望みをするな。

それに、テオはかわいいんだ。

「カファロの姫君は、療養のために国に返されたそうです。回復の後は、国内で降嫁なさるとか」

「ほう。もうラヴァーリャ王妃の座は良いのか？」

「恐ろしくて屋敷から出られないそうですから。諦めたのでは」

目の前で獅子に変じた俺が、よほど恐ろしかったらしい。

カファロ大使を呼びつけて、引き取らせるぐらいは俺にもできるんだ。

「くれぐれも、テオには言うな。あの姫は、帰国しただけだ」

「御意にございます」

俺がやったことは、他人を駒のように扱い、強国ラヴァーリャの権力を笠に着て弱小国の王族の命運すら変えてしまう行為だ。テオを傷つけた相手であったとしても、テオが知ればきっと悲しむ。

テオはそれぐらい優しい性質だ。

俺が念を押すと、アダルは笑みを消して頷いた。

やがて扉が開かれる。兄上から俺に乗り換えた貴族たちに、俺は挑まなければならなかった。


あらゆる些末な問題を片付けて、俺はテオの元に駆けつけた。

テオの護衛をしているシジスには「遅すぎです」と怒られる。「ちゃんと準備させたのに」とか、不穏なことを言っていた。

何の準備だ？

約束の時間を大幅に遅れてベッドに辿り着くと、小さく丸まってテオは眠っていた。

月明かりに照らされる白い顔が、稚《いとけな》く見えてかわいい。

シジスが「準備」したらしい夜着は、かわいらしく色っぽい。

薄い生地を重ねて、テオの白い肌が透けて見える。

セリアンの視力の前では、裸も同然だった。

つい触ってしまいそうになる両手を握りしめて、暴走しそうになる性欲を宥めて、テオの傍に横たわる。

うなじを噛ませてもらうつもりだったけれど、病み上がりのテオが眠っているなら起こしたくはなかった。

寄り添って、テオの体温を感じるだけで、俺の中には幸福感が満ちてくる。

もう二度と、離さない。

誰にも渡さない。

出会った時から、ずっと大好きだ。

「テオ」

閉じた瞼に口づける。

少し開いた唇が、もぐもぐと動く。

夢でも見ているのかな。

「テオ、眠い？」

「んぅ」

小さな声すら愛しくて、俺はたまらずキスしてしまう。

起こさないようにそっと。

でも、たくさん触れたい。

かわいいテオ。

俺が口づけると、くすぐったいのか身を捩る。

長い睫毛が震えて、綺麗な赤い瞳が覗いた。

「ファウス、さま。おかえりなさい」

眠そうな声で応えてくれる。

無邪気な姿がかわいくてたまらない。

ごそごそと身動きして、何を考えているのかうつぶせになる。

細い指が、白いうなじを剥き出しにする。

「どうぞ、ファウスさま」

突然差し出された御馳走に、俺は無意識に喉を鳴らす。

我慢しようと思っている矢先に、そんな事をするなんて、テオのばか。

うなじを噛む約束をしたから、テオは俺の前に差し出したんだ。

分かっているけど。

いつでも襲い掛かりたい俺の前で、軽率すぎる。

溜息を吐いて、テオの首筋に触れる。

ほっそりしていて、肌がやわらかくて、噛みついたら傷になってしまいそうだけど、噛みつきたくてたまらない。

白い肌に俺の歯形を付けたい。全部テオは俺のものだと言いたい。

キスをたくさんすると、テオは拒むことなく微かな喘ぎを零す。

かわいくて。

かわいくて。

かわいいのに、淫らだ。

頭に血が上って、テオのいい匂いがいっぱいして、くらくらしてしまう。

はぁはぁと息が上がってしまうのを、必死で噛みしめて、できるだけそっと口づける。

テオはくすぐったがるように、笑いながら身を捩る。

もっと触りたくなって、帯を解いてしまう。

それだけでテオの滑らかな肌が剥き出しになってしまう。

触れるところにあったら、我慢できない。

撫でた素肌が気持ちいい。

伸びきる前の若木のようにしなやかな体を撫でると、つん、と尖った乳首に触れた。

ささやかな突起が、酷く性的で淫らな印のような気がして、俺はもっと触ってしまう。

「ファウス様、おねがい。乳首、弄ったら、おおきくなっちゃう」

俺が執拗に触りすぎたのか、テオは目を潤ませて睨んでくる。

怒っていても、困っていても、かわいくて困る。

「くすぐったい、あ、ぁう」

わき腹や臍をくすぐると、テオは顔を真っ赤にして喘いでいる。

かわいすぎて、罪深い。

くすぐったい場所は、そのまま感じてしまう場所だって、教えてやりたい。

恥ずかしがる場所をもっと苛めて、テオに性的な快楽を刻んでしまいたい気持ちと、壊さないように大切にしたい気持ちがせめぎ合う。

俺に触れられることは全て、テオにとって甘く気持ちの良い事であって欲しい。

あちこち口づけて、テオの声が甘く気持ちよさそうに蕩けていくと、俺も嬉しい。

全身の血が燃えるように熱くなっているのを自覚しながら、同じように感じているテオの性器を、尻尾の先で弄ってやる。

ヒトのテオは尻尾で愛撫されたことに驚いたようだけれど、性器の先端を毛皮で擦ると、腰を震わせて快楽に喘いだ。

俺の腕の中で、甘い声を上げるテオが、かわいい。

かわいいから、もっと触ってしまう。先端の粘膜を、やわらかい飾り毛で撫で回すと小さな唇が丸く開く。

嬌声を堪えられず、びくびくと震えながらテオの精液が飛んだ。

興奮と快楽に白い頬が真っ赤だ。

キスせずにはいられない。

次いで苦しいほどに、俺の性器が熱くなる。

テオの体を押さえ込んで、小さな尻に己をねじ込んでしまいたい衝動に突き動かされながら、慎ましい後孔に触れてみる。

俺の指先を感じた途端、きゅう、と窄まってしまう。

くすぐるように撫でまわすと、「あ、ぁァッ」とテオの声が上がる。

戸惑ったような、快楽を隠せない声が愛しい。

もっとかわいい声を上げて欲しい。

初めての体にもかかわらず、じっくりと指先で押し広げれば、従順に飲み込み始める。シジスの「準備」のせいだと分かる。

微かな苛立ちは、テオの体に他人が触れたせいだと分かっている。

でも、それ以上にテオが、俺を抱きしめてくれることのほうが嬉しい。

俺を受け入れようとしてくれることが、幸せだった。

熱くて狭いそこが、懸命に口を開いていく。

健気で、テオらしい反応に、俺は急《せ》いてしまいそうになる体を押しとどめるのが大変だ。

テオの細い指が、俺の首や肩に回る。

耳の手触りを確かめるように撫でられて、幸せになる。

テオに触れるのも、触れられるのも幸せだ。

滾《たぎ》るように熱くなった性器を、小さなテオの後孔に押し付ける。

じわじわと埋めると、蕩けるように熱く絡んでくる。

苦しいだろうに、テオは俺に抱きついたままだ。

蜜のように蕩けた色っぽい顔で、テオが笑う。

「大好きです。ファウスさま」

なかなか言葉に出してくれなかった想いを、テオはやっと口にしてくれた。

突き上げるような幸福に俺は溺れてしまいそうになる。

テオは俺を、たまらなく幸せにしてくれる。

俺も好き。

胸が締めつけられるような、甘く苦しい気持ちが俺を支配する。

テオの体を穿つ性器が、もっと激しく犯してしまいそうになるのを懸命に引き留める。

俺よりずっと華奢なテオは、今でも必死で俺を受け入れようとしていた。

体の大きさが違いすぎて、上手く全てを飲み込んではくれないけれど、そんな事はどうでも良かった。

テオが俺を食んで、気持ちよさそうに喘いでくれるだけで、絶頂に達してしまいそうになる。

「だいすき。ごめんなさい。ぼくで、気持ち良くなって」

テオの馬鹿。

そんな危ないことを言うなんて、悪い口だ。

俺は必死で暴走しないように我慢しているのに。

できるだけゆっくりと、テオの中を堪能しながら、俺は煮えるような欲情に溺れそうだった。

テオは知らないだろうけれど、俺の方がもっと好きだ。

ずっと好きだ。

これからも一番、大事にする。誰よりも。

うなじを噛みたい欲求が、俺の中で暴れまわる。

大人はなぜ、うなじを隠すのが礼儀だと言うのか、よく分かる。

この衝動のまま愛しい人に噛みついてしまえば、相手の首筋は噛み跡だらけになってしまう。

テオの中を穿つ快楽と、テオのうなじを舐め回し、食いつきたい欲求が溢れる。


テオの滑らかな白い肌に、吸い跡と噛み跡がいくつもついてしまう。

満たされた幸福感に、俺は抗う事もできずに溺れた。

テオ。

ずっと、愛している。俺の一番大切な人。

俺の前に現れてくれて、ありがとう。

おわり

18歳

大好きな人は甘えん坊

一

ぼくが二週間ぶりに王宮に戻ったのは、夏の日差しも穏やかになったころだった。

とはいえ、まだまだ暑い。

貴族階級である獅子獣人セリアンは、お昼寝の時間だ。

コーラテーゼ公爵家の紋章を掲げた馬車に乗せられ、アダルに付き添われて登城しても、どこか気だるい静けさに包まれている。

ぼくの隣に座っているアダルも、もちろん目を擦っている。

「ふぁぁ。どうして、ヒトは眠くならないんだ？　俺はもう、目を開けているのが辛くて、辛くて」

「聖女様がお連れになった黒獅子獣人の要素がないからでしょう。眠いなら、寝ててくれて大丈夫だよ、アダル。もう王宮内に入ったし」

「安全だとしても、テオドアの警護中に寝てたとバレたら、シジスには踏まれそうだし、ファウス様には噛みつかれそうだし」

金褐色の耳が、パタパタッと動く。

ぼくの警護と言いつつアダルは夏の日のスライムみたいに伸びている。

「ファウス様もシジスも、お昼寝中では？　ぼくが言わなければ、バレないと思うけど」

そもそもこの時間を指定したのは、貴族がほとんど活動しないからだ。

馬車の通り道も空いている。

カタカタと軽快な車輪の音を聞きながらぼくが言うと、半分瞼が落ちかかったアダルが笑う。

「起きてるよ、ファウス様は。いつになったらテオドアが帰ってくるか、待ちきれなくて窓に張りついてるぜ」

「そんな、子供みたいな」

「テオドアのことに関しては、いつまで経っても子供じゃないか。本当は一月ぐらい取りたい準備期間も返上して帰ってこいって言うし。聖堂との打ち合わせには、絶対ついてくるし。従者の仕事もテオドアにやらせようとするし。即位しても、絶対テオドアを隣に座らせておくつもりだ」

「う、うーん……」

ぼくは曖昧に呟いて、窓の外を見る。

アダルに悪気がないのはよく分かっているんだけど、内容が全て子供じみた我儘なので、ぼくの方が恥ずかしくなってくる。

全部アダルの言う通りなんだよ。ファウスは公私ともにぼくを伴侶として据え、いつも傍に置くつもりなんだよね。

馬車がファウスの宮殿に近づくにつれて、すれ違うあらゆる人が、足を止め恭しく頭を下げるから、いたたまれなくなってくる。

城内まで馬車の通行が許されるコーラテーゼ公爵家の人間となれば、中に乗っているのは婚約者のテオドア・メディコ・コーラテーゼだからだ。

ぼくはそんな大層な人間じゃないんだ。

ただ、ぼくが好きになって、ぼくを好きになってくれた人が、たまたま王太子なだけなんだ、けど。

そんな言い訳、どこにも通らないんだよね。


十八歳になったぼくとファウスは、あと一カ月で夏の終わりに結婚式を挙げる。

間近まで迫っているのに、ぼくとしては夢の中の出来事みたいだ。

第二夫人、第三夫人を娶《めと》ることもあるラヴァーリャ王室で、聖堂で婚姻の誓いを立てるのは第一夫人の特権のようなものだ。

生涯ぼく一人だけで良いと誓ってくれたファウスは、どこまでも本気だった。

アダルの実家であるコーラテーゼ公爵家にぼくを養子に入れて、正妃にふさわしい身分を与え、王宮内にぼくの部屋を正式に作り、最高司祭を証人に立てた結婚式を決めたのはすごく早かった。

貴族議会での反発は激しかったけれど、何しろたった一人しかいない直系の王位継承者になってしまったので、ファウスがやると決めたことを止められる人はいなかったらしい。

王太子の公的な結婚式は今回だけだし、その日は即位後には祝日に制定される。一年以上前から布告されていて、前後一週間はお祭りだ。

すでに王都は、そわそわしたお祝いの浮き立った空気に満ちている。メインストリートは花で飾り立てられ、八割増しで美化されたぼくと、いつも通り格好いいファウスの肖像画が飛ぶように売れていた。

結婚式に合わせて観光客は押し寄せてくるし、なかなか大層な行事なんだよ、王太子の結婚式って。ぼくが自分のことだと思えないのも仕方がないと思う。

ぼくは肖像画にあるような睫《まつげ》毛ばさばさの美少年じゃないし、奇跡の魔法の力なんて持ってないのに、巷《ちまた》に流れる噂では、第一王子にまで見初められた美貌とか、第二王子との命がけのロマンスとか伝説が勝手に独り歩きし始めている。

噂って怖い。

噂の中で真実なのは、ファウスが二百年ぶりに現れた完全獣化する黒獅子ってところなのに。

すごいのはファウスであって、ぼくじゃないのに。

未来の王様と結婚するって、大変なことなんだなぁ……。

ファウスが玉座につくのは、なんと、結婚式から一週間後なんだよ。そんなに遠い未来じゃない。

これは、ボナヴェントゥーラ王が、既に五十代に入っているせいらしい。健康面での不安はないそうだけれど、早めに交代したいんだろうな。

ぼくはすでに緊張して、浮き足立っているのに、ファウスはずっといつも通りだ。

いつも通り我儘で、いつも通り自信家だ。

ファウスが平然としているから、ぼくは溜息を吐いたり、照れたりしながらも、逃げ出さずに婚約者としての修業を頑張れているのかもしれない。

コーラテーゼ公爵家の人達は、アダルと同じように親切で親しみやすいんだけど、それでも王族の血を汲《く》む上級貴族だ。

公爵夫人に修業をつけてもらって分かったんだけど、王族らしい行儀作法やら、社交における立ち居振る舞いやらは、ぼくの知らない奥深い世界だった。

ファウスの従者として教えられた礼儀作法は、全体の一部に過ぎないんだ。

正しい贈り物の選び方とか、身につけるアクセサリーの逸話とか、知らないことはまだまだあるのだ。

コーラテーゼ公爵家での強化合宿中に、ぼくの嫁入り道具も揃えてもらった。お金持ちの子爵に。

そうこうしているうちに、二週間はあっという間に過ぎたんだ。

「テオ！　テオ！　待っていた。元気だったか？　寂しくなかったか？」

今では義兄となったアダルに連れられて馬車を降りた途端、ファウスの声が響いた。

本当に窓に張りついていたのかな？　それぐらい早い。

執務室から真っ直ぐ来たらしく、堅苦しくめかし込んでいる。きっちりした格好のファウスも格好いいな、とぼくはつい見蕩《みと》れてしまった。そんなぼく達にアダルは呆れたように笑い、長い尻尾をゆらゆらと揺らして少し離れる。

「ファウス様、ただいま戻りました」

「ずっと待ってた。待ちくたびれるぐらい、ずっとだ」

ぼくの声に、ファウスは輝かしい笑みを浮かべる。日々精悍《せいかん》さが増していく青年の顔に浮かぶ、無邪気な笑顔にぼくは弱い。

何でも言うことを聞いてあげたくなってしまう。

飛ぶような速さでぼくの所まで駆けてきたファウスは、ぼくの体を軽々と抱き上げると、ぎゅうと抱きしめてくる。息が苦しいほどの抱擁は、ぼくを幸せにしてくれる。

ファウスの肌に触れると安心する。ぼくが帰る場所は、ファウスの隣だと思うんだ。

「元気でしたよ。たった二週間ではありませんか」

「たった二週間、じゃない。二週間も、だ！」

ぐりぐりとファウスの頭がぼくの胸に押しつけられる。

漆黒の耳がぼくの頬をくすぐって、つい笑ってしまう。やわらかい毛の感触が、くすぐったくて、幸せだ。

「一カ月の予定を二週間に繰り上げたんですよ」

アダルが一応文句を言っているけれど、ファウスは聞いてなかった。長い尻尾をぶんぶん振りながら、ぼくを抱きしめることに夢中になっている。

セリアンはもともと感情の表現が豊かだけれど、ここまで歓迎されるとぼくも照れくさくて仕方ない。

「早く、早く、テオ。こっちだ」

「お昼寝の時間ですか？」

「そうだが、テオを補給するまで、眠れない」

よく分からないことを言いながら、ぼくを抱き上げたまま、ファウスはものすごい速さで歩きだす。

置いていかれたアダルの方を見ると、彼は苦笑しながら片手を振っていた。

（ほどほどに、な）

口をパクパクさせて、そんなことを言う。

ほどほどって、何が？

アダルはシジスが迎えに来たらしく、二人は並んでぼく達を見送ってくれた。このあと、どうせ二人も昼寝の時間なんだろうけれど。

首を傾げるぼくに、ファウスは「テオ、よそ見をするな！」ともっと強く抱きしめてくる。

息苦しいなぁ、もう。

十八歳になったファウスは、ますます馬鹿力になった。それに、ぼくとファウスの体格差は開く一方だ。

ぼくも背が伸びたんだけれど、ファウスの胸までしかない。抱きしめられると、ファウスの発達した胸筋にぼくの顔が埋まるんだ。貧弱なぼくとしては、羨ましい限りだ。

獅子獣人の名に恥じない、強そうで怖そうな美形に育ったファウスだけれど、中味が甘えん坊なのは変わっていない。自室に向かって突進しながら、何度もぼくの胸に頭を押しつけてくる。

「テオが二週間も俺の傍を留守にするなんて。寂しくて、寂しくて、ろくろく野菜が喉を通らなかった」

「肉は食べた」

「肉は食べてたんでしょう？」

「でしたら、いつもと同じじゃありませんか。ぼくのせいにしないでください」

幼い頃に玉ねぎやセロリを克服したけれど、ファウスの野菜嫌いは変わっていない。食べられるくせに、ぼくが食べさせてくれないと嫌だと、甘えたり我儘を言ったりして周りを困らせているんだ。

ぼくが睨むと、ファウスはちょっとだけバツが悪そうな顔をする。

「俺はセリアンだから、肉だけ食べていればいいんだ」

「黒獅子の姿ならどうか知りませんけれど。ちゃんと野菜も食べないと駄目です。お体に悪い」

「テオが食べさせてくれたら、食べる」

「もー、すぐそんなことを言って」

「テオがいたら、我慢する」

甘えん坊め。

ぼくを宥めるように、ファウスが口づけてくる。

ちゅ、と音を立てて唇を吸われ、ぼくは慌てて周囲を見回した。誰かに見られたらどうするんだ。

「誰もいない。誰も来ないように、言いつけてきた」

ぼくの動揺を読んだようにファウスはそう言って、自室の扉を蹴り開ける。

全く、行儀の悪い王子様だ。

「ファウス様」

黄金の瞳が楽しそうに瞬くので、ぼくの方からも口づけた。

つやつやの漆黒の髪に指を通すと、ファウスは嬉しそうに目を細める。

「テオは俺がいなくても、寂しくないのか？」

「ぼくは、野菜も肉もちゃんと食べました」

「寂しくないんだな……」

凛々しい眉が下がる。すべすべの漆黒の耳が、ぺたんと伏せてしまう。

「俺だけか」とか言いながら唇を尖らせるのは卑怯《ひきょう》だ。

だってぼくは、そんなファウスに意地悪は言えない。

「いいえ。寂しかった。ぼくも、ファウス様の傍が一番です」

「テオ！」

ファウスの黄金の瞳を覗き込んで告白すると、とろりと蜜のようにファウスの眼差しが蕩ける。

甘ったるくファウスがキスしてくる。

一度唇を食まれて、すぐに離れる。

ちゅ、と軽いリップ音が響く。

唇が離れきらないうちに、もう一度近づく。

何度も結び直される。

次第に濃厚になっていく口づけに、ぼくは頭がぼんやりしてくる。

唇を舐められるのも、口腔を舐められるのも、気持ちがいい。

ファウスのベッドに横たえられて、伸し掛かられても、ぼくはファウスの首に腕を回して抱きついてしまう。

もっと、キスして欲しい。

もっとファウスを感じたい。

ぺろぺろとぼくの舌に、ファウスのそれが絡みつく。

粘膜同士を擦り合わされると、それだけで、ぞくぞくとした甘い震えが背筋を這い上ってくる。

腰の奥が疼くような、はしたない快感がぼくの理性を溶かしていく。

「かわいい。テオ。真っ赤だ」

「だって……。ん。んぅ」

ちゅ、とファウスは嬉しそうにぼくの頬に口づけてくる。

メガネを取り上げられて、思わず閉じた瞼の上に、唇が押し当てられる。

「全部かわいい。テオ。すごくかわいい」

ぼくが目を閉じたままファウスに抱きつこうとすると、その手を取って、指先にも口づけてくる。

ねろりと熱い舌が指に絡んでくる。

爪の形を辿るように舐《ねぶ》られて、ぼくは耳まで熱くなるのを感じた。

ただ指を舐《な》められただけなのに、舌の淫らな感触だけで、ぼくは夜の出来事を思い出してしまう。

まだ外は明るいのに。

力が入らなくなったぼくの腕を、ファウスはそっとシーツに押さえつけてくる。

「うなじを噛ませて?」

尋ねるファウスの声も掠れていた。

否応なく感じてしまう淫らな雰囲気に、ぼくは目を開けられなくなってしまう。

顔が真っ赤なのは、見なくても分かる。

「優しくする。痛くしない」

ぼくが初めて噛まれた時、盛大に痛がったせいか、ファウスは毎回そんなふうに宥めるんだ。

滴るような欲情に濡れた声で、ぼくの耳に口づけてくる。

そのまま舌がぼくの首筋から、うなじへと移動していく。

火傷しそうなぐらい熱くて滑る感触と、次第にうなじに近づいていく緊張感に、ぼくは戦慄《わなな》いた。

「は、い。ファウス、さま。噛んで……ん、あ、ぁうっ」

ぼくの体がくるりとうつぶせに返される。

ちゅ、と痛いほど首筋にキスされた。

ビクン、と大きく震えてしまう。

愛される事を知っているぼくは、刺激で性器が硬くなってしまう。

恥ずかしい変化が起きているぼくに構わず、何度も何度も、首筋に熱いファウスの唇が這いまわる。肌がそそけだつほど感じる。

ただ、キスされているだけなのに、ぼくの性器はどんどん熱くなる。

無意識に腰を捩ると、性器が擦れて、甘い痺れが走った。

「あ、あぁんっ」

背後からぼくを抱きしめるように腕が回る。ぼくを包み込むようなファウスの体温を感じて、ぼくはたまらなくなった。

いつもは安心するのに、今は違う。

ドキドキする。

すごく興奮してしまっている。もっとファウスに触られて、触りたい。

「テオ。テオ。二週間も俺から離れたら駄目だ。嚙みたくなるだろう?」

首筋にぴりりと痛みを感じる。

肌にファウスの歯が食い込む。痛みのはずなのに、何度も嚙まれたぼくは、それが快楽の始まりだと知っていた。

痛みの裏側に、淫らな感触が潜んでいる。

「ファウス様。ぼくも……ぼくも、お傍に、いたい」

「テオ。かわいい、テオ、てお」

思わず口走ってしまったぼくに、ファウスは強く歯を立てる。

ぎりぎりまで加減したそれは、ぼくの性器に熱を流し込んだ。

ファウスの大きな手が、興奮してしまったぼくの性器を探ってくる。

「かわいい。いやらしいのに、すごくかわいい、テオ」

歯を立てた肌を癒すようにぺろぺろと舌が這わされる。

ぼくは舐められるたびにびくびくと震えた。ぼくの衣服は緩められ、直接ファウスの手がぼくの性器を握ってくる。

直截《ちょくせつ》な快楽に、閉じた瞼の裏が真っ赤に染まる。

気持ちいい。

ぐちぐちという恥ずかしい水音がしているのは分かっているのに、性器を包まれる快楽にぼくは抗えなかった。

首筋にキスされながら、ぼくはファウスの手に自分の性器を擦りつけるような、はしたない動きをしてしまう。

「テオ。かわいいから、もっと気持ち良くなれ」

「ファウス様、まって……ぁ。ぁ。ぼく、も、我慢できな……んんぁっ」

二週間ぶりに触れられたぼくは、我慢することもできずに性器での快楽を極めてしまう。

ファウスの手は、弾けるような快感に浸るぼくの性器を、ゆるゆると絞ってくる。

射精した直後のそこを弄られて、ぼくはたまらない追撃に身を捩る。

「ん、ん、ふぁ……だめ、駄目……、いま……」

腰から蕩けてしまいそうなほど気持ちがいい。

舌ったらずに訴えるぼくに、ファウスはまた「かわいい」と囁く。

そして、ザラリとぼくの首筋から、肩にかけて舐め上げた。

「……？」

悦楽にぼんやりし始めていたぼくは、違和感を覚えた。

ぼくに伸し掛かっていたファウスの体が、急に退いてしまう。

温かい体温を求めて、ぼくは背後を振り返る。

「……」

「……」


グルルル。


肌を震わせるような低い唸りが響いた。

ぼくは、ぼくと同じぐらい驚いている黄金の瞳をした獅子と、見つめ合ってしまったのだ。

漆黒の毛並みも美しい獅子が、ピラミッドのスフィンクスのように伏せている。

「ファウス、様？」

ぼくは目をぱちぱちさせながら確認した。

鋭い黄金の双眸《そうぼう》には知性が宿り、ぼくを愛おしそうに見つめている。間違いなくファウスの目なんだ。


グルル。


機嫌が良さそうに喉が鳴る。

ぼくの問いかけも理解しているのだろう、ライオンの頭が、ぐい、とぼくの胸に押しつけられる。

すべすべの毛並みが気持ちいい。

「どうしたんですか？　急に」

ぼくはふかふかの鬣に抱きつきながら、尋ねた。

ファウスが黒獅子に変化したのは、ぼくが誘拐された時の一度だけだ。その後にも変身したかどうか、聞いたことはないけれど、ぼくが目撃するのは二度目だった。

グルル、グルル。

とても優しい声だけど、巨大な体軀《たいく》の獅子から響く音は低く、ぼくの体を震わせる。

雄ライオンの大きさは二メートルとか、三メートルとか、とにかく大きい。ファウスもそれぐらいあるんだろう。

今いるのは背の高いファウスでも楽々と横になれる大きなベッドだ。大きなライオンが良い子に寝そべっていても、狭そうには見えないんだ。ファウス、王子様に生まれてよかったね。

グルルルル。

低く優しい鳴き声が響き、ふかふかの鬣に抱きついているぼくの体が、ころりと転がされる。

さすがライオン。ぼくの体重なんて、ものともしない。

ごろりとベッドに横たわったぼくの胸に、ざらざらの舌が這う。

ちょっとチクチクするけど、痛くはない。

ざり、ざり、とゆっくり優しく舌が動く。

キスしながら緩められた服の下まで、ファウスの頭が突っ込まれる。

「ふふ。ファウス様、駄目ですよ。くすぐったい」

ぼくは笑いながら身を捩ってしまう。

ザラザラの舌がぼくの胸や腹を這いまわり、フワフワの鬣がくすぐってくる。

完全にライオンの姿になっているけれど、ファウスはファウスだ。

ぼくが笑っているのは気づいているはずなのに、止めてくれない。

ファウスの頭は、どんどん下の方に下りていく。

臍の辺りを舐め回されて、さらに下へ。

「ファウス様、ファウス……さまっぁ、あっ、だめぇ」

服を引きずりおろして、吐精してしまったぼくの性器を剝き出しにしてくる。

ふかふかの毛皮の感触に気を取られていたぼくは、

敏感な場所を大きな舌で舐められて、痺れるような快楽に震えた。

　ざらり、と大きな舌がぼくの性器をひと舐めにしてしまう。

「あぁ、駄目、ファウス……んんんぅっ」

　快楽を極め、精液で汚れたそこを清めるような動きに、ぼくは羞恥と快感で真っ赤になってしまった。

　気持ちいい。

　ヒトとは違う舌で舐められると、怖いぐらい気持ちが良くて、お尻がむずむずしてしまう。

　精液を舐められるなんて恥ずかしくてたまらないし、そもそも王子様にやらせることじゃない。

　大きく広げられた足を閉じようと、ぼくは足をばたつかせる。

　暴れるぼくを宥めるように、ファウスはそっと大きな前足でぼくの体を押さえつけ、頭を足の間に押し込んでくる。

　ぬるぬると濡れた舌が、快感に反応し始めてしまったぼくの性器をあやすように何度も舐めてくる。

　根元から先端へ。

　先端の敏感な粘膜をくすぐるように舐められると、腰から蕩けてしまいそうなほど気持ち良くなってしまう。

　ぐったりと力は抜けていくのに、胸はドキドキと走り出し、ぼくは全力疾走したように息苦しくなった。

　気持ちがいい。

　こんな恥ずかしいこと、駄目なのに、気持ちが良くてたまらない。

　ファウスの前に、はしたなく足を広げた状態で固定されているのに、ぼくの性器は嬉し気に立ち上がり、舐めてもらうたびに濡れてしまう。

「ファウス様、ぁ、ァッ。ダメ、だめ、ぼく、我慢できな……ん、あぁぅっ」

　ぼくの甘ったるい声ばかり響いて、それがもっと恥ずかしくなる。

　懸命に足を閉じようとして、ふかふかのファウスの鬣が内腿に当たる。

　唇を押さえて、声を止めようとしているのに、ファウスの舌は今にも果ててしまいそうなぼくの性器を舐め回し、苛めてくる。

　気持ち良くて、我慢できなくて、もっと深い快感を求めてぼくは腰を動かしてしまう。

ファウスの舌は、感じてたまらない所を苛めながら、お尻の間にまで届いてしまった。

くちくちと、後孔の窄まりを舐めずられる。

ファウスの性器を受け入れたこともあるそこを弄られて、ぼくは背筋がざわめくような快楽と、羞恥に涙を零した。

恥ずかしくて、気持ち良くて、でも我慢しなきゃいけないのに。

なのに。

きゅう、と身を縮こませてぼくは耐えようと頑張ったのに、ファウスはぺろぺろ舐め回すのを止めてくれない。

ぬるりとした舌先が、淫らに穴をくじっていく。

快楽を知っているぼくの体は、震えながら強すぎる刺激に屈服した。

「んー、んんんぅ……」

ぴちゃ、とぼくの性器が精を漏らす音が、たまらなく恥ずかしかった。

零れてしまったそれを、ファウスの舌はさりさりと舐め取ってしまう。その動きすら、ぼくにはたまらない快感だった。


「テオ、テオ?」

大きな手が、ぼくの髪を優しく梳く。

頭を撫でてくれる感触に、ぼくはぼんやりしていた目を瞬かせた。

「……ファウスさま」

「ごめん、やりすぎた」

いつの間に元に戻ったのか、全裸のファウスがぼくの隣で長々と横たわっていた。

ファウスが大きなライオンに変身したのは、夢だったのかな?

それぐらい、ファウスの変身は自然で一瞬の内に終わるんだ。

「ファウス様は、さっき……」

首を傾げると、ファウスの両腕が素早くぼくを抱きしめる。素肌に触れられて分かったんだけど、ぼくもほとんど裸だ。

すごく、恥ずかしい。

十六歳の時、初めてファウスに抱かれてから、何度も最後までしているけど。ぼくの貧相な裸なんて、きっと見慣れているんだろうけど。回数の問題じゃない。皆がお昼寝をしているような真っ昼間から、裸で抱き合うなんて、破廉恥すぎる。

羞恥に身悶《みもだ》えしてしまうぼくを、動けないぐらい強く抱きしめながら、ファウスはぼくの首筋にぐりぐりと頭を押しつけてくる。

パタパタ動く耳が、かわいい。

「ずーっとテオが帰ってくるのを待ってて、帰ってきたら嬉しすぎて。キスしたらテオがかわいすぎて。頭がおかしくなるぐらい興奮したら、いつの間にか獣化してた」

「獣化って、そうやってなるんですね」

二度目の獣化の理由に、ぼくは感心した。

自分でコントロールできるものじゃないんだね。

「テオのせいだからな」

ファウスはちょっと拗ねているらしい。ぼくの体を苦しい程抱きしめてくる。

少し硬くなっているファウスの性器が、ぼくの腰に当たる。ファウスが性的に興奮していることが、あからさますぎてぼくは赤くなるばっかりだ。

ぼくみたいに取り立てて美形でもない、貧相な体を欲しいと思われるんだから、嬉しいやら恥ずかしいやらで、ファウスの顔を見られない。

ファウスは羞恥心とは無縁らしく、ぼくを抱きしめたまま、ちゅ、ちゅと何度も額にキスしたり、髪を撫でてくる。

その間中、ファウスのご立派なモノがぼくに当たっているんだ。

ぼくは、獅子になる前と後のファウスに、握られたり舐められたりして、立て続けに二回も果ててしまったけど、ファウスはまだだった。

ぼくはなんだか悪い気がして、ファウスを窺う。

「お手伝いしましょうか?」

「それより、入れたい」

「……」

素直すぎるほど素直な欲求に、困ってしまう。

同じ男として、ファウスの言うことは分かる。でも、何の準備もしてないぼくとしては、待って欲しい。

ついさっき、コーラテーゼ公爵邸から戻ってきたところなんだよ。すぐに寝室に連れ込まれるなんて、考えてなかったし。

うーん。後ろを緩めるために使う香油も用意してないしな。

「テオ。ここ、どうした？　怪我してる」

躊躇って黙ったぼくをよそに、ファウスは、つつ、とぼくの内腿を撫でた。

身構えていなかったから、急な刺激に、ぞくぞくと肌が震えてしまう。

淫靡な感触を溜息で紛らわせながら、ぼくはファウスが触った所に触れてみる。

ちょっとひりひりする。浅く傷ができたみたいだ。

さっきまでなかったのにな。

ああ、そうか。ファウスが獅子の姿でぼくを押さえつけたから、爪が肌を浅く裂いたんだ。鋭すぎる爪だから、しばらく気づかなかったんだろう。

「いつの間に怪我をしたんでしょう。ぼくも気づきませんでした」

ぼくはファウスが原因だと気づかないふりをした。

ファウスはすごく優しくて、ぼくを大事にしてくれる。ぼくに傷を負わせるのは不本意なはずだ。

ファウスが黒獅子化するのはイレギュラーな出来事なんだから、これから先はそうそう起きないだろう。

「そうか。テオ、痛くないか？　医者を呼ぼうか？」

「大丈夫ですよ。これぐらい、すぐに治ります」

心配そうにぼくの足を撫でるファウスに、ぼくは笑ってみせる。

浅い傷だから、本当に痛くない。これぐらいで医者なんて、大袈裟だ。

ファウスを宥めるために、ぼくの方からもキスする。

唇に触れるだけの口づけですら、ファウスは嬉しそうに笑う。

精悍な美貌で子供みたいに無邪気に笑うんだから、本当に罪作りだ。もっと好きになっちゃうじゃないか。

「怪我したテオに無理はさせられない。抱きしめても痛くないか？」

「大丈夫ですよ、ファウス様」

「テオは俺よりも小さくて細くて、かわいいんだから、無理はするな」

「ぼくはか弱い小動物じゃありません」

大切そうに抱きしめられて、ぼくは一応抗議しておいた。

ぼくを大事にしてくれて、守ってくれようとするのはよく分かるんだけど、ぼくこそがファウスの盾となってでも守らないといけないんだ。ファウスはこの国の王となる人なんだから。

「俺より小さいのは間違いないだろう。俺なんて、もっと大きな獅子になるんだからな。まぁ、全然制御できないんだが」

ファウスが疲れたように溜息を吐く。我儘で自信家のファウスが、溜息なんて珍しい。

さっき黒獅子化したことは、不本意だったのかな？　淫らなことをしている最中に急に大きな黒獅子が現れたから、確かにびっくりしたけれど、溜息を吐くほどのことではないんだけどなぁ。

「獅子になったファウス様はすごく格好いいですけど、獅子にならなくても困らないでしょう？」

ぼくがそう言うと、ファウスは染み入るように微笑んだ。

うん？

ぼくは違和感を覚える。朗らかなファウスらしからぬ、薄暗い笑顔だ。何か気にかかることがあるんだろうか。

「そうだな。テオはそう言ってくれるよな」

「ええ。獅子になったファウス様は、すごく格好いいですよ？」

「そうか。獅子になった俺、格好いいか」

「はい」

「もっと見たいか？」

「……それは、どちらでも。制御できないって、ファウス様が言ったところでしょう？　無理にならなくても、良いですよ。獅子になったファウス様を見た時、毎回驚くことにします」

「テオ。テオ。大好き」

感極まったようにファウスはそう言って、ぼくを抱きしめる腕にますます力を入れてくる。

ううう。ちょっと苦しい。

どうしたんだろう。獣化したいのかな？　したくないのかな？

「ずっと傍にいてくれ」

「ええ？　ずっと傍にいますよ」

一月経ったら、結婚する予定ですよ。

どうしたんだろう、ファウス。

もしかして、結婚前の情緒不安定、マリッジブルーって奴なんだろうか。マリッジブルーって、花嫁さんが罹《かか》るものだと思っていたんだけど。

ぼくは男だけど、ファウスに嫁入りするようなものだし、抱かれている立場だし、ぼくが罹るのかと思ったら、お婿さんのファウスが罹っているのか。

ここは、前世の記憶というアドバンテージまで持っているぼくが、大人っぽく支えてあげるところだな。任せて。ファウス。君の不安が和らぐように、ぼくに聞かせて。

「ファウス様、何か悩んでおられるなら――」

「テオ。やっぱり、入れなくても良いから、手伝って」

「……もちろんです」

意気込んで悩みを尋ねようとした途端、にこやかな笑顔と共に、ファウスは元気いっぱいなファウスの分身を宥めるお手伝いを所望してきた。

いや。もちろんぼくだって二回も気持ち良くしてもらったんだから、お手伝いしますよ。

ただちょっと、肩透かしというか。意気込みの無駄遣いというか。がっかりしたけど、話はいつでもできるよね。

ファウスの長い足の間に手を伸ばしたのは、すぐのことだった。

二

コーラテーゼ公爵領から帰ってきたぼくを、ファウスは一日中傍に置いた。もちろん寝室まで。

真っ昼間の続きを希望されて、ぼくはぐったり疲れ果ててファウスの腕の中で眠りに落ちた。夢も見ないぐらい、深い眠りだった。

でも、まぁ、何かされれば目が覚めてしまうのは当然で。

ぬるぬると体を這いまわる感触に、意識が浮上してきた。

「ん。あぁ、ふぁ……だめ、いたずら、だめぇ……」

目が開けられないぐらい眠いのに、舌ったらずな甘えた声が出てしまう。

誰だ、悪戯するのは！　ファウスしかいないけど。

怒る余裕のないほど、唐突な快楽にぼくは寝ぼけながら慌てた。

ぼくの体を舐め回す舌の感触が、明らかに大きい。

普段よりザラザラしている。

なんとか目を開けると、夜明けの薄明かりの中で黄金の目が光っていた。

「ファウス、さま?」

黒獅子の姿に驚きつつ、性器で感じる激しい快楽に、ぼくの頭は真っ白に焼けた。

気持ちいい。興奮しすぎて痛いぐらいのペニスを、優しく、強く擦られるのが、気持ち良くてたまらない。

どうして黒獅子になっているのか気になるのに、それどころじゃないんだ。

「ん。んん……、ちょっと。待って。ああっ」

蕩けるぐらい甘く優しく舐め回されて、ぼくは朝から搾り取られてしまったんだ。

しっかり感じてしまった自分が恥ずかしい。


少し時間が経って、太陽が昇ってきた。

ぼくを舐め回すだけ舐めた巨大な黒獅子は、いつの間にか元の黒髪の美男子に戻っていた。

ぐぅう。どっちも格好いいから、狡い。

「明け方、起きたら獅子になっておいででしたけれど、何か気にかかる事でも?」

ぼくが尋ねると、ファウスは「んー?」と首を傾げている。

一度目の変身はぼくを案じていた時。

二度目はぼくと離れた後に再会した時。

三度目は、二度目のすぐ後の今朝。

ファウスの感情が高まった時が変身の切っ掛けだというなら、今回も何かあったのかと考えたんだ。

昨日のファウスは、いつも通りぼくに野菜を食べさせてもらいたがる甘えん坊で、そのくせ午後に始まった貴族議会では堂々と発言していた。

変身の切っ掛けになりそうな出来事はなかったと思う。

「別に、何もない。大貴族達に獅子になれって言われてもなれないのに、変だよな。気になることって言われても……強いて言うなら、テオはかわいいなぁ、と思ったこと、とか? 眠る前は、もっとテオの中をグチャグチャにしたいけど、テオがいっぱい泣いてるし、これ以上は体力的に無理かと思ったぐらい?」

「……貧弱ですみません」

不本意ながら謝る。ファウスはぼくの体力不足で、満足できなかったっていうことだものね。

でも、ムラムラが収まらないからって、獅子に変身したりはしないだろう。そんなことでいちいち変身していたら、思春期セリアン男子なんて、獅子ばっかりになってしまう。それとこれは無関係だ。

「テオはヒトだから無理はさせない。大好きだ」

「ぼくも大好きです」

甘い甘いキスが始まって、ぼくとファウスの問答はそこで途切れた。

朝の支度が終わったら、ファウスは王太子としてのお仕事が始まるし、ぼくは婚約者兼従者兼側近として、お供するんだ。結構忙しい。


ぼくとしてはファウスの黒獅子姿を三度も見たから、これで見納めだと思っていたんだけど、実際は違った。それからもファウスの完全獣化は、ちょくちょく起きたんだ。

たいていは私的な時間に起きる。

ぼくと仲良くエッチなことをしていたり。

ぼくと仲良くエッチなことをした翌日だったり。

ぼくと仲良くエッチなことをし始めようとしたところだったり。


……ぼくといやらしいことをする時ばっかりじゃないか！

いやいやいやいや。ぼくといやらしいことをした時以外も、ファウスはこっそり黒獅子になっているかもしれない。澄まして元に戻っているのかもしれない……。ということも考え難《にく》い。

だって、毎日毎日、おはようからおやすみまで、なんだったらおやすみ中まで、ぼくと一緒なんだよ。ぼくと離れる時は、国王に呼ばれた時とか、トイレに行った時とか、本当に数える程度だ。

もしかして。べったりずっとくっついていること自体が、ファウスにとっては無意識のストレスなんだろうか。

生まれた時から王子様なので、ファウスは他人の視線には無頓着だ。完全に無視しているのではなく、害意がなければ無意識で意識の外に追い出しているのだと思う。

そういうところはアダルにもある。ぼくやシジスが恥ずかしがる時、不思議がっていたりもするので、高位貴族と王族の羞恥ポイントは、ぼく達とはズレているんだろう。

人前でぼくにキスしたりするのも平気だ。何なら、見せつけようとするときもある。ぼくが全力で拒否するから、十回に三回ぐらいは人前でのキスは回避できるけど。

こんな感性のファウスが、ぼくと一緒にいることが無意識のストレスとは考えにくいな。

感情の高ぶりが黒獅子化への切っ掛けというぼくの推理が正しいなら、やはりファウスはマリッジブルーというやつなのかな。

ぼくと一生続く誓いを立てることに躊躇いがあるんだろうか。

黒獅子になるタイミングもよく分からないし、元に戻る時間もまちまちだ。

全ては推測に過ぎなくて、確認方法もない。

ファウスに尋ねても、本人もはっきり分かっていないみたいだ。困ってないから、ファウス自身が追究しようとしてもいないんだけどね。

ただ、だんだん獅子でいる時間が長くなっている気もする。

気のせいかもしれないけれど、ぼくは心配になっていた。

「テオ！　テオ！　俺の皿に人参とピーマンが入ってる！　しかも生だ！」

「もう大人におなりなのですから、生の人参ぐらい食べてください」

朝食の席で、ファウスがさも大変そうに声を上げる。ぼくは呆れているのを隠しもせずに、側近として叱った。

ぼくが頻繁な黒獅子化を心配しているのに、本人は元気いっぱいだ。

少なくとも表面上はそう見える。

表面じゃなくて、深層も、裏側も元気に見えるんだけど。

むしろ能天気にも見えるんだけど。

でも、元気いっぱい悩みのないファウスが、ちょくちょく黒獅子になっちゃうのは解《げ》せない。

「苦いから、テオが食べさせてくれ。そうしたら我慢する」

「もー、我儘なんですから！」

ファウスに甘えられると「目を瞑《つぶ》って食べればいい」

と突き放せないのは、ぼくが甘いからかな。

　ぼくがいそいそとファウスの傍に寄ると、綺麗な黄金の瞳がワクワクと輝く。そんな目をされると、ぼくは弱いんだ。

　いつも通り甘えた我儘を言うファウスの口に、美しいトンボの形をした生の人参を差し出した。

「あーん」

　ぼくに促されるまま、パクリと一口で食べておきながら、ファウスは微妙な顔をして眉を顰める。

　不味いものは不味いんだろう。

　ぼくも自分の分の綺麗なトンボが、ガリガリに硬い生人参だったので、ファウスの気持ちがよく分かる。

　料理長、ますます包丁の腕を上げたな。でも、味付けぐらいしてあげて。塩すら振ってないことを、ぼくは知っている。ディップソースをぼくが考案した方が早いかな。

　ゴリゴリと奥歯で噛まないと食べられないぐらい硬い生野菜を噛みしめながら、ぼくはそんなことを考えていた。

三

　ぼくとアダル、シジスは幼馴染みであり、第二王子の側近と認識されている。ファウスの即位と同時に、アダルとシジスには公職が与えられるだろうし、ぼくは、王妃もしくは王配という公的な立場が与えられる。

　ファウスの腹心と言えるのはぼく達三人なのだ。

　三人だけしかいないのだ。

　ファウスが王太子になってから、次々とファウス支持の貴族は増えたんだけど、もともとの人数は少ない。

　第二王子派は非主流派で、主だった人材は第一王子派だったんだよ。バルダッサーレ殿下は、性格にやや難はあっても仕事ができる人だったから、まさか第二王子が即位するなんて思われなかったせいだ。

　ぼくもバルダッサーレ殿下の失脚直前まで考えもしなかった。

　潮目がファウスに向いたからといって、ぼく達が押しのけられて第一王子の側近がファウスの傍に上がれるかというと、そうはいかない。ということで、ぼく達三人は、今までよりもっと団結してファウスを支えていた。

そうしないと第一王子一人分の働きに追いつかないのが、最大の理由。ぼく達三人とファウスを合わせてようやく、第一王子がこなしていた王の代理業務とか、王都の執政官としての業務が回るのだ。

王子様稼業って、真面目にやれば結構大変だ。


私的な従者として以上に、公的な側近としても動きだしたぼく達は一緒にいる時間も長い。

「ファウス様！　テオドア！　おはようございます！」

子供の時からずっと一緒のせいか、アダル達は元気いっぱいファウスの寝室に踏み込んでくる。

早朝から潑剌《はつらつ》としたアダルの後ろから、シジスが澄まし顔でついてくるのはいつものことだ。

ぼくもいい加減に慣れたので、驚かなくなった。

いつの間にか黒獅子の姿になったファウスに、膝枕をしながら鬣を撫でるくらい余裕がある。

今は平気だけど、ファウスと深い仲になった直後は、ものすごく焦った。

体がだるくてファウスに裸でくっついている最中に、幼馴染みが踏み込んできたら、誰でも焦る。

もちろん、羞恥ポイントがずれているファウスもアダルも気にしなかったけど、シジスだけはすごく申し訳なさそうにしていた。

ぼくとシジスにだけ、そんな初々しい時代もあったのだ。ファウス達には最初からなかった。

アダルが踏み込んできても、ファウスは動じることなくベッドで黒獅子姿のまま長々と伸びていた。ぼくはゴロゴロ喉を鳴らしているファウスの鬣を撫でる係続行だ。

踏み込んできたアダルとシジスの方は、ベッドに視線を釘付けにして立ち止まる。

「ファウス様？」

「テオドアの傍にいる時は、よく黒獅子になられているとは聞いていましたが……」

二人の耳がピンと立つ。

明らかにワクワクした顔をしている。

「本当に黒獅子になってるんですね。格好いい！」

大声で騒ぐアダルに、ファウスは、閉じた瞼を面倒くさそうに開ける。

ガァァ。

低く吠えながら、大きく口を開けてみせる。鋭い牙が剝き出しになるのは、すごい迫力だ。

アダルの尻尾がピン、と立った後、嬉しそうにブンブン振られる。

「すごい！　完全獣化の黒獅子姿をもう一度見られるとは思いませんでした！」

「朝から縁起が良いですね」

シジスも興奮気味にニコニコしている。

「縁起が良い？」

ぼくはまだ膝から下りようとしないファウスの喉を搔く。獅子って大きな猫なのか、喉を搔いてあげたり、耳の後ろとか額を撫でてあげると、すごく嬉しそうにゴロゴロ言うんだよ。

「テオドアだって知っているだろう？　セリアンの始祖は聖女がお連れになった黒獅子だったって」

「そういえば、そうですね。だから、黒獅子のファウス様が生まれた時はお祭り騒ぎだったとか」

おしなべて黒獅子のセリアンは能力が高いらしい。

ぼくの膝でゴロゴロ言っている姿からは想像し難いけどね。

「そうだぜ。黒獅子に限らず、完全獣化できるセリアンはほとんどいない。それだけ始祖に近いってことだから、流石ファウス様！」

アダルのハイテンションな褒め言葉に、ファウスは閉じていた目を開いて「ガアッ」と威嚇《いかく》する。

パタン、パタンと長い尻尾がベッドを叩く。

ゴロゴロ鳴らしていた喉も止まっている。

うん？　なんだか、不機嫌だなぁ。

ぼくが撫でている時のファウスは、すごく幸せそうにゴロゴロ言ってるのに。アダルが煩いってことなのかな。

「女官達から、テオドアと一緒に過ごした後はちょくちょく黒獅子の姿になるとは聞いていたんですが、私も拝見できるとは思っていませんでした。幸運です」

シジスも嬉しそうだ。

セリアンの間では、黒獅子はラッキーアイテムだったりするのかな？　完全獣化したセリアンに会えたら、貴方は一日ラッキーです、とか？

「女官さん達には、時々見られてましたよね？」

何だか苛々している様子のファウスを宥めるように、

ぼくは眉間から、鬣にかけてゆっくりと撫でていく。目を細めてぼくの膝に寄り掛かってくるから、ご機嫌は直ってきたのかな？

不規則なタイミングで黒獅子化してしまうファウスだけど、しばらくしたら元に戻る。

一番よく目撃しているのはぼくだろう。

目撃した時の女官さん達は一様に「ご立派になられて」と嬉しそうにしているから、そこから話が広がったのかな。

ファウスの傍にいる女官さんは、長い人だと生まれた時から仕えている。そのせいかファウスのやること為すこと、母親目線で喜んでるからな。

ぼくは、女官さんから噂が広がることを気にしてなかったんだ。

「せっかく完全獣化なさるんですから、重臣達にも見せつけてやればいいじゃないですか。それで納得しますよ？　あの老人達は」

「テオドアにばかり見せるから、嫉妬してるんでしょう」

アダルとシジスは、そんなことを言う。

ファウスの黒獅子姿を見たがっている人が、他にもいるのか。

アダル達の喜びようを見ていると、ぼくが思っているよりもセリアンにとって完全獣化した黒獅子は貴重なのだろうな。二百年ぶりの出来事だっていうしなぁ。

でも、ファウスが言っていたけど、自分でコントロールしているわけじゃないみたいだし。こういうのは、タイミングだろうね。

「ファウスさまの黒獅子姿は格好いいですから、見たい気持ちも分からなくはないですけどね」

自由自在じゃないですよ、とぼくが言おうとした途端、ファウスはすくっと立ち上がる。

そのまま獣そのものの俊敏さで、あっという間に窓から外に出て行ってしまった。黒い風のような動きに、アダルですら反応できずに見送ってしまう。

「ファウス様！」

一瞬遅れて、やっとアダルが窓へ駆け寄る。ぼくとシジスも後に続いた。


ガァァァ！

獅子の低い咆哮が響き渡る。

アダルが窓から見上げているのは、一つ棟が離れた屋根の上だ。

ここにいるぞ、と知らせるようにひと声吠えた後のファウスは、優雅に屋根の上で寝そべってしまった。

煌びやかに装飾された屋根の上にいるのに、まるでサバンナの王者のような姿に、ぼくは惚《ほ》れ惚《ぼ》れしてしまう。

ライオンでも格好良いなぁ、ファウスは。

屋根に逃げてしまうぐらい機嫌が悪いのは分かるんだけど、何が気に入らなかったんだろう。

「拗ねてらっしゃるのかな?」

窓から顔を出してぼくが言うと、アダルとシジスが同時に振り向く。

「拗ねてたのか? ファウス様」

「獅子の姿で機嫌の良し悪《あ》しが分かるのか? テオドア」

ぴくぴく、と二人の耳が驚きに跳ねている。

セリアンは感情が分かりやすすぎて、ぼくは心配になるよ。むしろあれだけ微妙な態度だったファウスの苛立ちに、どうして二人は気づかないんだろう。

「言葉で話してはくださらないから、怒っているのか拗ねているのかはっきりしないけど、機嫌が悪いのは一目瞭然だったよ?」

「そ、そうか。何か俺の言葉がお気に障ったのかな」

「アダルは声が大きくて煩いからな」

「シジスだって嬉しそうだったじゃないか!」

「私は弁《わき》えている。早朝から主君の寝室に大声で踏込むやつがあるか」

「お前だってついてきただろう、シジス!」

「私だって、黒獅子姿が見たい」

何やら二人が揉《も》め始める。うーん? これは喧嘩するほど仲がいいのか?

「ファウス様は、ここ最近ちょっと機嫌が悪いんだ」

二人を宥めるようにぼくは割って入る。

ぼくがコーラテーゼ公爵家へ行って二週間留守にした辺りから、情緒不安定だ。

「テオドアがいない二週間の方が、機嫌は最悪だった。今はずっと上機嫌だと思っていたんだが?」

ぼくとアダルが抜けて、二週間ずっと一人でファウスの傍についていたシジスが、死んだ魚のような目をする。

そうだったのか。苦労を掛けてすまない、シジス。

「ファウス様は、基本的に鷹揚で機嫌のいい方なんだけど、ちょくちょく黒獅子姿になりだした頃と、ちょっと苛々している頃が重なっているんだよ」

「テオドアが言うなら、そうなのか」

「テオドアさえ傍にいれば、一日中上機嫌に見えるけどな」

感心したように頷く二人。ファウス様と同じぐらい脳筋だとは思っていたけど、繊細さもファウス様と似てるのか？　セリアン全体が大雑把なのか？　どっちだ。

頼りないけど、ぼくは同じ側近として、幼馴染みとして、考えを打ち明けてみた。

「ファウス様は、マリッジブルーなのかな？」

「まりっじぶるー？」

「結婚前になって、この結婚は正しかったのかな、とか、迷いだしたり不安になることだよ。ファウス様が苛々してるのはそのせいかな、って。ぼくの事を大事にしてくださるけど、ぼくみたいな平民出を正式に妃に迎えるなら、色々と問題もあっただろう。セリアンは他氏族の男性と子を生すことができるって言っても、女の人を妃に迎える方が喜ばれるだろうし」

コーラテーゼ公爵家にぼくを養子に押し込んでみたり、王様を説得したり、ファウスはぼくが見えないところで頑張ってくれたと思うんだよ。

「ないだろう」

「それはない」

二人は躊躇なくぼくの心配を否定した。なぜそんなに自信満々なんだ。

「俺としては、平然としているテオドアの方が不思議だ」

「え？」

「全く身分の違う王家に嫁ぐのに、平然としすぎている。もし私だったら、王族と婚姻の打診があれば全力で辞退する」

「そ、そう、かな？　ぼくは図太いから。きっと、実感が湧かないだけだよ」

心底不思議そうに指摘されて、ぼくはまごまご言い訳した。

ぼくだって、ファウスが大国の王子様で、結婚後すぐにその統治者になるということは理解しているつもりだ。ぼくに期待される役割が、ただファウスの傍にいることだけじゃないことも。

前世の記憶があるせいか、「身分差」に対する畏《おそ》れが少ないんだと思う。

ファウスは王子様だから、すごい権力者なんだとは思うけど、ぼくよりすごい人かと言われると、そうは思っていない。

人は皆平等。どんな命も、等しく尊重されるべき、という価値観が根底にあるんだろう。

そのせいで、平民出のぼく自身を卑下することもない。その価値観のせいで、王族に嫁ぐことを「大変そうだ」とは思っても「畏れ多い事だ」とは考えないんだろうな。

「テオドアが賢いのに呑気なところも、ファウス様には合ってるんじゃないのか?」

「そ、そう?」

アダルはファウスの姿を眺めたままそんなことを言う。合っていると言われると、照れてしまうな。

「今更テオドアが結婚から逃げようとすれば、血の雨が降りそうだから、余計なことは考えないでくれ」

「……はい」

シジスの声は深刻だった。

ファウス。シジスを二週間、どれだけ困らせたんだろう。

「ファウス様は、いつになったらヒト型に戻られるんだろう」

窓枠に肘をついて、アダルは関係ないことを言い出す。

「そんなに長い時間は、獅子の姿ではいないはずなんだけど……」

「ファウス様の食事に突撃したら、テオドアが作ったっていう美味しい野菜が食べられると思ったんだが」

「……」

もしかして、アダルも黒獅子になるファウスを心配しているのかと思ったら、全然違った。

そうだよね。君はそういう人だよ。分かってる。

「あの野菜嫌いなファウス様が、残らず平らげたという美味しい野菜」

「……」

二人が朝も早くから踏み込んだ理由はそれらしい。

お腹が空いた、とか好き勝手なことを言っている。

最近ぼくが考案し、料理長に作ってもらったクリームチーズのディップソースのことかな?

ソースをかける料理自体は、ラヴァーリャ料理にも既にあったみたいだけど、野菜にソースを付けて食べるという食べ方はなかったらしい。

　理由は行儀が悪いから。それと、美しい飾り切りが映えないから。

　クリームチーズとか、ヨーグルトとかに更に味を加えたソースを、食べる直前に付ける方式だと、料理の見た目を損なわず、かつ美味しいということで、料理長、ファウス双方に好評だ。

　研究熱心な料理長は、白いプレーンなチーズソース、豆を練り込んだ緑色、ベリーで甘酸っぱくした赤などなど、色合いにまでこだわりつつレパートリーを広げている。流石プロだ。

　ぼくはクリームチーズとゴマが好きだな。

「ファウス様！　そろそろ朝ごはんですよ！　今日は料理長が、新しいソースを考案したそうですよ！」

　ぼくが窓越しに叫ぶと、不貞腐れて寝そべっていた漆黒の獅子が頭をもたげる。動きはものすごく威厳に溢れて格好いいけど、反応したのは朝ご飯の内容だからな。

「早くお戻りにならないと、アダルが食べちゃいます！」


　ガァァッ！


　焦った吠え声と共に、漆黒の獅子がこっちに向かって走ってくる。

　ファウスが元の姿に戻ったのは、すぐ後だった。

「アダル！　俺の分まで食べるなよ！」

　慌てて服を着るファウスは、いつも通り元気いっぱいで、ぼくは心配が杞憂《きゆう》で良かったと笑ってしまった。

四

　アダルとシジスが早朝から突撃してきたのは、黒獅子ファウスを見るためではなく、朝ご飯のためだった。出会った時からブレることなく、三人とも食い気が欲求の第一位に輝き続けているな。

　黒獅子から人に戻ったファウスを待って、ぼく達は朝ご飯を囲んでいた。

　初めてファウスに会った時からそうなんだけど、この国における贅沢の一つに「量」がある。有り余るほどの食材が提供され、高貴な人が余らせるのは当然だ。ファウスの朝ご飯も、ものすごい種類と量が子供のころから用意されていた。そのうち好きなものを好きなだけ選ぶ方式だから、偏食はなかなか治らないんだけど。

突然アダル達が食事の席に加わっても、取り立てて困らないのは以前からだった。大皿料理を取り分ける方式なのだ。

「美味しい野菜があるって聞いたんですけど？」

料理長が綺麗に飾りつけた生の人参を片手に、アダルが不思議そうに首を傾げる。美しい飾り切りだけど、塩すら振ってない、ただの生人参であることは明白だ。

「採れたてで、とても美味しいですよ」

「それは前から同じだろう？」

ぼくが笑うと、ふんふんと鼻を鳴らしたシジスも参加してくる。嗅覚の鋭いセリアンらしい判断法に、ぼくは微笑ましくなる。

誰もが振り返るぐらい派手な美青年に成長したシジスにとって、一番気になるのはご飯だから面白い。

「野菜は前から同じだ。ほら、この白いソースがあるだろう。これに付けて食べるんだ」

「ソースが余ったら、パンに付けても美味しいよ」

「これは、チーズ……ですか？」

促されるまま素直に人参を突っ込んだアダルが、咀《そ》嚼《しゃく》しながらニコニコしている。美味しいものを食べると誰でも笑顔になるよね。美味しそうに食べてくれると、ぼくも嬉しい。

「チーズと、塩と……」

「ヨーグルトと、塩と、刻んだ玉ねぎも入ってますね。それからスパイスが何種類かと」

シジスが神妙に味を分析しているので、ぼくも楽しくなってくる。

「美味いだろう。テオは小さい時から料理上手だからな！」

「ファウス様が、生野菜は嫌だとおっしゃるから、ぼくが色々考えたんですよ」

「テオに頼んだら、美味しくしてくれるだろう」

自分のことのように、ファウスは偉そうに胸を張る。ぼくは苦言を呈しておいたけれど、ファウスは全然気にしていない。

まぁ、一応あれだけ嫌がっていたセロリも、生のまま食べられるようになったんだから、ファウスも成長したのだ。

「俺のために料理してくれるテオが大好きだ！」

「もう、ファウス様ったら」

「はいはい。二人とも食べないなら、このキュウリはもらっていいですか？」

「狡いぞ、シジス！　じゃあ、この茹《ゆ》でたジャガイモ、全部食べますよ。良いですよね、ファウス様」

ぼく達は甘い雰囲気になりかかったけれど、アダルとシジスは気にせずせっせと食べていた。健啖《けんたん》ぶりを見せつける二人に、ぼくの手を取って目をキラキラさせていたファウスが慌てる。ファウスも色気より食い気だ。

「あ。お前達、ちょっとぐらい遠慮しろ。ジャガイモはまだ食べてないんだぞ！　好きだから、とっておいたのに」

「テオドアと存分にイチャついていらっしゃればいいのに」

「ファウス様はいつでも食べられるでしょう」

「そもそもこれは、俺の朝食！　テオは小鳥みたいな量しか食べないから油断したっ！　テオ、テオ！　何とか言ってくれ。俺の分まで食われる！」

「たくさん食べて、もっとあるから。ファウス様、セロリを追加してもらいましょう」

「そうじゃなくて！　よりによって、なぜセロリ！　俺はジャガイモが良かった！」

「ジャガイモは野菜じゃありません」

賑やかな食卓に、楽しい声が響く。

ぼくの些細な意地悪に、ファウスの耳が、ぺたんと倒れた。

それでも、ぼくがセロリにたっぷりディップソースを付けて差し出すと、ファウスが食いついてくる。強い香りに顔をしかめながら、バリバリ食べるあたりは子供のころとは変わったなぁ。

ぼく達の食事風景を見たアダルとシジスは、顔を見合わせて肩を竦める。

「ファウス様。テオドアが心配していましたよ」

「……？」

シジスが優雅に羊肉の骨を外しながら言うと、ファウスはきょとんと黄金の目を見開く。

「ファウス様が、テオドアとの結婚を躊躇《ちゅうちょ》しておられるのではないかと」

「俺が？」

びっくりしたようにファウスの耳がパタパタッと素早く動く。心外そうにぼくの顔を覗き込んでくるから、困ってしまう。

「ファウス様は、頻繁に黒獅子になられるでしょう？　何か疲れていらっしゃるんじゃないかと心配で。ぼくと結婚することを案じておられるのかと」

「前も似たようなことを言ってたな、テオ」

「ええ、その時は否定されましたけど。でも、気になって」

まごまごと言い淀んでしまう。

ぼくの言葉が途切れたところで、シジスが身を乗り出す。

「どうなんですか？　ファウス様。私は獣化できるほどセリアンの血が濃くないので、よく分からないのですが、不満の表れなんですか？」

「俺も完全獣化なんて、記憶がない頃ですからよく分からないんですよ。黙っているとテオドアが心配しますから、何か不満があるなら今のうちに」

唐突に質問攻めにされてファウスは驚いているけれど、ぼくは感動していた。

食い気しかないと思っていた二人が、ぼくの心配事を気にかけていてくれたのだ。

二人とも優しいな。

「んー……」

二人に次々と促されて、ファウスは行儀悪く脂のついた指を舐める。ぼくは慌てて、汚れた手を拭う。お母さんみたいだな。

大人しくぼくに世話をされるファウスは、珍しく渋《じゅう》面《めん》で考え込んでいた。

真面目に考え込むファウスを待っている間、アダルとシジスの食事ペースは落ちない。

ファウス！　早く答えないと、メインの肉料理がなくなってしまう。本当に、遠慮しない二人だな！

「今日の御前会議、テオも一緒に来てくれるか？」

「ぼくが、お供してもよろしいんですか？」

「俺の事を心配してくれているんだろう？　色々と言うより、見た方が早いというか。どうせ一カ月後には当事者として参加するんだ。見学なら問題ないだろう。

俺にとって気がかりは父上の跡を継ぐことだな。あれが一番厄介だ」

「そう、なんですか」

ファウスは王太子として、御前会議にも出席している。本人が一番のストレッサーだと自覚しているなら、ぼくも末席で様子を窺わせてもらおう。

「では、お供させていただきます」

「父上の許可を取っておく。テオは俺の傍にいるだけで良いからな」

「はい」

ぼくが提案を受けた途端、アダルとシジスから「テオドアは思い切りが良すぎて怖い」「父上にちゃんとテオドアを庇うように言っておこう」とヒソヒソされる。

ぼくだって分かっているよ！　国の重鎮たちが揃い踏みの所に、ぼくみたいな貧相な子供が混ざるのは分不相応だって。

でも、ファウスがちょくちょく黒獅子になっちゃうのは気になるんだから、仕方ないだろう。

御前会議がストレッサーだと言ったファウスの気持ちが、ぼくにはすごくよく分かった。


出席しているのは、ごく限られた国王の信頼篤い貴族のみ。奥に座る王様を囲むように、ぐるりと円を描いて貴族たちが並ぶ。全員セリアンだから、すごく体格が良い。

ぼくはイレギュラーな見学だから、ファウスの席の斜め後ろに椅子を用意された。成人したセリアン仕様の椅子なので、きちんと座ったつもりでも足が届かないぐらい大きい。流石、セリアン中心国家だ。

ぼくはキョロキョロしないように気をつけて顔ぶれを見渡す。

ファウスが立太子されてから加わったコーラテーゼ公爵以外、顔見知りはいない。

宰相、軍の最高司令、法務官長などなど、立派な肩書を持った貴族ばかりがズラリと並ぶ。名前と顔だけは一方的に知っている人ばかりだ。

時々聖下も聖堂代表として出席されるそうだけど、今日は不在だった。

「今日は子供連れですか、殿下」

会議が始まる前から毒を吐いてきたのは、法務官長だった。真っ白い法服を着ているから、それと分かる。

ファウスの背後に隠れるようなぼくの姿に、鋭い視線を投げてきた。ぼくは無言を貫いたまま、顔を上げて、背筋を伸ばす。ここで俯《うつむ》いたり、怯《ひる》んだ様子を見せるのは、ファウスに悪い。

「俺の配偶者、一月後には卿《けい》の主人だ。婚姻許可証を発行したのは、卿と陛下《へいか》だ。もう忘れたのか？」

「未来は確定事項ではありませんのでな、殿下。吹けば飛ぶような子供が出入りする場所ではありません。場を弁《わきま》えられてはいかがか」

「陛下の許可は得ている」

「……」

ファウスが切り捨てると、法務官長は頭を下げて黙ったけれど、小声で「遠慮するべきだろう」と呟いているのが分かる。聞かせるために、言ってるんだろうな。

ファウスの尻尾が、苛立ちを抑えきれない様子でパタパタと動く。すぐに爆発しない辺り、すごく大人になったんだなぁ。

ぼくは、嫌味を言われながらも、ファウスの自制心に感動してしまった。いつもぼくに甘えてくるのが、大人びた反動だっていうなら、いくらでも甘やかしたくなってしまう。

ぼくのことは、何か言われるだろうと覚悟してきたから気にしない。ぼく自身は、外国人で、元平民で、セリアンですらなく、女でもない。次代の正妃にふさわしくない要素ばっかりだ。ファウスが心変わりして欲しいと思っている重臣の方が多いだろう。

ぼくはそっと後ろから、ファウスの手を握った。ファウスもぼくを振り返らないままに、指を絡めてくる。

大丈夫、ぼくはいつでも君の味方だ。

法務官長とのやり取りだけで、ファウスにとって居心地のいい場所ではないのは、充分分かった。

御前会議は王の私的な諮問《しもん》機関であると同時に、国の最高意思決定機関でもある。貴族議会より上位にあるんだ。まぁ、専制君主制なんだから当然か。そして、出席者が王の側近なのも当然だった。

第一王子派に属する彼らは、程度の濃淡はあるにしろ、地味に意地悪だった。

ファウスは王太子として出席しているけれど、お勉強が主目的だ。意見を求められることは殆どない。なのに、急に「この件に関して、殿下のご意見を頂きましょう」とか、尋ねてくる。

事前に聞かされていないファウスは、的外れな返答をしてしまう。勉強不足だと分かっていて答えさせたのに、尋ねた本人は「殿下にはまだお早い内容でしたかな」とか、笑いものにしてくるわけだ。

もちろん父親である王様の前での話だから、巧妙に、反論できない程度にチクチク嫌味を言う。

他にも、ファウスがなかなか良い意見を言った時なんかは、「そういうご意見もおありでしょうな」とか言って、シレっと聞き流す。

聞いてみただけか。

後ろで見ているぼくだって、腹が立ってくる。

なんだよ、新人苛めか。パワハラ上司の巣窟か。

ファウスは負けん気が強い上にプライドも高いから、馬鹿にされてもしょげることはないけど、苛々しているのはよく分かる。

うーん。これは、ストレッサーだ。

月に数回程度の出席だけど、ファウスは長い間よく我慢してくれたな。我儘王子だと思っていたのに、すごい忍耐力だ。

話の内容よりも、忘れた頃に飛んでくる嫌味にぼくの神経が磨《す》り減っていく頃、昼食時のせいか全員にお茶が配られ、急に雑談のような話が始まった。

お茶とお茶菓子タイムの間に、国王はいったん退席した。休憩したいんだな。ぼくもしたい。

だってこの部屋、雰囲気が悪いもの。

一番の下っ端が外に出るなんて許されるはずもなく、ぼくは大人しくファウスの給仕をする。

「殿下と将来の妃殿下は大変仲がよろしいと伺っております。将来の妃殿下がいらっしゃるところでは、貴重な黒獅子のお姿になられるとか」

口を開いたのは、またもや法務官長だった。ぼくのことを「将来の妃殿下」としか呼ばないところに悪意を感じる。

でもよく考えたら、この人の息子は第一王子バルダッサーレ殿下の側近だったな。ファウスが王太子になったことで、閑職に回っている。ファウスに意地悪するのは、その辺りの事情だろう。

主流派だった立場が危うくなっているから、将来の国王に対してせっせとマウントを取ってくるわけだ。

即位した後、若い国王であるファウスを上手く操るためか。ファウスは萎縮するどころか、反発しているから、作戦は上手くいってないように見えるけどな。

「それがどうかしたのか」

不機嫌そうにファウスが答える。

「やはり、やはり。将来の妃殿下のお力添えがあれば、黒獅子のお姿を御披露頂けるようですな！」

ファウスの言葉が軽い肯定だったせいで、法務官長は大袈裟なほど頷いた。

うん？　これが「重臣に黒獅子姿を見せろと言われている」というやつなのかな。

ファウスは馬鹿にしたように溜息を吐く。

「テオの力添えって何だ？　あれは制御できないと言っただろうが。耄碌《もうろく》したな」

不満そうにお茶を飲みながら「テオの作ったおにぎりが食べたい。腹が減った」とか呟いている。

こんなに頑張っているファウスの姿を見てしまったから、ぼくは「いくらでも握って差し上げます」と囁く。

そりゃあ、もう。王宮中のコメがなくなるまで握ってあげますよ！

声を荒らげたり、手を上げることもなく、意地悪な爺さんや小父さんの嫌味に淡々と答えているファウスを見れば、誰だってそうしてあげたくなるよ！

「頑張る」と小さく返事をするファウスの耳が、ピコピコ小さく揺れる。

長い尻尾がそっとぼくの腰に絡んできた。ぼくはその滑らかな毛を無言で撫でる。

「簡単な事ですよ、殿下。将来の妃殿下の色香で獣化なさるなら、それを御披露頂ければいいのです。さすればすぐに皆、納得するでしょう。いかがですかな、皆様方！」

今度はセクハラか！　ぼくは軽蔑が表情に出ないよう、顔色を変えない努力をした。

大仰な台詞回《せりふまわ》しで、お茶を飲んでいる出席者たちを見回す法務官長。それに対する反応は様々だ。

人のいいコーラテーゼ公爵は「口がすぎます！」とぼくを庇おうとしてくれる。

肯定しないものの、楽しそうに笑い声を上げるのは財務官長やら、西域軍司令やら何人もいる。つまりは、旧主流派の人たちだ。

「いかがです、殿下？　陛下がお戻りになるまで時間は、まだございます。僅かなりとも、御披露頂ければ

「卿も分からん奴だな――」

――」

「貧弱で何の役にも立たぬヒトの子が、栄えあるラヴァーリャ王妃を名乗るのです。その程度の貢献があってしかるべきでしょう」

法務官長の言葉から、ただのヒトにすぎないぼくが、彼らの上位に立つ不満が滲み出す。

それはただ、火に油を注いだだけだった。

「俺の伴侶を侮辱するか！」

調子に乗って話し続ける法務官長に対して、椅子を蹴ってファウスが立ち上がる。

ぼくは慌ててファウスの袖を摑んだけれど、一瞬で沸騰したらしい怒りは収まらない。

若いファウスの苛立ちを、ただの癇癪《かんしゃく》と解釈したのか、法務官長も、ぼくを笑った人達も動じなかった。

「テオドアを嗤《わら》ったな！」

怒りが形になるように、ファウスの姿が歪む。

「俺の未熟さをあげつらって憂さ晴らしするならまだしも、テオドアを嗤うか！」

ぼくは目の前で黒獅子に変化していく姿を、初めて見た。感情の高ぶりが、完全獣化の引き金になるとしたら、今は下らない蔑みを向けてくる彼らに対する怒りだ。


ガァァァ！


咆哮が空気を震わせる。

黄金の眼差しが炎のように睨んでいるのは、法務官長だと分かっていた。

「で、でんか……っ」

見せろとねだった黒獅子が顕現したにもかかわらず、声は掠れて、ふてぶてしかった顔にはびっしりと冷や汗が浮いている。

空気が緊張を孕《はら》んで張り詰めていた。

軍人である各地域の軍司令ですら、怒りに呑まれたように身を竦めている。


ガァァ！


「ファウス様！」

牙を剝き出し、ファウスが殺気に満ちた雄叫《おたけ》びを上げる。

ぼくはとっさにファウスの前に体を投げ出した。

黒い風のような動きは、アダルでさえ追い切れなかった。

ぼくが反応できたのは、奇跡そのものだ。

「……！」

胸が焼けるように熱い。

鋼のような筋肉の塊に弾き飛ばされ、ぼくの体は椅子を巻き込みながら壁に激突した。

痛みより先に、肺の空気が押し出されるような衝撃に、思考が飛ぶ。


オオォォォ！

戸惑うような咆哮を最後に、ぼくの意識は途切れた。

五

胸がズキズキと痛んでいた。

拍動するような痛みが、次第に落ち着いていく。

息が詰まるような衝撃を最後に、気絶したらしいぼくが目覚めた時、ぼくの傍にいたのはアダルとシジス、聖下とその新しい従者だった。

御前会議の場で気絶したはずなのに、見覚えのない部屋にいる。室内の装飾から見て、聖堂なんだろうか？

いつの間に移動したんだろう。

見まわしても、ファウスの姿はない。

「テオドア。どこか痛むところは？」

穏やかに聖下に問われて、ぼくはゆっくりと頭を振る。

あの時。

黒獅子に変化したファウスを止めようとした時、正確には何が起きたのか、よく分からない。

法務官長に対してものすごく怒っていたファウスを止めなければ、という一心だったのだ。

無謀にも巨大な獅子の前に飛び出して、振り払われたか、弾き飛ばされたんだと思う。

「アダルベルド、メディコ博士にテオドアが目覚めたと伝達を。シジスモンド、医師達に王太子妃殿下の身に大事ない事を伝達するように」

まだぼんやりしているぼくの前で、聖下は淡々と二人に指示を出す。アダル達はぼくの顔を見てから、素早く部屋を出て行った。

王太子妃殿下、つまりぼくの事か。その称号はまだ早いんだけど、聖下はぼくをそう扱うという意思表示なんだろう。

まるで他人事のような気分で、ぼくは聖下を見上げる。聖下は痛ましそうに目を細めて、それでも微笑んでくださった。

「起きられそうかい？　半日意識が戻らなかったんだよ」

「はんにち」

まさかそんなに時間が経っているとは思わず、ぼくは慌てた。

だって、ファウスは？

激怒して黒獅子化したのは見たけれど、あの後どうなったんだろう。

ぼくが止めなければ、そのまま法務官長に飛び掛かりそうな勢いだった。

怒りを収めてヒト型に戻ってくれていればいいけれど、自分でコントロールできないって、本人が言っていたものな。

身じろいで起き上がろうとすると、手を差し出す聖下よりも早く、聖下の従者がぼくの体を抱き起こしてくれる。

白い法衣に、同じ布で出来たターバン風の被り物。二年前に聖下が『拾った』従者は、更に、フェイスベールで目元以外を覆い人相を隠している……ことになっている。

平たく言うと、出奔した第一王子バルダッサーレ殿下である。

聖堂的にどういう身分なのか、ぼくにはよく分からないけれど、元王子の聖職者ではなく『シモーネ聖下の個人的な従者』という扱いらしい。

でも格好は他の司祭たちと同じなんだよね。

蜂蜜みたいに色の濃い金髪も、ファウスと同じ黄金の瞳も、全く隠れていない。

セリアンであることをボカすためか、尻尾は外に出していないし、ターバンで耳は隠れている。

変装らしい変装はそれだけだ。

陛下と聖下の間でどんな交渉があったのかぼくは知らないんだけど、誰がどう見てもバルダッサーレ殿下なのに、サクロ・バルドと名乗って平然と聖下の傍に侍っているんだ。

偉そうで、他人を萎縮させる雰囲気も変わっていない。でも、『聖下の従者』という立場を全うするためか、甲斐甲斐しく聖下のお世話をしている。服の脱ぎ着はもちろん、箸の上げ下げまで手伝いそうな尽くし方だ。

ぼくが結婚式の打ち合わせに聖堂に行くと、帯剣して傍にいるから護衛なのかな？

『従者』だからか、未来の王太子妃であるぼくに対する態度も丁寧だ。丁寧すぎて、気持ち悪いし、なんだか怖い。子供の頃から目の敵にされて、雑に扱われた記憶は、まだまだ色褪《いろあ》せないからなぁ。

「ありがとうございます」

「恐縮です」

ぼくの体を起こしてくれたお礼を言うと、バルダッサーレ殿下というか、サクロ・バルドはそう返事をする。フェイスベールで覆われているせいで、目元だけでは彼が何を考えているのかよく分からない。

「……」

「……」

まじまじとぼくが見つめると、無言のまま見つめ返される。

「何か問題でも？」

恋は生まれない温度で見つめ合うぼく達を、引き剝がしたのは聖下だった。

ぼくの手を握るサクロ・バルドの手を取り上げるように摑む。抵抗はなく、あっさり手は離れた。

そのまま二人は手を繫いでいるから、ますますよく分からない距離感だ。

「いいえ、なにも。あの、ファウス様はどこに？」

「君はあれだけ大怪我をさせられたのに、ファウスの心配かい？」

聖下はちょっと怒っているらしい。

半日目覚めないぐらいの怪我だったのだから、ぼくが思っているよりも大事だったのだろう。聖下の治癒魔法がなければ命に関わる怪我だったんだろうな。

「ご心配をおかけして申し訳ありません。魔法を使っていただいたのでしたら、ぼくなんかのために、ごめんなさい」

「謝らないでくれ、テオドア。何度も言うけれど、君のためになら僕はなんでもしよう。僕が怒っているのはファウステラウドに対してだよ。まったく。テオドアに怪我をさせるなんて、何を考えているのか」

「聖下。ファウス様は、ぼくのために怒ってくださったんです。ぼくを悪く言われたから、それで――」

御前会議の中で行われたやり取りを、聖下はどこまでご存知なのだろう。ファウスよりも法務官長が言った言葉の方が、よほど聖下を怒らせそうな気がするけどなぁ。

「黒獅子になってしまった、と。うん、困った子だ」

「聖下。ファウス様は、どこにいらっしゃるんですか？　ファウス様まで、ぼくが怒っているとでも思ってらっしゃるんでしょうか」

怒られると思って、ぼくの所に来てくれないのかな。ファウスがぼくに怪我をさせて、平気な人ではないことは分かっている。すごくびっくりしただろうし、反省もしてくれているはずだ。

「ファウステラウドは、籠城《ろうじょう》しているよ」

「籠城？」

「テオドアに怪我をさせた後、君を咥《くわ》えて僕のところまですっ飛んできたよ。その判断は的確だ。僕ならば、命に代えても君を助ける。

僕の前に君を連れてきた後、君の容態が安定すると飛び出してしまってね。近くの空き部屋に逃げ込んで、そのまま誰も近づけない」

「……ファウス様が、お怪我でも？」

どきどきとぼくの鼓動が速まる。

黒獅子になったファウスを、誰か傷つけたりしたんだろうか？

それで部屋から出てこなくなってしまったんだろうか。

「ヒトの知恵を持つ、獰猛《どうもう》な獅子を簡単に傷つけられるはずはない。ファウスは怪我一つないんだけど、まだ黒獅子の姿なんだ」

「……半日も経ったのに？」

だんだん黒獅子でいる時間が長くなっている気がしたけれど、半日も獅子の姿をしていたことはない。

扉を閉めてしまったなら、中のファウス様が獅子か人か誰にも分からないだろう。扉の奥で、とっくに人に戻っているんじゃないかな。

ぼくが首を傾げると、聖下は困ったように頷く。

「宥めようと近づくと、吠えて威嚇される。アダルやシジスが出てくるよう説得に当たったけど、咆哮が響き渡っただけで扉は開けられなかったらしい。僕としても、打つ手がなくてね、遠巻きに見張らせているだけだ」

「さて、困ったね」と聖下も肩を竦める。

聖下のおっしゃる通り、ファウスは獅子のままなんだ。

ぼくはどうしたらいいのか分からなくて、頭が真っ白になった。

ファウス自身がコントロールできないと言っていた。獅子のままでいたいのか、人に戻ろうと思っているのにできないのか、ぼくにはどちらか分からない。どうして一人で閉じこもってしまったのか、ファウスの気持ちを想うと心配で仕方がなかった。

一人で不安じゃないのかな。

それともまだ、怒っているんだろうか。

「ぼく、どうしたら……」

ぼくが縋るように聖下を見ると、聖下はワザとらしく蒼い目を見開く。

「胸の肉を抉られるぐらいの大怪我をさせられておきながら？　テオドア、優しいにもほどがあるよ」

「でも、聖下。ファウス様はワザとではありませんし、きっと後悔なさっています。傍に行ってさしあげないと」

怒りが抑えきれないなら、傍で宥めてあげたい。

ぼくは元気だと伝えたい。

聖下はそんなぼくに呆れているのを隠さず、「君は誰に対しても慈悲深い」とか呟いている。

「聖下。ファウス様が元に戻る方法を、何かご存知ではありませんか？」

「残念ながら、僕は――言いにくいけれど、純血ではないのでね。母はヒトなんだ」

「シモーネ様！」

ぼくが驚くような勢いでサクロ・バルドが聖下の言葉を遮る。なんだか重大なことを聞いてしまった気がする。

「いいんだ、バルド。テオドア、一応秘密だから、口外はしないでほしい。兄上の代替え品として機能するために、生まれた時は純血のセリアンと告知されていてね。不要となった今は、どうでもいいことなんだけど」

「シモーネ様、ご自身を卑下なさいますな」

「ありがとう、バルド。そういう事情だから、ぼくにはファウステラウドに起きていることはよく分からないんだ。正真正銘セリアンの血統である、お前の意見を聞かせて欲しい」

聖下に促されて、サクロ・バルドは「癇癪の一種でしょう」と答えた。

「シモーネ様もご存知でしょうが、セリアンの中でも血の濃いセリアンは、幼少期に一度や二度は完全獣化するものです」

そうなのか。アダルも、したことがあるようなことを言っていたな。

「自制心が未発達な時期に多く、成長につれ獣化しなくなります。ですが、成人してからも獣化する場合があります。これは、叔父上の治癒魔法と同じように、獣化魔法だと考えるべきです。ごく限られたセリアンだけが発現させる、人の意識を保ったまま獣の体を手に入れる魔法です」

「バルドはできるのかい？」

「いいえ、王家の中にも使い手は滅多に現れません。黒獅子のファウステラウドは、先祖返りとしての高い能力を持っていますから、不完全ながら発現したと考えるべきですね」

なるほど、なるほど。アダルじゃなくて、最初にサクロ・バルドに尋ねれば分かったのかな。

でも、気軽に質問するには、心理的なハードルが高いんだよなぁ。だって、あのバルダッサーレ殿下だし。

「どうすれば人の姿に戻りますか？」

「魔法なのだから、自分で解除すればいいでしょう。不完全なせいで、それができなくなった状態だと、解釈できます」

ぼくが前のめりに尋ねたのに、澄ましてサクロ・バルドはそんなことを言う。

肝心なところで、役に立たないな！

「ファウステラウドを怒らせた相手を、部屋に放り込んでみようか。気が済んだら、元に戻るんじゃないかな」

「それは、ちょっと……」

笑顔で聖下は怖いことを言う。

「気が済む」って、獅子になっているファウスに何をさせるつもりなんだ。

前から思っていたんだけど、この人は本当に聖職者なんだろうか。血の気が多い。

「放っておいても、腹が減れば出てくるのでは？」

サクロ・バルドの案も聖下と同レベルだ。二人とも、もっと真剣に、一生懸命ファウスのことを考えて欲しい。

「いつまでも一人なんて、ファウス様がお気の毒です！　それに、時間が経ってもずっと獅子の姿だったら……心まで獅子になってしまったら……！」

自分で口にして、ぼくはすごく不安になった。

完全獣化したファウスの姿は、どこからどう見ても百獣の王。サバンナの主だ。

理知的で優しい眼差しだけが、獅子の姿をしていても中身がファウスだと確信させてくれる。

「完全獣化して戻れなくなった話は聞いたことがありませんが、単に記録に残っていないだけ、という可能性もあります。王族が心まで獣になり果てるのは、不名誉ですから」

「――――！」

不吉なことを言い出すサクロ・バルドのせいで、ぼくは涙が溢れそうになった。

こ、この、我儘災害元王子め！　元はと言えば、第一王子が勝手に王様と喧嘩するから、ファウスは大変な目に遭っているんだぞ！

「そんな。ファウス様は、すごく頑張って、下らない意地悪にも耐えていらしたのに……！　獅子になったまま、戻れないなんて、そんな、酷いこと」

黒獅子になってしまう直前、ファウスはぼくに「おにぎりが食べたい」って言っていた。

もっと早く、作ってあげればよかった。

コメがなくなるまで握ってあげたかったのに。

考え始めると、ぼくは切なくて、苦しくて、零すまいと思っても涙が落ちてしまう。

「テオドアが泣くほど意地悪って、何を言われたんだい？」

「ぼくじゃありません。ぼくのことも言われましたけれど……。重臣の皆さんが、ファウス様が未熟だって、笑って。法務官長が、ぼくの力で、黒獅子になってみせろって……」

グスグス泣きながら、ぼくはされたことを聖下に告げ口した。

役職名を出したら個人が特定されて、聖下の怒りが向くことぐらい分かっているけど、庇うつもりはなかったんだ。立場を利用してファウスに意地悪するんだったら、もっと地位の高い人から意地悪されればいいんだ。

「法務官長レボラ卿か。あとから謝りたいだのと喚いて邪魔ばかりするから、殴っておいたが。首をへし折ってやるべきだった」

「シモーネ様、人前ではいけません。やるなら、私が」

泣いているぼくを宥めるように抱きしめながら、聖下は物騒なことを言う。サクロ・バルドも止めているような口調で、全く制止していない。

ぼくの知らないところで、法務官長はずいぶん物理的な制裁を受けていたらしい。それにしても、血の気が多い人達だな。

「父上の取り巻きは、八割方下らないことしか言わない。私の時からそうだった。嫌がらせが始まったら、話題を変えることだ」

慰めているのか、忠告しているのか、よく分からないことを言われる。

八割方下らないんだったら、ほとんど下らないことじゃないか。

そもそも、バルダッサーレ殿下の時からパワハラをやってるんだったら、ファウスへのアレはただの趣味か。何の意図もないのか！　どうしてあんなのが、重臣なんだ！

こんなことで閉じこもっちゃうなんて、ファウスが可哀想《かわいそう》だ。

「差し入れに行きます」

たくさん、おにぎりを握ってあげよう。

食べきれないぐらい、たくさん。

「テオドア、しかし」

「大丈夫です。ぼく、ファウス様になら、食べられても良い」

心まで獅子になり果ててしまうことが、あるのかないのか知らないけれど。

もし扉の向こうのファウスが、本当にライオンになってしまっていたとしたら。

おにぎりの代わりに、ぼくが食べられても良い。

「分かりました。食いつかれそうになったら、私が抱えて逃げます」

少し時間が経って、大きな溜息と共にサクロ・バルドがそう言った。

聖下は反対しなかった。

六

聖堂中のコメがなくなる程ではないけれど、ぼくは抱えきれるギリギリまで、おにぎりを握った。

具は、ファウスが好きな肉を中心に。

ピクニックにでも行くようなバスケットにおにぎりをたくさん詰めて、ぼくはファウスが閉じこもった部屋に辿り着く。

ファウスが閉じこもったのがお昼時だったのに、もう夜も遅い。

「見張らせている」と聞いた通り、周辺には体格の良いセリアンの聖堂兵が詰めている。彼らが言うには、少しでも近づけは咆哮が轟くらしい。ファウスが怒っているのが明白で、誰も一定の距離以上は近づけなくなったそうだ。

もちろん、相手がただのライオンだったら、こうはならない。狩り立てればいいだけだ。

でも、相手は伝説の黒獅子に二百年ぶりに完全獣化した王太子。狩り立てて、万が一にも怪我を負わせるなんて、有り得ない話だ。その結果、この膠着《こうちゃく》状態なのだろう。

ぼくは周りの兵士たちに少し下がってもらった。

恋人に話しかけるんだから、内容を聞かれるのは恥ずかしいじゃないか。

近づくには少し勇気がいる。

獅子の咆哮に晒されたら、きっと身が竦んでしまう。

ぼくの足音は聞き分けてくれているのか、扉の前に立っても威嚇されることはなかった。

「ファウス様」

扉越しに声を掛ける。

「入りますよ」


グルルルル。


拒絶するように、戸惑うように、低い唸りが肌を震わせる。

ぼくは怯まずに扉を開けた。

中は真っ暗だ。開いた窓から差し込んだ月光だけが、光源だった。

蟠《わだかま》る闇の中に、燃える黄金の瞳が一対。

ぼくはそれだけを確認すると、後ろ手に扉を閉める。

危なくなったら助けてくれようとしている聖下とサクロ・バルドが、息を呑んだのは聞こえていたけれど。

ぼくはファウスと二人きりが良かった。

「ファウス様」

暗闇に目が慣れると、ぺたんと床に座った立派な獅子の姿が見えてきた。

ぼくの声に応えるように、尻尾がパタリと動く。

大丈夫。ファウスはちゃんと、人だ。

獅子の姿から戻っていないけれど、ぼくのことは分かってくれている。

「おにぎりが食べたいとおっしゃっていたので、たくさん握ってきましたよ」


グルグル、ルルル。


驚かせないようにゆっくりと、ぼくはバスケットを掲げて近づく。

ファウスは喉を鳴らしながら、ぼくを見つめていた。近づいても、逃げないし、怒らない。戸惑ったように尻尾を揺らすけれど、それだけだ。

意地悪を言った法務官長のことは、聖下が制裁したから許してあげたんだろうか。

触れるほどまで近づいて、傍に座る。

腕を伸ばすと、ファウスの方からぼくに額を擦りつけてきた。

甘える仕草は、ぼくの前で黒獅子になった時と同じだ。

ぼくはたまらなくなって、バスケットを床に置くと、ふかふかの鬣に両腕をまわす。

「ファウス様。ファウス様。どうして、一人で閉じこもってしまったんですか？　心配しました」


ググゥゥ。


ぼくの頬を、ファウスの大きな舌がべろりと舐める。

ザラザラの舌は、遠慮がちだ。

ぼくもファウスの鬣に頬を寄せる。

ごろごろと胸郭を震わせるような、低い声が響いている。

「ぼくの怪我を心配してくださったんですか？　聖下に治して頂きました。ファウス様がすぐに聖下の所へ連れて行ってくださったおかげです。この通り、すっかり元気です。何も心配は要りませんよ」

たし、と音を立てて、ファウスの尻尾が床を打つ。

丸い耳がピン、と立って、黄金の瞳がやわらかく瞬いた。

ぼくの事を心配してくれていたらしい。もともと優しげだった声が、更にやわらかくなる。

「おにぎりもたくさん握りました。召し上がられますか？」

一度置いたバスケットを掲げると、ファウスはグイ、とぼくの胸に頭を押しつけてきた。

お腹が空いているはずなのに、バスケットを開けようとはしない。ファウスの嗅覚なら、ぼくの言葉通り中におにぎりが入っていることぐらいは分かるだろうに。

食いしん坊のファウスが欲しがらない事に、ぼくは首を傾げてから思いついた。いくら心が人のままでも、体は完全に獣化しているのだ。獅子の体はおにぎりを受け付けないのだろう。

「ファウス様。早く人の姿に戻ってください」

ぼくは悲しくて、でも笑ってしまいそうで、涙が零れないうちにファウスの鬣にしがみつく。

「せっかくたくさん作ったのに。獅子の姿は格好いいですけれど、おにぎりは食べられませんよ」

『それは、困る！』

「え？」

はっきりとファウスの声が聞こえた。

以前も、獅子の姿をしたファウスの声を聞いた気がする。

空耳かと思ってぼくが顔を上げると、見下ろす優しい金の目があった。

じわじわとぼくの腕の中で、獅子の身体が縮み始める。

毛皮が消え、のびやかな青年の四肢に変わっていく様子に、ぼくは涙が止まらなかった。

戻ってきた。

ぼくの大事な人は、ちゃんとぼくのところに戻ってきてくれた。

「ファウス様！」

ぼくが素裸のファウスに抱きつくと、ぼくを抱きしめてファウスは声もなく笑う。

せっかく人の姿に戻ったのに、涙で歪んでよく見えない。メガネを取り上げられて、口づけで涙を拭われる。

「テオ。テオ。お腹空いた」

鼻がくっつくぐらい間近で、ファウスは呑気なことを言う。

ぼくは涙が止まらないのに、声を上げて笑った。

嬉しくて、胸が痛い。

「もう、ファウス様ったら。たくさん、たくさん、召し上がってください。食べきれないぐらい、たくさん握ってきたんですよ！」


半日以上何も食べていないファウスは、本当にお腹が空いていたらしい。素裸に適当に引っ張ってきた布を被っただけの姿で、ぱくぱくおにぎりを食べている。食べきれないぐらい握ったつもりなのに、足りなかったかな。

「ファウス様、米粒がついていますよ」

「んー。テオ、取って」

唇の端にくっついた米を取ってあげても、ファウスの食べるスピードは落ちない。

さすが、食い気のセリアンだ。

「テオ、痛かっただろう。ごめん」

「大丈夫ですよ。もう治してもらいました」

おにぎりを口に押し込みながら、ファウスは不意に零した。

ぼくはできるだけ静かに返す。

ぼくに怪我をさせたことを、ファウスが悔いて、ぼく以上に苦しんだことは分かっていた。

もともと、怪我を負った直後に気絶して、目覚めたら治してもらっていたから、痛くなかったのも本当。

「テオがそう言ってくれるのは、分かってた。俺に怒ったりしないし、許してくれるのも、分かっていた」

ぼくの方を見ないまま、ファウスは膝を抱えてしまう。

「でも、俺は許せない。腹が立って、抑えきれなくて。一番大事にしたいテオに、痛い思いをさせて。

もうテオに合わせる顔がないと思ったら、いつまで経っても獅子の姿から戻れなくて。ずっとどうしていいか分からなかったのに。テオが、テオが来てくれて」

「ぼくと結婚してくれないつもりだったんですか？」

大きな体を丸めて、顔を膝に埋めてしまったファウスに、ぼくはできるだけ明るく聞こえるように囁いた。

ぼくより傷ついているファウスを、抱きしめる。

体格差が大きいから、なかなか腕がまわらなくて、それも愛しい。

「ずっと一緒にいてくれると、お約束したではありませんか。それは、もう無効なんでしょうか」

「俺のことが怖くはないのか？　腹が立ったら、テオにまた怪我をさせるかもしれない」

「ぼくは頑丈ですから、大丈夫」

「テオ。俺は、テオがいてくれないと駄目なんだ。あんなに、嫌な思いをさせたのに。それでも、俺は王位につくだろうし、隣にはテオにいて欲しい」

ファウスが言っているのは、御前会議にぼくを連れて行ったことだろう。不愉快な思いをさせたと気にしているんだ。

「あと一月で当事者とおっしゃったのは、ファウス様ですよ」

「そうだけど、今、不愉快な言葉を聞く必要はなかった」

「ぼくは、ファウス様がとても忍耐強いことを知れて、嬉しかった。もっと好きになりました」

ただの我儘王子ではない姿は、とても格好良かったんだ。

ぼくに褒められて照れたのか、ファウスの耳がピコピコ動く。

「俺が即位したら、テオを嗤った奴は全員更迭する」

「改革には反対しませんけれど」

サクロ・バルドの言葉が本当なら、八割方下らないことを言う重臣は、置いていても意味がないしね。

「全員一度には難しいでしょう。何しろ人材が少ない。まずは人材を発掘してから、仕返しです」

「うん。それまでは、殴っておくか？」

「それは聖下がなさったそうですよ」

「叔父上は気が早いなぁ」

「見た目よりも血の気が多い方ですよね」

「テオもそうだぞ」

ファウスはそう言って、ようやく笑う。ぼくはそんなファウスに寄り添った。

長い長い夜が明けた。

七

ジュウジュウと揚げ物の音がする。

ぼくは熱気の籠る厨房に立っていた。

ぼくの後ろで、油が跳ねないかハラハラしながら、料理長が見守っているのが分かる。

ごめんなさい、料理長。貴方の職分を侵すつもりはないんですけど、ちょっとだけ厨房を貸して欲しいんだ。

「テオドア様、もうこれ以上は、私がしますので。どうかご指示だけいただければ――」

「もう少しだけ。今回だけですから」

「しかし、もし、御身が火傷でもなさったら……！」

ファウスに嚙み殺される結末が、料理長の脳裏に展開されているようだ。それぐらい料理長の声は悲痛で切羽詰まっていた。

初めて料理を依頼した時は、六歳の子供のころ。あの時は体が小さすぎて厨房の道具が扱えなかったし、今だって貧弱だから鍋を回すのも怪しい。この国で料理は、本格的になればなるほど力仕事だからね。

でも、十八歳になった今なら、鍋を覗き込むぐらいはできるのだ。

おにぎりと一緒で、今作っている料理は口で説明するのが難しい。だから一度は実際に作って説明したかっただけなんだけれど。

パチン！

油が跳ねる。

滴が一つ腕に掛かって、ヒリリと痛む。

ファウスと一緒にいるせいで、日焼けもせず大事にされた肌は薄く、赤くなってしまった。

「あ」

「ひぃッ！」

ぼくの声と同時に、ムキムキの大男とは思えないぐらい甲高い悲鳴が上がる。

「テオドア様！　お願いですから！」

泣き出しそうな料理長の懇願に、ぼくはとうとう負けた。

まぁ、ほとんどでき上がっていたから、ここから先は専門家に任せればいいんだけれど。

ちょっと楽しくなってきたところだったから、もう少し続けたかったなぁ、揚げ物。

「続きはお願いしますね、料理長」

「承知いたしました、テオドア様。どうぞ王子殿下の元に御戻りを」

早く早く、と言わんばかりの態度で、料理長の弟子にあたる料理人達が、ぼくの腕を引っ張り背中を押す。高温の油から料理長が離れることはできず、ぼくはせっせと追い払われたのだ。

料理長からすれば、知識があるとはいえ、素人のぼくに危険な油を扱わせるのが心配なのも分かる。

しかもぼくは、もう少しで王太子と結婚式を挙げる身で、かつ、既に寵愛を受けてもいるんだから、肌に傷一つ付けたくないのも分かる。

ぼくが出て行くとき、料理長がすごくホッとした顔をしていたから、悪いことをしたなぁ……。

でも、せっかくだからファウスに美味しいものを食べさせてあげたかったんだよ。


ファウスの黒獅子獣化立て籠り事件から、二日が過ぎていた。

騒ぎの内容は当然王様に報告された。

御前会議を滅茶苦茶にしたファウスに何かお咎めがあったらどうしようかと、ハラハラしていたんだけど、王様から叱責されたのは侮辱的な言動をした重臣の皆さんだった。

良かった。

その場にいたコーラテーゼ公爵からの報告と、聖下からの口添えも大きく影響したようで、ファウスとぼくには体を労るようにとお言葉があっただけだった。

直接の原因になった法務官長は、王族への無礼を咎められて役職を解かれたそうだ。すぐにファウスとぼくに謝罪したいと打診があったみたいだけど、ぼくに話が来る前にファウスが断っちゃうので、詳細は知らない。

ぼくも、ファウスにあんなことを言った人を許せる気がしないから、会わなくていいんだ。

具体的な罰が与えられたのは法務官長一人だけど、会議に出席していた軍人さん達は、黒獅子化したファウスを相手に何の役にも立たなかったとして、すごく恥をかいたらしい。一斉に休職してしまったと聞く。

今回の一件で、図らずも更迭の目処《めど》がついたんじゃないかな？

ついでに。

ぼくが怪我をしたこととか、おにぎりを握ったことは、我が身の危険も顧みず黒獅子の怒りを鎮めた愛のなせる業《わざ》として、美化されて広まったらしい。こういう個人的な出来事が、大々的に広まってしまうんだから、王族って大変だな！


ぼくとファウスの結婚式まで、二週間を切っている。

各国の招待客もちらほらと到着し始めているし、商機を求めて集まってくる商人たちで、王都の城壁外にまで天幕の街が広がり始めていた。

徐々に賑わいを増し、そのせいで増えるトラブル解決のために警備の兵士の数も増え、お祝い事に向けて皆浮き足立っている。

ぼくも、浮かれていた。

ストレスはやはり獣化の要因だったようで、あれからファウスは獣化していない。

獣化することそのものは悪いことじゃないけれど、コントロールできない状態で頻繁に変化するのは心配だから、すごく安心した。


嬉しくてお祝いしたくなったぼくは、ファウスの好きな肉にひと工夫加えた料理を作ってみることにしたんだ。


夏の日差しが陰ってきた時間に、木陰に入った東屋《あずまや》でぼくが敷物を準備していると、ゆっくり人影が近づいてくる。

背の高い二人連れ。遠目にも目立つ豪華な法衣で、誰だかすぐに見分けがつく。

「おや、いい匂いがするね。何を作ったんだい？」

「聖下、それにサクロ・バルド。お早いですね」

「もちろん。テオドアが何か新しいものを作るなら、僕も参加しないと。食べ逃すなんて、人生の損失だ」

「大袈裟ですよ」

ぼくは笑って招き入れる。

サクロ・バルドことバルダッサーレ殿下は、ぼくに恭しく頭を下げてくる。

うう。たとえその態度が正しくても、とてもやりにくい。

ぼくが招待客として座ってもらおうとすると、丁重に辞退され、聖下の背後で護衛するように立っている。

「私は、ここで良い」

「ちゃんと召し上がってくださいね」

「王太子妃殿下が、そうおっしゃるのなら」

「ぜひ、お願いします」

サクロ・バルドの威圧感に負けて、座ってもらえなかったぼくが念を押すと、頷いてもらえる。

今ではぼくの方が身分が高いと分かっていても、サクロ・バルドに敬語で話しかけられるのは、とても居心地が悪い。だって、偉そうな雰囲気は変わっていないんだよ。相変わらずフェイスベールで目元以外は見せてくれないから、何を考えているのか分かりづらいし。

ファウスと同じぐらい高い位置から見下ろされると、落ち着かないなぁ……。

肉料理試食会に聖下達をお招きしたのは、助けてもらったお礼だった。

黒獅子化したファウスの一撃は、ぼくの胸の肉を抉るほどの力があったらしい。その出血を補い、回復させたんだから、聖下の負担は相当だったはずだ。ぼくには苦労したところを全く見せてくれないけれど。

「ファウス様も、アダル達と一緒にそろそろ来るはずなんです」

「では、少し待たなければ。ファウステラウドが来る前に、聞いておこう。何か儀式で不安な点は？　もう確認事項はないだろうか？」

ぼくはお皿を並べながら、考える。

花嫁の立場のぼくは、ファウスの隣に立って大人しくしておけば済むんだ。誓いの言葉も、何でも肯定するだけだし。最高司祭と神像しかない密室での儀式に、さほど不安はなかった。

即位式だって、大変なのはファウスであって、ぼくは添え物だからな。綺麗な花嫁だったら見物する価値もあるだろうけれど、ぼくはどこまでも貧弱で見栄えのしない子供だ。披露宴にあたる祝宴の方が、相手をする人数が一挙に増えるから心配なぐらいだ。

「いえ。特には」

「流石だね、テオドア。かわいい外見に似合わず、肝が据わっている」

感心したように聖下が頷く。「バルドもそう思うだろう」と聖下が振り返ると、黄金の瞳しか見せない従者は、目を細めるようにして笑う。

「御意にございます」と静かに囁く。

うん、なんだろう。

視線を絡ませる二人の間には、思わせぶりな世界が構築されている。

ぼくとファウスを遠巻きにするアダル達の気持ちが、よく分かった。邪魔者になったみたいで、いたたまれない。

「ぼくがすることは、あまりないでしょうから」

大きなお皿に油を吸わせるための綺麗な紙を敷く。揚げたてで熱々なので、長い菜箸で綺麗に盛りつけていく。

美味しそうだ。

「王族との婚姻で、ここまで動じないのも珍しい」

「昔から肝が据わった子供だとは思っていましたが」

平坦な声でサクロ・バルドが同意する。

褒められてないな。

「テオドアが、こういう子だから、ファウステラウドが惹かれたんだろう」

「貴族の娘にはいないでしょうな。物好きなあれには似合いでしょう」

「褒めていただいたと、受け取っておきますね！」

ぼくは嫌味しか言わないサクロ・バルドを睨む。

カファロ公女に誘拐された十六歳の時、少し仲良くなれた気がしたけど、気のせいだったんだな！

睨まれたサクロ・バルドはおかしそうに金色の目を細めていた。

面白がられている。

意地悪なサクロ・バルドから視線を外し、ぼくは、ぼくの中にある前世の記憶の不思議さを想う。

今まで、ちょっとした事件は起きたけれど、国を揺るがすような出来事はなかった。ぼくがしたことは、我儘で好き嫌いの多い王子の偏食を、少し矯正したぐらいだ。

ぼくが前世の記憶を持っていたのは、珍しいことだろうけど、大した影響はなかったんだ。

ただ、美味しいご飯を作る役に立っただけ。

例えば、今日みたいに。

「テオ！　お腹空いた！」

剣の訓練後なのか軽装のファウスが、アダル達と走ってくる。元気の良すぎる黒獅子の姿に、ぼくは笑顔で手を振る。

「今日は、ファウス様のお好きなお肉ですよ！」

「肉？　いつも野菜を食べろって言うテオが、肉にしてくれたのか！」

「揚げ物？」

「今度は何を作ってくれたんだ？」

鼻のいいセリアンたちは、皿に視線を鷲摑《わしづか》みにされている。

「ジェンマの伝統料理で、唐揚げって言います。サクサクしていて、美味しいですよ。それから、こっちはポテトチップスです。ファウス様、ジャガイモお好きでしょう？」

「好きだけど、これが？」

ぼくが取り皿をそれぞれに手渡す。

一口大の狐色に揚がった唐揚げよりも、薄く薄くスライスされたポテトチップスの方がファウスには不思議なようだ。

「ペラペラだぞ、テオドア。ジャガイモはもっと丸くて大きい」

「紙の間違いなんじゃないか？」

次々にアダルとシジスが疑問を口にする。

ぼくが紙を間違って揚げるはずがないでしょうが。まったく。

「薄く切って揚げたお菓子ですよ」

「ジャガイモを？」

ファウス達若い三人は、陽に透けそうなほど薄いポテトチップスの姿に、疑念を捨てきれないらしい。

「では、僕が最初にいただいても？」

恐れを知らない聖下は、未知の食べ物にさっさと手を伸ばそうとする。それより素早く、サクロ・バルドが聖下のために取り分ける。

「……」

聖下は平然としているけれど、ファウスをはじめぼく達は啞然《あぜん》としてその動きを見守ってしまった。

だって。あのバルダッサーレ殿下が、他人のために料理を取り分けるなんて。

「兄上が。こんな、馬鹿な」

「俺は幻を見ているのか」

「やはりあの方は、別人では？」

ざわざわとファウス達が失礼なことを言う。

ぼく達の凝視に気づいているはずなのに、サクロ・バルドは気にした様子もなく、優雅に聖下の前に皿を置いた。

「シモーネ様、毒見を」

「要らないよ、バルド」

にこにこしながら、ぱりぱりと聖下は口に入れてしまう。

ついさっきまで偉そうだったサクロ・バルドがあからさまに狼狽える。

豪快に口に運んだ聖下の姿に、ぼくやサクロ・バルド以外にもアダル達まで注目してしまう。

ファウス達は、ポテトチップスを紙だと疑っていたからな！

見られても気にしない聖下は、ぺろりとポテトチップスを摘んだ指を舐めると笑う。

「美味しいよ、テオドア。ジャガイモの風味が良いね。食感は面白い。ちょうどいい塩味だ」

褒められて、ぼくは得意になった。

自信はあったんだよ、ポテトチップス。軽いのに美味しいから。

「ふふ、そうでしょう、聖下。冷やした麦酒とも合うんですよ」

「それは、是非いただこう」

聖下のコネで紹介してもらった、温度変化を操る魔法使いさんに頼んで冷やしておいた麦酒を盃に注ぐ。

ラヴァーリャ王国の貴族階級では、麦酒よりもワインの方が普及している。麦酒は大麦が原材料のせいか、蛮族の酒だと思われているらしい。手に入れるのは少し手間がかかったんだ。

麦酒はビールとよく似たお酒だけど、ビールとは少し違う。そもそも冷やして飲む、という習慣もない。

ぼくは以前、シャーベットやアイスクリームを提案したけれど、高価すぎてあまり広がらなかったし、そこから発想を広げて他のものを冷やすとなるには、まだ時間がかかるみたいだ。

「麦酒だと！　蛮族の飲み物だろう、それを叔父上、いや、シモーネ様にっ」

ぼくの勧めた麦酒に、サクロ・バルドが眉を吊《つ》り上げる。

「バルド、ほら」

聖下は気にせず、そんな彼のフェイスベールをむしり取って、杯を押しつけた。顔を隠す意味とは！

「シモーネ様」

「僕の酒が飲めないって言うのかい？　飲んでみなさい、美味しいから」

台詞は完全にアルハラの上司だ。

言われたサクロ・バルドは、耳まで赤くして聖下の飲みかけである杯を握りしめている。

王子様だから、回し飲みの体験がないのかな？

「テオ！　テオ！　唐揚げが……、熱いッ！」

ジタバタしている主従を見ている間に、ファウス達は唐揚げに挑戦していたらしい。

熱々すぎて、騒いでいる。

「もう、ファウス様、ペッてしてください」

「嫌だ、美味しい」

「じゃあ、こっちです。冷たいですから！」

「テオドア、俺も、俺も！」

慌ててぼくは三人分の冷たい麦酒を注ぐ。

前世の記憶にあったように、痺れるほど冷たくはしていない。

冷たい飲み物に慣れていないファウス達にそんなものを出したら、体がびっくりしてしまう。でも、常温が普通のファウス達からすれば、少し冷たいだけでも、充分驚いたみたいだ。

「テオ、これ、美味しいな！」

冷えた麦酒を少しずつ口に含みながら、ファウスは金色の目を丸くする。

「カリカリしているのに、味があって……。美味しいな、もっと食べたい！」

「ポテトチップス。奇跡の食感だ」

アダルとシジスにも好評だった。

特にシジスは、麦酒を片手に黙々とポテトチップスを口に運ぶ、無限ループに陥っている。

大丈夫だろうか、シジス。目が虚《うつ》ろだ。

冷たい麦酒には、以前作った煎り豆も合うと教えたら、彼は更なる無限ループに落ちていきそうだ。

「外側はカリカリでサクサクなのに、肉はやわらかくて美味しい！　何の肉だ？　牛？　豚……うーん、羊でもなさそうで」

「鶏ですよ。味をよく染み込ませて、衣をつけたんです。二度揚げがサクサクの秘密ですね！」

ぼくも麦酒を口にしてしまって、ほろ酔いで良い気分だった。

皆が美味しいって食べてくれるのは、とても嬉しい。美味しいものを食べると、幸せになるよね。

「二度揚げ？　なんだかよく分からないけど、流石テオだな！　もっと食べたい」

「たくさんありますから、どうぞ。ポテトチップスは、

味に飽きたらディップソースを付けても美味しいのですが……」

ぼくがポテトチップスの皿を見ると、既にそこには何もなかった。

味を変える暇もない。

「全部食べちゃったのか、シジス。俺の分は？」

「さっきまで、あったんですけど。いつの間に」

「勝手になくなるはずがないだろう！」

シレッと他人事のように言うシジスに、ファウスが吠える。

楽しい笑いが弾けた。

「まだ唐揚げがあります」

「だったら、先に食べるなシジス！　せっかくテオが、俺のために作ってくれたのに！」

唐揚げは前日から味を染み込ませたし、ポテトチップもスライスしたり、水に晒したり、乾燥させたり手間がかかっているんだけど、食べてしまえばアッという間だ。

ぼくはまだまだファウス達の食欲を侮っていた。

「結婚式後の一般市民への振る舞いでは、唐揚げとポテトチップスを出そう。みんな喜ぶぞ」

ファウスが麦酒の杯を突き上げて宣言する。

確かに、大人から子供まで、好きな味だと思う。

お腹にも溜まるし、配る方法に工夫はいるけれど、喜ばれるんじゃないかな。

「その前に、会議の茶菓子に出すと良い。老人どもを黙らせるには丁度良い」

結局聖下の杯で麦酒を飲んだのか、ぼそりとサクロ・バルドが口を挟む。

「ええ？　お茶菓子に、唐揚げとポテトチップスですか？」

ぼくからすれば、お酒のアテみたいなメニューだ。王様の前で畏《かしこ》まっている時に、食べる物じゃないだろう。

「この冷やした麦酒も、もちろん同時にな。蛮族の酒に酔わせてやればいい」

「やっちゃって、良いんですか？」

ぼくが薄暗く笑うと、サクロ・バルドはにやりと笑って頷く。

「王太子妃からの贈り物だと言われて、断れる臣下がいるものか」

そうしてファウスに意地悪した人達に、仕返ししろと言うのだ。

さすがバルダッサーレ殿下。筋金入りの意地悪だ。

何年にもわたってファウスに嫌がらせをしただけあるな。他人の嫌がるポイントを知っている。

「唐揚げも、ポテトチップスも、誰でも美味しいって言うぞ、テオ。自信を持て！　父上にお出ししたって、喜ばれるはずだ！」

からりと太陽のように笑って、ファウスは善意に満ちた笑顔を向けてくれる。

ファウス。なんて、良い人なんだ。

ぼくは善意の皮を被った、悪意の贈り物をしようとしているのに。

「毒ではないのだから、気にしなくていいでしょう、テオドア。存分にやりなさい」

唐揚げを手づかみで食べながら、聖下。

聖下は、ぼくとサクロ・バルドの会話をしっかり理解して、悪い笑みを浮かべている。

本当に、血の気の多い人だな。

「テオ！　もうお代わりはないのか？　唐揚げもなくなってしまった！」

悲痛なアダルの叫びと共に、新しいお肉料理試食会は閉幕した。

もちろんぼくは、その後、サクロ・バルドに唆《そそのか》された通り仕返ししてやったのだ。

ぼくが出した料理の美味しさにケチを付けられずに、微妙な顔をする重臣たちの顔は、ちゃんと記憶しておこう。

王様にまでお褒めいただいたのだから、言いがかりも付けられずに、悔しそうでとても良い表情だった。

麦酒も、嫌そうな顔をしながら飲んでしまい、ついでにお代わりまでしていた。

ファウスとぼくの未熟さを嗤った人達が、ぼく達を認めざるを得なかったという事実で、ぼくはとても満足したんだ。

八

朝から緊張していた。

先日は聖下達に、ぼくは添え物だから緊張しないと言ってしまったけれど、そんな事はない。夜はなかなか眠れなかったし、ご飯も喉を通らない。

ぼくの目の前で、いつもの通りパクパクご飯が食べられるファウスの肝の太さが羨ましい。

「テオ？　どうした。腹でも痛いのか？」

「いえ。そんなことは、ありません」

「何も食べてないじゃないか。甘いお茶なら飲めるか？　顔色も悪い。眠れなかったのか？」

「ええ。少し」

少しどころか全然だ。

ファウスも一緒のベッドで眠ったけど、子供みたいにすやすや寝てた。

その隣で、ぼくはうとうとしたかと思うと目が覚めて、また、うとうとしている間に夜が明けてしまった。

緊張で目が冴えて、眠れていないから頭が痛いぐらいなのに、外は美しく晴れ渡っている。

太陽が眩しい。

「そうか？　支度まで少し時間がある。お茶を飲んだら横になれ。眠ってしまったら、俺が起こすから大丈夫だ」

ファウスはそんな、優しいことを言う。

「いいえ、ぼくよりファウス様のお支度の方が大変でしょう。お手伝いします。寝ているわけには」

「テオに手伝わせるわけないだろう」

大きな掌が、ぼくの額を撫でる。

ついでのように、ぼくのメガネを取り上げて、目尻にキスしてくる。

自然にそんなことをしてしまうから、王子様はすごい。

「テオも主役の一人だ。そんな死にそうな顔をしないでくれ」

また啄むように頰に口づけられる。

ぼくの手には、温かいお茶のカップが握らされた。

「少しの間、横になれ。これからもこんな行事は何回でもある。この程度で倒れている暇はないぞ」

「それも、そうですね」

ぼくは促されるままにお茶に口をつけた。温かく優しい味だ。蜂蜜がたっぷり入っていて、甘い。

休んでいいという言葉に甘えて、ぼくが横になると、ファウスの長い尻尾が頰をくすぐってくる。

「テオ、無理するな。でも、俺の傍にいてくれ」

「はい、ファウス様」

少し目を閉じる。

頬に風が当たる。

夏は終わり、秋が来ようとしている。

今日は、ファウスとぼくの結婚式だった。


ぼくが綺麗なセリアン女性であれば、花嫁衣装も様になるんだろうけれど、残念ながら痩せたチビっ子であった。だから装ってもあまり変わらない。

ぼくには花嫁衣装は白、という先入観があるけれど、ラヴァーリャでは違う。貴人の財力を誇示するような、黄金と宝石、珍しい鳥の羽やら、生地やらで、豪華絢爛だ。全てが手仕事の芸術品である。

ぼくが男だという事は隠していないので、スカートは穿《は》かないけれど、デザインは曲線を多用した優美なものだ。

ファウスが深い青を基調とした衣装なのに合わせて、ぼくは淡い青の衣装だった。大ぶりな宝飾品で飾り立てられたファウスに対して、ぼくは細かくかわいらしいデザイン。

二人並んだ時に似合うように意識されている。

ぼくの衣装を担当した人のセンスは正しい。セリアン男性の、高身長で、猫科らしい筋肉質でしなやかな体軀に見合うようなデザインは、ぼくには一生似合わない。

ファウスは、見たら気絶しそうなほど似合っていた。この世界にカメラがないのが惜しまれるほど、似合っていた。一番上手な画家に描き残してもらわなければ！

黄金と宝石で飾り立てられているのに、気品も高貴さも損なわれていない上に、獅子に変化していなくても獣性すら漂う。

一言で言って、格好いいのだ。

「かわいいな、テオ。いつもかわいいけれど、今日はもっとかわいい。綺麗だ」

聖堂に入る前に、ファウスはそんなふうに褒めちぎってくる。

初めて会った時から思っているんだが、ファウスの美意識は少々変わっている。賛美されるべきはファウスの方だ。

聖堂前の控え室には、ぼくとファウスの二人きり。

神への祈りの場は、当事者以外の入室は禁止されている。

誰にも聞かれることがないので、ぼくは素直に気持ちを言える。

「ファウス様こそ、いつにも増して格好いいですよ」

「惚れ直したか？」

ぼくが褒めると、照れるどころが、ファウスはもっと言えと言わんばかりに胸を反らす。

ああ。君の自信は本当に、過剰じゃないところがすごいな！

その通りだ、毎日君が好きになる。

我儘を言われても、甘えられても、情けない顔を見せてくれるのに、同時に誇り高く格好良い。

ぼくは素直に笑って頷いた。

「ええ、惚れ直しました。毎日、貴方の事が好きになります。昨日も、今日も、明日も」

「……」

見る間にファウスの顔が紅潮していく。

「テオ。今言うなんて、狡い。うなじを噛みたくなるだろう」

「駄目ですよ」

「分かっている、テオ。俺も毎日好きになる。初めて会った時から、テオを見るたび好きが溢れてしまいそうだった。今もだ、テオが好きだ。テオに好きだと思われていたい」

「では、お揃いですね」

ぼくが笑うと、ファウスは痛みを堪えるような笑顔を見せる。

ファウスに見蕩れていると、入室許可を告げる先触れ役の司祭が現れた。

声が掛かると同時に、ぼく達は手を繋いで立ち上がった。

「ああ、そうだな。明日も、ずっとそうだ」

ファウスの小さな声が、零れ落ちた。

ぼくが顔を上げるより早く、歩き出す。

ファウスの胸のあたりまでしか届かないぼくと、ファウスの歩幅は大きく違う。けれど、ファウスがぼくを置いていくことは一度もなかった。

子供の時から一度もだ。

視線の高さも違う。

でも、いつも同じものを見てきた。

王子様と平民で、全く違う育ちなのに、ファウスはぼくの言葉に耳を傾けてくれる。

だから、これからも。

ずっと一緒に歩いていけると思う。

どちらかを置いていくこともなく、二人で肩を並べて。


ファウスと手を繋いだまま、巨大な神像が見下ろす厳粛な聖堂の中に入っていく。

神像の足元で待っている聖下は、いつになく厳かだった。

ぼくはつい、神像を見上げる。

ラヴァーリャの危機に、聖女を遣わすという神様。

聖下はぼくを聖女だと言う。

神様が前世の記憶があるぼくを、この国に導いたのだろうか。

石で出来た像が、何かを語るはずもない。

「ファウステラウド・ルーチェ・ヴェネレ・オルトラベッラ・ラヴァーリャ。

テオドア・メディコ・コーラテーゼ。

神の前に膝をつきなさい。

誓いの言葉を捧げるように」

聖下に促され、ぼく達は生涯の伴侶となることを誓ったのだ。


結婚式当日、ぼくは緊張で青くなっていたけれど、式のあとは青くなっている暇もないぐらい怒濤の勢いで進んだ。

後から振り返っても、記憶が怪しい。

披露宴にあたる祝宴も大盛況すぎて大変だったし、唐揚げとポテトチップスの振る舞いはとても好評だったそうだし、たくさんの貴族やら、商人やら、各国の代表やらに御挨拶御挨拶御挨拶の嵐だった。

その中で。

あれだけコントロールが効かないと言っていたくせに、ファウスは完全獣化してみせたんだ。

結婚祝賀のために集まった王都の民の前に、ぼくとファウスは着飾ったまま挨拶に出た。

祝いの熱気溢れる群衆の前に立つだけで、ぼくはその迫力に呑まれてしまいそうだった。

平然とぼくの手を引いていたファウスは、おもむろに漆黒の巨大な獅子の姿に変じてみせたんだから、すごい。

一瞬の出来事だった。

スルリとマントを脱ぐように衣装を剝ぎ取ると、漆黒の獅子へと変じたのだ。

どよめきがファウスを中心に、波のように広がっていくのを、ぼくは鳥肌が立つ思いで見つめた。

当代の国王は、伝説通り黒獅子の末裔《まつえい》であり、奇跡の先祖がえりであると強く印象付けることになった。

黒獅子になって、高らかに咆哮を響かせた。

途端に沸き上がった歓呼の声は、地響きのように王都を揺るがせた。

結婚式を見に来ていた全ての人は、伝説に立ち会う興奮に酔っていたんだ。

一瞬で人の心を掌握してしまうファウスはすごいな！

みんなを喜ばせた後、ぼくは王冠がなくても威厳に満ちた獅子と一緒に王城に戻った。

部屋まで戻ると、何事もなかったかのように人の姿に戻ってみせたファウスは、「褒めて褒めて」と言わんばかりにぼくを見る。

アドリブが上手いというか。

肝が太いというか。

君はなかなかサービス精神が旺盛なんだね。

「格好良いです」とぼくに褒められてご満悦だけど、せめて事前に教えて欲しいな。

びっくりしたよ。


あれから、三年。ぼくは二十一歳になった。

公私ともにぼくを伴侶に、というファウスの意思は固い。なのでぼくは、「国王の妻」という内向きの仕事のみならず、「国王の右腕」として政にも携わっている。

目の前に積み上がった大層な書類の山は、その一端だ。ファウスの決裁を仰《あお》ぐ前に、ぼくが一度精査するのは習慣になっていた。

「おとーさま」

「さま」

ぴょこぴょこと執務机の端に、丸い耳が見え隠れする。

ぼくはつい笑ってしまう。

かわいいお客様だ。

真っ白い耳と、真っ黒い耳。

長い尻尾が、同じ動きで揺れる。

婚姻の誓いを立てた直後、ぼく達は白銀の髪と黒い髪の双子のセリアンを授かっていた。

二歳になった王子達だ。

「うん？　どうしたの？」

「おしごと、まぁだ？」

「だ？」

ようやく手が届いたのか、小さな手が机の端に掛かる。よいしょと伸び上がって、子供達の顔が覗く。

チカリと二対の黄金の瞳が瞬いた。

ファウスそっくりの金の目を受け継いだ双子は、ぼくの手元を一生懸命に見ている。

仕事はまだ終わりそうにないんだけど、子供達が来たからには、中断かな？

「もう少し待って欲しいな。どうしたの？　もう遊びの時間は終わったのかな？」

「かくれんぼ」

「ねぇや、だめ、いう」

「とーさまのじゃま、だめって」

「だめって」

「いじわる」

「ねぇ」

ぼくが問いかけると、嬉しそうに一生懸命答えてくれる。双子だからか、交互に話を繋げているところが面白い。

ぼくの傍に行きたいのに、仕事の邪魔をしないように女官さんに注意されたんだろうなぁ。

お守り役の女官さんは正しいんだけど、双子のすばしっこさはそれを超えていたらしい。隙をついてぼくの執務室まで来てしまったんだろう。

ぼくは読みかけの書類を脇に置いて、立ち上がる。

どうせすぐに女官さんが連れ戻しにくるんだから、少しぐらい甘やかしてあげたい。

「おいで。小さなお客様」

「とーさま」

「さま！」

屈んで腕を広げると、二人は同時に駆け寄ってきた。どん、と力一杯ぶつかられて、ぼくはよろめきそうになる。

うう。まだ二歳なのに、流石セリアンの運動能力だ。

衝撃がすごい。

ぎゅうぎゅうと力いっぱい抱きつかれる。

ふくふくのやわらかいほっぺが、とてもかわいい。

感情豊かな丸い耳が、パタパタと嬉しそうに動く。長い尻尾がぼくの両腕に絡みついて、ぴたりとくっついてくる。

ぼくも同じぐらい強く、抱きしめ返した。

やわらかい肌が気持ちいい。頬に当たる耳の毛もくすぐったいぐらいやわらかい。

「まだ、かくれんぼなのかな?」

「だって、ねぇや。しろいこめ、たべるって」

「きらい」

「ねー」

「ねー」

二人が口々に伝えようと頑張っている情報から推察すると、王族として供される白いコメから逃亡中らしい。

どこかで聞いた話だなぁ、とぼくはおかしくなってしまう。

「よく噛んだら美味しいんだよ」

どこかで聞いた言葉を口にしてみると、双子は真ん丸に金の目を見開いて、ぼくを見上げてくる。

無邪気な眼差しが愛しくてたまらない。

「あじないの、とーさま」

「まずいの、とーさま」

ううん、どこかで聞いた理由だな。

歴史は繰り返している。

ぼくはますます楽しくなってきた。

「ちちうえ、たべなさいって」

「ちちうえ、おこるの」

「ねー」

「ねー」

二人は色違いの髪を揺らして、納得し合っている。

どうやらファウスは、自分の事を棚に上げて、子供達の偏食を叱ったようだ。

「ちちうえ、きらい」

「ちちうえ、だめ」

「ファウス様も、白いコメはお好きじゃなかったからね」

ぼくは密かに評価を下げているファウスの、父親としての威厳をどう保ってあげようかと思案する。

なかなか難しい。だって、同じことを言っているんだから。親子だなぁ。

「でもファウス様は、ぼくのご飯はよく召し上がられたよ。作ってあげようか？」

抱っこをせがむ二人を抱え上げる。

二歳だけど、二人分だとなかなか重いんだ。でも、ぎゅうぎゅう抱きついてくる二人分の体温は、とても愛おしい。ぼくを幸せにしてくれる。

「とーさま、つくる？」

「つくる？」

ぼくが料理をするとは思っていない双子が、歌うように尋ねる。

「そうだよ。お肉とお魚、どっちが好きかな？」

「おにく！」

「おにく！」

間髪《かんはつ》を容れずに返ってきた返事まで、ファウスそっくりでかわいいなぁ。

久しぶりに、そぼろ肉が入ったおにぎりを握ろう。甘辛く作れば、子供の味覚にも合うと思う。

「では、いっしょに作りに行こうか」

「はーい！」

「はい！」

元気に揃った二人の声に、ぼくは笑って頷いた。


抱っこしたままよろよろと歩きだす。

廊下に出ると、遠くから慌てて双子を探しに来た女官さんと、理由もなくぼくに会いに来る、仕事をサボった国王陛下がやってくる。

ぼくの姿に気づいたファウスが、ぼくに代わって抱っこするからと腕を差し出したのに、悲しくお断りされるまで、あとわずか。

ぼくはとても幸せだ。

おわり

ファウス18歳
俺の最愛の人

「俺の未熟さをあげつらって憂さ晴らしするならまだしも、テオドアを嗤うか！」

たまらず叫んだ。

御前会議で嫌味と皮肉ばかり言われるのは、今日に始まった事ではない。

だが、今の言葉は、限度を超えていた。

もとより我慢の限界に近づいていたが、法務官長の言葉は俺の理性を突き崩す。

テオは、俺の一番大事な人だ。

平民生まれのせいで、貴族達から何か言われることは分かっている。ある程度は聞き流しておこうと思っていた。

それでも、テオを淫らな意味で辱めるなど、許容できるはずがない。

こんな言葉を聞かせるために、テオを連れてきたんじゃない！

煮えたぎる怒りが吹き上がるように、俺の身体から溢れていく。

肉体の枠が弾け飛び、どこまでも知覚が広がる感覚。獣化のために身体が作り変えられる感覚。

制御できない怒りを切っ掛けに、俺は全身が瞬く間に獅子へ変化していくのを感じた。

ガァァァ！

怒りの咆哮が喉を震わせる。

床を踏みしめる足は、すでに人のものではない。

視線は低く、へたりこんだ法務官長を捉える。

（引き裂いてやる！　許すものか！　オレのテオを嗤った口を、二度ときけないようにしてやる！）

許すな！　決して許すな！　この無礼者を目の前から排除しろ！

凶暴な衝動が俺を突き動かす。

震える法務官長の醜く歪んだ顔は、涙と冷や汗で汚れていた。鋭くなった嗅覚は不快な匂いまで捉える。なんだ、失禁でもしたのか。

逃げようとあがく手足の動きは、ひどく遅い。逃がすものか！

ガァァ！

全身の筋肉を撓めて、一撃必殺の爪を叩き込むべく、俺は跳躍した。

「ファウス様！」

悲鳴じみたテオの声。

俺が前足を振るったのと、突然目の前に現れた愛しい人が弾き飛ばされたのは、同時だった。

法務官長に届く遙か前で、爪でひっかけてしまったのだ。

肉を抉る感触が、生々しく残る。

続いて、濃厚な血の匂いが鼻腔に突き刺さる。ぼたぼたと重い音がして、血の色が広がっていく。

心臓が凍える。

全身が冷えた。

俺は法務官長に飛び掛かる直前の位置で、立ち尽くしてしまう。

テオ、テオ！　何をしたんだ。どうして、テオが壁にぶつかっているんだ？

おろおろしながら首を巡らせても、俺の後ろで手を繋いでいてくれたはずのテオが、壊れた人形のように倒れている状況は変わらない。

華奢な身体が、ぐったりと壁にもたれていた。俯いた小さな顔に掛かる白い髪。力なく閉じられた瞳。衝撃で飛んだメガネが転がっている。

手は力なく投げ出されて、じわじわと広がる血の染みに濡れていく。

テオが、死んでしまう。

俺は目の前の光景の重大さを唐突に理解した。

俺が殺してしまう。大切なのに。大事にしたいのに、俺がテオを殺してしまう。

グゥオォォォォ！

戸惑いと、後悔と、恐怖が、耐えきれずに咆哮となって喉を震わせる。

どうしたら、どうしたら、助けられる？

お願いだ、テオ、目を開けて。

混乱したままテオの方へ歩き出すと、周囲の臣下たちは転がるように道を空ける。

俺への怯《おび》えが室内に充満しているのは分かっていた

が、そんな些細なことはどうでも良かった。

壁際に横たわるテオの元に辿り着くと、そっと頬を舐める。

触れることすら、本当は怖い。

気絶したテオを壊してしまいそうだ。

触れるのは怖いけれど、同時に早く何とかしなければならない。流れ続ける血を止めないと。テオの小さな体が耐えられない。

べろりと頬を舐めてみると、肌が冷たい。近づけば分かる、不規則で速く、浅い呼吸。じわりと浮いた冷たい汗。血の気の引いた唇。

死の予兆に、喉の奥まで俺は恐怖に締め上げられた。

同時に、稲妻のように閃《ひらめ》いた。

叔父上がいる。

聖堂まで、すぐにテオを運ばないと。

叔父上なら、癒せる。

叔父上なら。死者以外は治すと言われる叔父上なら、きっと助けてくださる。

テオ、テオ。必ず助ける。もう少し、頑張ってくれ。できるだけそっと、テオを咥える。わずかでも動けば激痛が走るはずなのに、だらりと垂れたテオの手足は動かない。

意識がないんだ。

狂おしい不安に、俺自身が焼き尽くされそうだ。

もしも、テオがこのまま目を開けなかったら。

叔父上でも、癒すことができなかったら。

その先を考えることができない。何も浮かばない。怖くて、苦しくて、思考がその先を拒む。

テオを落とさないよう慎重に歩き出すと、俺が進む先を阻むものは誰もいなかった。

背後でアダルとシジスの声を聞いた気がするけれど、足を止めることはできない。時間がないんだ。

駆けて、駆けて、駆けて。

俺は聖堂の奥深く、叔父上がいる場所まで必死でテオを運んだのだ。

どこをどう走ったのか、何も分からなかった。


「何があった、ファウステラウド！」

「聖下、おさがりください、危険です！」

血まみれのテオを連れて大聖堂までひた走ると、強張った表情の叔父上と正体を隠した兄上がいた。

「放しなさい、バルド！　ファウステラウド、テオドアに何があったんだ？」

引き留めようとする兄上を叱りつけた叔父上は、俺を睨みながらも、真っ先にテオの方へと近づく。

ぐったりしたテオの元に屈みこみ、血に汚れた傷を確認し、「大丈夫、僕が助ける」と囁いている。俺はその言葉を必死で聞いた。

うまく事情を説明することもできず、そもそも獣化を解くこともできずに立ち尽くしている間に、叔父上は状況把握より先に、素早く治癒魔法を行使することにしたらしい。

白い手に淡い光が宿る。

『神の慈悲を施したまえ』

治癒魔法の行使は瞬く間だった。効果は絶大だ。流れ続けていた血液が止まる。

浅く速い呼吸が、ゆっくりと深く変化していく。白い頬にも、蒼い唇にも、赤味が差した。

明らかに快方に向かったテオの姿に、俺は四肢の力が抜けそうだった。

「大丈夫、テオドア。心配はいらない」

叔父上の手が、テオの額に掛かる髪をかき上げる。

閉じた瞼が、わずかに震えた。

綺麗な赤い瞳が見えるんじゃないかと期待したが、テオの意識が戻る気配はない。

「ファウステラウド、どうしたんだい？　お前が獣化するとは聞いていたけれど。テオドアはずいぶんな怪我を負っているが、お前は訳を知っているのかい？」

テオが危険な状態を脱したせいか、到着したときよりも叔父上の表情は柔らかい。

治癒魔法を行使した代償か、顔色は悪い。それでも、叔父上の眼差しに疲れはなかった。恐れることもなく巨大な獅子の姿をした俺の方を見つめている。

「シモーネ様」

俺から庇うように兄上が叔父上の前に立つ。相変わらず、俺に対する目つきは冷たい。

「この野獣に、どれほど理性が残っているか分かりません。御身が危険です」

「バルド、目を見れば分かるだろう。ファウステラウドは、僕の言葉をちゃんと聞いている。ファウステラウド、何があったのか話してごらん」

グゥゥ、グォ。

俺は言葉を綴ろうとして、獣の唸りしか出せないことに、今更ながら気づいた。

そう。

俺が怒りに呑まれてしまったから。

制御ができずに、獣のままだから。

大事なテオが、辛い目に遭ってしまったんだ。俺が、テオを守るつもりだったのに、テオを危険に晒した。

俺が一番危険な獣だ。

テオに対する申し訳なさと、取り返しのつかないことをしてしまった罪悪感に、俺は押しつぶされそうだった。

テオの傍には、いられない。

自分の怒りも衝動も制御できないような男は、近づいたらいけないんだ。


オオォォォ！


テオの傍にいられないと思ったら、苦しくて、悲しくて、たまらなくなる。

テオの傍にいたい。


でも、テオに怪我をさせてしまったのは、俺自身だ。俺のせいで、またテオに怪我をさせたらどうするんだ。

早く離れないと。

これ以上、テオの傍にはいられない。

俺は焦燥に駆られて、大聖堂を飛び出した。力強い四肢は、容易に高く跳躍し、壁を越える。窓を抜けられる。

「ファウステラウド、待ちなさい！　どこに行く！」

「聖堂兵、あの獅子を見失うな！　聖堂の敷地から逃がすのは許さん、空き部屋へ追い込め」

「バルド、ファウステラウドを獣のように追うのは止めなさい」

「見失って、シモーネ様の御身を危険に晒すほうが問題です！」

叔父上の声と兄上の声が響く。

がしゃがしゃと擦れ合う金属の音が、鋭敏になった耳には痛いほどだ。

俺の正体を知る聖堂兵は、刃を向けるつもりはなかったのだろうが、布でくるんだ槍で囲まれる。

兄上の命じた通り、どこかへ追い込まれようとしているのは、すぐに分かった。

窓を壊して逃げ出すこともできただろうけれど、そんな事をする気力もない。

どうでもいい。

いちばん守りたい人を守れなかった、傷つけるような俺は、どうなっても良いんだ。

俺は一人でいる方が、よほど皆が安全なんだ。

薄暗い部屋に飛び込む。

高らかに咆哮を上げると、誰も部屋には入ってこない。

そう。

これでいい。

危険な獣になり果てた俺は、もうテオの傍に近づく資格もない。

孤独と悲しみは、俺自身への哀れみの感情だ。そんなものに溺れて、これ以上テオを傷つけることは許されない。

灯《あか》り一つない闇の中でも、獅子の目はわずかな光源を捉えていた。

ぴく、と耳が動く。

軽い足音が近づいて、閉め切られた扉の前で止まるのが分かった。

テオの足音だ。

もう傍にはいられないと思ったのに、テオの気配が近づくと俺はそわそわしてしまう。

大好きな、テオの匂いがする。

「ファウス様」

扉越しに聞こえる、テオの声。

俺の目には、ぐったりと倒れていたテオの姿が焼き付いて離れないけれど、声は元気そうだった。

胸が熱くなってくる。

叔父上は、ちゃんとテオを救ってくださった。

どうして、獣は涙を流せないんだろう。

こんなに嬉しいのに。

「入りますよ」

静かな声と共に、扉が開く。俺は思いとどまらせようと、低く唸った。

どうしてあんな目に遭ったのに、テオは平気で俺に近づいて来るんだ。怖くはなかったのか？　痛かっただろう？

恐れる様子もなく、黒獅子のままの俺を見つめて、テオは近寄ってきた。

愛しすぎて、我慢できなくて、ついついテオをべろりと舐めてしまう。テオは、くすぐったそうに笑うばかりだ。

かわいい。テオの笑い声は、いつもおれを幸せにしてくれる。

恐れて逃げるどころか、テオはバスケットを掲げてみせる。

「おにぎりもたくさん握りました」

優しい声に、俺は獣のままの己に腹が立った。

テオは許してくれる。何度でも、テオは許してくれる。俺は知っている、テオがどれだけ優しくて、強いかを。

なのに俺は、まだ獣から戻れないんだ。

死にそうな目に遭ったのに、俺のためにおにぎりを握るテオ。

テオのことが好きで好きで、たまらなくなる。

「早く人の姿に戻ってください」

テオが俺の鬣に顔を埋める。

涙の気配がした。テオが、俺のために涙を流している。

「せっかくたくさん作ったのに。獅子の姿は格好いいですけれど、おにぎりは食べられませんよ」

冗談めかした言葉。テオの優しさが詰まった言葉。

ここまでしてもらって、獣から戻れないなんて、俺は情けなさすぎる。

テオをこの手で抱きしめたい。流した涙は全部拭ってあげたい。

「それは、困る！」

心の底から呟いた言葉は、人の声だった。

瞬く間に獣の獅子は、人の姿を取り戻したんだ。

テオがいてくれたから、俺は戻ってこられたんだ。

胸が温かい。こんなに人を好きになれるのは、幸せなことだと、思い知らされる。

人の姿に戻っていく俺を、テオは涙をいっぱいに溜めて見上げていた。

泣かせて、ごめん。

痛い思いをさせて、ごめん。

こんな俺だけど、やっぱりテオの傍にいたい。離れられない。

「ファウス様！」

感極まったように、テオが抱きついてくる。

綺麗な赤い瞳を濡らす涙に口づける。

「テオ、テオ、お腹空いた」

できるだけ呑気そうに告げると、テオは声を上げて笑ってくれた。テオの笑い声は心地いい。いつまでも聞いていたい。

お願いだ。ずっと、俺の傍で笑っていて。

テオがいないと、俺は欠けてしまうんだ。

愛してる。

おわり

サバイバル・ハネムーン

一

王子様と結婚すれば、忙しいだろうと想像していた。

ごく一般的な平民の夫婦のように、ファウスと仲良く、毎日一生懸命に生きていれば、慎ましくも幸せな家庭が築けるわけでもないだろうと予測できていた。

ぼくの伴侶は、大陸最大の国家であるラヴァーリャの王ファウステラウド。

だからぼくには、ファウスの「伴侶」という立場だけじゃなくて、「王の側近」としての立場も発生したんだ。

王妃の称号を得たぼくは、王家の儀式に参加することもあれば、重臣としての業務が発生するだろうとも思っていた。

分かっていても、忙しいものは忙しい。

ぼくは結構疲れていたんだ。


「テオ、テオ。どうした？　元気がないな」

目まぐるしい一日がようやく終わり、ぼくとファウスは寝室に下がる。

護衛の武官や、お世話係の女官さん達から離れて、やっとファウスと二人きりだ。何かあればすぐに人が駆けつけてくることは間違いないけど、今は、二人きりなのだ。

ファウスがゴロンと横になった寝台は、相変わらずのバカでかい広さで、ぼくとファウスが一緒にマット運動ぐらいできそうだ。開脚前転ぐらい余裕だ。

王様は一体何人で寝ると考えられているのか不明だけど、無駄というものが贅沢《ぜいたく》なのだろう。

王子時代の宮殿から、王宮の真ん中にある王の私室にお引っ越ししているので、調度品は変わったし、景色も変わったので、まだ少し慣れない。

ファウスのお父さんである、先王ボナヴェントゥーラ様は、グリゼルダ妃と共に、少し離れた場所に離宮を建てて引っ越していった。

あんまり近くにいてもファウスがやりにくいだろうし、かといって離れすぎたら先王の睨《にら》みが利かなくてこれまたやりにくいだろうという配慮らしい。

セリアンは総じて子供に甘いからなぁ。

「ちょっと疲れただけですよ。ファウス様は、元気ですね」

「そうか？　テオが傍《そば》にいれば、俺は元気だ」

「ふふ」

にこにことと満面の笑みでファウスはそう言って、座ったぼくの腰に抱きついてくる。

素直すぎるほど素直に好意を示されて、ぼくまで嬉《うれ》しくなってくる。

ぼくはくすぐったい思いで笑ってしまう。

「テオ、テオ。獅子の姿になろうか？」

「どうしてですか？」

突然の提案に驚くぼくをよそに、ごそごそとファウスは夜着の紐を解《ほど》いて襟を緩めている。

獅子《しし》になったら服が破れるからだと分かっているけど、無造作に全裸を晒《さら》されるとぼくが緊張してしまう。

ファウスは、王子様育ちで羞恥ポイントがずれているから恥ずかしくないのかもしれないけど。

ぼくとファウスはそういう仲なわけで……。

裸になられると、まぁ、そういうことを思い出すので。

一言で言って、恥ずかしい。

顔が赤くなりながらも、でもファウスから目を逸《そ》らすこともできず、ぼくは変にチラチラと盗み見てしまう。

獅子の獣人らしくしなやかな筋肉が、ファウスが動くたびに強調される。

人前に晒しても恥ずかしくない綺麗《きれい》な体って羨ましいなぁ。

「テオは、俺の鬣《たてがみ》を撫でるのが好きだろう？」

「好きですけど、でも。完全獣化するのは、魔法の一種なんでしょう？　鬣を撫《な》でるためだけに、使わなくても……！」

「耳も撫でて良いし、尻尾も撫でて良い」

こしょこしょ、と伸ばされた長い尻尾がぼくの頬を撫でる。丸い耳が悪戯《いたずら》っぽくパタパタ動いていた。

ぼくがファウスの耳や尻尾を触るのが好きだとバレているな。

「でも、ファウス様の負担になってしまいます」

「叔父上の治癒魔法と同じように考えてるんだろうが、あれは特別だから。俺のはセリアンの子供返りみたいなものだ。ほら、テオ」

なんだかよく分からない説明に丸め込まれている間に、ファウスは見る間に巨大な獅子の姿に転じてしまう。

グルルル。

機嫌良さそうに喉が鳴り、ふかふかの鬣をした漆黒の獅子が、ゴロンゴロンとベッドの上で転がる。

かわいいアピールをされると、巨大な猫に思えてくるから面白い。

撫でて、と黄金の瞳がぼくを見つめるから、ぼくはあっさりと誘惑に乗ってしまった。

ふかふかの毛並みに、両手を埋《うず》めるように抱きつく。ぎゅう、と抱きつくと、少しくすぐったくて、気持ち良くて、温かい。

ぬいぐるみのかわいらしさではなく、気高い百獣の王の重い筋肉がぼくの体に触れているのに、決して怖くない。

とても強いけれど、ファウスの牙も爪も、ぼくを絶対傷つけないと知っているからだ。

「もー。ファウス様ったら。そうやって、ぼくを甘やかすんですから」

『テオが嬉しいと、俺も嬉しい』

グルグル。ルルル。

喉を鳴らす低い音に加えて、ファウスの言葉が聞こえてくる。

ファウスはどうやら、黒獅子への獣化をかなり使いこなしているらしい。

もっとも、ぼくの前だけでの変化だから、ファウスが黒獅子の姿でもある程度は意思の疎通ができると知っている人は、ぼくの他にはアダル達ぐらいだ。

「ファウス様が嬉しいと、ぼくも嬉しい。

ありがとうございます。ファウス様。ぼく、ちょっと慣れないことが多くて、疲れちゃっただけで」

『テオの言う通り疲れるな。儀式が多いんだ。俺も面倒だ。もう止めよう』

「はい？」

ぼくの膝に頭を乗せながら、ファウスはそんなことを言い出す。

『テオも疲れるし、俺も面倒くさい。神様に挨拶だの、御先祖様に挨拶だの、省略してもバレないんじゃないか？』

「駄目ですよ！」

ぼくを見つめる黄金の瞳は、純粋だった。

悪気が全然ないだけに、質《たち》が悪いぞ、ファウス。

王家の伝統行事を面倒くさいという一言で止めるなんて、ハイリスクすぎる。

そうでなくても、ぼくみたいな平民出身の男を伴侶として迎えるというイレギュラーなことをしているんだから、伝統を順守してちゃんと王様稼業を頑張る意思を見せなきゃだめだ。

『どうせ王は何代も続いているんだ。俺が一回サボったぐらいで、変わらないだろう？』

「駄目です！　バレるとか、変わらないとか、そういうものではありません」

合理的そうな事を言い出すファウスに、ぼくは慌てる。

「伝統っていうのは、まぁ、下らなかったり、無駄も多いですけど、継承することによって王位の正当性を証明するんです。ファウス様が、ちゃんとボナヴェントゥーラ王の後継で、皆が安心して戴《いただ》ける王様だという証明の一つです！　何か問題があるならまだしも『面倒くさい』っていう理由で止めては駄目です！」

『テオが疲れるのは、大きな問題だ』

「ぼくの事は良いんです！　頑張りますから」

ファウスがぼくを気遣ってくれるのは、とても嬉しい。その気持ちだけで十分だ。


グルグルグル。


不満そうに喉を鳴らしながら、ファウスはベッドをタシタシ尻尾で叩《たた》く。ぼくはふかふかの鬣を撫でて整えた。

鬣を撫でられるのはすごく気持ち良いらしく、ファウスの金の目が細められる。

『テオの伝統は？』

「はい？」

『俺の伝統が大事なら、テオの伝統も大事だろう？　結婚したら、何をするんだ？』

ラヴァーリャの伝統について話していたせいか、ファウスはぼくのことが気にかかったみたいだ。

こんな風に、ファウスはごく自然に、ぼくを対等に扱ってくれる。

ぼくはなんだかたまらない気持ちになって、ファウスの鬣に顔を埋めた。

大陸随一の国家ラヴァーリャ。

その頂点に立つなら、あらゆる望みは叶うと言っていい。贅沢だってできるし、欲しいものはたいてい手に入る。ファウスの意思に逆らう人もいないだろう。

ぼくみたいなただの平民の子供なんて、ファウスからすれば吹けば飛ぶような存在だ。ぼくがファウスの、ひいてはラヴァーリャ王室の価値観に染まって生きるのは当然だと思う。ぼく自身もそう思っているんだから。

なのに、ファウスはそうしないんだ。

きっと、ファウス以外には誰もこんなことは言えない。

「ぼくの国では……」

考え込んで、ハタと困ってしまう。

学都ジェンマにいたのは六歳までだから、結婚の伝統行事なんて知らないし。

一応父様の実家には連絡が行ったはずだけど、「おめでとう」の一言が返ってきただけだからなぁ。

ぼくの公式な身分はコーラテーゼ公爵《こうしゃく》の子息になっちゃったから、父様の実家はあんまり関係ない。

ぼくの伝統行事ってなんだろう。

父様は何か知っているかもしれないけど、今まで何も言わないんだから、これからも言いそうにない。

父様は医学者をしているせいか、ファウス以上に伝統を軽視しがちだ。「それって、どういう意味があるんだい？　根拠は？」とか平気で言うよな。

「ぼくの国では……」

『赤と白のお菓子を食べる、とか？　墓参りに行くとか？』

機嫌よく喉を鳴らすファウス。

聖女経由で入ってきたらしい日本文化が、ラヴァーリャ王室での伝統行事には多い。赤と白のお菓子は、元は紅白饅頭だろうに、ラヴァーリャでは血を固めたゼリーっぽい何かだった。

赤ければいいのか。赤黒かったけどね！

「新婚旅行に行きます」

あまりにファウスが期待した目で見るので、ぼくは苦し紛れに前世の記憶から答えを引っ張り出す。

『新婚旅行？』

「はい。結婚式の後、少し長めの旅行に行くんです。外国とか、観光地とか、普段は行かないような所に二人で旅行するんです。そこでできた子供はハネムーンベビーって言いましたね」

　グルルル。

　ファウスは困ったように唸《うな》ると、ぼくのお腹に頭を押しつけてくる。

　ファウスと旅行なんて、非現実的だ。そもそもラヴァーリャでは、商用とか、軍事行動とかの理由もないのに長距離移動をする習慣自体がない。

　ファウスは一生、ラヴァーリャ王都から離れない人生だろう。王様としてはそれが当たり前だ。王は王宮にいるものなんだから。

「ぼくの伝統は、受け継がなくても困らないので、忘れて……」

　困らせてしまったな、と後悔しながらぼくは新婚旅行を引っ込めようとした。

『テオ、テオ。ハネムーンベビーっていいな！』

　ファウスは困っていなかった。

　ぼくの夜着を鼻先で開けたファウスが、そんなことを言いながら押し倒してくる。ぞろりと大きな舌が、ぼくの腹から胸を舐《な》め上げる。

　いやにワクワクしているのが、ぼくにも伝わる。美しい黄金の瞳が、狩りの興奮に輝いていた。

「ファウス様ッ」

　獅子の舌は、ざらざらしている上に、ヒトよりも大きい。チクチクした痛みと、痺《しび》れるような快楽に、ぼくはビクビク震えてしまう。

「あの……いまは、だめ」

『何が？』

　声のない意思の伝達だから、ファウスはそんなことを言いながらもぼくの肌をぺろぺろと舐め回してくる。ぞくぞくと広がる震えは、間違いなく快感で、ぼくは伸し掛かってくる巨大な獅子に対して必死で腕を突っ張った。

　どうして、急にヤル気になるんだ。

　ベビーか。

　ベビーって言葉に発情しちゃったのか。

　ふかふかの毛皮を押しても、ファウスの体の方がずっと大きくて抵抗にならない。

　伸ばされた舌が、ぼくの夜着をさらに大きく暴いてしまう。

見つけ出された乳首を、何度も舐めずられたら、赤く腫れてしまう。

本当は小さな突起のはずなのに、ファウスが何度も舐めたり吸ったりするから、ちょっと大きくなってしまっているのが、ぼくの悩みだ。

大きくなった分だけ、感度も上がってしまった気がする。ちょっと擦られたら、すぐに気持ち良くなってしまう。

「ファウス、様。あ、ぁァッ。そこは、なめたら、だめなところっ。だめ、ぺろぺろしたら、ダメぇっ」

ぼくが止めようとすると、ファウスは余計に熱心に舐めるんだ。

いつも優しすぎるほど優しいのに、こんな時だけすごく意地悪だ。

大きな舌が乳首全体を押し込むように動いたかと思うと、ツン、と立ち上がってしまった形を辿《たど》るようにやわやわと揺らしてくる。

痛いような、くすぐったいような感触に、零《こぼ》れた溜《ため》息《いき》は甘ったるく熱い。

胸が疼《うず》くように熱くなってしまって、ぼくは懸命に体を捩《よじ》って逃げようとした。


恥ずかしい。

胸を弄《いじ》られて気持ち良くなってしまうのも恥ずかしいし、舐められているのは乳首なのに股間まで反応してしまうのが、もっと恥ずかしい。

ぼくがすぐ感じて、性器を熱く腫らしてしまうのはファウスもお見通しだった。

ムズムズと熱が集まり始めた場所に、獅子の大きな前足が乗る。

体重をかけることもなく、ぼくの股間を揉《も》むように押されて、快楽だけが湧き上がってしまう。

「あぅ……んんぅ」

股を閉じるどころか、押し倒されたままぼくは、期待するように足を広げてしまう。

ぼくの細くて貧弱な足の間で、獅子の前足は淫《みだ》らに蠢《うごめ》く。

淫らな熱が、胸にも性器にも灯《とも》ってしまって、ぼくは性器を擦る動きをするファウスの前足を、ぎゅうと挟んで締めつけてしまう。

もっと、もっと、もっと。触って欲しい。

恥ずかしくて、そんな淫らなことは口にできないけど、ぼくは爛《ただ》れるような気持ち良さに負けていた。

『かわいい。テオ、テオ。かわいいな』

ファウスから聞こえてくるのも、ただひたすらかわいいの言葉だけだ。

冷たい獅子の鼻先が、どんどん下に下がっていく。

「ファウス様、ふぁうすさまっ」

火照《ほて》った肌に冷たい鼻が押しつけられて、それすらも快楽の刺激にしかならない。

ふかふかの鬣の毛先が、ぼくの肌を優しく嬲《なぶ》った。

はしたなく立ち上がった性器が、器用に探り出される。

ぼくは恥ずかしがっているくせに、腰を上げてファウスの動きを手伝ってしまう。

にちゃにちゃと淫らな水音が響くのは、ファウスの舌だけじゃない。

ぼくの性器が気持ち良いと感じているからだ。

「なめちゃったら、ぼく、ぼく、ぼく――……あぁぁんっ」

大きな舌が、感じやすい場所全部を容赦なく舐《ねぶ》っていく。

ぼくはあっけなく吐精させられてしまう。

弾けるような快感は、気持ち良くて、気持ち良くて、頭が馬鹿になってしまいそうだ。


「気持ち良い？　テオ、かわいいな」

ぼう、と惚《ほう》けてしまったぼくの耳に、人になったファウスの声がする。

ぼくを抱きしめる腕は、温かい人のものだ。

幸福感に酔ってしまいそうで、ぼくは何度も頷《うなず》いた。

頷いて、ファウスの胸に頬を擦りつける。

ふかふかの毛皮の姿も好きだけど、当然、今のファウスも大好きだ。

「俺も気持ち良くしてくれるか？」

抱きしめられたまま、長い腕がぼくの背中に回る。

背筋を辿るように撫でられて、尻の肉を押し分けられる。

ぼくは頭まで血が上った。

ぐう、と後孔にファウスの指先が押し当てられる。

ぼくのそこは、とうの昔に受け入れられるように準備がなされていた。

ぼくの一番「王妃」らしいところ。

ファウスと一緒に寝室に入る時は、問答無用で前準備がなされる。

「あ、あの」

「うん？」

後孔の環《わ》を探るように、ファウスの指先が埋まったり出たりをし始める。慎ましく噤むはずの筋肉の環が、ファウスの指を従順に食《は》んでしまう。ぼくはそこに、熱くて大きなものを飲み込む快楽すら、教え込まれていた。

うずうずとそこに嵌《は》める快楽を思い出して、体が熱くなってしまう。

「ゆっくり。ゆっくりで、お願いします……」

「うん、ゆっくりする。テオが、気持ち良いようにする」

消えてしまいそうな声でのお願いに、ファウスは嬉しそうに笑う。いやらしいことをしている背徳感なんて、微塵《みじん》もない笑顔だ。

「テオ、テオ。かわいいな。大好きだ、テオ。テオの中、すごく気持ちいい」

耳元で囁《ささや》かれる、快楽に掠れた声すら、色っぽい。言葉通り、ファウスの性器にゆっくりと刺し貫かれて、ぼくは泣きそうなぐらい感じてしまった。

愛《いと》しくて、嬉しくて、ぼくは幸せだった。

そんな会話をしてから三日後。

ファウスとぼくは唐突に、コーラテーゼ公爵領に視察の旅に出ることになった。

ぼくを対等に扱うにしても、行動が早すぎない？

二

結婚式が終わって一ヵ月。

諸外国の大使やら貴族やらを呼んでの祝宴は終わり、祭りの気配で浮かれていた王都も徐々に日常に戻っていく。

ファウスに意地悪する御前会議の列席者たちも、更迭しようかなぁ、と検討に入ったばかりで、まだまだ元気に嫌味を言っている。

そんなふうに始まったばかりだというのに、ぼくは旅支度を整えて馬車に乗っていた。

不思議だ。

ファウスと、アダル、シジスのいつもの三人は、元気に馬を並走させている。

不思議だ。

　向かう先はアダルの故郷であるコーラテーゼ公爵領だという。ラヴァーリャ王国の中でも、南の方に位置するコーラテーゼ公爵領は、火山が名物だ。火の神に愛された土地、らしい。

　らしいとしか言えないのは、ぼくも行ったことがないからだ。

　馬車で片道五日。ラヴァーリャの広さを考えれば、そこまで遠くはない。

　ラヴァーリャの国力を誇示するような、きちんと整備された街道を、王家の馬車は隊列を組んで優雅に走り抜けていく。

　ぼくは不思議な気分で、はしゃいでいる国王とその側近を窓越しに眺めていた。


　いきなり出発が決まって、ぼくもびっくりしたけれど、知らされていない重臣達もびっくりしていた。いくら嫌味が面倒だからって、黙って決めるのはどうかと思うよ、ファウス。

　不在の間はどうするのだ、とぼくよりも先に騒ぐ彼らに、ファウスは朗らかな笑顔で言い放った。

「俺が少し不在にしたぐらいで、諸君らが支えてきたラヴァーリャは、グラつかないだろう？」

　暗に普段偉そうなのだから、留守番ぐらいしっかりしろ、と言ったのだ。ファウスもなかなか言うようになったなぁ。

　さらに「緊急時は、聖堂のサクロ・バルドを呼び出して、判断を仰《あお》げ」と続けた。

　サクロ・バルドの正体なんて、みんな知っているも同然だ。表立って口にできないだけで。

　言葉も出ない重臣に代わって、ぼくが「サクロ・バルドの能力に問題はないと思いますが、立場的に障りがあるでしょう」と苦言を呈してみると、「兄……じゃなくて、サクロ・バルドは俺に山ほど借りがあるから働いてもらえばいいし、サクロ・シモーネがいる限り、お気に入りのテオが不利になるようなことはさせないから大丈夫」と言う。

　うん、そうだね。

　シモーネ様がいらっしゃる限り、たとえどんなに嫌でもサクロ・バルドは手を貸してくれると思う。

　ファウスも色々と考えていたんだな。

考えていたんだとは思うけど。

あのバルダッサーレ殿下を巻き込むなんて、ファウスはいつの間に逞《たくま》しくなったんだろう。

勝手にあてにされているバルダッサーレ殿下はお気の毒だ。

嫌そうな表情が目に浮かぶけど、ぼくもバルダッサーレ殿下に優しい気持ちにはなれないから、まぁ良いか。


「テオ、テオ！　見て！　珍しい花だ。さっきご婦人がくれたんだ！」

馬車に近寄ってきたファウスが、嬉しそうに花束を掲げる。ぼくは高価なガラスで保護された窓を、そっと開けた。

少し冷たい風が吹いて、気持ちいい。季節は秋に向かっていた。

「綺麗ですね」

「ああ、綺麗だな！　お幸せに、と。テオが持っていてくれるか？」

「はい」

この馬車の隊列が、新王のものだと街道の人たちは知っているんだ。年若いファウスの姿を見物しつつ、結婚祝いをくれたのだろう。

ぼくが綺麗なセリアンのお姫様だったら顔を出すところだけど、残念ながら見栄えがしないから、顔を出すのを躊躇《ためら》ってしまう。

代わりに精一杯腕を伸ばして花束を受け取る。ラヴァーリャの中でも、南の地域の花は色がとても鮮やかだ。

旅の思い出に、押し花にしても良いなぁ。

「お花をくれた方に、ぜひお礼を」

「分かった。行ってくる！」

ぼくの言葉を受けたファウスは、輝くような笑顔で馬首を返す。アダルとシジスが、その後ろにぴたりとついていく。

どうやら、国王自らお礼を言いに戻ってしまったらしい。国王の振る舞いとしては問題がありそうだけれど、とてもファウスらしくてぼくは嬉しかった。

国王と王妃に花束を捧げて、ファウスから直接お礼を言われた出来事は、馬車の隊列が進む速度よりも速く広まった。

あの後から街に着くたび、領主の館に泊るたびに、ぼくには抱えきれないぐらいの花が用意されていた。新王妃は花が好きだと思われたらしい。改めてファウスの影響力のすごさを思い知らされた。

押し花を作るための本が足りないなぁ。


急遽《きゅうきょ》決まった新婚旅行だというのに、行く先々で歓迎してもらって、申し訳ないぐらいだ。

一目国王の姿を見ようと集まってくる民衆は、みんな穏やかで、ラヴァーリャが豊かで平和な国だと分かる。ファウスが歓迎されていることも。

国王として、それはとても大切なことで、幸せな状況だった。

ファウスも、アダルやシジスも理解しているのだろう。みんな嬉しそうだ。これだけでも、王都から出てみて良かったのかもしれない。

そうこうしながら辿り着いたコーラテーゼ公爵領。中でも最も栄えた街に、コーラテーゼ公爵邸がある。

そう。借金のカタに取られそうになったりしている、危なっかしい豪華な館だ。

コーラテーゼ公爵は、ちゃんとその館でぼく達を迎えてくれた。

良かった、差し押さえにあってなくて。

「よくいらしてくださいました。ファウステラウド陛《へい》下《か》」

公爵夫人と揃《そろ》って出迎えてくれたコーラテーゼ公爵は、アダルがそのまま歳を取ったような人だ。

ファウスにも、ボナヴェントゥーラ先王にも少し似ている。近い親戚なんだから、当たり前か。

応接間に通されて、ぼくやアダル、シジスも一緒にお茶を振る舞われながら歓談が始まった。

「急なことで悪かったな、公爵。すぐに受け入れてもらえてありがたい」

「こちらこそ、数ある貴族の中で当家を選んでいただけて、光栄です。それにしても、即位なさったばかりで、なぜ急にご旅行を?」

え? と、ぼくとシジスは同時に顔を上げる。

ファウス、説明してなかったの?

そして、何も聞かずにあっさり王様のご宿泊を受けちゃったの? 公爵。

まずは、目的を聞いてから受けるかどうか検討するんじゃないのか。

「だから借金が嵩《かさ》むんだ」とシジスは低く呟《つぶや》き、聞こえなかった公爵の代わりに、アダルが申し訳なさそうに肩を落とす。純血のセリアンらしい逞しい肩に、哀愁が漂っていた。

アダル。君が良い人だと、ぼくはよく知っている。

知っているけれど、シジスから庇《かば》う言葉が思い浮かばないよ。

コーラテーゼ公爵は、ぼくが養子に入る時だって、二つ返事で受けてくれた。本当に優しい、気の良い人なんだ。とっても良い人なんだけど、心配が尽きない。

思い返せば、ぼくの嫁入り支度はコーラテーゼ公爵じゃなくて、第二王子派の金庫番アルティエリ子爵が調《ととの》えてくれたものな。アルティエリ家のお金持ち具合もびっくりだったけれど、コーラテーゼ家のガバガバ具合もびっくりだ。

「テオドアの故郷の結婚時の伝統行事に、『新婚旅行』というものがあってな。結婚式の後に、長めの旅行に行くんだとか。

外国や観光地みたいな、あまり行かない所へ旅行するのだと聞いて、公爵に頼もうと思い立ったんだ。外国は、俺の立場上簡単には行けないし。公爵の領地は離れているし、こんな機会でもないとなかなか行けないからな」

公爵の質問に全く疑問を感じないらしいファウスは、上機嫌だ。

「なるほど。確かに王都から離れていますからな」

「この旅行で授かった赤子は、ハネムーンベビーと……」

「ふぁ、ファウス様！」

ぼくは作法も忘れて、ファウスの言葉を遮る。

王の言葉を途切れさせるなんて、あってはならないんだけど、黙ってはいられない。

耳まで真っ赤になっているぼくに、気のいい公爵はニコニコとさらに笑みを深めた。

公爵、どうか年長者として、微塵《みじん》も恥じらわないファウスを諫《いさ》めて欲しい。

「子作りでしたら、良い場所があります、両陛下」

ぼくの祈りに反して、コーラテーゼ公爵は、何も分かっていなかった！

恥ずかしくてファウスの言葉を遮ったのに、ありのままさぎる提案をしてくる。

お人よしだからって、言って良いことと悪いことがあるんだ！

もー。デリカシーって言葉は、コーラテーゼ家にはないのか！

「テオドアはいくら孕《はら》みやすいヒトとはいえ男だからな。懐妊は早い方が良い」

納得したようにシジス。アルティエリ家にも、デリカシーという言葉はないらしい。ありのままさぎる。

「火の神のご加護厚き温泉地が、我が領内にあります。病を治癒し、子を授け、運気を高めるというありがたい場所ですから、王妃陛下もすぐに御懐妊なさるでしょう」

「アリガトウゴザイマス」

ぼくは恥ずかしさで泣きそうな気分で、お礼を言った。

分かっているよ。ファウスに嫡子が得られるかどうかっていうのは、ラヴァーリャにとってものすごく重要なことだって。

でも、それはぼくとファウスが夜のベッドで仲良くすることと、直結しているじゃないか。


義理の親と、幼馴染《おさななじ》みに言及されたいことじゃないんだよ。

「良かったな、テオ。温泉なんて、なかなかないぞ」

「はい。温泉に浸かることだけは楽しみです」

温泉にワクワクしてしまう。ぼくの心は、前世の日本人だったころに戻ってしまいそうだ。

温泉に入れるんだったら、ぼくとファウスの夜の事情が多少話題に上っても我慢しよう。

「温泉は浸かるものじゃないぞ。賢いテオでも知らないことがあるんだな。温泉は飲むものだ。体に良いんだ」

ファウスがそんなことを言い出す。

領主の息子であるアダルもまた、

「うちの温泉は熱いから、浸かるのはちょっと難しいかな」

とか。

まさかの飲泉とは、がっかりだ。どこかに、未発見の浸かれる温度の温泉がないかなぁ。


翌日には、ぼくとファウス、護衛と従者を兼ねてアダルとシジス、ほか数人の武官を選んで山越えの準備をした。

温泉に行くには、『火の神の庭』という煙が噴き出す山を迂回しないといけないらしい。目的の温泉の傍には公爵の別荘があって、そこに滞在するつもりなんだ。


コーラテーゼ公爵領は全体的に山岳地帯で、土地は貧しく耕作にはあまり向かない。公爵領の広さに対して、資産が少なめなのは、その辺りにも原因があるそうだ。

三代前に臣籍降下した際に与えられた領地は、昔ながらの直轄領ではなく、当時戦争で切り取った領土だったそうだ。そのせいで、開発も進んでいなかった。

余分な資金がないから開発が進まず、開発が進まないから資金が溜《た》まらないという悪循環らしい。

温泉の話を聞いた時、シジスは「なぜ、薬として売り出さないんだ」とアダルに詰め寄っていたけれど、温泉水を運ぶ街道の整備ができないからだって。

近隣の人たちにとっては、馴染み深い薬として温泉水は知られているけれど、コーラテーゼ公爵領以外で温泉の話を聞かないのは、そのせいだったんだな。

お金がないって、切ないなぁ。


ファウスの馬に同乗させてもらって、ぼくはのんびりコーラテーゼ公爵領の景色を眺めていた。

馬に同乗って、ほぼ抱っこされているようなものだ。大人なのに恥ずかしい、という気持ちと同時に、目線が高くなってとても眺めがいい。馬に乗れるって、楽しいだろうな。

『火の神の庭』と呼ばれる山は、遠目に見ても、もくもくと煙が上がっていた。もちろん煙が上がるような場所には入り込まない予定なんだけど、近づくだけで硫黄の匂いがしてくる。

ぼくでも感じるぐらいだから、鼻の良いセリアンたちは全員微妙な表情だ。

「すごい匂いだな、アダル」

「火の神の御座所だから、と聞いています」

慣れてしまっているのか、平気な顔をしているのはアダル一人だ。

「火の神が近くにいらっしゃるようで、温かいでしょう?」

樹木の少ない、岩肌が見えている山道を行きながら、アダルは笑う。

確かに、ちょっとポカポカしている。地面に近い方が、温かい。もう秋の気配が近づくころなのに、コーラテーゼ領が南に位置するにしても、ずいぶん温かい。

「本当に、火の神がいらっしゃるのか」

「ご機嫌が悪い時は、山から火を噴くそうで。コーラテーゼの当主は、火の神の神殿を引き継いでいますよ」

感心したようにファウスが頷くと、アダルは遠くに見える山の頂を指す。

少し扁平《へんぺい》な山頂。たくさんある温泉。温かい地面。吹きあがる煙。火山らしい、火山だなぁ。

温泉卵ができそうだ。別荘に着いたら、卵をもらえるか聞いてみよう。

前世の記憶のせいか、信仰心の薄いぼくはついつい温泉グルメの方に心がいってしまう。

「怒りっぽい火の神の庭に近づいて、大丈夫なのか?」

シジスは心配そうに山頂を仰ぎ見る。

「最後に火を噴いたのは、だいぶ昔だと聞いているから大丈夫じゃないかな?」

「しかし、こんなに煙が」

山頂を煙らせる姿にシジスは怖がっているようだ。

溶岩の煙というより、溶岩で温められた水蒸気が冷えたものなんだろうけれど、シジスにはどっちも同じものに見えるだろうな。

「俺が生まれた時も、父上が生まれた時も、ずーっとモクモクしているんだから、平気だって」

「アダル、君が呑気《のんき》な理由がよく分かった」

「え? 火の神に守られているからとか?」

「こんな危険な場所で生きているなら、呑気でなければ精神が擦《す》り切れるからだ」

シジスの言葉は、美貌と同じぐらい切れ味が鋭かった。アダルの耳が、ぺしょ、と折れる。落ち込んだのだろうか。

心配になってぼくが後ろのファウスを振り返ると、ファウスは笑っただけだ。

大丈夫かな、と心配したのもつかの間。

「よく考えたら、俺の心が頑丈っていうことだな!」

少し進んだあたりで、すぐにアダルは元気になった。

その前向きさだけでも、鋼の精神力であることが分かる。

　くよくよしないアダルは、朗らかに道案内を続けてくれる。

　馬で通れるぐらいだから、舗装されていなくてもそれなりに『道』の形はしている。

　急ぎの旅でもないから、ゆっくり進んでいたんだけど、不意に空が暗くなってぽつぽつと雨が降り出した。パラパラ落ちてきたかな、と思うと、すぐにシャワーみたいな激しさに切り替わる。

　ぼくに覆いかぶさるようにファウスが庇ってくれるから、ぼく自身はあまり濡《ぬ》れないけれど、これじゃあ立ち往生だ。

　植生が貧しいから、激しい雨が降ると地面に溜まった雨水ですぐにぬかるんでしまう。馬の足では危険だった。

「雨宿りできる場所は！」

「戻るにしても、進むにしてもしばらくかかる！」

　アダルや武官さん達の声が大きく響く。

　ざぁざぁという雨の音にかき消されないようにだろう。

　ファウスとぼくを雨宿りさせたくて、手配しようとしている武官の動きを見ていたファウスは、やがて方針を決めたみたいだ。

「テオ、荷物を持ってくれ」

　ぼくを抱きしめるように庇ったまま囁く。

　ぼくとファウスの荷物は、純血のセリアン男子なら全員持っているという野外活動道具の小さな袋と、お昼のお弁当ぐらいだ。万が一の野営道具は、アダル達が分散して持っているので、ぼく達は軽装だった。

「アダル！　シジス！　俺はテオを連れて先に行く！　馬は任せた」

　ぼくを抱えて馬を降りたファウスはそう言って、瞬く間に獅子の姿に変化する。

　突然現れた巨大な肉食獣に、訓練された馬でも浮き足立ってしまう。

　そりゃあ、びっくりするだろう。

　ぼくはびしょ濡れになりながら、脱ぎ散らかされたファウスの服を纏《まと》めてマントに包む。託された荷物と共に抱えると『しがみつけ。大丈夫、落とさない』とファウスの声が聞こえた。

雨の中を走り抜けるつもりなのだろう。

早く、と目線で促されて、ぼくは荷物を抱えたまま
ファウスの背にしがみついた。

ふかふかの鬣を握る。

『大丈夫。絶対落とさない』

「陛下！　先に狩小屋がありますから、そこで！」

走り出したファウスの背に、アダルの声が追いつつい
てくる。

ぼくは風になったような気分で、それを聞いていた。

必死でしがみついているけれど、吹き付ける雨は前
が見えないぐらい激しかったんだ。

三

ファウスは黒い風のようだった。

荷物と服がこれ以上濡れないように、腹の下に抱え
こむ。

激しい雨足は一向に衰えず、顔を上げて前を見たく
てもその余裕がない。

必死でしがみついていると、躍動する筋肉の動きが
よく分かる。

馬のように背骨をあまり動かさずに走る生き物では
なく、獅子の背にしがみつくのだから、乗せてもらっ
ているぼくも大変なのだ。

ネコ科動物のしなやかすぎる動きは脊椎が大きく屈
伸するので、ぼくは激しく上下に揺さぶられることに
なる。メガネが吹っ飛びそうだ。気持ちが悪くなって
きたぞ。

ぼくは雨に濡れて曇るメガネを必死で押さえた。い
くら高価な魔道具でも、防水加工なんてないからな。

うーん。これは、十歳の時袋に詰められて、ファウ
スに背負ってもらった時以来の気持ち悪さだなぁ。

走って、走って、ファウスはようやく歩調を緩めた。

まだ降り続く雨の中、ぼくは目の前にある小屋を見
上げる。

かなり古びた、けれど崩れ落ちそうというほどでも
ない建物だ。人の気配はない。

雨に降られ続けているので、ファウスはぼくを軒先

に導いた。屋根がある分だけ少しマシだ。

「アダルが言っていたのは、ここかな?」

荷物を抱えたままファウスの背中から降りると、ファウスは瞬く間に人型に戻る。

綺麗な黒獅子から、綺麗な青年の姿になったんだけど、全裸は全裸だ。

ぼくは荷物からなるべく乾いた布を引っ張り出して、ファウスを拭こうと背伸びした。ぼくとファウスの身長差は、全然縮まらないのだ。

「ありがとう、テオ。でも、大丈夫、そのうち乾く」

背伸びしてきたぼくの唇に、触れるだけのキスをすると、ファウスは笑って自分の服を受け取った。

ぐうぅ。キスするために、背伸びしたんじゃないぞ。

ごく自然にキスするなんて、いちいちやることが格好良いな!

惚《ほ》れた欲目だと分かっていても、顔が火照る。

「キスじゃありません」

「したら駄目だったか? テオが気にするような、他人はいないぞ」

「キスするためではなく、ぼくは――」

「俺の世話を焼いてくれようとしたんだろう? ありがとう。でも、俺はキスしたかったから、した」

「……」

「テオは嫌だったのか?」

湿気た服に袖を通しながら、しれっとそんなことを聞いてくる。

ぼくを覗《のぞ》き込む黄金の瞳は無邪気すぎて、拗《す》ねることもできなかった。

「嫌じゃありません」

「そうか、俺はもっとしたい」

何気ない仕草で肩を抱かれて、今度はこめかみにキスされる。

ますます顔が熱くなってくるのに、ファウスはぼくを抱きしめてくる。

「ごめん、ずいぶん冷えたな。テオの頬がすごく冷たい」

「平気ですよ」

「平気じゃない。風邪を引く」

「それはファウス様の方でしょう。お髪《ぐし》がびしょ濡れですよ」

「じゃあ、どっちもだ」

ファウスは笑って「入ってみよう」と小屋に近づい

ていく。

「アダルの言っていた所でしょうか？」

狩小屋を見たことがないぼくが尋ねると、

「多分違う」

気負った様子もなくそんなことを言い出す。

「え？」

驚くぼくの手を引いて、ファウスは小屋の扉に手を掛けた。違うなら、ここは誰かのお家かもしれないじゃないか！

「違うなら、ファウス様。勝手に入ったら駄目です！」

「目的地じゃなくても、この山一帯はコーラテーゼ公爵家の私有地で、聖地だから問題ない」

全部アダルの家ってことか。

微《かす》かな軋《きし》みを上げて木製の戸が開く。鍵は付いていなくて、あるのは内側から掛ける閂《かんぬき》だけだ。

全身が濡れているぼくたちは、土が剝《む》き出しの床に滴を落としながら、中へ進んだ。

そんなに広くはない。大人が五人も入れば手狭だろう。

明かりは鎧戸《よろいど》の隙間しかないから、今は薄暗い。外も雨だから暗いんだ。

家具らしい家具は何もなかった。椅子《いす》も机もない。屋根があるだけありがたい、といわんばかりの小屋だ。

中に入ってから、仄《ほの》かに暖かいことに気づく。そうか。『火の神の庭』だから、地熱が感じられるんだ。

建物内だから、熱が逃げずに籠って暖かいんだな。

これなら冷えた体も温まりそうだ。

「テオ、テオ。ひとまず、この上に座れ。温かい」

ぼくと同じことを考えたらしいファウスは、マントを広げるとぼくを招く。背の高いファウス用のマントだから、レジャーシートみたいに広げれば、とても便利だけど。国王の服をぼくのお尻の下にするのは、いろいろと問題があるんじゃないか。

素直に座れないぼくに、ファウスは「硬いけど仕方ないぞ」と笑う。

違うんだ。地面が硬いことが問題じゃないんだ。

「ファウス様の服の上になんて、座れません」

「じゃあ、テオは俺の上に座れ」

ぼくを抱きかかえるようにして、ファウスは笑う。

敷いたマントの上に座ると、続いてぼくを膝に座らせる。子供扱いされているようで、恥ずかしい。

「ぼくはまだびしょ濡れですから、ファウス様まで濡れますよ」

髪から滴が落ちてるんだから。

「俺も似たようなものだ。テオ、テオ。預けた荷物を返してくれ。どれぐらい濡れたのか知りたい」

ぼくを離す気はさらさらないようで、ファウスはぼくを膝に乗せたまま荷物をチェックし始めた。

まぁ、良いか。この部屋は暖かいし。ファウスも温かい。

ぼくはファウスに甘えたまま、てきぱきと革袋を開けて油紙に包まれた中身を取り出す様子を見つめていた。

王様のくせに、頼りないぼくと二人っきりのこの状況を全く恐れてないなぁ。

心配じゃないんだろうか。それとも王子様育ちだから、何とかなると思っているんだろうか。

「ファウス様、それは何ですか？」

金属片と石っぽいもの、フワフワした綿っぽいものが一緒に入っている。火口箱《ほくちばこ》の類《たぐい》かな。

形が違う重そうなナイフが三本。細いロープが一巻き。

体温が高いファウスの胸に頬を寄せながら興味本位で聞いてみると「士官学校で渡される」と返ってきた。

確か、今年からアダルが入学していたなぁ。

ファウスは王様なので通わず、時々教官を招いてるのを知っている。

純血のセリアン男子が、必ず通う学校らしいんだけど、ぼくはセリアンではないので、関係なかったのだ。

シジスだって、耳も尻尾も持っているのに、混血であるというだけで弾かれている。

入学させてくれないというより、混血のセリアンを保護するためらしい。学校の授業はそうとう大変だそうで、一緒に学ぶと危険だとか。何をしているのか気になる学校だ。

純血のセリアンがいっぱいいる学校。

ぼくの頭の中では、ファウス達がゴロゴロ昼寝している様子が浮かんで仕方がない。

セリアンって大きくて強くて、獅子獣人らしい野性味があって一見怖いんだけど、自身の強さに自信があるからか、余裕もあるんだよね。

よほどのことがないと怒らないし、鷹揚《おうよう》だ。

鷹揚さの先頭を走っているのは、コーラテーゼ公爵だな。最後尾がすぐ怒るバルダッサーレ殿下か。両端が王家の血を引いている人なのは面白い。

「無人島にこの道具だけで放り出されて、生き延びるという訓練もあるらしい。俺は、無人島は免除されるけど、訓練そのものは受けるからな」

サバンナの王者は、本当にサバンナに行かされるのか。大変だなぁ。

「みんな新鮮で楽しいって言うぞ。俺も行きたかった」

ぼくの心配をよそに、セリアンにとっては珍しいバカンスにしかならないらしい。逞しいな。

ぼくはファウスの言葉から、彼が現状を恐れるどころか楽しんでいる気がしてきた。

「……ファウス様。今、ワクワクしてませんか？」

ぎくりとファウスの肩が揺れる。

濡れた丸い耳が、パタパタッと動いて滴を散らす。泳ぐ黄金の瞳をじいっと覗き込むと、セリアンの秘密道具を離したファウスは両手を上げた。

「ワクワクしてる。テオと二人きりだし。なんだか面白いことになってきたし」

「駄目ですよ、王様なんですから。危ないことはしてはいけません。早くアダル達と合流しないと」

「そのうち迎えに来ると思うぞ？」

「そのうちって適当な。ここはアダルが言っていた小屋とは違うんですよね？」

「そうだな。アダルがこの場所を知っているといいのだが。アダルが知らなくても、近隣の村人が知っているから、いいか。途中倒木があったから、道を逸れた。二回崖を越えたから、馬では辿り着けない」

「崖？」

「道の整備がなされてないせいか、時々途切れていたんだ」

ううう、ここにも貧乏の悲劇が。

「先に進もうと焦ってたから、橋の掛かった崖を越えたんだが、簡単な橋だから、馬は越えられないな。重すぎる」

ファウスの背中にしがみつくのに必死で、崖なんて見てなかったぼくが言えたものじゃないけど。呑気すぎるよ！

「アダル達と合流できなかったらどうしましょう」

ぼくは不安になったけれど、ファウスはけろりとしたものだ。

「雨がやんだら、足跡を辿って探し当てるだろう？」

「馬が通れない道を来たっておっしゃったじゃないで

すか」

「平気、平気。長くても、一日二日ここで待ってたら、アダル達が見つける」

迷子になったら安全なところで動かないのは当たり前だけど。ぼくたちお昼ご飯しか持ってないのに、ファウスは楽観的だな！

「雨が上がったら、周りを探検しよう」

ワクワクしながらファウスに提案されて、ぼくは呑気な王様にくっついた。

「分かりました。でも、危ないことをしてはいけませんよ。申し訳ありませんが、ぼくは何にもお役に立てませんからね！」

お母さんみたいな小言を言うと、ファウスはぎゅう、とぼくを抱きしめる。

「テオは俺が守るんだから、危ないことなんてさせない」

「違います。ファウス様が危ないことをしてはいけないんです」

「俺は頑丈だから、大丈夫」

「それでもです」

言い争っている間に、ぐぅぅ、とお腹が鳴った。

「昼食はまだ無事か？」

「潰れているとは思いますが」

公爵邸を朝に出発すれば、夕方ぐらいには辿り着く別荘だったんだよ。だからご飯も一食分と、おやつ程度しか持っていない。

サンドイッチと塊のチーズ、干し肉。ワインをぼくとファウスで革袋ひとつずつ。ぼくがぐしゃぐしゃになった昼食の包みを広げると、ファウスが笑う。

「美味《おい》しそうだな」

雨が入ってパンが湿気ているから、とても美味しそうには見えない。でも、ファウスと一緒だと、きっと美味しい。

ぼくも笑ってしまう。

「そうですね。今しか食べられない味です」

「雨に降られたり迷子になったり、宮殿にいたら味わえない。

テオ。新婚旅行って楽しいな」

「そうですね、ファウス様」

僕たちは笑い合う。

新婚旅行は、アクシデントを楽しむモノじゃないんだけど。でもファウスが落ち着いていて、楽しむ余裕まであるからこそ、ぼくも冷静でいられるんだ。

ぼくとファウスは、チーズと干し肉は後にとっておき、妙に湿っぽいサンドイッチとワインの昼食をとったのだ。

食べている間も、後も、ずーっとファウスはぼくを抱っこしたままでいてくれて、温かさに眠くなってしまった。

「疲れただろう？ 濡れると体力が奪われるからな。少し寝たらいい。俺はずっと傍にいる」

優しく髪を梳《す》かれて、そう囁かれる。

ファウスの言葉通り、獅子の鬣に必死でしがみついていたせいか、両腕も両足も、だるくなるほど疲れていたのだ。

ぼくは少しだけ、と思いながらもうとうと眠ってしまっていた。

四

「テオ、テオ。雨が止んだ」

肩を揺さぶられて、ぼくは眠い目を擦った。

少しだけ、と思っていたのに、思ったより深く眠り込んでしまったらしい。

寝る前と同じように、胡坐《あぐら》をかいたファウスの膝に抱かれたままだった。

「ごめんなさい、ファウス様。ずっと眠ってしまって」

「構わない。テオの寝顔を眺めていたら退屈しない」

「ぼくの顔なんか、見ても楽しくないですよ」

「そんなことはない。時々寝言を言って、すごくかわいかった。テオ、テオ。周りを探検する約束だ！」

ファウスはぼくを抱えるように抱き上げて、立ち上がる。足が痺れなかったのかな？ すごいな。

鎧戸の隙間から入る光は、この小屋に辿り着いた時より遙かに明るい。雨が上がったんだ。

探検が楽しみで仕方ないファウスに手を引かれ、ぼく達は小屋から出てみた。

熱が籠りやすい小屋の中にいたせいか、びしょ濡れの服は殆《ほとん》ど乾いていた。服が乾いただけでもありがたい。

外に出てみると、時刻は夕方だった。空の色は少しずつ暗くなり始めている。

アダル達が雨の間立ち往生したと考えると、本格的な捜索は明日に持ち越しかもしれないな、と思う。

季節は秋に差し掛かっているから陽はすぐに落ちてしまうし、夜の山中での捜索活動は真っ暗で危険だ。

ぼくとファウスは、たとえ小屋が見つからなくとも一晩ぐらいは二人でくっついてやり過ごせるだろう。

セリアンの士官学校の話を聞く限り、アダル達はそう判断するだろう。

ファウスとぼくは、今晩はこの小屋で過ごすことになりそうだ。


小屋の周辺は少し開けた場所だった。周囲には低木が疎《まば》らに生えている。

下草は少なく、所々に見える地面は岩がちだ。踏みしめる大地は少し温かい。

ファウスが駆け抜けたらしい山道には、大きな獅子の足跡が刻まれている。爪で地面を抉《えぐ》った跡まで残っているから、アダル達も探しやすいだろう。

この小屋を利用する他の人の気配はないか探してみても、誰かが立ち寄った様子は見当たらない。小屋に至る道は、何度も踏み固められただけの剥き出しの地面なのだ。

「テオ、テオ！　見てくれ。変わった窯《かま》がある」

ぼくが小屋までの道を見ている間に、好奇心旺盛に小屋の周りを歩き回るファウスが、さっそく何かを見つけたらしい。裏手から声が上がる。

「窯があるんですか？」

小屋の中に煮炊きできる設備はなかったから、外で焚き火かと思っていた。

ファウスの姿を求めて歩くと、小屋からほんの少し離れた場所に石積みの窯があった。もくもくと煙が出ている。

火を焚いている様子はない。そもそも燃料の薪がないんだよ。

この辺りの樹は細くて、数も少ない。燃料として伐採すれば、すぐに禿山《はげやま》になってしまいそうだ。地崩れの原因になるから、薪を用意していないのかと思った。

「誰もいないのに、窯に火が入っているのかな？　熱そうだぞ」

ファウスも不思議そうにしている。

どこにも熱源はなさそうな、石積みの窯。てっぺんには木枠が置いてある。そして、ここは火山。ぼくはこれが何だか分かった気がする。

「ファウス様、これは蒸すための窯です」

「蒸す？」

「はい。ぼくが時々プリンや茶わん蒸しを作っているでしょう……と言っても、作っているところなんて、見たことありませんよね。高温の蒸気で加熱する道具です。危ないですから、触らないでくださいね」

温められた蒸気の吹き出し口に、ザルみたいなものが置かれているのだと思う。前世の記憶にあって良かった。

ぼくは火傷《やけど》しないようにファウスにナイフを貸してもらった。

「危ないなら、俺がやるぞ？　テオが火傷でもしたら……」

「ぼくは大体これが何か分かった気がするので、大丈夫です」

ファウスが握っている時は、大きめのナイフにしか見えないのに、ぼくが持つと小さめの短剣のようだ。

それを両手に一本ずつ持っているから、ファウスとしてはそれでぼく自身が怪我《けが》をしないか気が気ではないらしい。そわそわとぼくの周りをうろついている。

心配そうなファウスをあえて気にしないようにしながら、ぼくは窯の上に載せられた木枠を剝《は》がしてみた。

蓋になっていたのだろう、途端にぶわっと蒸気が膨れ上がる。

「テ、テオ！　大丈夫か！」

勢いに驚いたのか、ファウスの尻尾がピンと立った。

籠った蒸気が逃げてしまうと、その後は派手には吹き上がらない。

アダル達と一緒に見た『火の神の庭』の煙に似た光景だ。

「やっぱりだ。ファウス様、これで蒸し料理ができますよ！」

ぼくは嬉しくなってくる。

木枠の下の部分をナイフで押してみると、簡単にズレる。火傷しないように取り外せば、目の粗いザルだった。このザルの上に食材を置いて、蓋をして蒸すのだ。

これがあるから、薪を使った窯は要らないのだろう。

住んでいるならともかく、狩小屋としてたまに滞在する程度なら、蒸し器で充分だ。

「蒸し料理？　テオはどうしてそんなに嬉しいんだ？」

「ちょっと実演してみましょう」

料理なんてしたこともない王様は首を傾《かし》げるだけなので、ぼくは持ってきた干し肉とチーズの塊を取り出した。

硬い干し肉の塊をナイフで削ろうとしても、なかなか上手くいかない。刃が刺さったまま動かなくなってしまう。

「テオ、駄目だ、そんな力の入れ方をしては。テオの指が切れてしまう。危ないから俺に返して。俺がする」

ぼくの危なっかしい手つきに、ファウスの方がオロオロしていた。

確かに刃物の扱いはファウスの方が上手なので、素直に干し肉の塊とナイフを差し出す。

「肉を削ったら良いのか？」

「はい。試してみるだけですから、少しで良いんです。ええ、それぐらい。お肉を並べたら、チーズも薄く削ってください。ありがとうございます、ファウス様。すごくお上手ですね！」

ぼくが切ろうとしたら、ビクともしないぐらい硬い肉なのに、ファウスは魔法のようにスパスパと薄切りにしてしまう。

すごいなぁ。

力の差もあるんだろうけれど、ナイフの扱い方が全く違う。

ぼくが尊敬の眼差《まなざ》しで見つめると、ファウスは得意そうに尻尾を揺らす。

「テオのためなら、これぐらいいつだって！」

「とても助かりました」

褒められて素直に喜ぶファウスに、ぼくもつい笑顔になってしまう。

ぼくはザルの上に蓋を載せると、慎重に窯の上に戻す。

ファウスは興味深そうに、ぼくの仕草を見つめていた。

「絶対に覗き込まないでくださいね。熱い蒸気が吹き上がっているんですから」

ぼくの後ろを、親鳥の後に続く雛鳥《ひなどり》のようにファウスが付いてくるので、ついつい厳しく注意してしまう。

ぼくとファウスの身長差から、手元を覗き込まれると、そのまま窯の中を覗くことになるのだ。火傷させるわけにはいかない。

「さっきから言っている熱い蒸気はどこから来るんだ？　火の神のお力か？」

「……」

ぼくは一瞬言葉を詰まらせてしまう。

ファウスの目で見ても、『火の神の庭』の煙と同じものだと分かるのだろう。

前世の記憶があるぼくからすれば、溶岩の熱で温められた地下水が、蒸気になって吹きあがっているんだろうと予測するけれど、どう説明するべきだろうか。

「火の神のお力で、地面の下に溜まっている水が温められるんですよ」

「地面の下に？」

「湧き水の元だとでも考えてください。水を火にかければ、やがてお湯になるでしょう？　そうすれば湯気が上がるでしょう？

火の神は、それを山全体で行っているわけです」

「ふうん、なるほど。その神は窯の女神のようなお方なのか」

「……えー、まぁ。決して怒らせてはいけないお方という意味では、確かに」

ぼくの説明が既に適当なので、ファウスの解釈がもっと適当でも、仕方がない。

窯の女神は、聖女を召還する神のような力の強い神様ではないけれど、家庭の守り神として非常に尊敬される神様だ。大体合っているということで良いか。

「テオは、初めてこの土地に来たのに、何でも知っていてすごいな！」

納得がいったのか、ファウスは無邪気に笑う。

前世の記憶に頼った説明だから、狡いことをした気もするけれど、ぼくは笑って誤魔化した。

「火が通るまでの間、もう少し探検しましょう？」

「ああ。良いぞ、テオ！　こっちには、温かい水があった」

「温かい水！」

ぼくは思わず声を上げてしまう。

だって、温かい水といえば、ぼくが期待しているアレかもしれない。

「本当ですか？　ファウス様！　それは、どこに？」

「こっちに少し歩いたところだけど。どうしたんだ？　テオ」

「だって、温泉かもしれないですよ！　早く行きましょう、ファウス様」

ぼくの勢いに驚きながら、ファウスは見つけた『温かい水』の所へ案内してくれる。

さほど離れてはいない。

湧水が流れ込み、溢《あふ》れて流れ出している、円形の浅い池だった。縁は大きな岩で囲われているから、明らかに人の手が入っている。

水面からは微かに湯気が立っていた。

水ではなくお湯なのだ。

覗き込むと透明度は高く、水底が泡立ち、底の砂が踊っている。

「手を入れても大丈夫だ。火傷するほどは熱くない」

「ファウス様、危ないことをしては駄目だと！」

既に手を入れてみたらしいファウスに、ぼくは眉を吊《つ》り上げると、ファウスは耳をぺたんと倒す。

「そんなに熱くないのは、見れば分かるのに。怒らなくても……」

「危ないことは駄目だと申し上げました」

「……気をつけます」

ぼくに怒られると堪《こた》えるらしく、ファウスは耳を倒したまま所在なさそうにゆらゆら尻尾を揺らす。

ぼくは重々しく頷いた。

心配しすぎなのだと分かっている。ファウスの感覚はぼくより鋭い。彼が「あまり熱くない」と言うならそうだろう。それでもぼくは、ファウスに危険なことはして欲しくなかった。

「充分に気をつけてくださいね。それはそれとして、きっとここは温泉ですよ！　見つけてくださってありがとうございます！」

「嬉しいか？　テオ。俺は役に立つだろう？」

「はい、すごく嬉しいです。後で一緒に足を入れてみましょうね」

「足を入れる？　飲むんじゃないのか」

「はい。ぼくが知っている温泉は浸かるんですよ」

アダルはこの辺りの温泉は温度が高く浸かるには向かないと言っていた。

おそらく温泉が湧いている所に、近くから川か湧水が流れ込んで、ちょうどいいぐらいの温度になっているんだろう。人の手が入っているから、お風呂か水場として使用されているんだ。足湯にしたら、きっといい気持ちだ。

温泉に浸かることが想像つかないのか、ファウスは不思議そうにしているけれど、ぼくが喜んでいると分かると笑顔になった。

「ファウス様、先に蒸し料理を見に行きましょう？　そんなに時間は要らないはずなんです」

加熱されたチーズが、溶けすぎても困る。忘れないうちに提案すると、もう一度二人で窯まで戻った。

ザルを取り出してみれば、硬い干し肉が少し膨らんで、その上に載せたチーズが蕩《とろ》けている。

ホカホカと湯気が上がって、美味しそうな香りが広がる。

「すごいな、テオ！　食べても良いか？」

「火傷しないように気をつけてくださいね」

ぼくとファウスは、熱々になった干し肉を摘《つま》んで食べてみる。

硬い肉が蒸されたことでやわらかくなり、溶けたチーズと一緒に食べるとすごく美味しい。

「んー、美味しいな！　テオ！　全部肉を蒸してみるか？」

気に入ったのか金の目をキラキラさせて、ファウスは豪快なことを言う。

保存食を一度に食べきるのは良くない。でも、そうしたいぐらいとても美味しいんだ。

「駄目ですよ、ちょっとずつ食べないと。だけど、そうしたいぐらい、美味しいですね！　やわらかくてチーズもトロトロです」

ぼくとファウスは二人で分け合って、瞬く間に全部食べてしまったのだ。

ぼくはお腹がいっぱいになったけれど、ファウスが「お代わり」というので、もう一回蒸したんだ。

五

保存食を味見した後は、不思議がるファウスを引っ張って、ぼくは温泉に向かった。

手を突っ込んでみると少しぬるめのお風呂ぐらいで、ちょうどいい温度だ。

「ファウス様、早く、早く！」

「テオがそんなにはしゃぐなんて、珍しいな」

温泉の良さを知らないファウスは、ぼくの顔ばかり見て入ろうとしない。

ぼくだって、自分の体で温泉を体験したことはないんだけど。

前世の記憶で、ものすごく気持ちが良いものだと摺《す》り込まれているのだ。

「ファウス様が入らないなら、ぼくだけ先に入りますよ！」

「温泉は飲むもので、入るものじゃないからなぁ。入るって言っても、膝まで浸かる程度だろう？　浅い風呂みたいなものじゃないか」

「お風呂は気持ちがいいでしょう？　滑って転ぶなよ」

「テオは風呂も好きだな。

笑いながらファウスは、はしゃぐぼくの手を握ってくれる。人の手が入った人工池状態の温泉だけど、底にはそれなりに凸凹《おうとつ》があるのだ。

ファウスは獅子獣人のせいか、お風呂は嫌いでもないけれど、好きでもないみたいだ。

乗り気ではなさそうなので、ぼくは遠慮なく先に靴を脱いだ。裾を太腿あたりまで捲《まく》れば、服は濡れないだろう。

肌を剝き出しにすると少し冷えるけれど、温泉に入ってしまえば関係ない。

「テ、テオ!?」

火傷でも心配しているのか、ファウスが上擦った声を上げる。

「大丈夫ですよ」

ぼくはワクワクしながら、足をお湯に入れてしまっていた。

あったかい。

熱が爪先からじんじんと沁みわたっていく。

すごく気持ちがいいなぁ。

ふう、と溜息が出てしまう。

「ファウス様、あったかくて気持ちいいですよ？」

お湯の感触に蕩けそうな気分でファウスを見上げると、お湯にも入っていないのにファウスの顔は赤かった。

「そ、そうか。テオが嬉しいなら、良かった」

「ファウス様も、一緒に」

「いや。俺は……なんだか色々我慢できそうにないから、いい」

丸い耳が忙《せわ》しなくパタパタしている。長い尻尾も、苦悩するように不規則に跳ねていた。我慢するって、何を我慢するんだろうか？

「二人で入っても、充分広いですよ？」

「ああ、そうだな」

王宮のだだっ広いお風呂に慣れているファウスには、狭いかと思って尋ねると、否定される。

「ぼくと一緒がお嫌なら、ぼくは遠慮しますが？」

「一緒が嫌なのではなくて、一緒が問題というか」

「ぼくが出ますよ？」

「テオが喜んでるのに、出る必要はない。テオが嬉しければ、俺は、それで……」

赤い顔でボソボソ言っている。

んー？　なんだか分からないけれど、ファウスは困っているらしい。能天気なぐらい悩まないファウスらしくないな。

「テオ、テオ。そうだな。陽が落ち切るより先に、俺はちょっと周りを見てくる！」

「え、でも……」

急にファウスは宣言すると、ぼくから手を離した。

尻尾がピンと立っている。

嘘をついているわけじゃないだろうけれど、取って付けた言い訳のような気がする。

「人の気配が？」

「それはない」

「探検でしたら、ぼくもご一緒します」

「あー……いや、俺一人で行く。獅子になって走ってくるから、テオは待っててくれ」

温泉から上がろうとするぼくを、ファウスは慌てて押し留める。両肩を押さえるように摑《つか》まれると、ぼくの力では逆らえないのだ。

「完全獣化されるのでしたら、安全だとは思いますが……」

植生も貧しい山に熊や狼のような、大型の肉食獣はいないだろう。

食物連鎖の頂点に立つ獅子の姿をとるなら、ファウスが危険に晒されることはないと思う。

それでも釈然としない。

ぼくは小首を傾げるけれど、ファウスの決意は変わらなかった。

「テオは温泉を楽しんでくれ。俺は、気を鎮めてくるだけだから」

「分かりました。お気をつけて。ぼくはここで待っていますから、早く帰ってきてくださいね」

周りを探検したいのかと思えば、気を鎮めるとか言うのだ。

ファウスが何をしたいのかよく分からないけれど、ぼくに付いてきてほしくないことだけは間違いない。

ぼくが素直に頷くと、「やっぱりテオと一緒にいようかな。テオ、かわいい。いや、駄目だ。抑えが利かない」とひたすら一人でぶつぶつ言っている。

「ファウス様、やっぱり、一緒に……」

「行ってくる！」

引き留めようとした途端、ファウスは大声で遮ると、瞬く間に服を脱いで獅子の姿に変化してしまう。

あっという間に、艶々《つやつや》とした漆黒の毛並みの獅子が立っていた。威風堂々とした佇《たたず》まいは、何回見ても格好良いなあ。

「素敵ですね、ファウス様。お気をつけて」


ガァァッ。


嬉しそうに大きく吠えると、ファウスは軽快な足取りで走り去ってしまった。

走りに行くのが楽しいのかな？　探検が嬉しいのか？　ファウスの行動は、時々謎だ。

ぼくは首を傾げながらも、温泉の縁に腰かける。

パシャパシャお湯を蹴ってみる。肌にまとわりつく感触が珍しい。温泉成分が溶け込んでいるせいか、お湯よりも少しぬめりがあるんだ。

ファウスと二人でいると、全然気づかないんだけど、一人になるととても静かな場所だと分かる。

ざわざわと吹き渡る風の音すら聞こえる。

高い秋の空を横切る鳥の声や、揺れる草の音も聞こえる。

ちゃぷちゃぷとお湯を蹴る音と、池に流れ込んで、流れ出て行く小川の音。

「静かだなぁ」

足を浸けたお湯に意識を集中すると、ぽかぽかと全身が温まってくる。

足湯も気持ちが良いけれど、足だけなんて、もったいない。

座れば、肩までは無理でも半身浴位の深さはありそうだ。

「誰もいないなら、良いか」

ぼくはパシャリと音を立ててお湯の中で立ち上がる。ファウスだって、獅子の姿で走りに行ってしまったのだ。ぼくだって、ちょっと羽目を外しても良いはずだ。そもそも温泉は浸かるものだし。

決意すると、ぼくはさっさと服を脱ぎ捨てた。

ついでにファウスが脱ぎ散らかした服も拾って、畳んでおく。

全裸は無防備だけど、ぼくは武装してたって大抵の相手に負けるんだから、どっちでも一緒だ。

そもそも、少しでも危険がありそうなら、ファウスはぼくを置いてどこかに行ったりしない。

「温泉は、浸かるものだよ。やっぱり」

素っ裸になって入り直す。

池の底に座り込むと、ちょうど胸のあたりまでお湯がくる。

あったまるなぁ。

すごく気持ちいい。

この人工池を作った人達だって、こうやって温泉を楽しんでたんじゃないのかな？

ぐっ、と手足を伸ばして、温泉のお湯を堪能する。

この気持ち良さを楽しむためなら、いつまでだって入っていられそうだ。

少しぬるいぐらいの温度がまた良いんだ。長く浸かっていられるし。

ファウスも一緒に入ったら、この気持ち良さが分かるのに。一人は静かすぎて、ちょっと寂しい。

四六時中一緒にいるファウスがいなくなってしまうと、とても物足りないんだ。

ぼくはブクブクと温泉に顔をつけて、寂しさを紛らわせる。

あったかいけど、ちょっと寒いのだ。

温泉の良さを堪能しながら、ファウスから思考を切り替える。

彼について考え始めると、会いたくなるから駄目だ。温泉に集中するんだ。

これをもっと堪能する方法はないかな。

どうしてアダルの家は、温泉を開発してくれないんだろう？

ぼくに王妃様として動かせるお金があるなら、投資名目で使ってみようかなぁ。

領地はコーラテーゼ公爵のものだけど、計画を立てるのはシジスにお願いした方が良いような。いや、そんなことをしたら、実質的なオーナーはアルティエリ家になっちゃうかな。

仮にも公爵家が相手だから、子爵家のシジスは遠慮して手加減を……、いや、むしろ、「お金の使い方を教えてあげます！」って本気を出されそうな……。

池の縁を形作る岩に頭を預けながら、ぼくはそんなことを考えていた。

アダルの家が温泉開発してくれたら、ぼくは入湯券十枚綴りを会員価格で売ってもらおう。

会員価格ということは、何らかの会が必要だ。コーラテーゼ領温泉に浸かる会、はどうかなぁ。会員特典で、温泉蒸し料理ご招待はどうかな。季節の野菜を蒸したり、蒸しケーキを作ったりしても楽しそうだ。

どれぐらい時間が経っただろう。

ぼくはそんな益体《やくたい》もないアイデアを練りながら、自然いっぱいの温泉を楽しんでいた。

体がポカポカ温まって、お湯から出ている肩も寒くはない。

秋の少し冷たい風が心地いいぐらいだ。

露天風呂は良いなぁ。

目を閉じたら眠ってしまいそうだ。

「テ、テオ！」

ファウスの大声が響いた。

ウトウトし始めていたぼくは、びっくりして慌てて立ち上がる。

気配なんて全然分からなかった。ファウスはいつの間に帰って来たんだろう。

「はいっ、ファウス様！　どうしました？」

ぱしゃん、とお湯を跳ねさせながら振り返ると、人型に戻ったファウスが酷く焦った顔をしている。

「どうしたって。テオがあんまり動かないから、倒れているかと思った」

「……あ」

温泉に浸かって、岩を枕にウトウトしていたからそう見えたのかな。心配させてしまった。

「ごめんなさい。温泉が気持ち良すぎて、ウトウトしていました」

「気持ちいいのは良いんだが。どうして脱いでいるんだ？」

狩りをしてきたのか、ファウスの手には大きな鳥があった。

何の鳥なのかはよく分からない。羽は毟《むし》られて、首が落とされているからだ。血が滴っていないところを見ると、下処理は全て済ませてきたらしい。

すごいな、ファウス。

ぼくはファウスが一人で狩りをすることにびっくりしているけど、ファウスはぼくから視線を逸らさない。

勝手にお風呂に入ったのが悪かったんだろうか。

「温泉は、浸かるものだと。ごめんなさい、ぼく、羽目を外しすぎて――」

「俺も入る」

何かを決意したように、ファウスは毅然《きぜん》としている。

「はい？」

勧めた時は拒否したのにな。

「テオがその気なら、俺も入る。俺がせっかく我慢したのに！」

ぼくがその気って、どの気だ？

怒ったような、なんとも言えない表情のファウスは、そう言いながらも一旦離れて行ってしまう。

ぼくは慌てて温泉から上がると、上着だけを被って追いかけた。

「ファウス様っ、怒っておいでですか？」

「テ、テオっ。そんな格好で走ったらダメだ。怪我をする」

ファウスが向かったのは、温泉蒸気の窯の方だった。

ぼくが追いかけてきたことに驚いている。

ファウスも人型になったばかりで、マントを一枚被っているだけだから、お互い間抜けな格好だ。

「はしたない格好ですみません。お見苦しいでしょうが、ファウス様を怒らせてしまったかと」

「そうじゃなくて。テオは、まったく……」

呆《あき》れたような文句を言いながら、ファウスはぼくの真似《まね》をして器用に木枠を取り外す。無造作に、狩ってきた鳥を載せると、また元に戻した。

なんだ。ただ、調理するつもりだったのか。

「俺がテオに怒ったりするわけないだろう」

ひょい、とファウスがぼくの体を抱き上げる。

「裸足《はだし》で走ったらダメだ。足に怪我をする」

ファウスだって裸足のくせに、そう言いながらぼくの頬に口づける。

うん？　なんだか甘ったるい仕草だ。

本当に、怒ってないのかな？

お尻まで隠れる上着の裾を、ファウスの手が撫でてくる。そのまま手がぼくの足の間に潜り込んできて、慌ててしまう。

とっても危ない所を触られてしまう。お尻の間とか、ぼくのぼくな所とかっ。

「ファウス様っ、あの、あのっ」

「テオ、何？」

くにくにとぼくの性器とその下の袋まで大きな手で揉みながら、ファウスは平然と笑う。

ぼくは息が上がるのを堪《こら》えられなかった。

お尻と袋の間にある皮膚を、ファウスの指は意地悪く何度もなぞる。

ぞくぞく、とぼくの体を震わせるのは寒さじゃない。

気持ちが良くなってしまう前兆だ。

「あんまり、そこを触られると、ちょっと、問題が――。ぁ、ぁ、あぅ」

ぼくを抱き上げたまま、足の間に淫らな悪戯を仕掛けてくるファウスは、止める気配もない。

「どんな問題が？　テオが顔を赤くして、かわいい声を出すような、問題？」

「ん、んぅ。ダメです、外で、こんな、あぁっ」

ファウスの指先がぼくの性器に絡みつく。

甘苦しく撫で回されて、ぼくの我慢のできない所が興奮に立ち上がっていることを思い知らされた。

ぼくは恥ずかしくて、でも気持ち良くて、ファウスの首に縋《すが》りつく。

「ファウス様っ、意地悪」

「意地悪はテオだろ。俺がどんな思いで、走りに行ったかと」

ファウスにも言い分はあるらしいけど、ぼくはいっぱいいっぱいで、聞いている余裕がない。

興奮したぼくの性器の粘膜が露出するように弄られてしまうと、縋りつく力すらなくなってしまう。気持ち良くなっちゃう。

「ふぁうすさま、ふぁうすさまぁっ……だめ、外なんて、ダメぇ」

腰をビクビク震わせてしまいながら、ぼくは一生懸命に訴えた。

普段は背が違いすぎて届かない、ファウスの黒い耳に噛《か》みつくように囁く。

ぼくの吐息がくすぐったいのか、パタパタッとファウスの耳が動く。

「こら、テオ。誘惑するな」

「んんんぅっ」

性器の先走りをくるくると塗り広げられて、ぼくはファウスの首に必死で頭を擦りつける。

気持ちいい。

性器で感じる快楽に、簡単に蕩けてしまいそうだ。

「テオ。一緒に入るんだろう?」

「ふぁ……」

腰に蟠《わだかま》る甘ったるい快感に気を取られている間に、ぼく達は温泉まで戻ってきたらしい。

ファウスはぼくを抱えたまま、中まで入っていく。

ちゃぷちゃぷと水音が聞こえたと思った途端、ぼくの腰は温かいお湯に浸かっていた。

「いっしょは、もっと、ふつう、ふつうに……っ」

ぼくは回らない舌で訴えてみたけれど、ファウスはぼくの上着を取り上げただけだ。浮力が働くのか、軽々とぼくの体を膝に乗せて、座り込んでしまう。

お尻にお湯よりも熱いモノが擦りつけられる。

ファウスが興奮していることを思い知らされる。

ますます顔が熱くなった。

「ファウスさま」

「これが普通だ、テオ。テオと俺は、生涯の伴侶だと誓いを立てただろ」

「でも」

「テオがかわいい顔をしてみせるだけでも危なっかしいのに、裸になるなんて駄目に決まってる」

ちゅ、とぼくの額に、瞼《まぶた》に口づけられる。

口づけは段々唇に近づいてくる。

ぼくは触れたファウスの唇に、溺れるように縋った。

一人で入っていた時は心地よく感じた風の音すら、野外でこんなことをしている淫らさを思い知らされるようで、恥ずかしい。

「テオの体に触りたくなるし、中に入れたくなる」

「ですから、こういうことは、おへやで」

「駄目、待てない。しよう? テオ」

ぼくを膝に抱いたまま、甘えるよう見上げてくるから狡い。

何度も吸い付いてくる唇も、優しすぎて狡い。

ぼくが絆《ほだ》されることを知っているファウスは、手を止めてくれない。

お尻を広げられて熱いお湯が後孔に触れる。

中に入ってしまいそうな怖さと、恥ずかしさに、ぼくはファウスに縋りついたままだ。

ファウスを跨《また》ぐように足を開かされても、ぼくはされるがままだった。感じやすい性器はとっくに立ち上がってしまって、快楽を極めたくて疼いている。もっと気持ち良くなりたい。

野外なんて駄目だという理性の声は、飴《あめ》よりも脆《もろ》くどんどん溶けていく。

内腿を這《は》いあがってくるファウスの硬い掌の感触に慄《おのの》く。

募っていくのは、もっと深い快楽への期待ばかりだ。

「入れても、いいか?」

「だめ」

「どうして?　テオも、気持ちいい」

「ふぁ……んんんぅ」

じわりと侵入してくる。

指先が、浅い所にあるぼくの感じる所に触れてしまう。

快楽に涙すら溢れて、ぼくは唇を震わせた。

もっと、触って欲しい。

ぼくの体は、ファウスに貫かれて気持ち良くなってしまうことを知っている。

「だって、そと……」

温泉に流れ込む水の音が。

火照った肌を撫でていく風の感触が。

誰もいないと分かっていても、明るい外で秘め事を始めている背徳感を煽《あお》る。

「俺だけ見てたらいい」

ひょい、とファウスはぼくのメガネを取り上げた。

湯気で曇って、ろくに見えていないメガネだったけれど、なくなればもっと焦点がぼやけてしまう。

喰いつかんばかりにぼくを見ているファウスの瞳だけが、鮮明に像を結ぶ。

「いつ見ても綺麗な赤い目だ」

黄金の瞳すら像を滲《にじ》ませ、ぼくの唇にまたファウスが口づける。

温泉の熱だけではない熱さが、ぼくの体を煮え立たせていく。

「ん、んふぁっ。ファウス様……あ、あ、ァッ」

じっくりと入り込んでくる、ファウスの性器の感触に、ぼくは逃げようと伸びあがった。そんなぼくの喉元に、ファウスの牙がチクチク当たる。

ぼくは食べられてしまうんだ。

腰を上げて離れた距離よりも、ファウスがぼくに嵌める性器の長さの方が勝る。

お湯よりも、体の内側の方が熱い。

体が揺さぶられるたびに、水音が鳴る。

ぼう、と蕩けていくぼくの頭は、はしたない水音を酷く遠いところで聞いていた。

気持ち良くて、気持ち良くて、それどころじゃなかったんだ。


中に嵌められて恥ずかしくて、戸惑ったはずなのに。いつの間にかたくさん喘《あえ》いで、ファウスにしがみ付いていた。

声が嗄《か》れるんじゃないかというぐらい甘ったるく泣いてしまったのは覚えているんだけれど、いつ終わったのかは覚えていなかった。

気がつけばぼくはファウスに抱っこされて小屋に戻っていた。

「あれ？」


開いた窓から月明かりが差し込む。

夜なんだ。

ものの形しか分からないような闇の中で、ファウスの金の目が光っていた。

「ごめん。やりすぎた」

「ぼく、逆上《のぼ》せちゃったんですか？」

ちょっと喉が痛い。

掠れた声で尋ねると、ファウスは実に申し訳なさそうに目を泳がせる。

「ワイン、飲めるか？」

「はい」

耳をぺたんと倒している姿が目に浮かぶほど反省しているファウスは、革袋に入ったワインをぼくの唇に押し当ててくれた。

いつまでもぼくを膝から下ろそうとしない。

ワインの袋を抱えながら「もう大丈夫ですよ？」と見上げると、ファウスは「床は固いからこのままで」と呟く。

なるほど。そういう配慮で、抱っこなのか。小屋の床は、土が剝き出しの土間だものな。

「怒ってるか？」

「いいえ」

ワインを口に含みながら笑って答えると、ぱあっとファウスの表情が明るくなる。

きっと耳はピンと立っている。さっきから聞こえるパサパサという音は、ファウスの尻尾が床を叩く音だ。

感情が丸見えで、かわいい人だなぁ。

「でも、これっきりです。温泉でエッチな事はしません」

「でも、テオ。明るい所で見るテオはかわいくて……」

ファウスは、未練がましくとんでもないことを口走る。

そうだ。

陽の明るい野外は、ファウスの目に何も隠せないという問題点があったのだ。

背徳感ばかりに注意が行っていたぼくは、改めて羞恥に悶《もだ》える。

「もっと駄目です。お風呂は大人しく浸かってください」

「でも……」

「ファウス様？」

「分かった」

ぼくが強く迫ると、ファウスは落胆を隠さずに頷く。あまりにもしょげているので、ぼくからキスして慰めることにした。

六

その晩、完全獣化したファウスの体にもたれかかるようにして、ぼくは眠りについた。

わざわざ獅子の姿に変化するとファウスが言い出した時は、とんでもないと断ったんだけど、大きなライオンに寄り添って眠るのは気持ちいいし温かい。

グルルル。

ぼくが撫でるたびに嬉しそうに喉を鳴らすファウスと一緒の夜は、とても静かで穏やかだった。

思えば、ぼく達が二人きりで夜を過ごすのは、十歳の時以来だ。

父様を待って一人不安になっていたぼくの元に、ファウスは突然押しかけてきた。ぼくが不安になっているだろうからって。

王子様のくせに、いつも優しい。そんなファウスがぼくはとても好きだ。

「大好きです」

ぼくの頬を撫でるフワフワの尻尾を握って囁くと、ファウスは低く、肌を震わせる声で喉を鳴らす。

言葉が返らなくても、ファウスも同じ気持ちだということを、ぼくは知っていた。


「ファウス様！　テオドア！　いらっしゃいますか！」

早朝。

アダルの大声でぼくは飛び起きた。


ググゥゥ。


とっくに起きていたらしいファウスが、不機嫌そうに唸る。

のそりと獅子の姿のままで立ち上がると、足音も立てずに扉に向かう。


「あ！　ファウス様、やっぱり、ここに……」

ガァァァ！


嬉しそうなアダルの言葉を遮って、肌がびりびりと震えるような咆哮《ほうこう》を上げる。

ヒン！　と馬が怯《おび》える声、バタバタと走る音が続く。

ぼくは眠い目を擦って、ファウスの後を追った。

もー、わざわざ怖がらせるようなことをしたら駄目じゃないか。

「フ、ファウス様！　どうしてそんなに怒るんですか！」

「せっかく寝てるテオを起こすな、馬鹿者！　もっと静かに来い」

人の姿に戻ったのかな？

アダルの泣き言に対する返事は、いつものファウスの声だ。

「静かに近づいて、お取り込みの最中だったら困ると思ったんですよ」

「俺はそれでも困らない」

「ファウス様はそうでしょうけれど、テオドアは嫌がりますよ？　それが切っ掛けで、嫌われてもよろしいのですか？　そうでしたら、私もアダルも静かに伺いますが？」

「……ぐぅぅ。シジス、生意気だぞ」

「テオドアを裸に剝いてる最中だと、不味《まず》いと遠慮したんです」

なんだかシジスにやり込められているファウス。話題がぼくのことだけに、顔を出しづらくなったぞ。

しかも、取り込み中って、そういうことか！　本当に踏み込まれたら、ぼくは恥ずかしくて二度とシジス達の顔を見られない気がする。

そういう意味では、昨日、温泉でエッチな事をしたのはとても不味かった。タイミングによっては、アダル達が踏み込んできてもおかしくなかったんだ。

ファウスは感覚が鋭いから近づかれる前に気づくだろうけど、見られることを気にしないから途中で止めるとも思えない。

なんてことだ。ものすごいピンチだったんだな。

やはり、野外は駄目だ。ファウスにはしっかり守ってもらわないと。

「おはようございます」

これ以上危険な話を続けられたら困るので、ぼくは強引に飛び出した。

裸にマントを巻きつけただけのファウスと、昨日とは違う服装になったアダルとシジスがいた。

馬は三頭いるから、迎えに来てくれたのはこの二人だけなのだろう。

「おはよう、テオドア。体は平気か？　昨日は雨にも降られたし、大変だっただろう？」

ぼくの姿を見た途端、シジスが笑顔を向けてくれる。

「はい。でもファウス様が、一緒でしたから」

「良かった。テオドアが参っているんじゃないかって、心配してたんだ」

「夜明け前に出た甲斐《かい》があった」

「ぼくを心配して、来てくれたんですか？」

にこにこと頷き合うアダルとシジス。

どうやら本当に、ぼくのために急いでくれたらしい。

「だって、テオドアはヒトだろう？　小さくて細いし」

「ファウス様みたいに頑丈だったら、放っておいても勝手に帰ってくると思うんだけど。テオが一緒だから、皆心配で」

いや、一番心配する相手はファウスだろう。

ファウスの行方が分からないとなったら、ラヴァーリャが揺れる大事だぞ。

ぼくなんて、極論すれば、後妻《めと》を娶れば済む存在なんだからな。

「王妃陛下を早く探しに行けって、護衛武官にもせっつかれた」

「テオドアが無事で良かった」

うーん。護衛武官の皆さんは、全員が純血のセリアン。良家の次男坊がほとんどだから、余計にぼくがひ弱に見えるのかな。

立っている時の彼らは、壁みたいに大きくて高いからなぁ。

囲まれると、外からぼくの姿は見えないだろうし、ぼくの方からは太陽が遮られる気がする。

「あ。ファウス様の無事も、皆で祈っていましたよ」

取って付けたようなアダルの言葉に、ファウスは苦笑いを浮かべる。

楽しそうに尻尾が揺れているから、怒ってはいない。

「祈っていただけか？」

「朝食も持ってきました！」

得意げにアダルはカバンを掲げる。ご飯の心配はしてもらっていたらしい。平和すぎる。

「もっと、怪我の心配とかは？　大雨の中を走ったんだよ？」

「上出来だ、アダル」

ぼくは呆れたのに、ファウスは喜んでいる。アダルとシジスはけらけらと笑い飛ばしていた。

「ファウス様が、テオドアの前で怪我するなんて格好悪い事、しないでしょう」

「テオドアの前では怪我しても、痛いなんて絶対言わないでしょう」

正解でしょう？　と迫られて、ファウスは仏頂面で頷いていた。

正解なのか！　王様のくせに、そういう無駄な痩せ我慢は止めて欲しい。

「ファウス様？　本当はどこかお怪我でも？　黙っていたら駄目ですよ。小さな傷でも、化膿《かのう》したら大事なんですからね！」

「怪我なんてしていないから、心配するな、テオ。まったく。俺の心配をしてくれるのはテオだけだ」

「テオドア、セリアンは頑丈だから、大丈夫」

「ファウス様、すごい！　格好良い！　ってテオドアに言ってもらうためだけに、我慢できるから大丈夫だ」

「煩いぞ、お前達。早く朝食を渡せ」

何一つ大丈夫ではないことを言い出すアダル達に、ファウスが吠える。

笑いながらアダルはカバンを献上していた。

良いなぁ。なんだか、遠慮のない友達みたいで。


アダル達が持ってきてくれた朝食は、ワインを一袋ずつ。水も少し。固く焼いた保存食のパンと、蜂蜜だった。

アダル達は雨が上がるまで待った後、予定通りのルートで別荘に到着し、そこからぼく達を探し当ててくれたわけだ。

パンに付けるための蜂蜜かと思ったら、ぼくが衰弱していた時に舐めさせるように、別荘を管理している家令に持たされたという。

水も同じ理由だ。ワインを受け付けないぐらい弱っていた時のためらしい。

ぼくは、セリアンから見たら、どれだけ貧弱だと思われているんだろうか。


「パンを一度蒸してから、昨日ファウス様が獲ってきてくださった鳥と一緒に食べましょう」

衰弱してないぼくは元気にそう言うと、わーい、と三人から歓声が上がる。食べるの好きだなぁ、皆。

「ファウス様、狩りをしたんですか？」

「テオドアに良いところを見せるためにでしょう？」

「違う！　お前たちが来るのが遅かった時、テオを飢えさせるわけにはいかないだろ！」

蒸し窯のある場所まで、楽しそうに三人が付いてくる。

仲良しだな、君達。


領主の息子であるアダルは、当然だが蒸し窯のことを知っていた。ぼくよりも上手にザルを外すと、ぼくの指示通りに軽くパンを温めてくれる。

昨日火を通していた鳥肉も同じように温め直し、ファウスとシジスがサクサクと身をほぐしてくれた。

鳥の解剖生理を知り尽くしているかのように、無駄がない。ぼくは口を出しただけだ。

三人とも、アウトドアに慣れているんだろうか。びっくりするほど手際が良い。

残っていたチーズも載せて、パンと蒸し鳥の熱で少し蕩けさせると、簡単なオープンサンドになったのだ。

「テオの料理はいつも美味しいな！」

熱々のオープンサンドを幸せそうに頬張るファウス。美味しそうに食べてくれると、ぼくも嬉しい。

蒸し窯の蒸気は温泉と同じものだから、ミネラル成分が程よく混ざっていて、味わい深くなっていた。

ぼくも一生懸命に食べるんだけど、他の三人のスピードが速すぎて、置いていかれそうだ。

ファウスの獲ってきてくれた鳥は何て言うんだろう。鶏よりも油っぽさがないのに、噛みしめると味が濃い。

「ぼくは頼んだだけですけれど、本当に美味しいですね！　ファウス様が捕ってきた鳥は何て言うんですか？　とても美味しい」

「そうか！　美味しいか！　テオ、もっと食べろ。アダルとシジスは遠慮しろ。お前たち、朝食を済ませてきたんじゃないのか！」

ぼくが褒めると、ファウスは上機嫌で尻尾をパタパタ揺らす。喜びすぎて、尻尾の動きが高速だ。

「これは二回目の朝食です。良いじゃないですか、たくさんあるんですから」

口一杯にオープンサンドを頬張っているのに、なぜか明瞭な発音で反論するシジス。耽美な美形で、貴族の若様という立場は形無しだ。

ご飯を一日五回食べるのは、某有名ファンタジーのホビットだったかな。

「この季節に雉《きじ》を獲るなんて、ファウス様、張り切りましたね。テオに良いところを見せたかっただけでしょう」

「そうだ。悪いか！」

ふうん、これが雉かぁ。

ジビエとして食べるのは知っていたけれど、実際に食べたのは初めてだな。前世の知識にはなかった。

もしかすると、王宮では出されていたのかもしれないけれど。皆と一緒にピクニックみたいに外で食べると、すごく美味しく感じるなぁ。

「アダル。この蒸し窯は、他の場所にもあるの？」

「気に入ったのか？　この近くには、幾つか火の神のご加護がある場所があって、こういう窯が置かれているな。村人たちが共用で使っているのもあるし、別荘にもあったと思う」

「蒸し料理ができるし、お野菜も美味しくなりそうだと思って」

「野菜?」

蒸し野菜は旨みが凝縮されて美味しいな、とぼくが口にすると、三人の耳と尻尾が一斉に折れた。

「野菜かぁ」

「野菜は肉じゃないなぁ」

「野菜、なぁ」

どうして一斉にがっかりするのか。


朝食をわいわいと済ませた後は、アダルに温泉を見てもらった。

人工的に囲いが作られているんだから、何か目的があると思うんだよ。例えば、浸かるためとか!

「俺も初めて見た。水場として使っているのかな?」

源泉に川の水が流れ込んでちょうどいい湯加減になっている、人工温泉を見渡してアダルはそんなふうに言う。

彼がそう言うなら、ここはお風呂じゃなかったのか。

「中に入ると、気持ちいいぞ」

「中に入ったんですか?」

温泉は飲むもので浸かるものじゃないと言っていたくせに、ファウスは偉そうだった。

不思議そうなシジスに、重々しく頷く。

「テオがどうしても入りたいって。中で俺にしがみついて離れないから、入った」

「ん、ん? ファウス様……」

なんだか不穏な話が始まりそうな気がする。

シジスは首を傾げながら、「温泉に浸かるなんて、物好きですね」とか言っている。

「入ってみたらいいものだぞ。テオがくっついてくれるし……」

「お、温泉には! 健康増進とか、怪我の治癒促進とか! 美容とかの効果があるんだよ! ジェンマでは、そう言われていて!」

エッチな事をしたとバレないように、ぼくは必死で声を張り上げた。

「テオドアは温泉が好きだな。飲むほかに、浸かるのも効果があるのか」

「そ、そう。シジスとアダルも入ってみて! きっと、気持ちいいから!」

二人を突き落とさんばかりに、ぼくは背中を押す。

もちろん非力なぼくがいくら押したって、頑丈なセリアンが温泉に落っこちることはなかったんだけど。

半信半疑の二人は「テオドアがそこまで言うなら」と、温泉に浸かってくれた。

「この風呂は、ただの風呂じゃない」

「湯は温かいのに、外が涼しいからずっと浸かっていられる」

「これが外で風呂に入る良さなのか……！」

景気良く全裸になった二人は、温泉の中で蕩けていた。目を閉じて、訳知り顔でコメントまで出してくれる。

「父上に、温泉に浸かることを勧めなければ」

「これは新しい商売の予感」

「いつまで入ってるんだよ。尻尾がふやけてるぞ。早く行くぞ、二人とも！　テオを休ませないと」

ファウスが促すまで、アダル達は温泉を堪能していた。

新たな温泉ファンを二人獲得し、ぼくの「コーラテーゼ領温泉に浸かる会」発足は間近となったのだ。


新国王となったはずのファウスよりもよほど心配してもらったぼくは、無事コーラテーゼ公爵の別荘地に到着した。

別荘地は、一言でいうと、鄙《ひな》びた温泉街のような、のどかな場所だ。

コーラテーゼ公爵家の別荘は、豪華な建物がドカンと建っているというよりは、質素な館が何棟にもわたって連なっている形だ。

王宮は高い建物の連なりだから、この別荘のように高くても三階建て、平屋も多い構造は珍しくて面白い。

ぼくとファウスが滞在する建物も平屋造りで、横に広く縦に低い。広々とした庭に面していて、人工的に作られた池も配置されている。

物珍しく眺めて回るぼくの後ろから、ファウスは雛鳥のように付いてくる。

「探検すると楽しそうな所ですね」

「ああ、入り組んでいて面白そうだな。テオは花が好きだと思われて、この館にしたらしいぞ。ほら、庭が綺麗だろう？　四季折々、いつでも花が咲いている。公爵夫人のお気に入りだそうだ」

「それは、お気遣いいただいて、申し訳ないです」

「主人のもてなしを受けるのは当然だ。素直に喜んだ方がいい。嬉しくないのか？」

「いいえ、とても嬉しいです。綺麗ですね」

ぼくは素直に頷いた。

公爵領に向かう道すがら、差し出された花束にファウス自らお礼を言ったことに端を発して、新王妃は花が好きだと思われたのだ。

そこまで花が好きではないんだけど、ぼくのためを思って用意されたのだと知れば、申し訳なさと、面映《おもは》ゆい思いが同居する。

ファウスの言う通り、もてなしをきちんと受けることも大切だ。

「そうか、良かった。テオが喜ぶと、俺も嬉しい」

「連れてきてくださって、ありがとうございます。ファウス様」

「テオ、テオ。テオが喜ぶなら、世界中を旅行しよう！」

ファウスにも礼を言うと、途端に彼は破顔する。

無邪気に喜んで、背後から抱きついてくる。擦り寄せられる頬がくすぐったいし、パタパタ動く耳もくすぐったい。

「世界旅行はやりすぎです」

規模の大きすぎる提案に、ぼくは笑ってしまう。

「じゃあ、何が欲しい？　テオが欲しいものは何でも手に入れてくる」

ラヴァーリャ王ファウスの「何でも」は、本当に「何でも」になってしまうから怖いな。

「ファウス様がいらっしゃるのに、これ以上欲しいものはありませんよ」

「そうなのか？　珍しい花も、宝石も、黄金も、なんでも良いんだけど――でも、テオは昔から何も欲しがらないよな」

自分で口にしながら、ファウスは納得したらしく、次第に口調が尻すぼみになる。

ぼくを背後から抱きしめたまま、尻尾をゆらゆら揺らした。

「何かないかな。テオが嬉しいもの」

納得した風情だったのに、まだ言っている。つまり、何かぼくにプレゼントしたいわけだ。

「ファウス以外いらない」って言っても、まだ何か物足りないんだな。

「どうして、そんなに贈り物をしたいんですか？」

「だって、大雨に降られて、疲れさせただろう？」

なるほど。気にしていたのか。

黒獅子化したファウスの背中に乗って疾走するのは、確かに大変だったけれど、二人きりで過ごしたあの一日は、楽しかったんだけどな。

「疲れましたけれど、あれはあれで面白かったではありませんか。ファウス様は狩りがお上手なことも知りましたし。温泉にも入れましたしね！」

「テオのためなら、雉ぐらい何羽でも捕まえるけど。外で風呂に入ったのは面白かったな。テオが裸になっていた時は、びっくりしたけど。でも、その後はかわいかったし……かわいかった」

うん？

雲行きが怪しい。

ぼくを抱きしめる腕が、急に強くなった。

「テオ、テオはいい匂いがするな」

ぼくの首筋に、顔を埋めてくるファウス。

ぐりぐりと頭を押し付けるようにくっつきながら「うなじを噛んでも良いか？」と囁く。

耳の後ろから首筋にかけて、尖《とが》った舌先で舐め下ろされた途端、ぼくはたまらず背筋を震わせた。

熱く滑る感触に、ジワリと淫靡《いんび》な火が灯る。

チロチロと舌が動くにつれて、甘ったるい疼きが広がり始め、顔が熱くなってくる。

ぼくは慌てて、不埒《ふらち》なことをし始めたファウスの腕を摑んだ。

姿は見えないけれど、確実に周りには護衛の武官さんがいて。ぼく達が何をしているのか見られていると思えば、流されるわけにはいかない。

「だめですよ、こんな所で……」

「テオ。テオが、先に温泉の話をしたんだからな」

「ひぁっ」

ぴりり、と首筋に甘い痛みが走った。

ファウスが牙を押し当てたんだ。

うなじを噛まれる甘い痛みと同じ感覚に、ぼくは腰から力が抜けそうになる。

狡いぞ、ファウス。

「だって、ファウス様。こういうことは、中で。外では、だめです」

「中だったら、噛んでも良いか？」

「んぅ」

はむはむと唇でぼくの耳介を挟むファウス。

耳孔にかかる吐息だけで、ぼくはくらくらしてしまう。

「部屋の中だったら、テオに触っても良いか?」

長い指が、ぼくの股間を思わせぶりに撫でていく。

ちょっと色っぽい事をされただけで、我慢の利かないぼくの体は、あっさり反応してしまっていた。

硬くなり始めた性器の形を、ファウスの指先が辿っていく。

びくびく、と腰が震えてしまうのは、不可抗力だ。

ファウスが狡いのだ。

「昼間も、ダメぇ」

「昼も駄目で、外も駄目か? テオは我儘《わがまま》だな」

「……だって、はずかし」

ぼくのどこが我儘なんだ! 常識だろう!

ぼくの理性は多分そんなことを叫んでいたはずだけど、唇から出てくるのは、甘えたような声だけだ。

「部屋に戻ろう」

昼間も外も駄目だと言ったせいか、ファウスは場所だけ譲歩しようとする。

「でも」

「テオのかわいい顔は誰にも見せない」

「……」

うなじの辺りにファウスの吐息がかかる。淫らなことが始まる予感に、ぼくは流されたくなった。

恥ずかしいのは困るけど、ファウスに触れるのはぼくだって好きなんだ。

「外は駄目です」

「分かった」

小さく答えたぼくの声を聞き逃さず、ファウスはぼくを軽々と抱き上げる。力強い腕は揺らぎもしない。

部屋に入ると、さっそく僕の首筋にファウスの牙が当たる。

「少し。テオのうなじを、少しだけ噛んでも、良いか?」

「少しだけ、なら」

興奮し始めたぼくの性器を唆《そそのか》すように、ファウスの指先が股の間を行き来する。

既婚者らしく裾の長いぼくの服を、どうやって乱したのか、ファウスは直接熱を帯びたそれに触れてきた。

少しの刺激でも抗えないぼくは、もちろん直接握られれば、もっと脆くなってしまう。

腫れて顔を出した先端の粘膜を、硬いファウスの指先が意地悪く擦ってくる。

甘苦しい快楽に、ぼくは炙《あぶ》られた飴のように蕩けてしまう。

「ん、んんんっ」

ぬちゃ、と粘性の音がしたような気がして、ぼくはファウスの腕に顔を押し付けた。

背後から抱きしめられているから、縋りつく場所がそこしかない。

体から芯が抜けたように、膝に力が入らなくなってくる。

「テオ、テオ。かわいいな」

「あ。ァッ。ダメ、ファウス様。だめ」

首筋のボタンが外れ、高い襟が開いてしまう。ファウスはぼくのうなじに、じっくりと牙を喰い込ませていく。

痛いはずなのに。その痛みすら、ぼくには快楽の刺激でしかなくて。

「ファウスさま。ファウスさま。ん。ん。あぁぁッ」

こんな明るい場所で、駄目だと思うのに、ファウスの手がぼくの性器を絞るままに、吐精してしまった。


これは、ファウスが悪いと思う。

「温泉です」

「え？」

コーラテーゼ公爵の別荘で、庭を見て回っていたはずなのに、いつの間にかエッチな事にもつれ込んだ後。

満足そうに尻尾をパタパタさせるファウスに、ぼくは決然と言い放った。

「ぼくが欲しいものは、温泉です」

「そこら中にあるだろう？」

座面の低いソファに、怠惰なライオンみたいに寝そべったファウスは、きょとんと金色の目を見開く。

良い温泉がある、と公爵が教えてくれた通り、この辺りは温泉がたくさん湧いている地域だ。

飲泉だけどね。

別荘に着いた時も、ウェルカムドリンクのように温泉水を差し出された。

「早く良いお子に恵まれますように」って。

うん。新婚の国王夫妻が、子供を望まれるのは当たり前だと思うけど。

デリカシー。頼むから、デリカシーとか、恥じらいとか、そういうものも標準装備して欲しい。

「お風呂みたいに浸かれる温泉です。ぼくは、温泉が欲しい。ファウス様がくださらない限り、ぼくはもう、ファウス様とエッチな事はしません！」

「ええ！」

ぎょっとしたように、ファウスはソファから飛び起きた。

ファウス様さえいれば他に欲しいものはありません、と言った無欲なテオはやめだ。

ぼくが、昼間は駄目って言ったのに、ファウスはすごくイヤラシイことをしてきたんだ。これぐらい嫌がらせをしてやらないと気が済まない。

ぼくだって気持ち良いことは、嫌いじゃない。ファウスとベッドで仲良くするのは、嫌いじゃない。流されたぼくだって、悪いところはあった。

分かっているけど、言わずにはいられない。昼間からベッドに雪崩《なだ》れ込むなんて、恥ずかしい。ファウスの王様という立場上、ぼく達が何をしているのか、皆知っているんだぞ！

ファウスは、ぼくの怒りを知るべきだ。

「コーラテーゼ公爵から、この領地を取り上げるのは気が引けるんだが。アダルがますます貧乏になるぞ」

「違います」

ファウスはいきなり具体策の検討に入ったらしく、気の毒そうな顔をする。

気の毒そうな顔をしつつも、コーラテーゼ公爵から取り上げる気まんまんみたいだ。

ぼくの八つ当たりで、公爵のように良い人に迷惑をかけるはずがないでしょう。

「ぼくはお風呂みたいに温泉に浸かりたいんです。温泉の所有権までは要りません。温泉に入れないなら、ファウス様とエッチな事はしません」

ラヴァーリャにおける一般的な温泉の利用法は、薬として飲むことだ。お風呂としては活用されていない。

ようやくぼくが、無理難題を押し付けてきたと悟ったファウスは、情けなく眉を下げて、ぼくの表情を窺《うかが》う。

「うなじを噛むのも駄目か？」

ぺたんと伏せた耳がかわいくてたまらないけど、ぼくは怒った顔を維持した。

ここで引いてしまったら、次はいついやらしい事をされるか分かったものじゃないぞ。

「駄目です！」

「テオにさわるのも？」

「駄目です！」

「舐めるのも？」

「駄目です！」

「……」

パタパタパタパタ。

ファウスの尻尾の動きが速くなる。

耳がそれぞれ色んな方向に向いていて、悩んでいるのがよく分かる。

ちょっとぐらい反省すればいいのだ。

「温泉だな」

重々しくファウスは頷いた。

「温泉です。お風呂ですからね」

「分かった。アダルと相談してくる」

念を押すぼくに、ファウスは凛々《りり》しい顔で頷くと立ち上がる。本気でお風呂として入れる温泉を探すか作るか、するつもりなのだ。

難しそうな顔をして悩んでいるファウスも格好良いんだけど、見蕩《みと》れている場合ではない。ぼくは頑張って仏頂面を維持した。

しばらく何事か考えていたらしいファウスは、急にぴん、と尻尾を立てる。にやにやと嬉しそうに唇が歪《ゆが》む。何か良い案があったのかな？

「難しそうだが、やる価値はあるな。うん。俺もまた、テオを温泉で抱きたい」

「……いや、それは、違うんですけれどっ」

ぼくが止めるより先に、ファウスは大股で出かけてしまった。

思惑とずれている気がする。

もしかして、ぼくが温泉でいやらしい事をしたいって、言ったことになっているんだろうか？


そのままファウスはなかなか帰ってこなかった。残されたぼくは暇である。

ファウスがアダルと一緒にいるせいか、ぼくの傍にはシジスがいる。

「テオドア、暇ならどこか見物しに行くか？　私が一緒なら、館の敷地内ならどこでもお供するが？」

気を使ってくれたシジスの提案に乗ることにした。

ここでゴロゴロしながらお茶を飲んでいても良いんだけど、それじゃあ何しに来たのか分からないよ。

「じゃあ、シジス。一緒に蒸し窯の所に行ってくれる？　せっかくだから何か蒸してみよう」

「料理をするのか、テオドア」

シジスの眼差しが鋭くなる。火傷を心配されているのかな？　ぼくは一応王妃様で、この国での料理は前世よりもずっと力のいる作業だしな。

「駄目？　蒸し料理って、あんまりないし。ちょっと触ってみたいだけなんだけど」

「いや、駄目だと言うつもりはないが。それは、私も手伝えば食べさせてもらえるのか？」

気にしていたのはそれか。食い気か！　相変わらずブレないセリアンだ。

「シジスが手伝ってくれるなら、もちろん。おやつとおかずとどっちが食べたい？」

「おやつ」

一瞬の迷いもなくシジスは即答した。

豆のプリンを作った時からそうだけど、耽美な外見通りにシジスは甘いものが好きだ。

とはいえ、薔薇《ばら》と紅茶で生きていても不思議ではなさそうに見えても、実際はもっとハイカロリー、ハイプロテインを摂取している。半分ヒトの血を引いていても、種族通りライオンな人なんだよね。

「じゃあ、シジスには頑張って力仕事をしてもらおう。秋だから、サツマイモも、栗も南瓜も採れたって聞いたし、分けてもらえるかなぁ」

「ファウス様もアダルもいない間なら、私の独り占め。ふふふ」

レシピをあれこれ思い浮かべるぼくと、不穏なことを企んでいるシジスと連れ立って、蒸し窯を訪ねたんだ。

七

初めて見つけた狩小屋の蒸し窯は、野晒しで雑な管理だったけれど、公爵家の敷地内にある窯はもっと立派だった。

基本構造は一緒だ。

蒸気の吹き出し口に頑丈な石積みの窯があって、そこにザルと木枠が置かれている。

　常に高温多湿の状況に置かれるし、出てきているのはミネラル成分も含む温泉蒸気だから、当然劣化も早いだろう。

「金属製にした方が長持ちしそうなのにね」

　ぼくが蒸し窯を使ってみたいと申し出ると、屋敷の人達は笑顔で簡単に許可してくれた。

　ぼくが作業するのを、興味津々で見物している。誰一人として止めようともしない辺りが、とてもコーラテーゼ公爵家の人らしい。

　ぼくがうっかり怪我でもしたら責任問題になると、ピリピリした対応をされるかと思ったのに、お人よしがすぎる。

「それは、効率の問題ではないか？　テオドア。

　劣化した木枠やザルを頻繁に取り換えた方が、安価に済むならば、そうするだろう。金属はそれなりに高価だし、この地域でしか使わないから汎用性もない」

「なるほど」

「金属加工には鍛治技術者と材料、工房が必要だが、ザルや木枠であればもっと簡単に作れる。高度な仕上がりを求めないならば、極論すれば、私でも作れるから」

　この地域で良く採れるサツマイモをせっせとサイコロ状にカットしながら、シジスは当然のこととして話す。

　ぼくはシジスが簡単に刻んでくれるサツマイモを、水に晒しながら感心した。生のサツマイモは結構硬いのに、本当に力持ちだな、セリアン。

　座学の課題はファウス達と大差がないのに、金勘定となるとシジスはとても優秀だ。

「なるほど。ねぇ、シジス。ぼくとしては昨日浸かった温泉みたいに、温泉水をお風呂に使いたいと思っているんだけど、どう思う？」

　水に晒したサツマイモを、シジスに蒸してもらう。

「温泉水で風呂に入りたいのか？　テオドア。健康志向なのか？」

　シジスの表情が「物好きだな」と語っている。

　もしかしてぼくは、美貌のために牛乳風呂に入ったり、日本酒風呂に入ったり、もしくは処女の血の風呂に入った貴婦人と同じように思われているんだろうか。

「温泉には傷の治りが良くなったり、美容に良かったり、健康になったり色々と良いところがあるんだよ」

「そうか。王妃が望むなら、好きにさせてもらえるとは思うが」

「そういうことじゃなくて。もっと、一般的に皆が温泉に入るようにならないかな」

ぼくの我儘で、飲み薬がお風呂に提供されるのは、なんだか違う。

うーん、とシジスは首を傾げる。

「勝手に湧いてくる湯を、どこかに溜めるというだけのことだから、何とかなるだろうけれど。その施設を維持するためには、恒常的に利用しないと難しいということだな……」

「そうそう。それこそ、木枠と同じで段々壊れたりするだろうし」

「王都にある浴場のようにすればいいとは思う。浴場は、娯楽施設だが、風呂しかないのは物足りない。遠くから温泉に来たいと思わせるには、力が足りないな」

ぼくは温泉に浸かれるだけで充分だけれど、施設として維持するのは難しいとシジスは考えたみたいだ。

「難しい？」

「着眼点は悪くない。コーラテーゼ領が中央から離れているのは不利だが、公爵領だけに街道は通っている……」

何やらシジスは考えている。物思いに沈む耽美な美青年っぽいけれど、たぶん頭の中で動いているのは金勘定なのだ。

ぼく達がお喋《しゃべ》りしている間にも、サツマイモが蒸されたいい匂いが漂い始める。

それだけでもお腹が空きそうだけど、まだ下ごしらえなのだ。

ぼくはぶつぶつ言っているシジスをよそに、蒸しあがったサツマイモを潰す作業に入る。ちょっと味見してみたら、ほくほくしてて、すごく美味しい。

「このまま全部食べたい」とか言い出すシジスのせいで、一割ぐらい減ったんじゃないだろうか。ぼくも共犯者だ。

「はい。次はシジス、卵白を泡立てて。頑張ってね」

「分かった」

サツマイモを冷ましている間に、ぼくはかなり力のいるメレンゲづくりをシジスに依頼する。ぼく自身は卵を白身と黄身に分けたり、砂糖を投入したりする係だ。

コーラテーゼ領ではメレンゲ菓子を作らないのか、

ぼくが卵の殻を使って白身と黄身を分ける作業をしてみせると、厨房の人たちは拍手喝采で盛り上がってくれた。

手品じゃないんだけどなぁ。

人力で角が立つまでメレンゲを固く泡立てるのは、とにかく力と根気がいる。

ぼくならすぐに腕が痺れてしまうこと請け合いだ。

馬鹿力なシジスはものすごい速さで、フワフワの雪みたいなメレンゲを仕上げてくれるから恐ろしい。

シジスが力仕事をしてくれている間に、ぼくはふるった小麦や、ペースト状にしたサツマイモを混ぜて、ケーキの生地を作っていく。

メレンゲの泡を潰さないように丁寧に混ぜて、陶器の入れ物に小分けにしてから蒸し窯にセットすれば、あとは待つだけだ。

砂糖と卵、サツマイモの甘い香りが厨房に充満して、お腹が鳴りそうだ。

しばらく待ったら、ぼくの期待通りにふかふかの金色のケーキができ上がった。

「テオドア、これは？」

陶器の入れ物から、フワフワに膨れたケーキが盛り上がっている。

熱々のお皿を慎重に取り出すシジスは、不思議そうな顔をしている。

「シフォンケーキっていうんだよ。ジェンマでは食べるんだけど、ラヴァーリャではなかったな」

ぼくは早速、架空のジェンマ名物を作り出した。

「初めて見る」

「フワフワしてて美味しいよ。サツマイモが入っているから、サツマイモのシフォンケーキだね。冷ましてから型から取り出して、デコレーションしても綺麗なんだけれど、今日は簡単にこのまま食べよう。皆さんも、一緒にどうですか？」

ぼくは見物している厨房の人達に声を掛ける。

専任の料理人さんが一人と、見習いさんが二人。あとは厨房というよりも、お屋敷全般を担当する女の人が三人。

コーラテーゼ公爵の身分にしては、ずいぶん慎ましい使用人の数なんだけれど、公爵家の財政状況を考えると、これぐらいでもおかしくないのだ。

「王妃様のご相伴《しょうばん》にあずかっても良いのでしょうか？」

恐る恐る近づく料理人さんに、ぼくは笑顔で頷いた。

「皆さんの職場をお借りしたのはぼくのほうです。作るところから見てたでしょう？　変なものは入っていませんよ」

「それは、もちろん」

疑うなんてとんでもないと首を振った料理人さんは、ぼくよりもシジスの顔色を窺っていた。

ヒトにすぎない使用人さん達にとっては、シジスは貴族階級のセリアンだ。気になるだろう。シジスが頷くのを確認してから、ぼくが差し出したシフォンケーキの器を受け取ってくれる。

シジスとぼくも、その場でフォークを借りて味見してみた。

メレンゲでしっかり膨らんだシフォンケーキは、ぼくの記憶通りの味だ。サツマイモの自然な甘みが、フワフワの食感と相まって、とても美味しい。

美味しいものって幸せだな。

「……ケーキが、口の中で溶ける。雲を食べているみたいだ」

シジスの綺麗な緑の瞳が、呆然《ぼうぜん》とぼくを見つめる。

「テオドア、すぐになくなってしまう」

まー、空気の泡で膨らんでいるんだから、見た目の嵩《かさ》ほど中身がないのは確かだけれど。

すごく残念そうにフォークを嚙んでいるシジスの顔だけで、とても気に入ってくれたのが分かる。

「シジス、まだ残ってるんだから。続きは部屋でお茶を淹《い》れて食べよう」

「美味しいのに。すぐになくなるなんて、酷い」

気を利かせた使用人さんがお茶の用意をしてくれて、「ケーキが溶ける」と残念がるシジスと一緒におやつにする。ぼくはシフォンケーキを作れて満足だった。

使用人さんも食べてみてくれて、「王妃様の雲のケーキ」として最終的にはファウス達の耳にも入ったんだけれど、ぼくとシジスだけで食べたことを、その夜ファウスとアダルに盛大に拗ねられた。

また作るから、とぼくは十回ぐらい宥《なだ》めた。

アダルは「なぜ一口ぐらい残しておかなかったんだ」とシジスに泣きつき「一口では収まらないだろう！」と開き直られていた。

君達、大人だよね？

ぼく達がケーキ作りをしている間に、ファウスとアダルは本気で温泉を作ろうとしてくれていたらしい。

ぼくがこの別荘に滞在して三日目、いきなり庭で露天風呂の造成工事が始まった。

朝ご飯が終わった時刻から、ぼく達の護衛をしてくれる武官さん達が、鎧を脱いだ姿でせっせと庭を掘り返し始めた。

何が始まったんだろうと、ぼくが慌てるのは当然だろう。公爵夫人がお花を楽しむために整えさせたお庭なのに、館のすぐ傍に小さな池ぐらいの穴を掘っているのだ。しかも掘るのが速い。

砂場の砂を掘っているわけでもないのに、入れ代わり立ち代わり作業するセリアンの武官達は、ザクザクと土を掘り返してしまう。

手にした道具は、金属で補強されているものの普通のシャベルだ。たぶん、近くの農家から借りてきただけだろう。

びっくりする勢いで掘り進め、すぐに腰ぐらいの深さまで穴を掘り終わる。

「ファ、ファウス様？　これはいったい？　アダルの家は、リフォームでもするんですか？」

「りふぉーむ？」

「だって。大きな穴を掘ってるじゃありませんか」

のんびり寛《くつろ》いでいるファウスにぼくが尋ねると、武官さん達はぼくに向かって「ごきげんよう王妃陛下」とか挨拶してくる。

いやいやいやいやいや。貴方達、栄《は》えある護衛武官だよね？　どうして急に土木工事？

「テオが、温泉に浸かりたいって言ったから」

くあ、とあくびをしながら伸びをしたファウスは「俺も手伝おう。その方が速い」とか言い出す。

え？　君は大陸最大国家ラヴァーリャの王様だよね？

もしかして、日曜大工感覚なの？

驚いているぼくをよそに、さっさと軽装になったファウスは「池の形は整ったか？」とか尋ねている。武官さん達は躊躇いもせずに、ファウスにシャベルを渡した。

王様に、シャベルを渡していた……。

「だいたい設計図通りです。斜面から考えて、この辺りで適当かと」

「ん、分かった。底をならしてから、板を敷き詰めよう。石も配置できるか？」

「はい、すでに運んできております」

手順は決まっているのか、ファウスと武官さん達は話を進めていた。その背後では、アダルも混ざって掘り終わった穴を整えている。

セリアンは、人間重機だったのだろうか。ひょいひょいと、大きな岩やら板やらを数人がかりで運んでくる。

ぼくは自分が貧弱だと知っているけれど、彼らが動かしている岩がそう簡単に動かせるものじゃないことも分かっている。

「ファウス様、こんな大掛かりな」

「そんなに大掛かりでもないぞ。今日中に終わるから、楽しみにしておいてくれ」

「でも、でも……」

ファウスは笑顔でそう言ってくれるけれど、楽しみになんてしていられない。

ぼくの不用意な一言で、大変な思いをさせてしまって申し訳ない。

ファウス達は楽しそうに土を運んだり、岩を転がしたりしているけれど。でも、元はと言えばぼくの我儘なんだから。

「実習みたいで面白いですよね、ファウス様」

額に浮かんだ汗をぬぐいながら、アダルも笑う。

「アダルベルド様は何を作りましたか？　我々は街道の修繕をさせられましたね」

「私たちは橋を架けろと言われましたよ」

武官さん達が作業をしながらニコニコとそんなことを言う。結構大変な作業だと思うけど、どうして、そんなに楽しそうなんだ。

「テオドア。理解しようとしても、無駄だ」

ぼそりとぼくに囁いたのは、シジス。

この場でただ一人、純血のセリアンではない。彼は既に疲れ果てているようで、一人作業の環から外れたけれど誰も咎《とが》めない。セリアンと、混血の違いはそれだけ大きいのだろう。

「士官学校での話だからな」

「セリアンの士官学校って、何するところなんだろう？」

謎だ。

ファウスの持っていたセリアンの秘密道具といい、士官学校なのだから、士官を育てているんだろう？

つまり軍の指揮官だ。土木作業員でもなければ、建築家でもないだろうに。

ぼくの言葉に、アダルが顔を上げる。

「土木工事はかなり得意なんだ。行軍するときは、道を作ったり陣を張ったりするものだ。士官学校で、これぐらいは全員履修済みだよ」

特別なことではないように、笑う。

いきなり庭に池を作る方法を、学校で習うのか？

どうやら簡単な測量もこなしてしまうらしく、池が形になると、武官さん達は高低差を利用してお湯を引き込んできた。

源泉の場所をアダルに聞いて、ファウスが計画したらしい。

うーん、すごすぎてよく分からない。

ビニールプールでも広げるぐらいの気軽さで、庭に池を作ってしまうなんて。

「アダルに聞いた源泉の場所が、かなり近かったのが幸いした。ここまで引く間に温度が下がるから、入っても大丈夫だ」

ぼくの驚きように、ファウスはすごく満足しているみたいだ。

「ファウス様が、温泉を庭に作らないとテオに離婚されるって泣きつくから、皆張り切ったんですよ」

胸を張るファウスを揶揄《からか》うように、アダルが暴露する。

ファウスは不満そうに「アダル、余計なことを言うな！」と眉を顰《ひそ》めたけれど、周りの武官さん達にも周知の事実なのか、けらけら楽しそうに笑っている。

王様って、こんな扱いで良いんだろうか。

「離婚なんて、ぼくはそんな」

「だって、温泉を作らないと、俺に触らせてくれないんだろう？」

「確かに、そう言いましたけれど。こんな大事になるなんて」

「テオ、テオ。ほら。風呂として使える温泉だ。一緒に入ろう！」

上機嫌なファウスは、ぼくに断られるなんて微塵も思っていない様子で、ぼくの手を取る。

確かに温泉だ。

ぼくが欲しいと言ったものを、本当にこの王様は自分で作ってしまった。

でも。

「外は駄目って言ったじゃありませんか！　ここは外ですよ！　それに昼間！」

そう。ここでお風呂に入ったら、何もかも丸見えだ。うきうきと尻尾を振っていたファウスの耳が、ぺたんと倒れる。

「では、天幕を張りましょう。ファウス様。すぐですよ！」

本当に、その日の夕方までに温泉を覆う立派な天幕が張られた。

ぼくは、外じゃないし、昼間でもないので、文句を言う余地がなくなってしまったのだ。


上品な貴族の若様ばかりだと思っていた武官さん達は、手慣れた調子で土木工事まで終わらせてくれる人達だった。

我儘で振り回してしまい、申し訳なく思ったぼくがお礼を申し出ると、全員の希望は「肉！」だった。

ああ、セリアンの食欲はブレないな。

せっかくいつでも蒸し窯が使える環境なので、ぼくは小麦粉を練った皮に、味付けしたミンチ肉を詰めて蒸しあげた。

前世で言うところの、焼売《シューマイ》だ。スパイスが違うので、ちょっと味が変わるけれど、一口サイズでおやつにちょうどいい。

「やわらかいのに、味が濃くて美味しいですね」

「肉汁が溢れて、すごく美味しいですね、王妃陛下」

肉を希望していた武官さん達には当然好評だった。ファウスも雛鳥みたいに「もっと、もっと」と口を開ける。

たくさん作ったのに、蒸しあがる時間が足りないぐらいだ。できる端から平らげてしまうから、「熱い！」という悲鳴が上がるのも当然だったかもしれない。

「テオ、テオ。舌が痛い」

「もう。慌てて食べるからですよ、ファウス様」

情けなく舌を見せるファウスに、ぼくは仕方がないので、魔法を使う。軽い火傷を負ったファウスの舌に、ぼくの舌を絡ませる。

『痛いの、痛いの、飛んでけ』

痛みを軽くする、ぼくが使える唯一の魔法。

魔法というほどの効果はない、簡単なものだ。

「テオっ」

目をキラキラさせたファウスが抱きついてくる。

「もう一回」

「だめです。もう火傷は治ったでしょう?」

「だったら、キスしよう」

「外ではだめです」

離婚なんてありえないぐらいベタベタしてくるファウスを、ぼくは文句を言いながらも邪険にできない。

仕方がないなぁ、と言いながら甘やかしてしまう。

「はい。ファウス様、あーん」

「あーん。美味しいな!」

キスの代わりに、ファウスの口に、ほどよく冷めた焼売を押し込んでやる。嬉しそうに金の目を細めて、ファウスはもぐもぐしていた。

ぼく達の傍で、一人幸せそうに焼売の皿を抱えていたシジスが「保養地だな。貴族向けの」と言い出す。

どうしたんだろう。急に。

「テオドア。温泉を恒常的に風呂として利用する方法は、貴族向けの保養地が良いだろう。大規模な浴場施設だと思えばいい」

ぼくがシフォンケーキを作りながら相談したことを、まだシジスは考えていたようだ。

「何のことだ? シジス」

「君の領地に客を呼ぶ方法だ。アダル、喜べ、これで借金生活とは無縁となるぞ」

「温泉水を運ぶ方法がないって、初めに言っただろう?」

「温泉水は運ばなくていい。客の方に足を運ばせればいいのだから」

ビジネスチャンスに顔を輝かせるシジスに、アダルはなんだか分かっていない様子で嬉しそうに笑う。

「楽しそうだな、シジス」

そんなことを言っているから、アダルに投資するのは躊躇われるんだよなぁ。


露天風呂を作ってもらった後に、ファウスのご機嫌伺いにコーラテーゼ公爵夫妻も別荘にやってきた。

ぼくが発案したシフォンケーキや焼売を振る舞って、喜んでもらったり。

シジスを主軸にした「コーラテーゼ領温泉に浸かる会」もとい、コーラテーゼ領温泉開発計画が発動することになったり。

一週間の滞在期間も、とても楽しく過ごせたのだ。

王都に帰ってからしばらくして、ぼくは少し体調を崩した。

ファウスは、ぼく以上に狼狽《うろた》えて心配してくれたけれど、侍医の診断を受けてぼくの方も狼狽えた。

だって「おめでとうございます。王妃様はご懐妊でございます」と告げられてしまったのだから。

身に覚えは、確かにある。

できてしまう事はした。別荘滞在中にしたし、何なら温泉の中でも流されてしまった。

でも、いくらセリアンが、他氏族の男性を妊娠させる力があるって言われても。

思ったよりも早すぎないかな?

狼狽えてしまうぼくをよそに、近づく冬の寒さを忘れそうなほど、周りはお祝いムードで盛り上がった。


そして。

シジスが考えてきた「コーラテーゼ領温泉」のキャッチコピーが「王妃様ご懐妊の湯」だと聞いて、ぼくは膝から崩れ落ちたのだ。

健康でも、美容でもなく。

子宝の湯としてコーラテーゼ温泉は大いに栄えるとは、ぼくは想像していなかった。

おわり

一番初めの贈り物

ぼくは妊娠した。

信じ難《がた》いことだけれど、ぼくのお腹には子供がいるらしい。

ぼくの平べったいお腹をつい見つめてしまうけれど、「ここに神秘の命が！」という感動は感じられない。

ううーん、流石《さすが》セリアン。頭の上にライオンの耳が付いているだけのことはあるなぁ。


妊娠発覚は、唐突だった。

ファウスがわがままを通して新婚旅行を決行して、ぼくは前例のない出来事に心配しつつ、でも二人きりで温泉を楽しんだりして、旅行を満喫した後。

帰ってきてから、風邪でも引いたように体調が悪かった。何となくだるくて、頭が痛くて、疲れやすい。

旅行ではしゃいだせいかな、休んでいれば治るかな、と思っているぼくの前に、ファウスは大慌てで侍医を呼んできた。

ファウスはどれぐらいぼくがか弱いと思っているのだろう。大袈裟《おおげさ》だなぁ、と思いつつも、診察を受けてファウスが納得するならそれでいいかと、大人しく侍医の指示に従ったのだ。

ぼくの担当の侍医は、優しそうな老年のセリアンだ。

彼はぼくの体をあちこち診察した後、少し慌てた顔をした。

すぐに次は宮廷魔法使いが呼ばれた。ぼくの魔力の流れを判定してくれる、らしい。魔法使いじゃないから、詳しいことはよく分からない。

あれやこれやとぼくを弄り回して、診察が終わるまで少し時間がかかった。

その間ファウスは、空腹のライオンみたいな顔でウロウロしていた。落ち着いて欲しい。

やがて、ベッドで横になっているぼくの前で、侍医と魔法使いはそれぞれ分かったような顔をして深く頷き合った。

傍でオロオロしているファウスは、「テオ！　テオの身に、いったい何があったんだ！」と騒いでいる。

一緒に新婚旅行に行ったファウスは毎日元気いっぱい、病気知らずだからな。

「落ち着いてくださいませ、陛下」

「臣下一同、お喜び申し上げます」

「……ん？」

「お喜び？」

動物園のストレス過多な熊みたいにウロウロしていたファウスの足が止まり、ぼんやり半眼になっていたぼくの目が開いた。

「おめでとうございます。王妃様はご懐妊です」

「かいにん？」

言葉が脳に沁みわたるまで、ちょっと時間がかかった。

解任？

改任？

違うな、懐妊だ。

「懐妊。懐妊というと、腹に子が宿ったという？」

衝撃のあまりぼんやりしているぼくの傍で、同じぐらい衝撃を受けているらしいファウスが、当たり前のことを言う。

「はい、間違いありません。ヒトの男性が孕んだ際と同じ兆候を示しておられます」

「王妃様以外に二つの魔力が宿っておられます」

「やったぁぁぁ！」

こっちがびっくりするぐらいの大きな声を上げて、ファウスが垂直に跳ね上がる。喜びのあまり天井にハイタッチした。

久々に見た。セリアンの脅威的な運動能力。王妃の寝室って、それなりに天井が高いんだよ。どうしてとどいちゃうんだ。

「つきましては、王妃様の健康……」

「やった！　すごいぞ、テオ！　愛してる！　全ての神々に感謝申し上げる！　新しい聖堂を建てよう！」

説明を始めようとする侍医の言葉も聞かず、ひとしきり天井に拳を当ててから、ぼくの体を抱きしめてベッドから抱き上げると、ぴょんぴょん跳ねている。

ううう、苦しい。締めあげられた上に、シェイクされたら内臓が出ちゃう。

ファウス、ギブアップだ。ロープ、ロープ。誰か、タオルを投げて。ドクター・ストップを掛けられるお医者さんは、傍にいるじゃないか。

「陛下。陛下、お鎮まりを。お子様どころか、王妃様が絞殺されそうです」

「なんだと！　テ、テオ！　しっかりしてくれ！　死ぬな！　俺を置いていったら駄目だぁぁ！」

ぼくの絞殺未遂犯は、この世の終わりのような声を上げる。

「テオドアがどうしたんですか！」

「ファウス様！　テオドアの容態はっ」

ファウスの大声のせいで緊急事態だと勘違いしたのか、アダルとシジスが扉を蹴破る勢いで入ってきた。ぼくを抱きすくめるファウスを発見すると、すぐにアダルがファウスから引き剝がしてくれた。

良かった。命拾いしたよ。ぼくはナマコじゃないから、内臓を吐いたらもう二度と生えてこないんだ。

「助かった、ありがとう」

ホッとするぼくをよそに、ファウスの興奮は続いていた。

「二人とも、喜べ！　テオが妊娠した！　テオの腹に、子がいるんだぞ！　こんなに早いなんて！　やったぁあ！」

「本当ですか！　めでたい！　やったぁぁ！　すごいぞ、テオドア！　すごく早いな！」

ハイテンションな妊娠報告に、ファウスに続いてアダルが天井にハイタッチした。

喜んでくれるのは、ありがたい。うん。

すごく嬉しいんだけど、天井殴るのは止めてね。たぶん、天井に耐衝撃性とか、ついてないと思うんだ。お城を建てた人も、興奮したセリアンが殴りかかってくることは想定してないと思うんだ。

「どうだ！　すごいだろう！　やったぞ、テオ！」

「すごい！　やったぁぁ！」

きゃあきゃあ喜んでくれた純血のセリアン達よりは冷静なシジスも、嬉しそうに笑ってくれる。

「すごいな、テオドア。大変だと思うけど、頑張ってくれ。父がきっと力になれると思う」

にこにこ祝福してくれたシジスの反応が普通すぎて、ぼくはとてもホッとしたのだ。

正直なところ、ぼくのお腹に子供がいるという自覚は全くないんだ。でも、皆に祝ってもらえるのは嬉しいな。

シジスのお父さんって、アルティエリ子爵だな。やり手の子爵が、幼児グッズでも用意してくれるんだろうか。ぼくの嫁入り道具も揃えてくれたからなぁ。高級幼児グッズが集まりそうだ。その後、幼児グッズのアルティエリ・ブランドが立ち上がりそうな気もする。

「おめでとうございます、王妃陛下。まさかこれほど早くお役目を果たされるとは、臣下としても、男としても尊敬申し上げます」

妊娠発覚の翌日には、ぼくの元にアルティエリ子爵が謁見しに来てくれた。

「ありがとうございます、アルティエリ子爵。ファウステラウド様の妃《きさき》として、ぼくも安心したところです」

できるだけ居住まいを正して、ぼくも応じる。

人の良さが前面に出ているコーラテーゼ公爵とは逆に、やり手な上に、人形みたいに綺麗な顔をしたアルティエリ子爵は、とても緊張する相手なのだ。

「王妃陛下も私も、セリアンを配偶者とした、同性のヒトです。故に、セリアンの神秘については、妊娠判明後に説明されることになるでしょう。既にお聞きになられましたか？」

「セリアン男性は、他種族の男性を妊娠させる力がある、としか聞いていませんけれど……。え？　子爵、あの？」

「はい？」


今、不思議なことを言わなかったか？　アルティエリ家の令嬢を娶って、子爵はいわば婿養子に入ったんだよね？　違うの？

会ったことはないけれど、配偶者は「アルティエリ子爵夫人」だよね。

「夫人」って呼ばれているのは、ぼくが「王妃」って呼ばれるように、適当な呼称がないからなのか？

「セリアンの配偶者って、ええと、同性と言いましたよね？」

子爵は一瞬でぼくの表情を読み取ったらしい。楽しそうに、綺麗な顔に初めて親しげな笑みを浮かべる。

「はい。王妃陛下。シジスモンドは、私の腹から生まれた子です」

「……」

ぼくはきっと、間抜けな顔をしていたと思う。

「そもそも第二王子殿下のご学友として、子爵程度の家格の子が召されること自体が異例でしょう」

「そうかもしれませんけれど、ぼくにだって務まるんですから。シジスはれっきとした貴族ですし……」

「ファウステラウド陛下は、幼い日に王妃陛下のうなじを噛んだそうですね。私は王太后様より内々に伺いました。シジスモンドがファウステラウド陛下のお傍にあるのは、これも理由の一つです」

　ファウスが初めてぼくのうなじを噛んだのは、六歳の頃だ。すごく痛かったから、よく覚えている。

　そんなに昔から、ファウスがぼくを妃にするかもしれないって、グリゼルダ王妃様は考えていたんだろうか。ぼくは全然分からなかったのに。

「正直に申しまして、ヒトにすぎない私としては、セリアンのうなじに対する執着はよく理解できないのですが。感覚的に理解できずとも、それほど重い行為だとご記憶いただいた方が良いでしょう」

「……分かりました」

「私は、そのころから貴方のために配置された、セリアンの子を産んだヒトです。お尋ねになりたいことは、ご遠慮なさらずお聞きください。ファウステラウド陛下にも、秘密は洩《も》らさないとお誓い申し上げます」

「……よろしくお願いします」

　ぼくは、目をぱちぱちさせながら、頷いた。

　えーと、つまり。

　アルティエリ子爵は、ぼくのために用意された「ママ友」なのか？

　セリアンの文化は、同性の配偶者のために「ママ友」まで事前に用意してくれるのか？

　過保護なのか、何なのか。でも、何でも聞けと言うなら、遠慮なく聞いてみたいことがある。

「アルティエリ子爵。では、あの。皆『早い』と喜んでくれるんですが、そんなに早いですか？　だって、ぼく」

　顔が赤くなりながらも、気になったので聞いてしまう。

　ぼくがファウスと、そういうことをしているのは、子爵だって知っているのだ。いや、国中の皆が知っているわけだけれど、知られていると思うと恥ずかしい。

　結婚したのはつい最近だけれど、ファウスとエッチなことを最後までしちゃったのはもっと前だ。その頃から考えたら「早い」というほどではないと思うんだけどなぁ。

「セリアンは誰でも孕ませるわけではありません。神に婚姻の誓いを立てた相手のみ。つまり、両陛下はご成婚後一月足らずでお子を授かったことになります。

　聖女の祝福を受けた夫婦としては、異例の早さです」

「そ、そうですか」

「お二人に聖女の祝福があるということでしょう。臣下としてお喜び申し上げます」

「ありがとうございます……」

ここはお礼を言うところだと分かっているけど、ぼくは顔を上げられないぐらい赤くなった。

同性の夫婦に子が授かるのは、「聖女」がもたらした奇跡。いうなれば、男性セリアン特有の魔法のようなものらしい。

平均二年から三年。中には授からない夫婦もいるし、それは珍しいことではないという。アルティエリ子爵も、シジスを生んだのは結婚してから五年経っていたという。

ぼくとファウスがものすごく早いことは、とてもとても納得させられたのだ。

偶然、だよね？　偶然。ファウスとぼくが、仲良くする回数が多すぎるとか、そういう事じゃないよね？

男性セリアンが、他種族の男性を孕ませる。

ここまでは広く知られたことだし、秘密でも何でもない。


けれど、その妊娠実態はどうなのか、妊娠する条件は何か、となったら、とても厳しく情報が管理される。当事者になるはずのぼくにだって、子供ができるまでは説明されないんだから、徹底している。

まぁ、子供の数が少ないセリアンの、種族繁栄の根幹なのだから、秘密にするのも当然か。

同性の夫婦が成立するときは、生まれてくる子供をサポートするために万全の体制が取られるらしい。

その一環にアルティエリ子爵がいるのは分かったし、元からたくさんいたぼくの担当医がさらに増え、魔力を詳しく観察することができる魔法使いが、胎児の成長観察のために近衛隊から出向してくるんだから、すごい力の入れようだ。

もちろんぼくにも、妊娠期の体調の変化やら、気をつけることなどなど、色々と説明された。

セリアンの男性によって他種族の男性が妊娠するのは、『聖女の奇跡』らしい。つまり、男の妊婦は聖女の奇跡の体現者なのだ。

自然現象ではなく、魔法が介在するから慎重に扱われるし、聖女の奇跡を顕現させているから丁重にも扱われる。

女性の妊娠と同じところもあれば、違うところもたくさんあるらしい。なかなか興味深かった。

当事者であるぼくはもちろん妊娠について説明を受けたけれど、夫となるファウスにも説明があったらしい。

一般的な「妊娠中は大変な時期だから、妻を大切にするように」という内容のお説教があったのかと思ったのだけれど。

一体何を聞かされたのか。

その日からファウスの過保護に拍車がかかった。

ぼく以上に、妊娠発覚の影響を受けたのはファウスだったのだ。

「テオ、テオ！　ゆっくり座ってないと駄目だろう！　どうしてこんな所にいるんだ」

初期の体調不良を脱して、ぼくがいつもの業務に戻っていると、ファウスが血相を変えてやってきた。

「お仕事があるからですよ。ゆっくり座っているじゃありませんか。ファウス様こそ、どうして執務室から離れているんですか？　お仕事中では？」

「だって、テオが寝室から出てきたって、聞いたから。居ても立ってもいられなくて」

「体調が良ければ、普段の生活をするように言われています。はいはい、納得なさったら、ファウス様は自分のお仕事に戻ってください」

「でも、でも……」

ぼくの傍にいたそうに、耳をパタパタさせながら言い訳しようとするファウスの背中をぐいぐい押して追い出す。

もちろんぼくの腕力で、大柄なファウスを物理的に排除することなんてできないんだけれど、尻尾を寂しそうに揺らしながらも、ファウスは大人しく出て行った。

「テオ！　テオ！　そんなに薄着は駄目だ！　体が冷えるだろう！　誰か、テオに羽織りものを。こんな薄いのは駄目だ。もっと暖かいのを用意しろ」

「ファウス様、暑いし、重いです」

初秋の涼しい風に当たっていたら、ファウスはどこからともなくやって来て、ぼく付きの女官さんに言いつける。

薄いショールを掛けてもらっただけでは気に入らなかったらしく、暖かい毛織物やら、毛皮やらまで用意させて、ぼくの上に被せてくるのだから勘弁してほしい。

十二単《じゅうにひとえ》のお姫様は、こんな気持ちだっただろうか。

「テオ、テオの体が冷えたらと思うと、俺は、心配で、心配で……！　手がこんなに冷たい！」

「ファウス様、ヒトは恒温動物なんですよ？　トカゲみたいに、外の気温で急激に体温が変わったりしませんん」

「こうおん……？　テオがトカゲじゃないことは、俺も知っているが」

きょとんと金色の目を見開くファウス。

的外れだけど、ぼくのことを心配している事だけは、よく分かる。よく分かるけど、服でマトリョーシカになるのは、やりすぎだ。

「寒そうだと思ったら、抱きしめてください。ファウス様が傍にいれば暖かいんです」

これ以上着膨れさせられても困るから、ぼくはあざといことを言ってみた。

筋肉量が多いから、体温が高いんだよね、ファウス。夏場に抱きつかれると、暑いぐらいだ。

ぼくが代替案を出した途端、ファウスは瞬く間に顔を赤くして耳をぴんと立てる。一緒に立ち上がった尻尾まで、ぴるぴると小刻みに震えている。どうしたんだ。

「テオ、テオ！　大好き！」

感極まったように、ぎゅう、と抱きつかれる。

抱きつかれた拍子に、山ほど被せられた羽織りものが落ちたけれど、周りの女官さん達は、ニコニコしながら手早く片付けてしまったのだ。

そんなにたくさん着なくても、大丈夫なんだよ。

そして、ご飯時。

たくさんのお皿が並べられて、好きなものを取る形式なのは、妊娠したからといって変わっていない。ぼくはいつも通り、いつも程度の量を取り皿にとって食べていた。

隣にファウスもいる。

結婚前までは従者としての側面が強かったから、ファウスのお世話をするのもぼくの仕事だったけれど、今は違う。

「テオ、テオ。干し杏《あんず》が食べたい。とってくれ」

「はい、ファウス様。あーん」

「もぐもぐ」

仕事じゃないけど、やることは一緒だ。ファウスが甘えん坊すぎるのが悪いと思う。

甘やかすぼくが悪いのかもしれないけど、習慣でついやってしまう。

それに、ぼくの手から食べて幸せそうなファウスを見ていると、もっと食べさせてあげたくなっちゃうというか。まぁ、どちらのせいでもあるのだろう。

「テオは、小食すぎる。さっきから野菜ばっかり食べてるじゃないか」

ぼくの指まで舐めてニコニコしていたはずのファウスが、急に深刻そうな顔をしてぼくのご飯にケチをつけ始めた。

「ファウス様。ぼくとファウス様では、運動量も違うし、体格も違います。ぼくはこれぐらいでちょうど良いんです」

「だって。テオの腹の中には、子がいるんだぞ？　つまり、子供の分まで食べるべきなんじゃないか？」

どこかで聞いたような理屈だな。

分からないでもない。ぼくは自分だけの体ではないのだ、とか。そういうのだろう。

ぼくの子は、つまりファウスの子で、次の王様だから。見る人によっては、ぼく自身より大事な命だろう。

「必要な分だけ、ちゃんと食べていますよ」

「いや。俺ならもっと食べたくなる。もっと肉とか、肉とか、肉を食べるべきだ」

「それは、ファウス様が好きなものでしょう」

「むむぅ。テオは、俺が何しても、要らないばっかりだな！　何かないのか？　俺にして欲しいこと」

らんらんと輝く黄金の瞳が、ぼくを覗き込む。

もともとファウスはぼくの傍にいるのが好きな人だけれど、妊娠が発覚してから、前よりもっと離れなくなったなぁ。

甘えん坊の猫みたいだ。

ファウスにして欲しいことなんて、決まっている。

「お仕事をちゃんとして欲しいです」

「ちゃんとしてる！」

「ずっとぼくの傍にいるじゃないですか」

「テオの傍から離れなければならないような仕事は、アダルにやらせている」

「それはちゃんとしているって言いませんよ」

押し付けられたアダルは大変だな。すまない。ファウスはちょっと、妊娠ハイになっているんだ。ここにはいないアダルに謝っておく。

アダルもシジスもぼくに泣きついてこないっていう事は、二人で何とかしているんだろうけど。

「テオ、テオ。テオが心配だ。これならいっそ、俺が妊娠すればよかった。テオの小さな体に、赤ん坊がいるんだぞ？　信じられるか？」

のんびりしているぼくとは対照的に、ファウスの苦悩は続いている。

ファウスの頭の中では、既に臨月サイズの赤ちゃんがぼくの中にいそうだなぁ。

そんなに大きくなるのは、まだまだずっと先の話なのに。心配でたまらないらしいファウスは、ぼくを抱き寄せて、口の中に肉を突っ込もうとしてくる。

気持ちはありがたいけれど、止めて、食べにくい。

「心配してくださるのは嬉しいんですけど、本当に大丈夫です。ファウス様が、傍にいてくださるんですから、何も問題はありませんよ」

ぼくはなるべく優しく聞こえるように、けれど断固としてファウスが口に突っ込んでくる肉を断った。

初めての出来事で心配しているんだと理解できるけど、ファウスは心配しすぎだ。

ぼくの周りの、万全すぎるサポート体制を思い返して欲しい。

ファウスという、腹の子の親も傍にいるし。

男性でありながらシジスを産んだ、アルティエリ子爵という先輩「ママ友」もいるから経験談も聞けるし。

ぼくのサポートのためだけに結成された医療チームが、四六時中目を光らせているし。

これで心配していたら、世のお母さんは不安で死んじゃうだろう。

「分かった。もうずっと、テオから離れない」

ぼくを抱きしめたまま、ファウスはとんでもない決意を表明してきた。何も分かってないぞ。

それは困るんだ。君は王様なんだよ。ぼくを傾国の妖婦にしないでくれ。

「それはやりすぎです」

「じゃあ、どうしたらいい？」

つまりファウスは、ぼくのことが心配で、ぼくの役に立ちたいわけだ。

何か仕事はないかな、とぼくは考えた。このままだと、ファウスと一緒の二人羽織生活が始まってしまう。

「では、ファウス様にしかできないことをお願いします」

「なんだ！　何でも言ってくれ！」

金の目がキラキラと輝く。素直すぎるほど素直な反応に、ぼくは笑ってしまいそうだった。

かわいい人だな。

「子供の名前を、生まれるまでに考えてください。時間はいっぱいあるんですから、ゆっくりで良いんです。名前は、親からの最初の贈り物だと、ぼくの故郷では言いました」

文化圏によっては、父親が名前を付けることで子供を認知することになったりするから、名付けは大事だ。

役に立ちたくてたまらないファウスに頼んでみたものの、名付けに関しては王家の慣習もあるだろう。だから、ファウスの子の名前なんて、ほぼ決まったようなものだとぼくは思っていた。

「分かった、子供の名前はよく考える」

「名前ばっかり考えて、お仕事を疎かにしては駄目ですよ」

「大丈夫だ。考える合間に、仕事もするから」

「比重が逆です」

ぼくは声を立てて笑ってしまった。


「ティルドア。ティアート。テオニート。テオ……」

「ううう。ファウス様、どうしたんですか……」

「ごめん、起こしたか？　静かにするから、先に眠ってくれ」

真夜中、謎の呪文でぼくは目覚めた。

目を開けると、普段はぼく以上に深く眠っているはずのファウスが、薄く灯《あか》した灯りの元でぶつぶつ呪文を唱えているのだ。

長い尻尾が考え込んだ様子でゆらゆらしている。

なんだろう。魔王でも呼び出す気になったのかな？

ぼくは寝ぼけた頭で、くだらないことを考える。

何の繋《つな》がりもない単語の羅列だったから、それぐらいしか思いつかなかったんだ。

でも、魔王召喚は止めて欲しいな。強大な王国の君主が力を求めて呼び出したら、失敗するのが物語のお約束だ。ぼく達国王夫妻は、魔王討伐の勇者が到着する前に、ナレーション段階で死んでしまう。

んん。いや、この国の場合は聖女が降臨してくるか。

「いえ、大丈夫なんですけれど、どうしたんですか？何か気にかかることとでも？」

眠い目を擦りながら、伸びあがってファウスの手元を覗き込むと、紙に色々書きつけている。

こんな時間まで勉強しているファウスは初めて見た。本当にどうしたんだ。何か問題があるなら、魔王召喚ではなく、ぼくに相談して欲しい。アダルも、シジスも力になってくれるから。特に物理的な解決法は得意だよ、あの二人。

「良い名前が思いつかなくて」

「なまえ？」

「テオの子供の名前。テオの子だから、きっとテオみたいにかわいいぞ。

ティティとか、ティーとか呼んだらいいと思う。

でも、混血のセリアンだから、テオほど小さくはないだろうし。うーん、やっぱり……」

丸い耳をパタパタさせながら子供について語るファウスは、とても幸せそうだった。ランプの飴色の光に、金の瞳が優しく輝いている。

生まれるのは、順調に育って春の終わりごろ。まだ冬も来てないんだから、まだまだ先の話だ。

それなのに、今から真剣になっているファウスの姿に、ぼくは胸が温かくなった。

男同士で授かった子が、どんなふうに生まれるのか不安がないと言えば嘘になる。

でも。

ファウスを始め、皆に深く愛されるだろう。

たくさん愛をもらえることは、約束できる。

もちろん、ぼくからの愛も。

「まだ先の話ですよ」

ぼくはファウスの手からペンを取り上げた。

インク壺を倒さないように、遠くへ離す。ランプの光を絞ると、寝室は闇に覆われていく。

「そうだけど。気になって」

「ゆっくりで、とお願いしたではありませんか」

まだ頭の中で名前を考えていそうなファウスに、ぼくは腕を伸ばして抱きついた。

ファウスの肌は、ぼくよりもずっと温かい。頬をくっつけると、ファウスもそっと腕を回してくれる。

「考えることは、色々あるだろう？　縁起のいい音とか、字画とか」

ぼくを抱きしめながら、耳元でファウスが呟いている。長い尻尾が、ぼくの足に絡みつく。

ラヴァーリャでも、名前の画数を気にしたりするのかな？　聖女がもたらした文化に入っているのかな？

「さっきの呪文。ティアートとか、テオニートとかは、もしかしてぼくの名前からとったんですか？」

「テオの子だから、テオに似てかわいいだろうと思って、テオの音を取ろうと思うんだが。ダメか？」

「駄目と言いますか」

何の疑問もなく、ぼくの名前を採用しようとするファウスに、くすぐったい気持ちになった。

客観的に見て、腹の子にとって大切なのは、父親であるファウスの名前だろう。ファウスの子だからこそ、ラヴァーリャ王子か王女として扱われるのだ。ぼくなんて、おまけだ。

「ラヴァーリャ王室には、王室独自の命名習慣はないんですか？」

「聞けばあるかもしれないけど。誰も何も言わないから、良いんじゃないか？　テオの子供なんだし」

「ファウス様の子供でもありますよ」

ぎゅう、と更に強くファウスがぼくを抱きしめてくる。

長い尻尾がぼくの足を、足元から付け根にかけて撫で上げてくる。

くすぐったい。

「そうだな。俺とテオの子だ。きっと、すごくかわいい」

「では、ファウス様の音からも取らないと。また明日、一緒に考えましょう。時間はまだまだあります」

「うん。テオ、キスしても良いか？」

「お医者様から、キスしては駄目だとは、言われていません」

答えた途端、口づけられる。

唇に触れるだけではなく、深く深く、口腔を探られる。

舌先がぼくの口を愛撫するたびに、ぼくはたまらなくなってファウスに縋りついた。

舌を擦り合わされると、ぞくぞくと官能の痺れが背筋を舐めていく。

気持ち良くて、ぼう、と涙の膜が張る。

ファウスの大きな手が、ぼくをあやすように撫でていく。

ふさふさの尻尾が、悪戯に足の付け根をくすぐってくる。笑ってしまいそうになって、体を捩ると、身動きできないぐらい重い体が伸し掛かってくる。

でも、ぼくを潰さないように気を使ってくれているのも分かるんだ。

ファウスとぼくの境界線が分からないぐらい、ぴたりとくっつくと、しあわせだ。

大好き。

大好きが、ぼくの体から溢れてしまいそうだ。

「テオ。テオ。かわいいな。無理はしないから、もう少し」

「大好きです。ファウス様」

ぼく達は、何度も口づけたんだ。


冬の間、大きくなっていく子供を感じながら、ぼく達は名前を考えた。

何度考えても、結局ファウスが提案してくる名前はぼく由来ばかりで、ファウスの音をもらった名前はぼくが考えた。

ぼくはファウスと一緒に、夜ごと寝転がりながら考えること自体が、とても楽しかったんだ。


翌年春。

黒と白銀の二人のセリアンが無事に生まれてきた。

黒髪のセリアンはアランティルドア。

白銀のセリアンはファランティア。

ぼく達が二人で考えた名前だ。


「かわいいですね、ファウス様！　見てください、このちっちゃな耳！　ファウス様そっくりです。尻尾もちゃんと、獅子の尻尾だ。小さいのにパタパタ動いてる。ファウス様そっくりですよ！」

「いや、賢そうな目がテオにそっくりだぞ！　きっと頭の良い子になる！　テオみたいに小さくて、かわいいなぁ」

腕に抱いた子供達は、小さくて、温かくて、ぼくやファウスを夢中にさせた。

あくびをする丸い口がかわいい。

きゅうと握った小さな指に、もっと小さな爪が生えているだけで感動する。

短くて細くても立派な獅子の尻尾が、ゆらゆらと動く。お互いの温かさを探すように、尻尾を絡ませ合う姿を見つめていると、胸が痛いぐらい愛おしくなる。

「かわいいですね、ファウス様」

「ああ」

「幸せですね、ファウス様」

「うん、幸せだ」

ファウスの長い腕が、ぼくと子供達を撫でる。

「テオもアランティルドアも、ファランティアも。みんな元気で、俺は嬉しい」

寄り添う僕達を、周りはニコニコ微笑《ほほえ》ましそうに見守ってくれた。

ぼくは、とても幸せだ。

おわり

はやく大きくなぁれ！

まだ冬の名残《なごり》があちこちに見つかる季節。

暖かい気候のラヴァーリャでも、冬と春がせめぎ合っている。花の蕾《つぼみ》は付いていても、膨らむにはまだまだ時間がかかる。吹き抜ける風は冷たい。ぼくとファウスも、外套を手放せない時期だ。

「ティアとティードは元気にしているかな?」

「ええ。風邪一つ引いていませんよ、ファウス様。寒くてなかなか外に出られないと、昨日は文句を言っていましたね」

「そうなんだ。女官はちょっと風が吹いても、曇っても、外には出してくれないんだよな」

執務の途中、ファウスはふと子供達を思い出したみたいだ。

資料を読む手を止めて、ぼくに声を掛けてくる。

外遊びを禁止された上に、着膨れするぐらいモコモコになっていた二人が、揃って文句を言っていたのを思い出した。ファウスにも身に覚えのある展開らしい。うんうん、と力強く頷いている。

窓に視線を移すと、冬の空だ。

子供の少ないセリアンは過保護だ。晴れてはいるけど、今日も外遊びは禁止かな。

「様子を見に行ってみましょうか?」

「そうだな。部屋から出してもらえないなら、暇を持て余しているだろ。俺もそうだった。もう少しで昼食も終わるだろうし、俺達が行っても邪魔にはならないはずだ」

ぼく達も、いま取り組んでいる案件に目処《めど》がついたら、お昼ご飯だ。その後で見に行ったら、子供達もお昼寝が終わったぐらいだろう。

ちょうどいい。

「では、早く片付けなくては、ファウス様」

「よし、頑張る。テオ、テオ、去年と一昨年の小麦の収穫変動を教えてくれ、ちょっと数値が気になる」

「それは、ここに書き足しましたよ。税収が動いているのは、この辺りで——」

ファウスに渡した資料を横から覗き込む。

ぼくのすぐ傍で、黄金の眼差しが真剣に文面を睨んでいた。いくら座学が嫌いでも、やればできるところが、ぼくのファウスの格好良いところだ。飽きたら集中力が目に見えて落ちるのが玉に瑕《きず》だが。

ぼく達は頑張って仕事を終わらせて、かわいい双子の顔を見に行くことにしたのだ。

「たべない、たべない、オレはこんなのたべなーい！」

「ティア、ティア、ボクにくれてもこまるよぅ」

お昼寝まで終わったかと思ったら、ご飯すらまだ終わってないみたいだ。

子供達の部屋に近づくと、どこかで聞いたようなセリフが廊下まで響いていた。

警護の兵や、控えの間に詰めている女官さん達は、ぼくとファウスの姿を見て恭しく礼を送ってくれる。でも、子供部屋の中にいる人達は、まだぼく達に気づいていないようだ。

「殿下！　きちんと食べないとお父上のように立派な獅子にはなれませんよ！」

「たべなくても、オレはおおきくなれるもん！」

「ファランティア様！」

叱りつける女官さんの声、生意気に言い返すティアの声。

ぼくは笑ってしまいそうになって、隣のファウスを見上げた。

君は、このセリフに心当たりがあるよねぇ？

「テオ、昼時はいつもこんな感じなのか？」

呆れたような、驚いたような顔をするファウス。

ファウスの前では、二人とも聞き分けの良い子の顔をするからな。格好良い黒獅子として憧れてやまない父上の前では、格好をつけてみせるというか。

ぼくは笑いを堪えながら頷いた。

「昼食時に来たのは初めてですけれど。騒がしさという意味では、こんな感じですよ」

髪の色がぼく譲りのティアは自己主張が強いというか、我儘というか、激しい気性で、容姿がファウスに似たティードは思慮深いというか、おっとりしているというか、気弱なほど優しい。

「うーん……。好き嫌いは、良くない」

「ええ！」

ファウスの言葉とも思えなくて、ぼくは思わず声を上げてしまう。あれだけ好き嫌い我儘し放題だったくせに、何を言っているのだ。

驚くぼくの顔を、ファウスは心外そうに見つめてくる。

「テオだって、俺にさんざん野菜を食べさせようとしたじゃないか」

「そうですけれど！　今でも野菜は嫌いでしょう？　ファウス様」

「そうだ」

「なのに、ティアの我儘はダメなんですか？」

「ダメだ。俺は野菜が嫌いでも、一応食べる。ティアは野菜が嫌いで、食べていない。この差は大きい」

「大人と子供の自制心の差では？」

「こんなことではラヴァーリャ王子として困る」

「……」

ファウスの言うことは親として当たり前だけれど、子供の時から彼を知るぼくとしては、素直に頷けない。

野菜の好き嫌いごときでラヴァーリャ王子の資格を問われたら困るよ。嫁取りで我儘を言ったり、君もバルダッサーレ殿下もたいがい我儘だったけど、誰も王子の資格を問わなかったぞ。

ぼくがジーッと物言いたげに見つめると、ファウスは居心地悪そうに尻尾を揺らした。

「ほら、行こう、テオ」

「そうですね、ファウス様」

「テオ、何か怒ってるのか？」

「いいえ？　野菜嫌いは、ファウス様そっくりだな、と思っているだけです」

「テオ……」

ペタン、とファウスの耳が倒れる。このままでは部屋に入るなりティアを叱りつけそうだったファウスに、ぼくは釘を刺しておいたのだ。

「やだやだやだ――！　オレはぜったいたべなーい！」

「ティアー」

「ファランティア様、きちんとお座りになって！」

わいわいと騒いでいる子供部屋を覗くと、女官さんとティアがやり合っていた。

「お邪魔します」

「陛下、お越しになられたことに気づかず、申し訳ございません――」

「オレはこんなのいらなーい！　ティードもいらないなら、すてちゃえ！」

「ティア！」

ぼくとファウスが並んで顔を出したことに女官さん達が気づくのと同時に、ティアはテーブルの上の皿をひっくり返した。

かちゃん、と軽い音を立てて、皿が床に落ちる。皿に載っていた野菜が床に散らばった。

「殿下っ！　ファランティア様、お怪我は？」

「食べ物を粗末にするんじゃない、ファランティア！」

あたふたと怪我を心配する女官さんの声よりも、ファウスの声の方が大きかった。

急に大声を出された双子は、目を見開いて固まっている。

せっかく釘を刺しておいたんだけど、怒っちゃったな。皿をひっくり返すのは、良くない。声を荒らげたいファウスの気持ちもわかるけど、でも、やり方が不味いな。

「ちちうえ」

「……」

囁くような声はティア。言葉もなく目に涙を溜めているティード。二人とも恐怖で、ピン、と尻尾を立てている。

「皿をひっくり返すとは……」

「ファウス様、子供達が驚いていますよ」

大股で歩み寄ろうとするファウスの袖を、ぼくは慌てて引いた。大柄なファウスに声を荒らげられたら、誰でも怖いだろう。でも、ここでファウスを止められるのは、ぼくしかいないんだ。

ファウスはチラリとぼくの方に視線を向けて、苛立《いらだ》ちを収めたらしい。

耳は怒ったように伏せたままだけど、唸るような声を低めた。

「ファランティア」

「いらないから、すてたんだ」

怒りもあらわなファウスに言い返す度胸はすごいけど、ティアの尻尾は盛んにパタパタ揺れている。逃げ出したい恐怖心を、意地で抑え込んでいるのがよく分かってしまって、ぼくはそわそわした。

「食べ物を粗末にしてはいけないといつも言っているだろう」

「だって、ティードにあげたけど、ティードもいらないんだもん。いらないなら、すてちゃえ」

「ティア……ボクは」

「アランティルドアのせいにするな！」

「いらないからすてたのに。オレはわるくないもん！」

突然始まった親子の言い合いに、女官さん達も割って入れずオロオロしているのが、ぼくには分かった。

ぼくは苛立っているファウスの腕を軽く叩いて、一歩前に出る。

生意気に言い返しているティアも内心は怖くてたまらなかったのか、ぼくの顔を見たとたん、緊張に震えていた耳がぺたんと倒れる。

「ティア。嫌いな物だからって、捨てるのは良くないね」

屈《かが》み込んでティアと視線を合わせると、黄金の瞳が居心地悪そうに揺れる。

「だって、おいしくないんだもん」

拗ねたように唇を尖らせるティア。叱りつけるファウス相手とは違って、ぼくには甘えたな子供の表情を覗かせる。

幼いファウスだって、こんな感じに我儘を言っていたなと思うと、かわいくてたまらないんだけど、ここは甘い顔をしてはいけないところだ。

「ティア、ファウス様の言う通り、食べ物を粗末にしたらいけない。いらないなんてことはないよ。好き嫌いせずに食べないと、大きくなれないんだからね」

「……おとうさま」

ぼくの方が優しい口調だとはいえ、言っている内容はファウスと一緒だと分かると、ティアの眉が不機嫌そうに寄った。味方してもらえなかったと、拗ねているのかな。

「ティア、分かるね？」

「わかんない！　オレ、やさいなんてたべなくても、おおきくなるもん！　いらないもん！」

もうひと押し、と話しかけたところで、ティアはぴょんと椅子から飛び降りた。

ぼくにぶつかる勢いで走り出す。

何が起こったのか分からなくてびっくりしている間に、ティアはぼくの隣を駆け抜けた。

「ティアッ」

「ファランティア様、お待ちください！」

ぼくが振り返って声を掛けた時には、既に小さな背中は部屋から飛び出していくところだった。

すごい足の速さだな、流石セリアン。

女官さんはぼくと目が合うと、慌てて一礼して追いかけていく。これもまたすごい速さだ。流石だ、セリアン。ぼくでは追いつけない。

ぼくとティアのやりとりを見ていたファウスは、艶やかな黒髪をガシガシと掻《か》きまわしていた。

「逃げたな、ティア」

「いきなり怒ったらダメですよ」

「……」

尊敬する父上には、良い顔をしていたい子供達なのだ。ファウスに非難されるのは、ティアにとっても不本意だろう。

やりすぎたという自覚があるのか、ファウスはムス、と唇を結んだまま髪を弄っている。失敗した時に、毛づくろいをして気を落ち着ける猫みたいな行動だな。

所在をなくしたティードは、困ったように耳を伏せてぼく達を見上げている。

ティードのお皿には、さっきひっくり返した野菜以外にも、まだまだ野菜が載っていた。

どれだけ押しつけたんだよ、ティア。

「ティード、嫌ならティアに嫌だとちゃんと言え」

ファウスが、皿を見つめて呆れたように呟く。

小さなファウスの声を聞き届けたティードが、耳をパタパタと動かした。

自分も怒られたと思ったのだろう、綺麗な黄金の瞳に、みるみる涙が溜まっていく。

「だって。ティアが、あげるって。ボクにたべてってって……でも、ボクこんなにたべられなくて……」

「ファウス様ってば！　ティード、泣かなくていいんだよ」

ファウスを睨んでから、ぼくはティードの髪を撫でる。ファウスと同じ漆黒の巻き毛が、やわらかくぼくの指に絡んだ。

「ティアがたべてっていうんだもん。でも、ボクこんなにたべられないんだもん。ティアはやさいがきらいなんだ、だから――」

ぽろぽろとティードの涙が溢れてくる。

言葉にできないティードの葛藤が手に取るように分かって、ぼくは泣き虫な黒獅子を抱きしめた。ティアに頼まれると断れないけれど、自分でも対処できなくて困っているんだろう。断れないのは、ティアの期待に応えたいティードの優しさだ。

「そうだね。困ったね、ティード。大丈夫だよ、ファウス様もぼくも、怒ってないからね」

すすり泣く背中を撫でると、きゅ、としがみついて来る。かわいくて愛しくて、どうにかなりそうだ。

「ぼくがティアに、ちゃんと言い聞かせるから」

「うん」

首筋に当たる小さな耳のパタパタとした動きを感じながら、こっそりファウスを睨む。

ぼくの鋭い視線に、ファウスはたじたじと一歩下がった。ぼくが怒っていることは気づいたみたいだ。

「ファウス様、泣きやむまで抱っこしてくださいね」

「な、泣き止むまで……泣き止むのか？」

自信がなさそうな顔をするファウス。

「泣かせたのはファウス様です。宥めてください。ぼくは、我儘な子猫の方を追いかけますから、お願いしましたよ」

「分かった。ティード、俺が悪かった」

はい、とティードを差し出すと、ファウスは素直に抱き上げる。

同じ黒獅子で、二人の容姿はとてもよく似ているのに、ファウスとは違ってティードは泣き虫だ。赤く泣きはらした目のティードと、一人で子守を押し付けられて困惑しているファウスは、おんなじ真っ黒の耳をパタパタ動かしながら、ぼくに縋るような視線を向ける。

「すぐに戻りますから。ティード、ファウス様に抱っこしてもらってて」

「ああ」

「いってらっしゃい、おとうさま」


二人はそっくりの戸惑った表情のまま、揃って漆黒の尻尾を揺らして返事をする。

ぼくは愛しい二人に手を振ると、遠くに行ってしまった子猫の追跡を始めたのだった。

帰りを待っていても、ティードは探しに来た女官さんと素直に戻っては来ないだろうからね。


「はーなーせー。はなせ！」

「あ、あの。ファランティア殿下をお返しください」

王子と女官の追いかけっこの行き先は、比較的早く見つかった。

ぼくが庭へ下りていくと、元気に喚《わめ》いているティアの声が響いていた。その傍にいる女官さんの困惑した声も聞こえる。

この短い時間に子供部屋から庭まで移動しているんだから、ティアの足は速い。

「オレをつかまえるなんて、ぶれいだぞ！」

「猊下《げいか》にぶつかる方がよほど無礼だ」

ティアの声に答えたのは、サクロ・バルドだった。

声を頼りに、ぼくは花が咲き乱れる庭を歩いていく。

すぐに背の高いサクロ・バルドの姿が見えてくる。質素な法衣姿に、人相を隠すためのフェイスベールを付けているのもいつも通りだ。目元しか見えないのに、偉そうな態度が全く隠れていないのも、いつも通りだ。

元気に騒いでいるティアは、そんなサクロ・バルドの小脇に抱えられていた。

ティアは両足をバタバタさせて大暴れしているんだけど、サクロ・バルドの腕はびくともしない。流石、セリアン。馬鹿力。

ティアを追いかけていった女官さんは、誰がどう見てもファウスの兄王子であるサクロ・バルドを相手に、強くは出られずにオロオロしている。

すぐ傍には楽しそうに尻尾を揺らしているサクロ・シモーネの姿もある。ニコニコ笑ってないで、サクロ・バルドを宥めてくださいよ。

「猊下、サクロ・バルド。ティアが粗相をしたようですね」

サクロ・シモーネはファウスが即位するのと同時期に最高司祭を退いて、教皇位に下がった。聖下から猊下に、微妙に敬称が変わったのだ。

「おや、テオドア妃が追いかけてきたんだね」

「やんちゃな子で、すみません」

「畏れ多くも猊下の行く手を塞ぎ、あまつさえぶつかってきた上に、どかない方が悪いと抜かしたぞ」

面白がっている猊下の声とは違い、サクロ・バルドは不機嫌さを隠さない。

「ごめんなさい、不注意でした」

「オレはわるくないもん！　ぶつかっただけだもん」

頭を下げるぼくをよそに、ティアが文句を言う。ぶつかった自覚があるなら、悪いに決まっているだろう。

「ファランティア王子。今、なんと？」

「……！」

ぼくが叱るより先に、サクロ・バルドが冷ややかな目でティアを睨む。ティアの白い尻尾がぴーんと立って、ぴるぴると飾り毛が震える。怖いくせに意地を張るんだから。

「オレ、わるくない！」

「小僧」

「ティア、周りを見ずに走ってはいけません」

一段低くなったサクロ・バルドの声に、ぼくは慌ててティアを取り返しに両腕を差し出した。サクロ・バルドは子供だからといって手加減してくれないぞ。

「謝罪がまだだ」

「ティア、ごめんなさい、は？」

「オレ、わるくないもん！」

「……」

意地になっているティアに、ぼくは困ってしまう。ぶつかったのは間違いないのだから、謝らないといけない。

王子として大切に育てられているティアもティードも、謝る機会が少なすぎてなかなか素直に口に出せないんだろうか。

ぷ、と頬を膨らませて拗ねているティアと、無表情のまま腕の力を緩めないサクロ・バルドを交互に眺める。

ぼくが困っていると、笑って見ているだけだった猊下が、ぼくにだけウィンクを寄越す。明らかに面白がっているのに、ティアに向けては生真面目《きまじめ》そうな表情を作るんだ。相変わらず、食えないお人だ。

「ファランティア王子からは、僕に謝罪をもらえないようだ。それは、教皇である僕を軽んじていると受け取って良いのかな？」

「しらない！」

「結構。仕方ないな、サクロ・バルド。テオドア妃が迎えに来ているようだが、侮辱されたまま返しては聖堂の威信にかかわる」

「いしん？」

耳慣れない言葉に、不審そうにティアが呟く。猊下はワザと子供には難しい言葉を使ったな。

ティアはぼくの顔と、澄ました猊下の顔を不安そうに見比べている。

「猊下、すみません。ちゃんとティアには言い聞かせますから、ここは——」

ぼくの言葉を、猊下は片手で制する。

「聞き入れるわけにはいかないな。いくら王子とはいえ、聖堂の代表者であるこの僕を蔑ろにして、咎めがないと勘違いされては困る。サクロ・バルド、良いね」

「はい。猊下の仰《おお》せの通りに」

「ファランティア王子は我が聖堂に捕虜として連れ帰る。もう二度と、王宮には戻れないと覚悟を決めてもらおう」

「承知いたしました」

ティアを抱えたまま、大袈裟に頭を下げるサクロ・バルド。ニコリともしない猊下。会話の意味は半分も分かっていないだろうに、目を真ん丸に見開いたまま硬直しているティア。

なんだ、この茶番。

サクロ・バルドまで悪ノリするんだから、困ったものだ。

不安でいっぱいだが、意味が分かっていないティアのために、ぼくも口を開く。

「猊下、ティアはどうなってしまうんでしょうか！」

茶番に便乗すると、猊下は「王子には聖堂に住んでもらおう」と重々しく告げる。

「え？」

「サクロ・バルド。ここに長居は無用だ。捕虜を連れてついてきなさい」

「え、え？」

先に立って歩き出す猊下。無言のまま付き従うサクロ・バルド。

「おとうさま！」

とうとうぼくに助けを求めるティア。茶番の展開についていけず立ち尽くす女官さんに、ぼくは「連れて帰るから、先に戻ってください」と伝えて、大股で歩く二人のセリアンを追いかけた。

「おとうさま！　たすけて！」

強気だった尻尾が項垂《うなだ》れて、白い耳が伏せている。

「ティア、ごめんなさいは？」

「ごめんなさい！　ぶつかって、ごめんなさい！」

慌てて謝るティアに、サクロ・バルドが猊下を窺うように足を止める。猊下は大きく尻尾を揺らして振り返った。

「さて、どうしようかな。ファランティア王子は捕虜だからね」

「ごめんなさい。もうはしってぶつかりません」

「謝罪を受けよう、ファランティア王子」

ようやく謝ることができたティアに、猊下が笑顔で頷く。サクロ・バルドがティアを地面に降ろしてくれた。

慌ててティアは、ぼくに駆け寄ってくる。

ぼくに抱き止められたティアは、ぎゅうぎゅうとぼくの胸に頭を押し付けてきた。ずいぶん怖かったらしく、真っ白い耳がぺたんと倒れたままだ。

「ファランティア王子、どうして走ってたんだい？」

「おさらをひっくりかえしたの。ちちうえ、おこってる」

尋ねる猊下に、ティアは俯《うつむ》きながら答える。悪いことをしたと思ってはいるのだろう。

猊下はぼくの元までやってくると、ティアに視線を合わせて手を差し出した。

「ファウステラウド陛下を怒らせたのか。ファランティア王子、僕と少し散歩をしよう。すぐそこまで、王子の祖父君のところまでだよ」

「おじいさまのところ？」

「そう。メディコ博士に用事があって、僕とサクロ・バルドは城に来たんだ。時間が経てば、ファウステラウド陛下も怒りを鎮めてくださるだろう」

「ちちうえ、おこらない？」

「おそらくはね。テオドア妃、忙しいなら戻っても良いよ？」

猊下について行っていいものか、迷った風情のティアがぼくを見上げる。猊下はぼくの公務を心配してくれているんだろうけど、ファウスはファウスでティードを宥めているはずだから、時間はあるだろう。

「いえ、ぼくもついて行きます」

ぼくが一緒にいないと、ティアも不安になりそうだった。

サクロ・バルドに並んでぼくも歩き出すと、ティアの小さな手を引いて猊下が先頭に立つ。

父様の家までなら、子供の足でもすぐだ。

「どうして、皿をひっくり返したのかな？」

「やさいがいっぱいあったの。ティードにあげたのに、ティードもいらないって」

猊下に聞かれるままに、ティアはぽつぽつと答える。

「オレ、やさいキライ。いらないから、すてたの」

「食べ物は大事にしないとね」

「ちちうえも、いってた」

「では、捨ててはいけないと、ファランティアも分かったね？」

「だって……」

俯いたまま、ティアの尻尾がゆっくり揺れる。

猊下の言葉が正しいことは理解しているのに、認めれば自分の行動を非難されるとも予測している動きだった。

「やさいをたべなくても、オレ、おおきくなるもん。だから、いらないんだもん。すてててもいいの！」

「それはどうかな？」

ひょい、と猊下はティアの体を抱き上げる。慣れた仕草に、ティアは怖がることもなく猊下に抱きついた。

黄金の瞳が、後ろを歩くぼくを見つけて嬉しそうに輝く。

「サクロ・バルドはティアよりもずっと大きいだろう」

猊下は振り返ることもなく、ぼくと並んで歩くサクロ・バルドを話題に出す。

ぼくの隣で、びくっとサクロ・バルドが震えた。

何かマズい話題でもあるのだろうか、とぼくは背の高いサクロ・バルドの顔を見上げる。懸命に無表情を取り繕おうとしているけれど、黄金の瞳が泳いでいるぞ。

「うん。ティアをつかまえたひと」

「そうだね。ティアをすぐ捕まえられるぐらい強くて、大きいんだけど、食べ物を粗末にしてすごく怒られたことがあるんだ」

「すごくおおきくて、つよいのに？」

「そうだよ。サクロ・バルドでも怒られて、謝ったんだ」

黄金の瞳が真ん丸になって、サクロ・バルドを注視する。ぼくは、目元しか見えないフェイスベールの奥で、サクロ・バルドの頬が強張るのが分かった。

たぶん、六歳の時の話だ。ぼくがおにぎりを作って、聖下に食べてもらおうとした時に、バルダッサーレ殿下だったサクロ・バルドが、言いがかりをつけて投げ捨てたんだよね。

怒られた、と猊下は言ったけれど、実際は殴られて吹っ飛ばされてたんだよなぁ。

「……」

サクロ・バルドの視線がぼくの方へ向く。

何とも言えない、微妙な間ができた。珍しく、照れたような、困ったような、頼りない表情をする。

「シモーネ様、昔の話です」

「昔の話だね」

面白がるように、猊下の白い耳がぼくらの方を向く。人が悪いなぁ。

猊下に抱き上げられたまま、ティアは真剣にサクロ・バルドを見つめている。

「サクロ・バルド。おこられたから、もう、やめたの？」

「――私は好き嫌いするような、子供ではない」

澄まして答えたサクロ・バルドの言葉は、子供のティアには難しすぎた。ぱちぱち、と無邪気な瞳が瞬く。

「ティアも、こどもじゃないよ。もうおおきいおにいさんだもん」

パタパタッとティアの耳が楽しそうに動いたところで、ちょうど父様の家が見えてきた。

小屋ぐらいのサイズだけど、幼いぼくと、父様が二人で住むには充分だった。

十年以上前に寝泊まりしなくなったその家の周りには、今でも様々な植物が繁茂していた。

帽子を被って鍬《くわ》を手にした畑スタイルの父様が、ぼく達に手を振っている。

「ようこそおいで下さいましたシモーネ様。随分と大所帯ですね」

「久しいな、メディコ博士。途中で追突事故に遭ったものでね」

「おじいさま！」

父様の声が聞こえた途端、ティアが身を捩る。

猊下の腕をすり抜けるようにして降りると、父様の方へ走っていく。

「ティア様まで」

屈みこんで抱き止めてくれる父様に、ティアは嬉しそうに笑う。

「おじいさまのおうち、オレ、はじめて！」

「そうだね。いつも私から会いに行くからね」

「おじいさまのふく、つちがついてる」

「畑の世話をしていたからね。バルダッサーレ殿下……ではなく、バルド様。ご依頼の、病気に強い薬草の苗の研究も進んでいますよ」

父様に抱っこしてもらいながら、ティアは物珍しそうに父様の家を眺めている。

父様と子供達はたまに会っているけれど、無頓着な父様といえど、畑仕事で汚れた格好で子供部屋まで来た事はない。来たら女官さんに追い返されるからな。

「父様、お茶を淹れましょう」

「お願いするよ、テオ」

ティアの相手を父様がしてくれるので、ぼくは勝手知ったる実家の中に入っていく。

父様は自分の身の回りの事ぐらいできるけれど、お茶を美味しく淹れられるのかははなはだ疑問だ。

中に入ると、ぼくがすごした頃と実家の様子は変わらない。乱雑に積みあげられた本が、あちこちに散らばっている。懐かしいけれど、本当に掃除のできてない部屋だなぁ。

ティーポットも、カップも、ぼくの知っている場所にそのままあった。

大人には紅茶を。ティアには、甘いミルクに蜂蜜を。お湯を沸かしている間に、外から楽しそうな声が聞こえてくる。

「おじいさま！　ティアも、ティアもやってみたい」

「では、バルド様にお願いしましょう。バルド様、ティア様を抱えてください」

「なぜ私が」

「お前が一番背が高いんだから、良いだろう。ファランティアを落とすんじゃないよ」

「叔父上……。落としはしませんが」

「うわーい。たかーい！　ちち《っ》うえよりもたかいよ！」

「そう、その高い所の新芽を摘んでください。ティア様、上手にできたね」

　機嫌を直したティアが、甲高い笑い声をあげている。サクロ・バルドがティアを抱えるって、どういう状況なんだろう。

　気になって窓から覗く。

　畑の中で、ティアを肩車したサクロ・バルドが、父様の指示で何やら植物の世話をしていた。

　フェイスベールの下で仏頂面をしていそうなサクロ・バルドだけど、興奮したティアの尻尾にバシバシ顔を叩かれても、怒る様子はない。金色の長い尻尾が、戸惑うようにゆっくり揺れているだけだ。

　猊下は少し離れたところで、面白そうに眺めているだけで、手を出そうとはしない。

　父様はティアを調子に乗らせて、高い位置の花やら芽を摘ませては、手にした籠に集めている。

　それにしても、すごい光景だ。王子様と元王子様に囲まれているのに、動じずに手伝いをさせる人って、父様だけだと思う。

　ぼくはお湯を沸かしながら、ティアがサクロ・バルドを怒らせはしないかハラハラしながら見守ったのだ。


　ぼくが畑の傍に椅子を出して、猊下とサクロ・バルドにお茶を出している間も、ティアと父様は熱心に畑に屈みこんで土を弄っていた。

「おじいさま、ムシ、ムシがいる！」

「それは、ミミズだから、厳密には虫じゃないね。畑に良いから、そのままおうちに戻してあげて」

「はい！　おい、おまえ。ちゃんといえにかえれ。おじいさま、これは？　とってもいい？」

「それは、雑草だから、抜いて。そうそう、力を入れて引っ張って」

「ん―――！」

父様に言われるまま、顔を赤くしてティアが雑草を引っ張っている。

白くて長い尻尾がピンと立って、力み具合がよく分かる。一生懸命で、かわいいなぁ。

「がんばれ、がんばれ」

父様は適当に応援しているけど、あの雑草、根っこが深くて子供の力で抜くのは難しいんだよね。

ぼくが手伝おうかと腰を浮かすと、無言のままサクロ・バルドが立ち上がった。

「え、あの……っ」

追いかけようとするより早く、足の長いサクロ・バルドは畑へ入ってしまう。

「テオドア妃、心配しなくても、バルドは子供には優しいよ」

「いいえ。その。ティアがまた失礼なことをしないかと……」

ぼくの心を読んだように、お茶のカップを手にしたまま猊下が笑う。言い訳をしながらも、心の底にティアが怒られるんじゃないかという心配は確かにあったので、ぼくは赤面してしまう。

「見てごらん。バルドはああ見えて、ファランティアに優しくする自分に戸惑っているんだから」

「そうなんですか？」

「そうだとも。かわいいだろう？」

「かわいい……？」

サクロ・バルド相手にかわいいと言えるのは、猊下だけじゃないのかな。ぼくの怪訝《けげん》な顔を見て、猊下はますます楽しそうに笑うのだ。

ハラハラしながら見守るぼくの前で、サクロ・バルドは静かに歩み寄ると、ティアの小さな手に大きな手を添える。

さほど力を入れたように見えないのに、あっという間に引き抜いてしまった。流石、セリアン。馬鹿力だなぁ。ぶちぶちと根っこが引き千切れる音が聞こえそうだ。

「すごい！　サクロ・バルド」

「お前は、力の入れ方がなっていない。メディコ博士、孫と遊んでいないで、早くシモーネ様の依頼の品を出さないか」

「せっかちですねぇ、バルド様。はいはい。すぐにお見せしますよ。ティア様は、テオの所で待っていて」

父様は笑いながらティア様の頭を撫でようとして、土だらけの手を服の裾で拭く。

なんてことだ！　とぼくが思った途端、それを見たティアまで真似をする！

ああああああ！　最上級の生地を使った服で土遊びをさせただけでも罪深いのに、なんてことを。

女官さんに謝ったら許してくれるだろうか。

懊悩《おうのう》するぼくをよそに、ティアは嬉しそうにぼくのもとへ駆け寄ってくる。

「おとうさま！　オレ、おじいさまのおてつだいした！」

「偉いね、ティア」

服も顔も、なんなら掌まで土だらけのティアは、キラキラした目でぼくを見上げてくるのだ。

心の底から良いことをしたと思っているティアに、土で汚したら駄目だと言うのは、狭量すぎるだろう。

ぼくは、苦笑と共にフワフワの白銀の髪を撫でる。

ぼくの手が撫でやすいようにぺたんと耳を倒したティアは、幸せそうに笑う。

かわいいな。皿をひっくり返して野菜を捨てるような、悪い子には見えないんだよな。

「ファランティアは、どうしてメディコ博士の手伝いをしたんだい？」

空になったカップを置いた猊下が、ティアに笑いかける。

きょとんと金色の目を見開いたティアは、不思議そうに首を傾げた。

「おじいさまが、オレにてつだって、っていったから」

「優しい、いい子だな。テオドア妃」

「ええ。ありがとうございます、猊下」

「王族に生まれて、食べ物を粗末にするなという意味を理解するのは難しい」

「──はい」

猊下にも髪を撫でられて、ティアはごろごろと微かに喉を鳴らす。

ぼくは嬉しそうにしているティアと、突然話題を変えた猊下を見比べてしまう。

「とはいえ、感性はテオドア妃と同じだ。ファウステラウドがそうだったように、褒められれば嬉しく、請われれば手を差し伸べる。分かるね？　テオドア妃」

はい、と頷いてみたものの、表現が遠回しすぎてぼくは困ってしまう。

伝えれば、伝わると言いたいのかな？　これだから小難しいことを言いたがる聖職者は困るんだ。

首をひねっている間にも、ティアがぼくの膝によじ登ってくる。

あああ。かわいいけれど！　ぼくの服まで土だらけに！　女官さんに謝ったら、許してくれるだろうか。

手が土で汚れているティアに、温かい蜂蜜入りミルクを飲ませてあげつつも、ぼくの悩みは尽きない。

そんなぼくたちを微笑ましそうに眺めている猊下に、遠くからサクロ・バルドの声が掛かった。

「シモーネ様、メディコ博士の論文は回収しました。聖堂へお戻りの時間です」

綴《と》じられていない紙の束を革紐でくくりながら、サクロ・バルドと父様が近づいてくる。

猊下はササッとぼくの後ろに回った。

ぼくをサクロ・バルドの盾にするのは止めていただきたい。

膝にはミルクを飲んでいるティア、背後に猊下。ぼくはどこにも逃げ場がないのだ。

「もう帰るのかい？　もう少し、ゆっくりしても――」

ぼくの背中越しに、猊下がそんなことを言う。フェイスベールのせいで目元しか見えないサクロ・バルドの、金色の瞳が細められた。

「お勤めがあるのをお忘れか！　そもそも、すぐに戻るとおっしゃるからお連れしたんです！」

「バルドはケチだな」

ぱっとサクロ・バルドの顔が赤くなる。

「ケチとは何事ですか！」

「では、意地悪だ」

ぼくが無理に体をねじって振り返って様子を窺うと、猊下は恨みがましい顔でそんなことを言っていた。

猊下にはとことん弱いサクロ・バルドは、そう言われれば強くは押せない。

どうするのかな、とぼくが考えていると、サクロ・バルドは引くことなく一歩踏み込んでいた。

成長したのか。

「どこがですか！　私はいつも、貴方の我儘を聞いているでしょう！　すぐに戻ると約束したのですから、お早く！」

ずかずかと大股で歩みよったサクロ・バルドは、猊下が逃げようと重心を後ろに移動させた瞬間に捕まえる。一瞬の早業だった。

ぼくとティアは、感心して二人を眺めるばかりだ。本当に、純血のセリアンの運動能力は常識外れだな。

「まぁまぁ、シモーネ様。まだ考察は途中ですし、苗木もあります。次の機会にいらしては？」

珍しく父様が宥めに入るのに、高い位置にあるサクロ・バルトの瞳は冷ややかに睨むばかりだ。

「私が一人で来る。わざわざシモーネ様がお運びになる用件ではない」

「しかし――」

「メディコ博士は、己の職分を全うしろ。シモーネ様も、教皇である御身の重要性をお忘れになるな！　行きますよ！」

強引に猊下の腕を取ると、半ば引きずる勢いでサクロ・バルドは去っていった。

猊下に負けないぐらい成長したのかな？　サクロ・バルド。

それにしても騒がしい二人だ。


ぼくとティア、それに父様の三人になってお茶を飲んでいると、すぐにファウスとティードが迎えにきた。

拗ねて出て行ったはずのティアが、ぼくと父様と一緒に遊んでいたことを知って、ティードが羨ましがったり怒ったり、宥めるのが大変だった。

「ボクもおじいさまの、おてつだいする！」と言って父様にしがみ付くティードを宥めて引き剝がし、子供部屋に帰るまで、さらに二杯の蜂蜜入りミルクが必要だった。

ティードには悪い事をしたなぁ。


「子供達に畑仕事をさせる？　テオは面白いことを考えるんだな」

あの日から数日経った夜。

ファウスと二人で眠る直前に、ぼくは思いつきを提案してみた。

まだ肌寒い春先の夜なので、ファウスはぼくを湯たんぽみたいに抱きしめている。

筋肉質で硬い腕に頭を預けて、ぼくはファウスを見上げていた。ファウスは温かいんだけど、硬いんだよな。

「だめですか？　王子が畑仕事なんて、外聞が悪いですか？」

「別に構わないと思うぞ。それを生業《なりわい》にするならともかく、勉強というか、遊びの一つだろう？」

「はい。子供達は、ヴィード・メディコ、ぼくの父も祖父だと思ってくれているので、遊びに行くという体《てい》が良いんですけれど」

ファウスと結婚するにあたって、ぼくはコーラテーゼ公爵家の養子に入っている。法律上はアダルの義弟という形だ。なので、系譜に記載される二人の王子の外祖父は、正式にはコーラテーゼ公爵ということになる。

人の好いコーラテーゼ公爵に二人とも懐いているし、もちろん先王ボナヴェントゥーラ様にも懐いている。まだ二人とも幼いから、祖父母が三人ずついることを理解するのは、もっと先のことだろう。

「どうしてまた畑を？　メディコ博士は医学者だから、薬草の知識を教えたいとか？」

一日の疲れでウトウトしているファウスは、ぼくの髪を手慰みのように撫でながら尋ねる。丸い耳はピンと立ったままだから、ちゃんと聞いてくれている。

「いいえ。先日ティアが、野菜を捨てたでしょう？」

「ああ。あれは良くない」

ムスッと唇を噛みしめて、ファウスの尻尾がぼくに巻き付いてくる。

「ぼくもそう思いますが、頭ごなしにダメだと言っても、ティードはともかくティアは頷きません」

「……そうだな。誰に似たんだ？　俺か？」

「ふふふ。どうでしょうね？」

不満そうにぼくに絡んだファウスの尻尾がくねる。くすぐったくって、ぼくは笑ってしまう。

「理屈っぽいところは、テオだと思うんだけどな。テオは、頑固なところもあるだろ？」

「そうですね。でも、負けん気が強いのはファウス様だと思いますよ」

「んー、んんん。……そうだな」

考えに考えて、ようやくファウスは納得したのか頷く。丸い耳がくるくると回る。

「ティードがすぐ泣くのは？　あれは俺じゃないぞ」

「ぼくですか？　ぼくだって、あんなに泣き虫じゃありませんよ。でも、ティードが泣くのは、優しいからでしょう。感受性豊かで、共感性が高いからですよ。

女官さんからの報告では、二人の時はティアの後ろに隠れがちですけれど、一人の時は物怖《ものお》じしないそうですから、ファウス様に似ていますね」

「そうか。んー……髪の色は俺と同じだけど、あんまり似ていないと思ってた」

「似てないなんて！　お顔もよく似ていますよ。将来は、二人ともすごく格好良くなると思います」

「俺は、テオみたいにかわいくなると思うけど。それにしても、上手い具合にどちらにも似たものだよな」

機嫌よくファウスはぼくを抱き締める腕に力を込めてくる。

「不思議ですね」

「それで、畑だったか。どちらかを医学者にしたいんじゃなければ、どうするんだ?」

「食べ物を育ててみたら、もう少し野菜も大切にできるのではないかと」

「……そういうものか?」

「やってみないと分かりませんが。猊下が『王族として生まれたら、理解しにくい』とおっしゃっていて。確かに、それも一理あると思ったんです」

ティアやティードが、明日の食べ物に困ることは、考えにくい。食べ物を大切に、と言葉だけで伝えても、実感が湧かないのは仕方がないのかもしれない。

「叔父上が、そんな事を。あの人は、他人を見るのが仕事みたいなものだからな……」

「ファウス様の許可がいただけたら、明日か明後日にでも、朝のうちに父様の畑に連れて行こうと思います」

「分かった。二人とも畑を触ってみたいようだから、構わない。メディコ博士も、テオも、疲れないようにな」

「ええ。ありがとうございます」

二人の王子の教育は、まだ厳密なカリキュラムが組まれる段階ではない。小さいんだから、遊ぶのも仕事のうちだ。

父様に、どんな植物が育てやすいか相談して。なるべく早く育つものが良いな。食べられる植物だともっと良いな。

自分で育ててみて、せめて、嫌いな野菜だからって捨てようという発想にはならないで欲しいな。

ぼくは温かいファウスの腕の中で、あれこれ思案しながら、いつの間にか眠っていた。

二日後の朝。

朝ご飯の直後に、突然現れたぼくに、子供達は大喜びだった。普段はこんな時間からぼくは来ないからな。

「おとうさま、どうしたの？」

「ティードにあいにきてくれたの？　おしごとは？」

「お仕事は、後にしたんだよ。今日はまず、おじいさまのところに行くよ。一緒に行ってくれる？」

「いくいく！」

「ティードも！　ボク、ちゃんとおてつだいできるよ」

ティアだけが父様のところで遊んだのを、覚えているティードだった。

ぼくはお世話役の女官さんに断って、護衛の武官さんと一緒に、子供達を連れて父様の家に向かったのだ。

事前に父様には連絡を入れておいたし、子供達でも育てやすい植物の打診も済ませていたんだけど。

まさか、そこにファウスまでいると思わなかった。

先に到着していたファウスは、動きやすいように上着を脱いで、手には鍬を握っている。何をしてたんだ？

「ファウス様！」

「ちちうえ！」

「どうしたの？　ちちうえ、おしごとは？」

騒ぎながらも駆けよっていく子供たちは嬉しそうだ。細い尻尾をぴんと立ててきゃあきゃあ歓声を上げている。

「お仕事はこの後ちゃんと行く。面白そうだから、俺も見に来た」

最初の一言は、ぼくに対する言い訳だな。

「随分早く陛下がいらっしゃってね。いやあ、流石セリアン。力持ちだ。畑を色々手伝ってくださったよ」

にこにこしながら、土で汚れた格好の父様が家から出てくる。

手伝ったたって。手伝ったたって……この国の王であるファウスに、何をさせたの？　父様。

目を剝くぼくに、父様は「どうしたんだい？　テオ。面白い顔をしているよ」などと呑気なことを言っている。

「ティア様、ティード様、待っていたよ。私と一緒に、ラディッシュを植えようね」

父様がそう言って、小さなお皿を掲げる。子供達にちょうどいい植物は、ラディッシュになったのか。

「おじいさま、らでぃっしゅ、て?」

「なぁに?　おはな?　きれい?」

「ラディッシュは綺麗な赤い大根の一種だね。小さくてかわいいよ。お手伝いしてくれるかい?」

「するする!　オレ、じょうずにできるよ」

「ティードも!　じょうずにおてつだいする」

興奮して尻尾の毛がブワッと膨らんだ子供達は、鍬を手にしたファウスから注意が逸れているようだけど、ぼくは違う。

「ファウス様。朝から何をなさっていたんです?　父様が、何かご無礼なことを申しませんでしたか?」

「メディコ博士を手伝っていただけだ。畑の土をひっくり返したり」

「そんなこと、ファウス様がなさらなくても」

「せっかくだから、良いじゃないか。あちこち耕すのは面白かったぞ」

にこにことファウスは満足そうに笑っている。

「陛下にお願いすると、私がするよりずっと早くてね」

「当たり前だけど!　なんてことさせるんだよ、父様!」

「テオがそんなに怒るなんて、珍しいな。俺は気にしてないぞ。博士、鍬はもっと重い方が深く刺さってやりやすいんだが、他にはないのか?」

「農作業をするセリアンは珍しいでしょうから、セリアン仕様の鍬なんてないんですよ。陛下に合わせていたら、私では持ち上がらなくなってしまう」

「そうか。俺用の鍬を作らせた方が早いか」

「ちがいます!　もー、父様!　ファウス様がそんなことしなくて良いんです!　もー、父様!　立場を考えて!」

呑気に、鍛冶師に鍬を作らせようかなとか算段しているファウスに、ぼくは頭が痛くなりそうだった。王室御用達の鍛冶師は、鍬を作るためにいるんじゃないよ。

あぁあ。でも、父様は昔からシモーネ聖下の前で聖女批判ぐらいしてしまう人だった!　頼むから、もっと処世術を身に着けて!

「おとうさま、おこってるの?」

「おとうさまがおおきなこえをだすのは、めずらしいね」

こそこそと白銀と黒の頭を寄せ合って囁く双子。ぼくは仲良しの二人に、慌てて言い訳する。

「怒ってないよ。怒ってないけど……その、父様がね、うん」

「大丈夫だ。テオは怒ってるんじゃなくて、珍しく慌ててるんだ。普段、身分には無頓着なのに、面白いな」

鍬を置いて双子の頭をガシガシと雑に撫でたファウスは、ぼくの肩を抱き寄せる。

ぼくは大人しくファウスに寄り掛かって、小声で返すしかない。ファウスの言う通りで、本当に恥ずかしい。

「取り乱しました」

「たまに畑を耕すのも、鍛錬では使わない筋肉を動かすようで、面白いぞ」

「止めてください。父が調子に乗って、またファウス様に頼んでしまうでしょう」

「それでも構わないんだが。……分かった。テオが嫌なら、止める」

ぼくが睨むと、ファウスはパタパタと手を振る。父様の無邪気な態度は、いくら身分制度に鈍いぼくでも、ハラハラするんだ。


ファウスが鷹揚な人だって分かっているけど、貴族の誰もがそうとは限らないんだ。

「仲直りしたかい？　テオも一緒に種まきするのかい、それとも王子達だけ？」

元凶の父様は、呑気にぼく達に声を掛けてくる。

ぼくは喧嘩《けんか》なんてしてないし、反省すべきは父様の方なんだけどな！

「ぼくは見学で良いです！」

「ふーん。じゃあ、ティア様、ティード様はこちらへ。この畑は、陛下が朝から耕してくれたんだよ。ほら、土がサラサラだろう？」

ティアとティードを連れて、父様は畑の一角に向かう。

何も植えられていない畝《うね》が二つ作られていた。

「うん、サラサラ！」

「ほってもいい？」

「ラディッシュの種は小さいからね。深く掘らなくても良いんだ。畝は二つ作ってもらったから、ティア様とティード様で一つずつだね」

「オレの？」

「ボクの？」

「そうそう。あとで、間違わないように名前を書こうね。お二人は、もう名前を書けるかい？」

「かけるよ！　ティア、じょうずにかける」

「ティードもかけるもん」

引率の先生のように、父様は子供達の相手をしている。

見守るファウスは、嬉しそうにぼくに尻尾を絡ませてきた。

「やっぱり、テオの子だ。四歳で名前が書けるなんて、賢いな」

「乳母《うば》さんや女官さんが優秀なんですよ」

父様が細かいラディッシュの種をまいた後、土を被せるように掛ける説明をしている。

二人が適当な木の板に木炭で名前を書くころには、ぼくとファウスは本来の執務に戻る時間になっていた。


毎日畑へ行く時間を作るのは大変だけど、始めたのがぼくなので、責任をもって子供達を引率するつもりだった。

まだ肌寒い早朝から二人を連れ出すつもりだったんだけど、なぜかファウスまでついてきた。

ぼくはびっくりしたけど、普段は顔を出さない時間からファウスに会えた子供達は大興奮だった。

いつもお世話をしてくれるのは女官さん達でも、父親に会えるのは嬉しいのだ。ラヴァーリャ王室の親子関係は、ぼくの体験してきたものとは違うんだけど、ぼく達はかなり懐かれている。

二日連続で王様が自宅に来ても全く動じない父様は、子供達だけではなくファウスにまでジョウロを渡していた。

水を撒けという事だろう。

水やりを任されたファウスも、面白がって井戸へ水を汲《く》みに行くんだから、どっちもどっちだ。王様じゃなかったのか、君は。

「ちちうえ。あかいらでぃっしゅ、どこ？」

「種からいきなり大根になったりしないぞ。まずは芽が出るんだ」

双子と一緒に、父様の畑全体に水やりをしながら、そんな事を説明している。

十歳の時、小麦粉が時間の経過とともにパンに変化すると信じていた君の姿からは、想像もつかないよ。

いつの間に勉強したんだろう。

「ちちうえも、らでぃっしゅそだてたの？」

「いや。メディコ博士に昨日聞いた。俺は昨日の夕方に、ラディッシュが出てきたか気になって見に行ったからな！」

なんだ、ファウスの行動パターンも、子供達と同じか！　しかも、子供達よりせっかちだ。朝植えたラディッシュが、夕方収穫できるはずがないだろう！

知ったかぶりせずに、正直に自分の知識不足を認められるところは偉いけれど、発想が子供と同レベルで面白い。

「ええー！　ちちうえだけ、ずるい！　オレもいきたかった！」

「俺は大人。ティアは子供。一人でラディッシュを見に行って良いのは、大人だけだ」

狭い狭いと文句を言いながら、ティアが尻尾をバタバタさせても、ファウスは偉そうに胸を張っていた。

相変わらず大きな子供みたいで、かわいい人だなぁ。

子供と対等の目線で話をしてくれるところが、子供達に好かれる要因なんだろうか。

「ティードといっしょならいい？　ティードもいきたいよな？」

「いく。ボクも、ティアとおじいさまのおうちにいく！」

「二人とも子供だから駄目だ。ちゃんと女官達の言うことを聞け」

「ティードといっしょなら、ひとりじゃないもん」

「こどもだけど、いっていいんだもん」

「いや、そういう意味じゃなくてな……」

一瞬で子供達の屁理屈に押し負けるファウス。

困ったように尻尾を揺らして、父様と一緒に畑の傍で見守っているぼくを振り返る。

「二人が勝手にいなくなったら、女官さんも、ぼくも心配するから駄目だよ。

ぼくの知らないところで、サクロ・バルドに捕まってるかもしれないだろう？」

「サクロ・バルド！」

野菜をひっくり返したティアが、シモーネ猊下にぶつかったせいでサクロ・バルドに捕獲された一連の話は、ファウスにも伝わっている。

ティアは、力強い腕から全く逃げられなかったことを思い出したのか、いつも勝気な白い耳をペタンと倒す。

　ファウスも苦手な兄王子の名前が出て、同じように耳をペタンと倒している。

　感情が隠せないセリアンはかわいいなぁ。

「おとうさま、たすけてくれる？」

「ぼくの知っている時ならね。でも、勝手に出かけたら誰も助けられないよ。今度こそ、聖堂の子になっちゃうかも？」

「せいどう……！」

「ボクも、せいどうのこになっちゃうの？」

「こっそり出かけたらね。ぼくには分からないんだから、仕方ないな」

「オレ、おとうさまといっしょに、おじいさまのところにいく」

「ボクも」

「なら安心だね。毎日一緒に見に行こう」

　ぼくの提案に、子供達はぴょんぴょん跳ねて喜びをあらわにする。

　喜んでくれるのは嬉しいけど、あんまり跳ねると、せっかくの畑が踏み荒らされちゃうんだけどなぁ。

「おとうさまと、まいにち！」

「ボク、まいにち、はやおきする！」

「俺とは？」

「ちちうえも、いってもいいよ！」

「ちちうえも、つれていってあげる！」

「連れてきてもらうのか？　俺も？」

　釈然としない様子でファウスは首を傾げる。子供相手に苦笑するしかない。

「ファウス様は、ちゃんとお仕事なさってください」

「俺だって、ラディッシュが見たい」

　ぼくがさり気なく執務に戻るよう促すと、ファウスは不満そうに尻尾を動かした。本気で見たがっているようで、ファウスの耳がピン、と立って自己主張してくる。

「ちちうえにも、みせてあげる。こっちはオレの！」

「ボクのこっち」

　ティアとティードがそれぞれファウスの手を引っ張る。

「なまえかいてあるよ」

「ティードって、じょうずでしょう？」

「ああ。ちゃんと書けてるな」

　ファウスに褒められて、ティードは頰を真っ赤に染めて笑顔になる。

三人揃って畑に屈んで、昨日植えたあたりを覗き込む。

長いファウスの尻尾と、細くて短いティアとティードの尻尾が同じ動きで揺れていて、とてもかわいい。

「ティア、ティアのらでっしゅのめ、でてきた？」

「オレのはまだ。ティードは？」

「ティードもまだ。らでぃっしゅ、ねてるのかな？」

「おこしてみようか。おはようって」

「芽が出るまで、早くても二、三日はかかるらしいぞ。今日博士が言ってた」

双葉が出ている場所を探している子供達に、またもや父様から聞いた話をそのまま伝えるファウス。

「はやく、っていってもダメ？」

「にさんにち、ってあした？」

「ラディッシュに耳はないから、頼んでも無理だろう。二、三日っていうのは、明日か明後日のことだ。水を沢山やると良いそうだ。博士が言ってた」

「わかった、がんばる」

「ボクもできるよ」

使命感に燃えたらしい子供達は、ぼくが止めるまで水をやり続け、もう少しで畑の畝が泥になるところだった。

もちろん畑仕事なんてしたことのないファウスが、水の量を調節してくれる事なんてなかったんだ。


ファウスと子供達の畑ブームは、順調に続いた。

朝早くから元気に起き出し、せっせと父様の畑に通った。

提案したぼくの方が引きずられるぐらいの熱意だ。

父様の提案で、ラディッシュの観察絵日記みたいなものをつけたり、ファウスはいつの間にかラディッシュ以外の作物の世話まで手伝わされたりしていた。

父様、ちょっとは遠慮してください。ファウスは、この国の王様です。

二人の絵日記を見ていると、それぞれの性格がよく出ていて面白い。

用紙いっぱいに描くティアと、細かいところまでよく見ているティード。二人は双子だけど、感性は大きく違うようだ。

ラディッシュの本葉が大きくなり、間引きの時期になっても、可哀想《かわいそう》だからと間引くのを嫌がるティード。

大きくなる途中のラディッシュを抜こうとするティア。ティアは好奇心旺盛すぎる。

ぼくは懐かしい気持ちになる。

前世の記憶でも、小学校で朝顔やヒマワリ、へちまを育てたなぁ。ティアたちを見ていると、思い出される。

毎朝わぁわぁ騒ぎながら楽しくラディッシュを育てたのは、大体一月ぐらいだった。

子供達が飽きないように、成長の早い野菜を選んだからだ。

土の間から鮮やかに赤いラディッシュの姿が見えるようになってくると、子供達はますます畑に行くのが楽しくなったみたいだ。

「おとうさま！　きょう、らでぃっしゅたべてもいいって」

「おじいさまが、いいって！」

水やりの後、嬉しそうにぼくに報告してくれる。

父様の許可が出たらしい。

「俺も抜いてみても良いか？」

「ちちうえはダメ！　オレがぬくの！」

ワクワクしながら聞いたファウスに、ティアは無慈悲に断る。ファウスの耳と尻尾が同時にぺたりと垂れた。あまりにも素直にしょげているので、ぼくは噴き出してしまいそうになる。

「ボクのだったらいいよ！　ちちうえも、ぬかせてあげる」

すぐにフォローを入れるティード。

三人は父様の指導の下、楽しそうにラディッシュを収穫していた。

父様が世話を手伝っただけあって、初めて育てたにしては上手にできている。たくさん採れたラディッシュを抱えたファウスと子供達は、見て見て、とぼくに誇らしげに見せてくれる。

ぼくまで楽しくなるぐらい、ファウスもティアも、ティードも嬉しそうだ。

「せっかくだから、サラダにして食べましょう」

ファウスに水を汲んできてもらって、その場で綺麗に泥を落とす。葉っぱを落としたあとは、薄くスライスすることにした。

ナイフを使おうとするぼくから「テオは危ないから駄目だ」とファウスが取り上げる。ぼくよりもずっと刃物の扱いが上手いファウスは、まな板もないのにスパスパ切ってくれた。

「ちちうえ、すごい！」

「じょうず！」

「そうだろう、そうだろう。もっと尊敬するように！」

ファウスが野菜を切るところを初めて見る子供たちは、素直に尻尾をぴんと立てて尊敬していた。まんざらでもなさそうに喜んでいるファウスもかわいい。

父様が大きなお皿を出してくれて、切ったラディッシュを水に晒した後並べてくれる。

ラディッシュは癖が少なく食べやすい野菜だから、大人のぼく達ならそのまま齧《かじ》ってもいいぐらいだ。でも、大根には違いない。子供達はそのままだと食べにくいだろう。

ファウスと父様がラディッシュを切っている間に、ぼくはドレッシングを作ることにする。とはいっても、台所で見つけたオリーブ油と酢と蜂蜜、塩コショウを軽く混ぜるだけだ。

「はい。ティア、ティード。食べてみよう」

鮮やかな赤い色合いを残した薄切りラディッシュを差し出すと、子供達は金色の目をまんまるにして受け取る。二人とも同じぐらい耳と尻尾の毛を逆立てていてとてもかわいい。

「ぱりぱりしてる！」

「おいしい！　やさいなのに、すごくおいしい！」

即席サラダは、子供達の口に合ったらしい。にこにこしながら、二枚目、三枚目と手を伸ばす。

「ファウス様も、父様もどうぞ」

「いただくよ」

父様とファウスに勧めると、父様はすぐに手を出したのに、ファウスは渋い顔をする。

「ええー。でも、野菜……」

ここまで参加しておいて、野菜は嫌なのか！　大人だから我慢できるんじゃなかったのか！

ぼくは呆れつつ、ファウスを睨んで子供達には聞こえないように囁いた。

「子供達が食べてるのに、ファウス様が食べないわけにはいかないでしょう！」

「野菜……」

情けなく黒い耳をパタパタさせながら、ファウスもラディッシュを味わう。

採れたての野菜は美味しかったらしく「美味しい

な！　ティアとティードが育てただけあるぞ！」という。ぼくは苦笑するしかなかった。

　涼しい朝の空気の中、ぼく達はラディッシュを味わったのだ。


「テオの思い付きはいつも、変わっているのに効果が高いな」

　報告書を読んでいたファウスが面白そうにそう言ったのは、ラディッシュを育ててから一月以上経った後だ。

「何か面白い事でもありましたか？」

「ん、子供達の野菜嫌いがだいぶ減ったらしい。少なくとも、捨てることはないようだな」

　ファウスがぼくに差し出したのは、王子付きの女官長からの報告書だった。

　二人の好きな遊び、できるようになったことなど、こまごまと報告されている中に好き嫌いが減ったことが書かれている。

　本当に細かいところまで目が行き届いた報告書で、女官長の真面目な人柄と子供達への気遣いが溢れていて、ぼくはこれを読むと幸せな気分になるんだ。

　子供達がとても大切にされていることが分かって、安心できる。

　幼い頃のファウスのことも、女官さん達はきっとこんなふうに見つめていたんだろう。

　六歳からずっとファウスと一緒にいるけれど、ファウスの傍で国王夫妻を見かける機会は少なかった。ぼくやファウスは、先代の国王夫妻に比べれば、ものすごくしょっちゅう顔を出しているんだと思う。

　でも、直接顔を合わせる機会は少なくても、ファウスも、兄王子バルダッサーレ殿下も、こんなふうに両親に見守られていたんだろう。

「野菜を食べられるようになって、良かったです」

「子供達の顔を見に行くか？」

「ええ、そうですね。そろそろ昼食が終わったころでしょう」

　季節は春の盛りだ。

　廊下をファウスと連れ立って歩くと、暖かい日差しが差し込んでくる。

　子供部屋に近づくと、声が聞こえてきた。

「たべない、たべない、オレはこんなのたべなーい！」

「ティア、ティア、ボクにくれてもこまるよぅ」

「こんなプルプル、オレはたべない！」

「ボクもキライだもん！　とりにくはイヤ！」

どこかで聞いたようなセリフだ。

内容から察するに、鶏肉の皮の食感が嫌なのかな？　ファウスの足が止まる。ぼくが見上げると、怪訝な顔をしていた。

「好き嫌いは、克服したんじゃないのか？」

「……野菜は食べられるようになっても、鶏肉の皮はまた別なんでしょうねぇ」

「いや、でも――」

納得がいかない風情のファウスに、ぼくは耐えきれずに噴き出してしまう。自分のことを棚に上げる姿勢は健在だな。

「嫌なものは、嫌なんですよ。ファウス様だって、今でも野菜は嫌いでしょう？」

「それはそうだが」

「そうですね。今度は、鳥の唐揚げでも作りましょう。皮までパリパリにしたら、美味しいですよ」

野菜嫌いを一つ克服したからといって、好き嫌いがそう簡単になくなるわけがないのだ。


子供達はまだまだ成長途中だった。

おわり

探せ！アダルの婚活必勝法

私が仕える主、ファウステラウド殿下が長年の執着もとい恋を実らせ、めでたくテオドア・メディコ・コーラテーゼと結婚式を挙げてから、数日経っていた。

まだまだ国内は祝賀ムードが続いている。

結婚式の次は即位式なのだから、当然か。

祝宴に続く祝宴でファウス様の側近である私、シジスモンド・アルティエリは疲れていた。

仕事が多いのだ。

もてなしの準備が滞りなく進んでいるか確認しつつ、ファウス様とテオドアの様子にも気を遣い、主賓達の動きも注視する。テオドアが王太子妃になるまでは彼と分担していた役割が、今は私一人に回ってきているのだ。仕事量が私の許容量を超過している。

「テオドアは、テオドアで大変そうだが」

厨房の様子を覗くつもりで外回廊を歩いていると、中庭の東屋《あずまや》に王太子夫妻を見つけた。いつも飄々《ひょうひょう》としているテオドアは珍しく疲れた様子で、ベンチで休んでいる。テオドアの隣にはファウス様。忙しいはずなのに疲れ一つ見せないのは、さすが生粋の王子だ。場慣れしている。

ファウス様は、心配そうにテオドアの細い肩に自分のマントを掛けてみたり、飲み物を渡したりと甲斐甲斐しいことこの上ない。声は聞こえないが、恐縮しながらテオドアが何か言っている。

おそらく、「ぼくのことは置いてお仕事をしてきてください」「テオから離れるのは嫌だ」「もー、我儘なんですから！」とかいう、甘ったるいやり取りをしているんだろう。

いつものことだ。

テオドアの抱えている重圧からは、ファウス様が上手く庇ってくれるはずだ。

「仲が良くてけっこうなことだ」

初めてファウス様にお会いした時から、テオドアは王子にとって特別中の特別だ。

ファウス様が執着を隠す気もないのだから、嫌でも分かってしまう。微笑ましいほど仲の良い二人から視線を外し、私は歩みを進めようとした。

「シジスモンド卿《きょう》！」

聞き覚えのある男の声に、私は足を止める。

ボルギ伯爵だった。

私が十三歳を迎えたあたりから、王宮内で顔を見ると必ず呼び止めてくるお方だ。バルダッサーレ殿下と同年代の貴族で、由緒正しい純血のセリアンだ。

いつもいつも大柄な体軀《たいく》で道を塞ぎ、無駄話をしながら手を握ったり腰を抱いたりと、馴れ馴れしく触ってくる物好きでもある。

邪魔でしかないのだが、相手は伯爵で私は子爵の子。邪険には出来ない、面倒この上ない男だった。

振り返るまでの一瞬で、呼び止めた相手への苛立ちを飲み込む。

歪みそうになる顔面に、気合を入れて笑顔を張り付ける。

面倒な客に対する対処法として、『アルティエリ商会接客術入門』にも書いてある。機嫌を損ねないように愛想よく、早々に追い払ってしまうのだ。

「はい、いかがされましたか？　ボルギ伯爵様」

「ボルギなどと他人行儀な呼び方はやめておくれ、シジスモンド卿。私の事は、ぜひアマデオと」

大仰に嘆くボルギ伯爵に、冷たい目を向けないよう視線を落とす。

何を言っているんだ、この人は。

目を開けたまま、寝ぼけてるんじゃないのか？

他人行儀なのは当然だろう。一滴も同じ血が混ざらない正真正銘の他人なんだから。他人だから笑顔を見せているのも分からないのか？

「恥じらう姿も花のように美しいな、シジスモンド卿」

「いえ、その……」

私が恥じらっているように見えるその目は、節穴か！　苛立っているんだ！

「寛容なお気遣いをありがとうございます。しかし――」

「君が遠慮する必要はないんだ、シジスモンド卿。君の美貌の崇拝者として、私は声を掛けずにはいられない。ただそれだけだ」

一人で盛り上がっているボルギ伯は、いつものごとく強引に私の手を握りしめる。ついでに肩まで抱いてくるのだから、困る。無礼にならないよう、さり気なく振り払いたくとも、大きな掌は食い込むようにビクともしない。

ああ、笑顔が引き攣《つ》りそうだ。

私を崇拝したいのなら、仕事の邪魔をするな。

道を塞ぐな。

そっちが暇でも、私は暇じゃない。

腹の中で渦巻く罵詈雑言《ばりぞうごん》を懸命に飲み下しつつ、苛立ちが表に出ないように顔を上げてボルギ伯に微笑みかける。

「これから行く場所がありますので、伯爵様とはまた別の機会に」

「シジスモンド卿ばかりが働きすぎだ。急がずとも、さぁ、少し休んでいくと良いだろう」

遠回しに断っているのが聞こえないのか、聞いていないのか。ボルギ伯は私の腰を抱く。体格のいいセリアンに押されると、強引な手段に出られない私は引きずられるように歩くしかないのが悔しい。

「ですから、あの。ボルギ伯爵様、私は」

何とか踏み留まろうと足を踏ん張っているのに、じりじりと動いてしまうのだから、純血のセリアンは怪力だ。

私も半分セリアンの血が入っているのに、抵抗できない。

「シジス！　シジス、どこか行くのか？　ちょっと相談したいことがあるんだけど！」

笑顔を張り付けたまま私が攻防を続けていると、外回廊の曲がり角から姿を見せたアダルが、無遠慮な声を掛けてくる。

ぱっ、と私の心が軽くなった。

普段なら王宮内で大声を上げるなと注意するところだが、今はありがたい。

「アダル！」

思わず喜色を隠さず声を上げてしまう。私の腰に腕を回したボルギ伯の眉が不快そうに歪んだのは分かったが、言ってしまった言葉は取り消せない。

「アダルベルド卿。シジスモンド卿は今、私と話している途中ですが？」

「ああ、悪いな、伯爵。俺の用事はファウステラウド殿下からのご依頼だ。シジスをご指名だから、返してもらおう」

「それは……仕方がないですね」

朗らかな笑顔でアダルは伯爵の腕を掴む。私が退けようとどれだけ頑張っても動かなかった拘束があっさりと外れた。

純血同士のためか、今をときめくコーラテーゼ公爵家の権力のせいだかは分からないが、私にはない力には違いない。

「それでは、失礼いたします」

不満そうな表情を隠しもせずにアダルを睨む伯爵に、

心の底から笑顔を向ける。

「シジスモンド卿、また──」

何か言いたげな様子の伯爵に最上級に愛想のいい会釈を返すと、アダルの腕を取って歩き出す。

足取りが軽くて宙に浮きそうだった。

私を呼びに来たはずのアダルを引っ張るように歩く。

大股で付いてくるアダルは機嫌よく笑っていた。

「それで、アダル。ファウス様から何か仕事を言いつかったのか？　私を探していると」

「いや。別に？」

「え？」

外回廊を曲がり、充分伯爵から距離を取ったところで尋ねると、青い瞳は楽しそうに細められる。

「遠くから、シジスが困ってそうなのを見つけたから、適当に嘘ついただけだ」

確かに困っていたが。

普段は呑気で気の利かない御曹司の、たまに見せる気遣いに、私の心がささくれ立つ。

アダルのくせに。

「余計なことだったか？」

「いや。そんなことはない。助かった」

「なら良かった。ボルギ伯と友達でもないんだろ？」

「もちろんそうだ」

友達どころか絡まれて困っている、とは口に出しづらい。

私とアダルはあまりにも違う。

テオドアと義兄弟となり、すぐに新国王の後見人ともなるコーラテーゼ公爵家のアダルに、格式もなければ純血でもない私の苦労など無縁のものだ。

「アダル。今まで何処に行っていた？　私が祝宴の準備で忙しくしているのに、全然姿が見えなかったが？」

アダルとの格差を見せつけられたやるせなさを誤魔化すために、話題を変える。

呑気な顔に文句を言ってやると、ぺろりとアダルが舌を出す。

「ごめん。ちょっと私用で」

「私用？」

私の声が低くなったことに、アダルは気づいて慌て始める。

「だから、ごめん。お見合いのことで、少し抜けただけなんだって」

「見合い？」

「タリーニ伯爵家と。その、打ち合わせで、父上に呼ばれていて。ビビアナ嬢の肖像画を見せられたり。ごめん、そんなに怒るなよ。サボってたわけじゃないんだ」

ビビアナ・タリーニ。数ある伯爵家の中でも伝統ある一族だ。

ビビアナ嬢の顔は知らないが、タリーニ伯爵家の名前は知っている。

伝統と格式はあるものの、さほど勢いがある貴族ではない。コーラテーゼ公爵家の相手にはやや見劣りすると言って良いだろう。

見合いが破談になりすぎて、手当たり次第なのだろうか。

「いや。結婚も君にとっては義務だろうからな」

「……怒ってないか？」

私の顔を覗き込むアダルの褐色の耳がぺたんと倒れる。

私より高い位置にある顔を睨んだ。

「栄えあるコーラテーゼ公爵家の嫡子が、情けない顔をするな」

「シジス一人が忙しくて、怒っているんだろ？」

怒るなよ、と言いながらアダルが背後から伸し掛かってくる。

私より手足が長いせいで逃げられない上に、体重差がある分、重い。これで私よりも遥かに運動能力が優れていて身軽なんだから、腹立たしい。

私の肩に掛かる手を剝がしながら、背後を睨む。

意地悪の一つや二つは言っても許されるだろう。

「誰がこの程度で。君がいなくても、私一人で充分だ！　だが、まぁ、君が見合いをするというなら、もう一つの準備で手が取られるな」

「もう一つ？」

きょとんと蒼い瞳が私を見つめている。

にやりと意地悪く唇を歪めて、私はアダルの短い褐色の髪を引っ張る。

「破談になった時の焼肉」

「ヒドイぞ、シジス。俺は毎回一生懸命なのに」

泣き真似をするアダルの腕を引き剝がす。

「そろそろ百回の記念になるんじゃないか」

「俺がフラれるって前提は、止めろよな！」

「ビビアナ嬢とはうまくいきそうなのか？」

「……次の焼肉は、牛肉が食べたい」

アダルは、広い肩を落として情けない事を告白してきた。

またフラれるだろうという情けない自意識だが、アダルがフラれるのはアダルのせいだけではない。莫大な借金を抱えるコーラテーゼ公爵家の、雑な資産管理にも責任がある。

「祝宴続きで価格が高騰しているからな。次は羊かな。心配するな、牛肉は無理でも、君が満足できる量は確保する」

アダルが破談になるたびに、励ますために焼肉をしている。費用を出してくださるのはファウス様だが、具体的な手配は私とテオドアの仕事だった。

手に入れやすい肉類について思考を巡らせながら答えると、アダルが目を輝かせる。

「シジス。大好き！」

「好きなのは私ではなくて、肉だろう」

再びアダルが抱きついてきたので、私は避け切れずにうっかり潰されそうだった。

体重は私よりずっとあるのに、なぜそんなに俊敏なんだ。


十日後、ファウス様の即位式が無事に終わったあとのことだ。

ジュウジュウと脂の滴る音が、優雅な王宮の一角に響いていた。

そう。

アダルは周囲の予想通りビビアナ・タリーニ嬢から丁寧なお断りをされていた。

意気込んで見合いに出かけていき、二日後には萎《しお》れて戻ってきたのだ。

公爵家の嫡子として逃げられない役目とはいえ、難儀なことだ。

「どうだったんだ、アダル？」

暗い顔でファウス様の前に現れたアダルに、私やテオドアの心配な気持ちに後押しされて尋ねたのは、ファウス様自身だ。

天真爛漫なアダルが沈んでいるだけで、不首尾に終わったのは分かっているのだが、聞かないわけにもいかない。

「いつも通りです。アダルベルド様は、タリーニ家にはもったいない、と」

「そうか、そうか……気を落とすな。明日、焼き肉を食べよう。シジス、用意できるな？」

「もちろん。準備できております」

ファウス様の問いに私はすぐに答えたのだが、用意ができているという状況はアダルに対して失礼な気もする。ファウス様をはじめ、誰一人として気にしたことはないのだが。

「元気を出せ。明日は第百回お見合い失敗焼肉だ！」

慰めるつもりでだいぶ酷いことを言うファウス様に「肉が食べられるなら、俺は何でもいいです」とアダルは切なすぎる返事をしたのだ。

そんな経緯で始まった焼肉だが、悲壮な雰囲気とは無縁だ。

美味しそうな匂いが漂い始めると、ファウス様とアダルはよく似た面差しに、よく似たワクワクとした表情を浮かべる。

長い尻尾が嬉しげに揺れるところまでそっくりで、この二人は近い血縁なのだと分かる。

「もう焼けたかな。ファウス様からどうぞ」

「ありがとう。テオが焼いてくれると、美味いな！」

「ただ焼いてるだけですけどね」

長い箸を器用に操ったテオドアが、焼き上がった肉をファウス様に差し出す。

テオドアに構ってもらうだけで満足するファウス様は、上機嫌だ。二人が人目もはばからずにイチャつくのはいつものことだ。

「アダルもシジスも、たくさん食べろ」

「ありがとうございます」

「遠慮なくいただきます」

にこにこと笑顔でファウス様が勧めて下さるので、アダルと一緒に遠慮なく肉を取る。

予想通り質の良い肉は羊しか手に入らなかったので、今日のメインは羊肉だ。テオドアの提案で、腸詰めも用意している。

「この羊肉、美味しいな！　シジスの目利きなのか？」

ぺろりと一皿平らげたアダルは、幸せそうだ。

「買い付けたのは私だが、味付けはテオドアに頼んだ。羊なのに匂いがしなくて美味しいな」

前日からタレに漬け込んだという肉は、臭みもなくとても美味しい。心なしか柔らかい気もする。テオドアが気に入っている「醤油」が味付けに一役買っているようだ。

　そもそも「焼肉」という、焼きながら食べるスタイルを提案したのもテオドアなんだ。

　ラヴァーリャで焼肉と言えば、焼いた肉に塩を振るかソースを掛ける程度の味付けが多いので、テオドアの料理のセンスは大したものだ。

　味付けがシンプルになればなるほど、肉本来の質に左右されるのだ。だが、タレに漬け込むという方法なら、高品質な肉でなくても十分美味しく食べられる。良い商売になりそうだ。羊肉の臭みを嫌がる女性にも喜ばれるんじゃないかな。

　商売の種が転がっていると気になってしまうのは、私の悪い癖だった。

「アダルは、かなりいい奴なのに、どうして断られるんだろうな」

　せっせと肉を焼きながら食べることに集中していると、不意に口を開いたのはファウス様だ。

「んん」

「もぐもぐ」

　私とアダルは、肉を口に入れたままファウス様を見る。

　根本的な問題を提示したファウス様は、重大なことを言うだけ言って、テオドアに世話を焼いてもらって幸せに蕩けた顔をしている。

「コーラテーゼ公爵家の財政問題では？」

「費用面でファウス様を支援しているのは、うちじゃなくて、アルティエリ子爵だと皆分かっていますからね」

「たとえそうでも、俺の後見人で正妃の実家だぞ」

　私が遠回しに借金の存在を仄めかし、アダルもそれに同意するのだが、ファウス様は認めながらも首を傾げる。

「金銭では測れない価値があると」

「ああ。縁を結ぶには最上の相手だろう？」

　確かに、ファウス様の言葉通りだ。

　幼いころからテオドアはファウス様の寵愛《ちょうあい》を一身に受けていた。テオドア自身の態度を見ても相思相愛なのは間違いないので、この二人の関係が壊れることはないだろう。

　つまりテオドアを養子に迎えたコーラテーゼ公爵家は、ファウステラウド王の御代での繁栄が約束されたも同然だ。

「たしかに。私が女性なら、アダルとの婚約が持ち上がれば間違いなく受け入れますね。私に娘がいれば、多少無理をしてでも次期コーラテーゼ公爵夫人の座に押し込みます」

「え？　シジスが？」

肉を焼く手を止めずに私の見解を述べると、アダルはぎょっと目を見開く。心なしか、顔が赤い。火に近づきすぎたのか？

「私が女性なら、な」

肉が炭にならないうちに取り上げて、急に食べる手が止まったアダルの皿に載せてやる。「ありがと」とボソボソ返事をするものの歯切れが悪い。

「家柄良し、人柄良しのアダルが断られるのでしたら、他に何か問題があるのでは？」

何でもない事のように、テオドアの言葉が落ちる。

小さな口で一生懸命肉を頬張っている姿は小動物じみたかわいさがあるのだが、テオドアはかわいいだけの男ではない。飄々《ひょうひょう》としていながら、いつも新しい視点で物事を見ているのだ。

「なるほど。何か、他に……」

ファウス様がじっとアダルを見つめる。

「見た目が悪いわけでもないよな？」

「どこからどう見ても、王家の血縁ですからね」

ファウス様とアダルと個別に会えば似ている気がしないが、二人並べば親戚関係にあるのは一目瞭然だ。見合い相手として、高貴な血筋は大きな加点ポイントだろう。

「アダルは格好良いですよ」

頷きながらテオドア。ファウス様の前であんまり他の男を褒めるな。機嫌が悪くなったファウス様の尻尾が、パタパタ揺れ出しただろ。ちゃんとすぐに「ファウス様はもっと格好良いです」と付け足してくれ。

あとで指導しておこう。

上客の機嫌を損なわないのは、『アルティエリ商会接客術入門』に書いてある初歩的な心得だ。

「なんだろう？　食事のマナーが悪いわけでもないだろうし」

せっせと肉を口に運ぶアダルだが、育ちの良さは所作に表れている。ファウス様にじっと見られて、アダルは居心地悪そうに視線を彷徨《さまよ》わせた。

「令嬢方も、会食の時は機嫌良さそうにしてくれるんだけどな」

「そうか。怒らせたりはしてないんだな」

「俺はそのつもり」

自信なさそうにアダルも首を傾げている。

「相手の女性だって、コーラテーゼ公爵家の御令息の前であからさまに不機嫌にはならないのでは？」

いつの間にか野菜を焼き始めたテオドアが、人参を齧っている。

「……」

私たちの間に沈黙が落ちた。

テオドアの言う通りだ。

私が見合い相手の立場でも、アダルベルド・コーラテーゼを前に不機嫌な顔はしない。

『アルティエリ商会接客術入門』以前の問題だ。

「具体的に、洗い直してみましょう」

「洗い直すっていうと……て、テオ！　さりげなく俺の皿に人参を入れるな」

「あれ。バレましたか。ファウス様、野菜も焼いたら美味しいですよ。はい。あーん」

「あーん……もぐもぐ。焼いても焼かなくても、人参は人参だっ」

隙あればイチャつき始める国王夫妻から、私はそっと目を逸らす。

人参は人参以外の何者にもなれない。真理だな。

アダルも、王家に連なる公爵家の嫡子という外面では誤魔化しきれない問題を抱えているんだろうか？

あの莫大な借金以上の問題があるとは思えないが。

総額を聞いた時は、眩暈《めまい》がした。あれだけの借金を背負って潰れないのだから、公爵家の体力は凄いな。

ついでに、あの借金を背負って平然としているアダルの能天気さも凄い。

「まず、お見合いを再現してみましょう。ぼく達はいつも、アダルを慰めただけで、問題と向き合ってこなかった」

「む、確かに。毎回焼肉を食べていただけだ。さすが、テオだな」

「肉を食べられたら、俺は満足ですが」

もぐもぐしながら、真剣な顔で言い返すアダル。志が低い。

「肉を食べても腹がいっぱいになるだけで、アダルの未来の奥方には出会えないだろ」

「それは、そうですが。肉を食べると幸せになりますよ」

刹那的な幸福論を主張するアダルに、ファウス様は「やれやれ」と大きく尻尾を振る。

「結婚すると幸せになるぞ。特に俺は今、幸せだ。肉を食うよりな！」

ファウス様はファウス様で、すごく主観的な幸福論を述べている。

「ファウス様ってば、もう。恥ずかしい事を……」

隣で真っ赤になっているテオドア。

私とアダルは、とても個人的な幸せを見せつけられた。私の方が恥ずかしいぞ、テオドア。

「それはそれは、オメデトウゴザイマス」

呑気なアダルも鼻白んだように棒読み口調だ。

「ファウス様！　まぜっかえしている場合ではありませんよ。原因の追究、効果的な対処法を見つけなければ、いつまでもアダルは焼肉を食べ続けることになります！」

「焼肉を、食べ続ける!?」

キラキラッとアダルの蒼い瞳が輝く。私はそっと脇腹をつついた。

「アダル、嬉しそうにするな」

「だって、食べ続けだぞっ」

そんなのだから、君はいつまでも婚約者が見つからないんじゃないか？

「確かにテオの言う通りだ。悪い所を見つけないといけないな。アダル、再現してみろ。見合い相手と何を話したんだ？」

「何って、いたって普通の――」

「シジス、お前は令嬢役だ」

ファウス様が、ひょいと私の頭にハンカチを被せる。

面白がっているのがよく分かるけれど、相手は主君。振り払う事もできず、私は素直にヴェール代わりのハンカチを被ったまま、アダルの正面に回った。

「初めまして、アダルベルド様。お会いできて光栄ですわ」

「――ッ」

澄ました作り声で微笑みかけると、焼肉の皿を握ったままアダルの動きが止まる。

瞬く間に顔が真っ赤だ。

「どうした？」

不審に思って、ハンカチの下から見上げると、アダルの耳が物凄い速さでパタパタ動き始める。尻尾の動きがくねくねと不規則だ。どうしたんだ、動揺しすぎだろう。

「こんなに、綺麗なご令嬢に会ったことないから、正面から見られると……」

「私と君は毎日顔を合わせているだろうが。ふざけてないで、真面目にしろ」

「お。おう。真面目に、真面目に」

ゴホゴホと咳払いするアダルに、私は呆れて肩を竦《すく》める。

私の顔が良いのは自覚しているが、十歳の頃からほぼ毎日会っていて照れるようなことはないだろうに。

「アダルベルド様は、ファウステラウド陛下の覚えもめでたいお方とお聞きしております。お忙しい事と思いますが、お休みの際はどのようなことをなさっておりますの？」

無難に趣味から尋ねてみる。

私自身はまだ見合いをしたことがないが、分かりきったプロフィールをあえて話題に上げるのが作法だ。『アルティエリ子爵家社交術入門』にも記載されている。

「え、え、えーと。遠乗り、とか。狩猟とか」

しどろもどろになりながら、アダル。乗馬と狩猟は貴族の嗜《たしな》みだから、内容は合格だ。だが、もっと堂々と受け答えできないのか？

「まぁ、とても勇ましいですわ。アダルベルド様でしたら、きっと乗馬も狩猟もお上手なのでしょうね」

上目遣いを駆使しつつ、上品な笑顔で返す。心なし重心は前に寄せ、話題に興味を引かれたことを示す。『アルティエリ子爵家社交術入門』の基礎の基礎だ。

「ブレッザは凄く賢い馬だから、遠乗りは楽しい。それに、この時期は獲物も脂がのって美味しいし。先日も一人でイノシシを仕留めたんだ」

「素晴らしい技量をお持ちですのね」

令嬢演技をしながら、密かに本気で感嘆する。一人でイノシシを仕留めるとは、凄いなアダル。弓で仕留めたんだよな。

「幸運なことに、雄だったんだ。大きいから食べる所がたくさんあって。止めを刺すまで油断はできないし、暴れると可哀想だから、一撃で殺してやりたいしな。少し大変だった。

捌《さば》くときは、血抜きの手間がかかるけど、太い血管をうまく切れたら、嬉しいんだ。脂で滑らないように注意しながら、筋肉の塊に沿ってナイフを入れると切りやすい……」

　得意分野の話になったせいか、アダルは笑顔で軽快に話し始める。

　私もファウス様の狩猟のお供をするから、簡単に想像のつく話題なのだが。イノシシを追いかけて止めを刺すまでの下りが、具体的すぎて生々しい。ついでに血生臭い。

「アダル、ちょっと待て」

「うん？」

　血管を掻き切って上手く血液を抜く話を始めたアダルを、私は慌てて止めた。

　無邪気な蒼い瞳がきょとんと私を見つめている。

　さては、どこが悪いのか、全く分かっていないな！

「それは、ビビアナ・タリーニ嬢にも喋った内容なのか？」

「うん。ビビアナ嬢も、シジスと同じことを聞いてきたから」

　ビビアナ嬢は社交術の基本を押さえたご令嬢らしい。だが、アダルは基本を無視している。

「アダル、それはダメだ」

「え？　ダメって、どこが？」

　私のダメ出しに、慌ててファウス様とテオドアを振り返るアダル。

　私とアダルの茶番を眺めていた国王夫妻は、もぐもぐと肉を食べながら同時に首を横に振った。

「だめですよね、ファウス様」

「ああ、テオ。俺でも分かる。全然なってない」

「そうですか？　でも、ビビアナ嬢は楽しそうに聞いてくれましたけど」

「それはビビアナ嬢が、令嬢として礼儀正しかっただけだろう」

「でも、でも。ビビアナ嬢に失礼なことを言ったつもりは――」

　狼狽えるアダル。

「女性相手に、血抜きを詳しく話すバカがいるか」

　私は静かにアダルに止めを刺した。

「だって。狩りをしたら、捌くのは当然だから」

「当然なのは、私も同意するが。それを喋る必要はないだろう」

「でも、イノシシだし。他のことと言ったら、毛皮を上手に剝ぐ方法とか？」

「それも血生臭い」

「……」

「いつもそういう話を？」

「みんな、俺の趣味を聞いてくるから。つい」

ぺたーん、とアダルの耳が伏せる。心底悪気はなかったらしい。

悪気なく、血の匂いがしそうな生々しい話題を喋ってしまったのか。大人しく聞いてくれるご令嬢は、肝が据わっている。

『アルティエリ子爵家社交術入門』をアダルにも貸してやりたいぐらいの落ち込みぶりだった。

「責めてるんじゃないよ、アダル。良くない所を洗い出すための振り返りなんだから。ね？　もっとお肉食べる？」

尻尾までぺたりと伸びてしまったアダルに、テオドアが慌てて優しい声を掛けている。

「食べる」

落ち込んでいても肉は食べるらしい。

「では、追加を」

山と積まれた肉が減っていることを確認して立ち上がる。

ついでに酒も用意してやろう。


いそいそとその場を離れようとしたところで、ファウス様の私的な空間である中庭に近づく背の高い影を見つけた。

「あのお二人は、聖下と――」

「聖下と、バルダッサーレ殿下……じゃなくて、サクロ・バルドだ」

無邪気にテオドアがお二人に向かって手を振る。

ファウス様に用があったのか、テオドアの姿を見つけた聖下が応えるように手を上げた。

元からこちらに来る予定だったのか、聖下とサクロ・バルドが道を外れて近づいて来る。

アダルの第百回お見合い失敗焼肉には、新しい客が加わったのだ。

私は少しだけ、サクロ・バルドが同席することに怯《ひる》んだ。

私自身は直接手を上げられたことはないが、気難しい上に気が短い厄介な王子というイメージが、どうしても払拭《ふっしょく》できないのだ。

「みんなで何をしているんだい？　美味しそうだね」

「どうぞ叔父上……サクロ・バルドもこちらに」

にこにことといつも通り機嫌よく登場した聖下と、その背後に無言で立つサクロ・バルドを、ファウス様が宴席に招く。

私は二人が座るクッションを並べた。もともと気心の知れた四人が集まって肉を焼いているだけなのだ。格式張った席順すらなかった。

「遠慮なく。ほら、バルドもしかめっ面で突っ立っていないでおいで」

「はい」

ファウス様に軽く会釈して、サクロ・バルドも席に着く。ファウス様に対する態度は柔らかい。気難しいサクロ・バルドも少しは丸くなったのだろうか。

「アダルがお見合いで断られてしまったので、慰めるために肉を焼いていたんですよ。こちらをどうぞ、焼けていますよ。聖下、バルド様」

そつなくテオドアが皿を渡す。『アルティエリ商会接客術入門』をマスターしていそうな愛想の良さだ。

さすがだな、テオドア。

笑顔で受け取った聖下と、無言のまま受け取るサクロ・バルド。誰もが知っている正体を隠すためのフェイスベールは健在で、それ故に表情は分かりにくいのに、目付きだけで不満があるのが分かる。

何が気に障ったのだろう？「羊か」と低い声が聞こえたので、羊肉の焼肉だったのがいけなかったのか？

アダルは喜んでいたんだがな。

「アダルベルドは前もお見合いをしたんじゃないのかい？」

聖下は興味深そうにアダルの方に笑顔を向ける。

直截《ちょくせつ》すぎる質問に、アダルの尻尾が情けなく揺れた。「え。聖下、それを聞きます？」というテオドアの苦笑いが、視界の端に見える。

聖下はテオドアを気に入っておられるせいか、私のような下級貴族に対しても気さくなお方なんだが、なんでも面白がる上に遠慮というものがない。

ファウス様でも言えない一言をあっさり口にする。

「はい。そうです」

緊張気味にアダルが答える。ぴん、と褐色の耳が立っている。

「またお見合いを？　前回会ったお嬢さんはどうしたんだい？　気が合わなかった？」

「いえ。そうではなく……断られてしまって」

「コーラテーゼ公爵家を？」

「はい。色々とありまして……」

ぺたん、とアダルの耳が伏せる。

「シモーネ様」

「うん？」

見かねたのか、アダルに情けを掛けたのか、サクロ・バルドが聖下に耳打ちする。聞き終えた聖下は、蒼い瞳を丸く見開いてゆっくり尻尾を振った。どうやらコーラテーゼ公爵家の経済状況に関してはご存知ないようだ。

「それは悪い事を聞いたね」

あっさりと謝罪した聖下を責めることもできず、アダルは笑って誤魔化す。

「聖下。聖下でしたら、何か良い知恵をお持ちでは？」

テオドアが、目を輝かせて身を乗り出した。

「僕が？」

「はい！　アダルを応援しようと思って、今、反省会をしていたところなんです。アダルもそうですけれど、ぼくも女の人と上手に話せる気がしなくて。

聖下から、何か良いアドバイスをいただきたいのですが」

「僕が、女性と上手く会話するための、助言を」

「叔父上が」

「シモーネ様が」

困惑した様子で視線を交わし合う王族三人。誰が最高司祭になっても不思議ではない立場なので、その厳しい戒律を理解しているのだ。

私は、笑ってしまわないように奥歯を噛みしめた。

テオドアは外国人のせいか、ヒトのせいか、今一つ聖下のお立場が理解できていないから、的外れなことを言うのだ。

「聖女様以外の女性と男女の関係になるのは、僕には禁じられているんだけど」

「そうなんですか」

驚いてファウス様を見るテオドア。重々しく頷くファウス様。

「でも聖下は、たくさんの信徒とお話しなさるでしょう。口説き文句をご存知なくても、何かいい方法を……」

口説き文句、とテオドアが口にした途端、鋭い殺気が放射された。

私とアダルは揃って、びくりと身を震わせる。

「戯言《たわごと》をシモーネ様にお聞かせするな、テオドア妃」

地を這うようなサクロ・バルドの声。

殺気の発生源は周囲の空気すら凍らせそうで、私とアダルは思わずサクロ・バルドから距離を空ける。

ご令嬢のフリをしてハンカチを被っている場合ではない。

「バルド、何をそんなに怒ることがあるんだい？　忠告と言われてもねぇ、テオドア。私は毎日たくさんの信徒と話すけれど、好意を持ってもらう努力はしないからね。

そもそも、お見合いの経験でバルドの右に出る者はいないよ」

「シモーネ様!?」

「だって、バルド。いつまでも決まらなかったせいで、お見合いの経験は豊富だろう？　お前がえり好みばかりするから」

サクロ・バルドがバルダッサーレ殿下と同一人物であることを隠す気なんて、さらさらない台詞だ。

「確かに、そうですがッ」

ぎりぎりと歯を食いしばる音が聞こえる。私の空耳ではない。

「ファウステラウドッ」

いきなり矛先をファウス様に向けるサクロ・バルド。こちらも正体を隠すことを忘れている。

ぎらつく黄金の眼差しに射られたファウス様は、既婚者の余裕なのか、テオの肩を抱いて笑った。

「俺？　俺は、お見合いなんてしたことないから、知らない。テオ以外に好かれなくても、俺は困らない。テオと仲良くするための努力は、強いて言うなら、毎日愛してるって言うぐらいかな！」

「ファウス様ってば」

赤くなってまんざらでもなさそうなテオドア。

駄目だ、テオドアは聡明だと思っていたけれど、新婚で浮かれていて役に立たない！

ヒリヒリと肌が痛くなるような緊張が、何故分からないのだ！

「ファウステラウドに尋ねるのは無駄のようだね。バルド、なにか良い助言をアダルベルドに」

「助言。私に、女を口説く助言をしろとおっしゃるのか、叔父上！」

正体を隠す演技も忘れて動揺しているサクロ・バル

ドは少々気の毒だった。

「……あ、あの。ほどほどで」

フェイスベールで表情が隠れているせいで、サクロ・バルドの目元しか見えないのに、アダルは威嚇《いかく》された子猫のように萎縮している。

気持ちは分かる。

私も怖い。

嫉妬と怒りで燃えている獅子の前に立たされるのはイヤだ。

気を鎮めているのか、深呼吸してからサクロ・バルドが答える。

「そもそも、この私との見合いを断る女などいない」

「……」

力強く、聞き間違えようもない一言だった。

ぽかん、とアダルもテオドアも口が開いている。全員の焼肉を食べる手が止まった。

「見合いなど、断るのは常に私からだ。見合いの慣例で女性側から断ることになっているが、知ったことか。私が何を言っても、女はすべて喜ぶ」

婚約者探しにおいて、バルダッサーレ王子は絶対強者だった。常に選ぶ側であり、相手に拒否権など認めない最強の存在であった。

ラヴァーリャ王国第一王子の名前は伊達ではない。

多少気難しくても、中身も王子として充分すぎるほど出来がいい。容姿も極上。

いきなり失踪するまで、誰一人として彼が王になると信じて疑っていなかったのだから。

「……なるほど。勉強になりました」

絞り出すように、アダル。この状態で言葉を紡いだのはえらいぞ、よくやった。

サクロ・バルドの忠告は何の参考にもならないが、言える台詞はそれしかないだろう。『アルティエリ商会接客術上級編』にも書いていない難しい場面だ。

「サクロ・バルドしか言えない台詞ですね」

「ふん」

にこにこと邪気のない笑顔のテオドア。

憮然とした表情で、黙々と肉を口に運ぶサクロ・バルド。

「アダルベルドの役には立たない経験談だね。それでは忠告にならないよ」

「……！」

さらりと冷たいことを言う聖下に、私とアダルは同時に鋭く息を呑み、尻尾を立てた。尻尾の毛が全て逆立った気がする。反射的な動きなので、意図的に抑えることができない。

「女性と話していて一番喜ばれたのは、どんな時なんだい？」

緊張する私たちが見えていないのか、のんびり肉を食べながら追及の手を緩めない聖下。

この方の精神はどこまで強靭《きょうじん》なんだ！　聖下に促されて、アダルを眺めるサクロ・バルドの眼差しは、既に氷よりも冷たい。もう、この話題は終わりにしたい。緊張が強すぎて、息が苦しい。

私は誰とも視線を合わせず息も絶え絶えに肉を焼き、せっせと聖下やサクロ・バルド、アダルの皿に載せ続けた。肉を焼くだけの存在になりたい。

「それを私に言わせるのですか、シモーネ様」

「僕では役に立たないからね」

「……」

拗ねたようにサクロ・バルドが聖下から視線を外す。

何を考えているのか、聖下はニコニコしたままだ。

二人の微妙な空気を察したのか、テオドアは小首を傾げる。何か場を和ませてくれるのだろうか？

「そうはおっしゃいますが、聖下。聖下は、聖女様に対してでしたら何か心得があったりするのですか？」

（テオドア――――！）

私は、テオドアの声をかき消すつもりで、じゅう、と鉄板に肉の塊を押し付ける。香ばしいいい匂いが漂ったが、そんなものでテオドアの致命的な質問が引っ込むはずがない。

サクロ・バルドの黄金の眼差しが冷やかにテオドアの小柄な姿を捉える。

さり気ない動きで、ファウス様がテオドアとサクロ・バルドの間に入った。

（こっそり庇うのではなく、止めてくださいファウス様！）

私の心の声は届かない。

にこにこと笑みを交わし合うテオドアと聖下は気づかない。

「聖女様だけで良いのなら、心得はただ一つ。聖女様がおっしゃることは、全て是《ぜ》とせよ、だ」

「それはまた、極端な心得ですね」

「僕の全ては聖女様のもの。聖女様のお望みなら、全て受け入れる。それが最高司祭の心得だよ」

「聖下」

まるでテオドアが聖女その人であるかのように、聖下はじっとテオドアだけを見つめて微笑む。

困ったように笑うテオドア。

何故か二人だけに通じる世界が出来上がってしまう。

ファウス様とサクロ・バルドの耳が、剣呑に伏せられた。

サクロ・バルドに続いて、ファウス様まで機嫌が悪くなっている！　もう嫌だ。何か、この場を切り抜ける方法はないものか！

『アルティエリ商会接客術・極意』にも、王と元王子が不機嫌な時の場の和ませ方なんて載っていなかった！

「肉の追加はいかがなさいますか！」

私は全精神力をかき集めて、叫んだ。

不作法だが、これ以上ファウス様達の機嫌が悪くなるのは、胃に悪い。

「いただくよ、シジスモンド。美味しいね、この肉は君が仕入れたのかい？」

優しそうな微笑みと共に、聖下。

テオドアから視線を外してもらって助かった。

「もうお時間です、シモーネ様。羊など、肉のうちに入りません」

不機嫌なサクロ・バルドはそう言って、聖下の手から空の皿を取り上げる。

羊肉に文句を言うけれど、サクロ・バルドも散々食べたではないか。

「もう少しいいじゃないか。美味しいよ」

「シモーネ様。先王と会談のご予定では？」

「まだ時間はあるよ」

「ありません」

ぴしりと言い切ると、サクロ・バルドは強引に聖下を立ち上がらせる。

不満そうに眉を顰めながらも、聖下はサクロ・バルドの腕を振り払う事はなかった。

私は、緊張で強張った尻尾が脱力するのを感じた。

隣のアダルが、いつの間にか尻尾を絡ませてくる。私も応えて尻尾を絡ませる。

うんうん。

お互い怖かったな。良く分かるぞ。

「あまり役に立てなくて、すまないね。御馳走《ごちそう》さま。アダルベルド、一人や二人、上手くいかなかったからといって、気を落とさないように」

「破談百回目と言ったのですから、断られた相手は百人でしょう」

聖下を引きずる勢いのサクロ・バルドは身も蓋もないことを言う。

お二人は、場を掻き回すだけ掻き回して、去っていったのだ。

酷い言われようだった気がするが、立ち去ってくれた方が精神的に楽なので、聖下達の退場に文句はない。

「ぼくも人のことを言えた立場じゃないけれど、サクロ・バルドも聖下も、女性と仲良くなる方法は、ご存知ないよね」

二人の姿が見えなくなってから、のんびりテオドアはそんなことを言う。

この場にいる誰も女心が分からないのは、自明の理じゃないのか、テオドア。

私たちは出会って八年、男ばかりでつるんでいるんだぞ。

いつも聡明なテオドアは、今日に限ってポンコツだった。メガネが曇ったのだろうか。

「俺が会う人みんなに断られているのは確かだけど、二回目まで会ってくれる人もいたんだ」

「え？」

あらかたの肉を食べきり、片づけを考え始めた頃になってアダルが言い出す。

ファウス様とテオドアすら動きが止まった。

私は我が耳を疑いながら、アダルを凝視してしまう。

「会ってくれる人って。食事の席で上手な止めの刺し方やら、獲物の捌き方やらを聞いた挙句に、まだ付き合おうという気の長い女性がいたという事か？」

「シジス。間違ってないけど、言い方が酷い」

思わず身を乗り出した私に、アダルは不貞腐《ふてくさ》れたように尻尾で叩いてくる。

「聖女のような慈悲だな」

「女性でも遠乗りもすれば狩りにも行く人がいるだろう。狩りの話が退屈じゃなかったんじゃないか」

子供のように拗ねながら、アダル。確かに、セリアン女性はヒトより遥かに頑丈だ。少数派だろうが、遠乗りや狩猟に出る人もいるだろう。

「二回目も会ってくれたのに、なぜその方を逃したんだ、アダル！」

「三回目は会ってくれなかったからだよ」

「聖女の慈悲も二回までか……」

「シジス、アダル相手だとすごいこと言うね」

苦笑と共にテオドアが私とアダルの間に割って入る。

「そんなつもりは、ないんだが」

「嘘だ！　俺にだけ当たりが強いじゃないか。前から！　テオドアもそう思うよな！」

そうだっただろうか。自覚していなかった。

「そうだね。シジスはアダルには遠慮がないよね。それだけ気を許した仲良しっていうことだよ」

優しい笑顔でテオドア。

テオドアは誰にでも前向きで優しい言葉で語るな。私には、なかなかできない事だ。

「シジスなら、何かアダルの良いところを知ってるんじゃないのか？」

「血統と呑気な人柄です」

ファウス様の問いに即答すると、アダルががっかりしたように尻尾を揺らす。

「人柄。うん。アダルはいい奴だ。そこをもっと、見合い相手に知ってもらうのはどうだ？　畏《かしこ》まった会食の席ではダメなら、他には何か……。アダル、二回目はどこで会っていたんだ？」

「相手方の家か、王都のコーラテーゼの屋敷でお茶会をしました」

ファウス様にアダルが答えた内容は、ごく一般的なお見合いの作法だ。畏まった会食の次は、もう少し砕けた場所で、お互いを知り合っていくということだな。

「シジスと遊ぶときは？」

「城下町の市場で、串焼きの買い食いに行きます」

「アダルっ」

あまり行儀が良いとは言えない遊びをバラすアダルに、私は慌てた。

咎《とが》められるほどではないが、貴族が供もつけずに庶民の市場をうろつくのは、外聞の悪い話なのだ。

「シジスと遊びに行って一番楽しいのは、市場の食べ歩きなんですけど。他には、シジスの部屋でカードゲームもしますが、シジスが強すぎてあんまり……」

私の気持ちなんて忖度《そんたく》しないアダルは、嬉々《きき》としてファウス様に喋ってしまう。

「市場の食べ歩きは、そのっ。新しい買い付けの下見と言いますかっ」

庶民的すぎる遊びを思わぬところで主君にバラされて、私は焦ってアダルの口を塞ぐ。

アダルに抱きつくような格好になった私の言い訳を、ファウス様もテオドアも笑って聞いていた。

「では、アダルがご令嬢に良いところを見せる方法は決まりですね！」

「え？　カードゲーム？」

カードもまた、大人の社交の一つだ。

アダルは何でも顔に出すぎるので、得意とは言えない。賭け事をする時など、私の好いカモになるのだから。

見合い相手とカードの卓を囲むというのだろうか。

「違うよ。シジス、賭け事はあんまりお勧めしないいかそうじゃなくて、市場巡りの方。ぼくも行ったらね。ことはないけど、貴族のご令嬢だって行ったことはないでしょう。珍しい体験をしたら、ご令嬢だって喜ぶんじゃないかな」

「さすがだ、テオ！　いつも面白いことを言う」

ファウス様は上機嫌でテオドアを褒める。確かに、目新しいし面白いが。私は無条件に賛成は出来なかった。市場なんて猥雑《わいざつ》な所に、貴族のご令嬢を連れて行くのか？　それは許される事なのか？『アルティエリ子爵家社交術入門』のどこにも書いてないぞ。

「串焼きの美味しい店なら、自信を持って案内できるな」

何故か乗り気になっているアダル。

バカか君は。つい冷やかな視線を向けてしまい、アダルが首を竦める。アダルは自分が串焼きを食べたいだけだろう。串に刺した肉にかぶりつくなんて、ご令嬢がするはずない。

いつも私がアダルと一緒に出掛ける先は、椅子もテーブルもないような、立ち食いなんだぞ。

文句を言いたいけれど、ファウス様まで乗り気になっているから、私の立場上否定はできない。

「次のお見合いは、これで勝ったも同然ですね」

「ああ。シジス、今のうちにアダルと一緒に市場に行って、ご令嬢を案内する店を探しておけ。第百一回焼肉は、アダルの婚約祝いだ」

い、いや。

そうだろうか。

ファウス様をはじめ、テオドアも、アダルまでも呑気に勝利を確信しているが、私には不安しかない。

ファウス様もテオドアも、ほぼ王宮内から出たことがないから市場の現状を知らないのだろうが、知っているはずのアダルまで何故止めないのだ。

テオドア。その聡明な目は曇ってしまったのか？

メガネにヒビでも入ったのか？　ファウス様に新しいメガネを買ってもらってくれ。

「分かりました。お任せください」

もはや私が、何とかするしかない。

私は苦渋の決断をした。

アダルベルド・コーラテーゼが、ご令嬢を串焼きの立ち食いに連れて行ったという醜聞を立てさせるわけにはいかない。

アダルの恥はコーラテーゼ公爵家の恥。ひいては、ファウステラウド陛下の恥だ。

対象がどんどん大きくなる気もするが、アダルの失敗が大きく影響するぐらい第二王子派は人数が少ないのだ。

「市場に行くなんて、全然思いつかなかったな。シジス、市場の西の方に、新しい串焼き屋を見つけたんだ。今度行ってみよう。きっと美味しいぜ」

「この、バカッ」

新しいグルメに心躍らせる呑気な男の胸を、私は力一杯叩いた。

これぐらいは、許されるはずだ。

「痛いなぁ。シジスの好きな陶磁器の店にも行くからさ」

私の渾身の拳を受けてもケロリとしているアダルは、呑気さにますます拍車をかけていたのだ。

第百一回目も、破談記念焼肉になりそうだ。


「イザイアお父様、少しお時間をいただいてもよろしいですか？」

「ああ。今ならば、時間がある。どうかしたのか？　陛下によくお仕えしているか？」

「はい。陛下には、お変わりなく」

アダルのお見合い成功に向けて、私はまず実家に戻り、アルティエリ子爵に面会した。つまり自分の父親だ。私を産んだヒトでもある。

イザイアお父様は、子供の私の目から見ても、いつまでも年を取らない人形のように綺麗なヒトなのだ。

もっとも、イザイアお父様の怖いところは、その美貌ではなくやり手すぎる中身なのだが。

「私の可愛いシジス。大きくなって、ますますイザイアに似てきたね。コーラテーゼの坊ちゃんとも仲良くしてもらっているんだろう？」

「はい、モデストお父様。アダルベルド様にも、親しくしていただいております」

イザイアお父様と常に一緒にいるモデストお父様は、大仰に私を抱き締める。

私には父親が二人いるので、名前で呼び分けている。

モデストお父様は、名目上『アルティエリ子爵夫人』となっているが、何処からどう見ても純血のセリアンだ。私やイザイアお父様と並んでも、二回りは逞しい。

本来モデストラルド・アルティエリが、次期アルティエリ子爵だったのだ。その座を明け渡しても良いからと言って、イザイアお父様に求婚したというのだから、モデストお父様の愛、もとい執着は凄まじい。

そのせいか一人息子である私に対する愛も、深すぎるほど深かった。

遠慮なくセリアンの怪力で締め上げられるので、とても苦しい。

「モデスト、シジスを絞め落とすのは少し待て。何か私に用があったのだろう？」

「え。ええ。イザイアお父様のお力をお借りしたいんです」

抱擁されて気が遠くなりかけたところに、イザイアお父様の冷たい声が制止に入る。もっと早くモデストお父様を止めて欲しい。

イザイアお父様は、どう考えても面白がっているのだ。

「可愛いシジス、顔色が真っ青だ！」

「モデスト、君が血流を止めるからだ。それでシジス、何か欲しいものでも？　利益が生まれるならば、出し惜しみはしないが？」

「コーラテーゼ公爵に貸しを作ります」

頭がクラクラしながらも、私はモデストお父様の腕の中から、イザイアお父様を見下ろした。イザイアお父様の細い眉が動く。

「あの御仁には、さんざん貸しを作ってあるから、今更だが？」

「息子の方にも、貸しを作っておこうかと」

「求婚でもされたか？　アルティエリ子爵家の嫡子をやるには、よほど大きな利益を示してもらわねば困る」

「……はい？」

絞められすぎて聞き間違ったのだろうか？

それともイザイアお父様なりの冗談か？

探るつもりでイザイアお父様の顔を見ても、華麗な美貌は揺らぎもしない。

「シジスは誰にもやらんぞ、イザイア。ずっと、私の手元に置いておく。イザイアもシジスも私のものだ」

「わがままを言うな、モデスト。相手はコーラテーゼ公爵家だぞ。王家とも縁続きとなる縁談を断るのは愚かだ」

「苦しいです、モデストお父様。……それに、アダルに妹はいません」

放して、と訴えるつもりで、モデストお父様の太い腕を叩き、何か勘違いしているイザイアお父様の言葉を訂正する。

モデストお父様の締め技から逃げようとしているのに、ますます腕の力が強くなってくる。目の前が霞《かす》んできた。セリアンはもう少し自分の怪力を自覚すべきだ。

「先日、ボルギの阿呆《あほう》が私の可愛いシジスを寄越せと言ってきた。決闘する勇気があるなら考えてやると言ったら引き下がったが、油断は出来んぞ、イザイア」

「ボルギ伯など眼中にはないから、心配するな、モデスト。それで、コーラテーゼ公爵家は、領地の半分ぐらいアルティエリ家に寄越すと言ってきたか？」

「そんなことをしたら、ただでさえ潰れそうな公爵家が破綻しますよ！　お父様たち！　私はアダルベルド様のお見合いが上手くいくようにお手伝いをしたいんです！」

苦しい息の下で懸命に訴えると、モデストお父様の腕がようやく緩む。

イザイアお父様は不思議そうに首を傾げた。

「なんだ、コーラテーゼ公爵領を乗っ取るつもりかと思ったが」

「アダルベルド様は、私の友人です。何度もお見合いに失敗されているので、ご令嬢をご案内する前に、私と予行練習をするんです」

イザイアお父様の不穏な冗談を聞き流す。

「なので、イザイアお父様のコネで劇場の席を押さえていただきたいんです。ご令嬢方のお好きな、歌劇が良いです」

「そうか。シジス」

「お願いできますか？」

「お前は、存外欲がないな。コーラテーゼ公爵領ぐらい、切り取ってくると思っていたのだが」

「イザイアお父様。お願いですから、穏便に、ファウステラウド陛下の治世を支えてください」

あくまでも物騒なことを言い続けるイザイアお父様に、私は念を押す。

アダルを騙したり、喧嘩するつもりはないぞ。色々問題点はあるが、アダルは友人付き合いをするには、気を張らないで済む良い奴なんだ。ベタベタ触ってもこないし、妙な目で見もしない。とても貴重な友人なんだ。容姿がイザイアお父様に似たせいか、私の宮廷生活は何かと面倒事が多いのだ。

「アダルベルド様のお相手は、お前じゃないんだね、シジス。だったら、私が席を押さえておこう。観劇のチケットぐらいなら簡単だ。アダルベルド様と出かける日付が決まったら教えておくれ、一番人気なのを見繕っておく」

急に上機嫌になったモデストお父様が、横から口を挟む。

イザイアお父様は、まだ不満そうだった。

いくら同性婚が承認されるといっても、少数派には違いない。まさか、本気でコーラテーゼ公爵家を狙っているはずがないと思う。思いたい。

「はい。ありがとうございます、モデストお父様。お願いします」

「可愛いシジスのお願いなら、なんでも叶えよう」

モデストお父様は上機嫌に請け負ってくれた。

イザイアお父様に何か言われる前に、私は力強く礼を言っておく。

お父様たちの思惑は良く分からないが、こうして私は「ご令嬢串焼き立ち食い事件」を回避するために、女性に好かれそうな上品で大人しい計画を着々と立て始めたのだった。

『アルティエリ子爵家社交術入門』にも書いてないパターンなので、緊張してしまうな。


日々それなりに忙しく過ぎていくので、しばらくたってから私とアダルは城下の市場へ遊びに行く日を迎えた。

あまりのんびりしていると、アダルの百一回目のお見合いが組まれてしまうからな。

いくら破談になっても、次から次へと見合い話が持ち上がるのだから、コーラテーゼ公爵家の力は凄い。

ついでにさっさと纏まってくれると、私も苦労しないんだが。アダルののんびり具合と、ぼんやり具合に付き合ってくれるような、心の広い女性はいないのかな。

借金ぐらい、自分で返してやろうという気概がある女性が似合うと思う。

架空の貴族令嬢を想定しながら、私は城下へ遊びに行く際の服に着替えた。

セリアンであることがバレないように、入念にターバンを巻きなおす。

獅子の耳はターバンで覆い、尻尾は服の中に隠す。あんまり窮屈だと動きづらいので、緩やかなシルエットになる。

セリアンが立場を隠して変装するとなると、どうしても似たような格好になるのだが、それはそれ。女性とデートに行くなら、生地にもアクセサリーにもこだわらなければならない。完全に庶民に溶け込んではいけないのだ。

いつもアダルと一緒に歩き回るのは市場とその周辺の雑多な露店が立ち並ぶ商業区域だ。

だが、今日は違う。市場の綺麗そうな表通りを歩くのは構わないが、裏道に入ってみたり、怪し気な店を冷やかしたりしてはいけない。

あくまでも由緒正しい貴族のご令嬢が「庶民の空気を味わったつもりになれる」場所だけだ。

本当に庶民の空気を味わってはいけない。アダルはその辺りを間違えそうだから、気をつけなければ。

「シジス、待たせたな！」

王宮の正門付近で待っていると、平民らしく変装したアダルがやって来た。

ターバンと、少し長めの上着。幅の広いズボン。全体的に体のラインを隠す服装は私と似ている。だが、色味は地味だった。

いつもの格好だと言えばそれまでだが、それではいけない。

「アダル、なんだその格好は」

私は顔を見るなりダメ出しをする。

「なんだって、いつもこんな感じだろう？」

察しの悪いアダルに、私は指を突きつける。怯んだ様子で一歩下がるアダル。

「今日行くのは、息抜きの食べ歩きじゃない。君がご令嬢と一緒に出掛けるための下見だ」

「う、うん。そんなに怒るなよ、シジス。分かってるって。だから、城下を歩いてもよさそうな格好になって来ただろう？」

「君がその姿だと、連れ歩くご令嬢は何を着るんだ？」

「……シジスは凄く綺麗だけど。そういうのが良かったのか？」

改めて私の姿を見回すアダルに、私はワザと胸を張ってみせる。

ターバンも、体のラインを隠す服装も変わらないが、生地も仕立ても数段違う。

平均的なヒトと比べれば遥かに体格のいいセリアンが、耳と尻尾を隠しただけで完全に正体を偽れるはずがない。

ヒトとの混血である私はともかく、アダルがどれだけ耳と尻尾を隠したところで、セリアンであることを隠し切ることはできないのだ。

ラヴァーリャの庶民は、こういう格好をしたセリアンが現れれば、内心貴族だと分かっていても見て見ぬふりをしてくれる。そうであるならば連れ歩く女性のためにも、小綺麗な格好をするのは当たり前だった。

「まったく、君は隙が多い」

私のターバンを解いて、アダルのと取り替える。色味が鮮やかになれば少しは見栄えがするだろう。飾り留めのピンブローチは、アダルの瞳の色によく合う青だ。悪くない。

「女性を喜ばせることをちゃんと考えろ」

「シジスは器用だなぁ。見立てもできるし」

手早く服装を整えていく私を見下ろすアダルは、なんだか楽しそうだ。呑気に楽しんでいるんだから、困る。

私は意地悪な気分で尋ねた。

「今日は何処に行くつもりだったんだ？　まさか、すべて私任せじゃないだろうな？」

「もちろん。せっかく抜け出せるんだから、前に言った新しい串焼き屋だろう？　それから、新鮮な内臓料理を食べられるところが見つかって……」

にこにこしながら機嫌よくアダルは計画を告げると、私の手を掴んだ。

厩舎《きゅうしゃ》に寄って馬を引き出すために並んで歩きながら、私は逆にアダルの手を引っ張る。

「アダル！」

「なに？　シジスの好きそうな、異国の商人が集まっている区域にも行こう。ほら、珍しい陶磁器を欲しがっていただろう？」

「私の趣味に合わせてどうするんだ。前にも言っただろう、喜ばせるのは私じゃなくて、君の未来の奥方だ」

「でも、今、俺といるのはシジスだろう？」

声高に非難する私に対して、アダルは穏やかな笑顔を崩さない。

公爵家の令息が、子爵家の出にすぎない混血のセリアンに対する態度だと思えば、寛容すぎるほど、寛容だ。

呑気だと思う。馬鹿なのではないかとすら思う。そんな事では、損ばかりではないかと思う。けれど、私にはない余裕が羨ましくもあった。決して真似は出来ない。違うからこそ、妬ましい。

胸の中に蟠《わだかま》る言葉にならない想いを噛みしめながら、私はアダルを睨みあげる。

たとえファウス様が同じ態度でも気にならないだろうに、アダルだと酷く感情が掻き乱される。

「目的を履き違えてる」

「友達のシジスを楽しませられないのに、知らない女性を楽しませるなんて無理なんじゃないか？」

「分かったような口を」

「そう言うシジスだって、女性を楽しませる方法を知ってるのか？　いつも俺と遊んでるのに？」

私を見下ろすアダルの蒼い目に、嘲《あざけ》りの色はない。嫌味や皮肉ではなく、本心からそう言っているのだと分かる。

「私は、実家で仕込まれている」

脳裏に『アルティエリ子爵家社交術入門』を思い浮かべて返すと、アダルは笑って私の手を強く引く。

「じゃあ、婚約者は決まったのか？」

「……私には、まだ早い」

「ファウス様はテオドアと挙式なさったぞ」

「私は、まだ、家を継ぐ時期も決まっていない」

アダルは結婚したら正式にコーラテーゼ公爵になることが決まっている。

私自身は、ファウス様が落ち着けば実家の商会を任され、当主の資質を最終確認された後にアルティエリ子爵を名乗るだろう。

結婚など、その先だ。アダルよりも遅くなると思っている。

「婚約したいと思っている女性がいるとか？」

「そんな人はいない」

私の手を引くアダルの歩調は、どんどん速くなる。

背丈の違いがそのまま足の長さの違いなので、次第に私は小走りになっていった。

「俺よりも、長く過ごす女性がいるとか？」

「……」

厩舎は目前で、アダルの馬であるブレッザが、主人の登場に嬉しそうに嘶《いなな》く。

「一番長く過ごす友人は？」

「君だよ、アダル」

しぶしぶ認めると、アダルは朗らかに破顔した。

機嫌よくブレッザの首を叩き、私にも笑顔を向ける。

「俺もだ、シジス。女性と話すために礼儀が必要だとか、気遣いが必要なのは俺でも分かるけどさ。目の前の、一番長く一緒にいる友達を楽しい気分にさせられないのに、知らない女の人なんて無理だろ。楽しく過ごすのに、男も女もないさ」


「アダルのくせに」

「うん？」

「分かったような口を」

「そうか？　真理だと思うんだけどなぁ。ほら、行こう。言い争っていたら、市場が閉まってしまう」

アダルは慣れた仕草で馬具をつけていく。

私もそれ以上文句を言う時間がない事は理解していた。

アダルに倣って乗馬の準備を整えると、二人並んで街に繰り出したのだ。


「ほら見ろ、シジス。珍しいだろう？　食べたことあるか？」

アダルが楽しそうに連れてきたのは、新鮮な内臓料理が自慢の屋台だった。

気のいいヒトの夫婦が営む屋台では、巨大な鍋がグツグツと煮込まれていた。

アダルが慣れた調子で私の分まで注文すると、手早く器に盛られた煮込みが渡される。アダルめ、以前にも何度も来ているな。

「あまり食べたことはないな」

「料理は煮込みしかないんだけど、食べたら思った以上に美味しかったんだ。シジスも、冷めないうちに食べてみろよ」

　にこにこしながらアダルは勧めてくれる。屋台の傍の空いたスペースで、二人揃って掻き込んだ。行儀は悪いが、これが一番食べやすい。

　臓物の煮込みはハーブも使われているのか、下処理がきちんと行われているのか、臭みが鼻を突くこともなく、単純な味でいながら、とても美味しい。

「これは、美味しいな」

「そうだろう、そうだろう。シジスにも絶対食べてもらおうって、ずっと思ってたんだ」

　素直に美味しいと認めると、アダルは無邪気に笑った。

　裏表なく、私にも美味しいものを食べさせようという気持ちだけなのが、良く分かる。

　余りにも率直な態度に、なんだか気恥ずかしくなって、私は真っ直ぐアダルを見られなかった。

「ありがとう。あの屋台は、どこかの肉屋と提携しているんだろうか」

　熟成させることもある肉とは違い、内臓は鮮度の落ちが早い。塩漬けなど保存食にしない場合は、手早く調理してしまう必要がある。アルティエリ家でも、あまり積極的な取引は行っていなかったはずだ。

「そうかも。今度時間がありそうな時に、屋台の主人に聞いてみよう。肉を扱っている所は、提携している所が多いかもな」

「そうだな。同業者で融通し合うのかもしれないし
……」

「もしかして、商売したいのか？」

「いや、そんな事はない」

　びっくりしたように蒼い目を丸くするアダルに、私は苦笑してしまう。

　ついつい市場調査のような方へ思考が流れるのは、私の悪い癖だ。

「定期的に新鮮な臓物を手に入れるのは、鮮度の問題があるからどんな工夫をしているのか興味があっただけだ」

　材料の提供が少なくては商売にならないし、多すぎたら捌き切れないからな。

「ふうん？　やっぱり、シジスは偉いな。いつも何か考えてる」

「頭から金勘定が抜けないだけだ」

　自嘲気味に笑うと、アダルは不思議そうに首を傾げた。

「アルティエリ家、というか、イザイアルディス卿が商家出身なんだから、当たり前だろ。俺が体を鍛えることと同じで、家業のお役目を果たすためなんだから、恥ずかしがる方が変だ」

「……うん」

　イザイアお父様方のお祖父様が商売で大成功を収めたから、私は貴族の端くれなんだけれど、同時に金で爵位を買ったと侮辱されることも多い。

　軍功を挙げて叙爵された家系の、純血のセリアンほど私の出自を軽んじる。混血であることも相まって、私を軽く扱う輩《やから》はいくらでもいた。

　アダルは、いうなれば私の対極にいる。曾祖父の代は王族で、今でも明らかにファウス様と血縁があると分かる容姿、誰よりもセリアンらしい身体能力。彼から見れば下級貴族の私なんて、対等に扱える相手ではないはずなのに。


「シジス、もう全部食べたか？　次は、新しくできた陶器商の露店に行こう。この間見に行ったらさ、凄く鮮やかな色の器が出てたんだよ、絶対気に入る」

　空になった私の器を取り上げると、さっさと屋台へ返しに行く。ついでに私の手を引いて、器用に歩き出した。

　人ごみに慣れているセリアンの御曹司というのも珍しいのだが、アダルは気にした様子もない。

　服の裾に隠れた尻尾が、楽しそうに揺れているのが見えそうなほど上機嫌だ。

　行き交う相手は、私とアダルの大柄な体軀と服装から、セリアンであると目星が付くのか、そっと避けてくれる。

　それでも、大陸有数の市場は込み合っていた。

　真っ直ぐ歩くのはなかなかコツがいるのだ。

　するすると大通りを抜け、私は手を引かれるままに、アダルがお勧めだという異国の商人たちが出店している界隈へ踏み込んでいった。

昼を過ぎた頃には、私の手には三種類の絵皿があった。

アダルお勧めの新しい陶器商の元で購入したものが二枚、その隣の露店で購入したものが一枚。いずれも模様が珍しく、素朴でかわいらしい。聞けば、露天商その人が焼いているので、一つずつデザインが違うらしい。商売の種ではなく、単に私好みのものだった。

好みに合った陶器が買えて嬉しくなっている私の横で、アダルは五本目の串焼きを食べている。本当に、気持ち良いぐらいよく食べるな。

「んー。やはり、タレはあの屋台に限るよな。色々食べてみたけど、俺は一番あの屋台が好きだ」

「さっきから食べてばかりなのに、味の好みがあるのか？　腹に溜まれば何でもいいんだろ」

「味の好みはあるに決まってるだろ。塩だけの味付けなら、素材が良い裏通りの屋台だけどタレの味は表通りの屋台が良い。

シジスも食べてみろ。好みの差はあっても、絶対これが美味しい」

はい、とアダルは自分で一つ肉を食べた後の串を差し出してくる。

私は遠慮なく残った肉に噛みついた。

安価で腹に溜まる料理なので、串にはもう一つ肉が刺さっている。アダルは食いついた私に笑い掛けると、私に咥《くわ》えさせたまま串を器用に引き抜き、残りを自分で齧った。

私は唇の端をタレで汚しながら、もぐもぐと肉を頬張る。うん、味付けは間違いない。

肉が硬いのは仕方がない。安い肉を使っているので、筋が多いんだな。

もぐもぐと顎が痛くなるぐらい噛まなければならない。ファウス様主催の焼肉のようにはいかないのだ。

ようやく私が飲み込むころには、アダルは私の後から齧りついていた肉も食べ終わっていた。相変わらず食べるのが早い。

「美味しかっただろ？」

「そうだな。アダルの言う通り、味の深みが違う」

「絶対シジスは気に入ると思ってたんだ」

予測が当たって嬉しいのか、アダルは輝くように笑う。屈託のなさが彼らしくて、とても爽やかなのだが、私はあえて厳しい表情を作った。

「アダル」

「どうした？　機嫌が悪いな。肉を二つ俺が食べたから怒っているのか？」

「違う。私がここに来る前に言ったことを、覚えているか？」

「婚約者はいないってことか？」

「違う。そういう話もしたが、違う」

話の流れとして、確かに私の結婚はまだ早いということも言った。

だが、それは些末《さまつ》な事。婚姻と共に公爵家を継ぐ予定なのだから、アダルはもっと真面目に婚約者探しに取り組むべきだ。

「じゃあ、なんだ？　シジスが好きそうなところを回ったつもりだけど……」

不本意そうに、アダルは首を傾げる。

視線は私の抱えた絵皿に向いている。アダルなりに私を楽しませようと考えてくれたことは分かる。そして、絵皿は間違いなく私の好みだった。

アダルの見立ては間違っていない。実家に戻ったら綺麗に磨いて、部屋の飾り棚に飾るつもりだから。

「私の好みではなく、世間知らずなご令嬢の好みを想像しろ」

「それは前も言われたけどさぁ……。ご令嬢と市場に来た事ないし」

「当たり前だ」

私の下調べなしでいきなりアダル一人に行かせるはずがない。

憂慮すべき「貴族令嬢串焼き立ち食い事件」が発生待ったナシだ。

ファウス様の側近として、そんな馬鹿なことは必ず阻止する。

「ご令嬢が来てもいい店にすると言っただろう？」

「あ。そうだったか？」

完全に忘れ去っていた様子で、気まずそうに頬を掻く。私は半笑いで視線を彷徨わせるアダルをじっと睨みあげた。

「言った。箱入り娘に、立ち食いなんてさせられるか」

「でも、市場に来たら、立ち食いが普通だろ？　……ごめん。俺が悪かった。そんなに睨むなよ。シジスは綺麗だから、怖い顔すると、本当に怖いんだって」

「怖いなら私を怒らせるな。危険な人ごみに、未来の奥方を連れて行くやつがあるか」

「だって」

「なんだ。ちゃんと貴族令嬢を連れて行ってもいい店、もといギリギリ目を瞑《つぶ》ってもらえそうな店は探したんだろうな？　探してなかったとは言わせんぞ」

「陶器の店を見つけた時、これでシジスが喜んでくれると思ったら、嬉しくなって、その、忘れてて――探してません、ごめんなさい」

途中からアダルの言葉は尻すぼみになっていく。ファウス様よりもさらに長身で逞しい体軀を屈めて素直に謝る姿は、愛嬌があってかわいらしいのだが、絆《ほだ》されて甘い顔をすれば、反省しないのだ、この男は。長い付き合いで、ちゃんと分かっている。

そして同じ失敗を繰り返す。それは、アダルのためにも良くない。

「だから、私を喜ばせても意味がないだろう」

「気に入った皿を抱えているシジスは、いつもかわいいし」

「いつも皿ばっかり抱えているように言うな」

「まぁ。抱えてるのは皿に限らないけど。この間は、素焼きの器を買って、ぶつかられた時に落として割ったのを凄く残念がってたじゃないか。焼き物好きだろ？」

「……」

だいぶ前の話をよく覚えているな。

最近は、ファウス様の結婚と即位式の準備のために走り回っていたし、アダルはしょっちゅう組まれる見合いに連れ回されていたせいで、二人で市場に散歩に来たのは久々なのだ。

「ともかく、だ。君が勧めた店は、全て不合格！　私みたいな男と来るのは構わないが、今日行くべきなのは、もっと行儀のいい店だ」

「行儀のいい店？」

「あてはある。父から教えてもらったのだが、市場のはずれから商業地区に切り替わるあたりに、幾つか店があるだろう？　昼頃に行くと言ってあるから、ついて来い」

「げ。あの辺は、値段がない所じゃないか。色街からも近いし！」

場所だけは知っているのだろう、アダルは驚いたように青い目を見開く。

私は肩を竦めた。そう、庶民が近づくにはやや高級志向なのだ。

「ご令嬢を連れて、間違っても色街には行くなよ」

「行かないけど。それこそ、色街でお金を使うほど、俺の家は余裕なんてないよ」

「あれ？　本当に行ったことがないのか？」

念のため注意しておくと、アダルから意外なほど真剣な返事がきた。

花嫁探しに明け暮れているのだから、そういう遊びも経験済みかと思っていたので、本当に意外だ。

それとも、公爵家の嫡男が娼妓に入れあげたら困るから、誰も連れて行かないのか？

「ないよ。年上の従兄からは何度か誘われたけど、興味もないし。綺麗な女の人と喋って、ご飯を食べるだけでどんどん金額が上がっていくんだろ。

だったら、シジスと串焼きを食べに行く方が良い」

昔から、一緒にいるには気のいい楽しい奴だと思ってきたけれど、色気よりも食い気が勝《まさ》りすぎる。大丈夫なのだろうか。女性への興味がなさすぎるというか、感性が子供っぽくて少々心配になる。

「シジスは、もしかして、行ったことあるのか？」

探るような声に、私はつい、笑ってしまう。

「父の商談に同席した時に何度か行った。あの辺りは接待でも使うからな。秘密厳守に関してはとても信用が置けるんだ」

客をもてなすために必要な大抵のものが揃っているので、便利な場所なのだ。

父が、夜の相手を探して色街に踏み込むことはない。

以前、聞いてもいないのに「お前を連れていくのは、一種の保証だ、シジス。嫉妬に狂ったモデストに殺されたくない」とか言っていたので、モデストお父様の凄まじい執着は十分理解しているのだろう。

『アルティエリ商会接客術』とは方向性が違うとはいえ、娼妓たちは接客の専門家だ。閨《ねや》に侍《はべ》るだけが仕事ではない。歌や楽器の演奏、舞踏などは、色街だけで育まれたものがあるのだ。

もちろん、床を共にすることもできるし、格が下がれば下がるほどそれだけが目的になるわけだが。

「そ、そうなのか、シジス。いや、シジスの言う通りだ、そういう事も、あるかもしれない……」

顔を赤くしたアダルが、狼狽えている。

何を想像したのか知らないが、つい揶揄ってやりたくなった。

爽やかで健全すぎる男かと心配したが、人にそういう欲があることは知っていたんだな、良かった。

「なんだ、興味があるのか？　一度ぐらいなら、私が費用を持って連れていってやろうか？　これも勉強のうちだ」

基本的な閨教育は、公爵家は当然アダルにしているはずだ。

だから私の言う意味も理解したと思うのに、急にアダルは真顔になると頭を振った。

「いらない」

「一度ぐらいでは、深みに嵌まらないだろう？」

「いらない。さっきも言ったけど、俺は、シジスと市場に行くのが楽しい。知らない女の人を間に入れたいとは思わない」

「……そうか。気が変わったら、言ってくれ」

なんだか不機嫌そうだ。そんなに気に障ることを言っただろうか。ターバンの下で耳が伏せていそうな顔をしている。

「変わらない」

「そうか。では、予定通り私の探しておいた店に行こう。お茶とお菓子の店だな。買って帰ることもできるが、店の奥に部屋があって食事もできる。ご令嬢の庶民体験にはちょうどいいだろう」

色街の話題を続けると怒り出しそうな気配すらしたので、私は話題を変える事にした。

アダルの先に立って、目当ての店に先導する。

珍しく考え込んだ風情《ふぜい》のアダルは、素直に私の後からついてきた。


市場の喧騒からは少し離れた地区だった。

私が目を付けていたのは、茶葉の店だ。

庶民からすればやや入りづらい高級店、けれど、貴族からすれば充分庶民っぽい猥雑《わいざつ》さを残した店、という意味で理想的だった。

露店や屋台などではなく、大通りに面したきちんとした店舗だ。

取り扱っているのは、ラヴァーリャのあちこちから集められた茶葉だ。煎《い》った茶葉の良い香りが、店先に漂っている。

珍しいものだと、東西交易路を越えてもたらされたリーミン産のものもある。

聖堂や王宮でよく飲まれる緑茶から、もう少し値の下がったものまで、本当に色々だ。

茶葉の店なので、店先には量り売りをする売り子が何人もいる。

この店の茶葉はちょっと値の張った贈り物としてよく利用されている。私も、父のお使いで何度か足を運んだ。

貴族相手では、要望に合った茶葉を店の方が屋敷に持参するものなのだが、膨大な種類があるので直接自分の目で見たかったのだ。良いものをちゃんと見極めるように、という意味で父は私を使いに出していたのだと思う。

そんな茶葉の店が、売り物によく合うお菓子や食事を、店の片隅で提供し始めたところ、物珍しさや味の良さで評判になったのだ。

「思ったよりずっと、上品な店だな……」

「アダルが連れて行く串焼きの屋台に比べれば、隣の刀剣店だって充分上品だ」

「そうかもしれないけどさ」

「ほら。行くぞ、アダル。君の好きなお茶は何だ？」

何故か躊躇《ちゅうちょ》するアダルの手を引いて、私は店に入っていく。祖父の代から付き合いがあるせいか、店員は私の顔を見た途端「アルティエリ家の坊ちゃんですね。いつもご贔屓《ひいき》、ありがとうございます」と笑顔で頭を下げた。

「こちらこそ、世話になる。先日頼んでいたんだが、用意できているか？」

「もちろんでございます。お連れ様も、どうぞこちらに」

ちらりとアダルの格好を見た店員は、当然彼がセリアンであることに気づいただろうに、口にはしない。恭しい態度で、奥にある個室に案内される。

「せっかくですので、眺めの良い二階をご用意いたしました。お茶は、事前にお伺いしたもので構いませんか？」

「もちろんだ。そちらの自信作を出して欲しい。お菓子は……アダル、嫌いな物はなかったよな？」

「ああ」

元は大口の商談の際に使われていたと思《おぼ》しき重厚なしつらえの部屋を、物珍しげに見まわしていたアダルは、私の問いに慌てて頷く。

「では、予定通りに」

「承知いたしました」

頭を下げて出て行く店員を見送ってから、私は窓辺に立つアダルの傍に寄る。

大きな窓からは、庭と、その先にある大通りの喧騒が見える。高い塀と庭木に囲われているので、直接大通りからこちらは見えないのだが、様子を窺うことはできるのだ。

静かな貴族の屋敷が生活圏である令嬢からすれば、十分騒がしい場所だ。

「凄い部屋だなぁ」

やや成金趣味ではあるが、床に敷かれた絨毯《じゅうたん》も、壁際に配置されたソファも、クッションカバーも全て豪勢にできている。商談のための部屋なのだから、見栄を張って当然なのだ。

私とアダルの二人きりで使うには、広すぎるほど広い。

「先代店主が商談の際に使っていた部屋で、代替わりしてから新しい店舗を建てたそうで、こちらが空いたんだと。空き部屋を、長年の顧客の喫茶室にしてみたところ、評判が評判を呼んで、今に至る。

新しい店主は私と十ほどしか年が変わらないのに、やり手だ」

すでにあるものに、新しい価値を与えるとは、なかなか良い考えだ。私も見習いたい。

「色々考える人がいるんだな」

「君も、奥方を早く見つけるために考えておくんだな。部屋は広いから、ご令嬢の付き添いに一人二人侍女がいても問題ないだろう」

「付き添いが来るのか？」

ぎょっとしたようにアダルが声を上げる。

「来るだろう、もちろん。相手は嫁入り前の箱入りのご令嬢だぞ？　成金子爵家の私とは扱いが違う。いきなり知らない所に連れて行って、驚かせるなんてことは狙わずに、ちゃんと相手の家に予定を事前通達しておけよ」

「わ、わかった。驚かせるつもりはなかったけど、言わなきゃダメなのか」

「当たり前だ」

納得いっていない風情で、唸るアダル。

「だって、目新しい店があったら入ってみたいって――」

「私相手ならそれで通じるが、外出に付き添いが付くような未婚の女性にはダメに決まっている」

そもそも貴族のご令嬢が一人で街中をふらつくことはありえない。

「俺がついてたら、大抵の危険からは守れると思うんだけど?」

まだ不思議そうなアダル。単純な暴力という意味では、アダルほど頼りになる護衛はいない。成人したセリアンはヒトが三人がかりでも止められないというのは、誇張ではなく事実だ。人の形をした獅子と、喧嘩をする方がバカなのだ。

だが、私は冷やかに告げる。

「君という危険からは、守れないだろ」

「俺が、危険!」

「結婚前なのに、君が余計なちょっかいを出したら困る」

「俺が!」

不本意そうな顔をするアダルに、私も笑い出したくなる。そういう方面のアダルは、とても紳士だ。分かっている。でも。

「相手の親の立場なら、そう考える。当たり前だ」

「そ、そうなのか」

我が子の結婚や恋愛に対して、イザイアお父様とモデストお父様を見る限り、セリアンの方が夢見がちだ。子供は一人か二人が当たり前のセリアンと、多ければ十人を超えるヒトの感性の差かもしれない。

先王陛下も二人の息子に対して大変甘くて過保護な面があるとおり、セリアン全般の傾向だと思う。

貴族の義務として血統を繁栄させるための結婚の必要性に従いながらも、愛娘が幸せな結婚ができるよう願っている両親はそこら中にいる。

コーラテーゼ公爵家の後継者アダルに、見合いが山ほど来て、かつ、成立しないのにはその辺りの事情もあるだろう。アダルは血統も人柄も最上だ、けれど、欠点は目を瞑るには大きすぎる、といったところか。

アダルがウンウン唸っている間に、頼んでおいたお茶とお菓子が用意された。

窓から離れて、クッションにもたれて寛ぐ。

脚つきの盆に用意されたのは、ごく一般的な紅茶と、ナッツのクッキー、薔薇《ばら》の砂糖漬けとオレンジの砂糖漬けだった。薔薇とオレンジの色合いが綺麗だ。

「シジス、これは、どうやって食べるんだ? 花じゃないのか?」

「オレンジの砂糖漬けと同じだが。食べたことないのか？」

　薔薇の砂糖漬けに、アダルは首を傾げている。ファウス様のところでも、あまり見ないお菓子ではある。ファウス様が、特別好んではいないからだな。実は私も、香りが強すぎて苦手だ。

「俺の家では、あんまり」

「紅茶に浮かべても綺麗だし、そのまま食べてもいい」

「うん？　なんだか、砂糖の塊みたいだな。甘くて美味しいけど。オレンジの方が美味しいと思う」

　私に言われた通り、紅茶のカップに薔薇の花を浮かべたアダルは不思議そうに文句を言う。

「薔薇の花びらの味なんて、特にないからな。こういうのは、香りと色合いを楽しむんだ」

「それから、シジス」

「まだ何かあるのか？」

「もしかして、これで全部か？」

「いや、後三種類ぐらい茶葉は変えてくれると思うが？　紅茶だけじゃなくて、緑茶とか。望めばリーミン産のも出してくれると思うけれど……」

「お茶ばっかりじゃないか。こんな量だと、腹が減る」

「……」

　実に情けない顔で、アダルは豪勢な皿に少量ずつ盛られたお菓子を指す。

　私も実に情けない顔で、色気より食い気の友人を見つめた。

「アダル」

「うん」

「ご令嬢だってセリアンだから、これじゃあ足りないかもしれないが」

「そうだな。セリアンの女の子は、テオドアより体格が良いからな」

「体格が良いは余計だ。絶対に相手に言うなよ。つまり、ご令嬢にとっても足りないかもしれないが、将来の夫の前では格好つけて小食のフリをするんだから。お前も我慢しろ」

「えー、そんな無駄な我慢はしなくていいから、腹いっぱい肉が食べたい」

「見栄を張る時は、我慢が大事なんだ。いつでも本音で喋れば、良いってものじゃない。

　いいか。ご令嬢の前では、薔薇の砂糖漬けに味がないとか、量が少ないとか、お菓子ばっかりだと物足りないとか、言わないように！」

「……」

　しょんぼりした風情でオレンジの砂糖漬けを摘むアダルに、私は仕方なく付け加えた。

「腹いっぱい食べてから、会いに行けばいいだろう？」

「うん」

「私の分のクッキーもやる」

「ありがとう、シジス！　心が広いな」

「オレンジの砂糖漬けはやらない。私に寄越せ。好物なんだ」

「シジス、心が狭い」

「薔薇の砂糖漬けは嫌いだから、全部食べてもいい」

「さっきのありがとうは、取り消す」

　わいわい言いながら、私達はしばらく茶葉専門店が選んだ、薫り高いお茶を堪能したのだった。

　紅茶の銘柄に詳しいかどうかはともかく、セリアンは総じてヒトより遥かに嗅覚が鋭い。

　私がアダルのために選んでおいたお茶は気に入ってもらえたようだ。

　アダルが楽しんでいる姿を見るのは、素直に嬉しい。

　楽しんで欲しいと思うからこそ、これ以上見合いに失敗して肩を落とす姿は見たくない。長い付き合いで、アダルの良いところも悪いところも、私は知っている。失敗しそうなことには、あらかじめ予防策を講じていれば、大丈夫。アダルはいい男なんだ。きっとすぐに婚約者は見つかるはずだ。

　そうしたら、こんなふうに益体《やくたい》もない話をしながら、お茶を飲む機会は減るんだろう。寂しいけれどそれが、私もアダルも、大人になるということなんだ。

「シジス、どうした？　お茶が渋かったか？」

　ふと考え込んでしまった私に、アダルは心配そうな声を掛けてくれる。

　は、と顔を上げて、笑顔を作る。友人が公爵位を継ぐための一歩なのだ。寂しがるのはおかしい。

「い、いや。少し感傷的になっていた。アダル。ご令嬢に選んでもらって、好きな茶葉を贈るのも良いと思う。たくさんある中から選ぶ、という経験自体が貴族女性には少ないだろうから」

「なるほど」

　慌てて話題を変えると、アダルは感心した風情だ。盛んに頷いている。

「どうしても選びきれないなら、店側に要望を伝えて、いくつか候補を絞っておいてもらえばいい」

「わかった。シジスは、よくそんなに色々思いつくな。俺は全然思いつかなかった」

私に押し付けられた薔薇の砂糖漬けをあらかた食べてしまったアダルが、行儀悪く指を舐めた。

「ある意味、慣れているというか」

取引相手への贈答品選びを、父から私に任されることが多い。考え方は一緒だ。

「婚約者はいないって言ったじゃないか」

「それは、いない。アダル、指なんて舐めるな。場所が移っても、見合いの場だと覚えておけ」

「うぅ。分かった。行儀よくする。贈り物を考えるのは大変だから、シジスに教えてもらえて嬉しい」

今度は私が首を傾げる番だ。

今日アダルが選んだ店は、貴族女性を連れていくには不適切だが、私を喜ばせるという目的にはかなっていた。

「贈り物は得意じゃないのか？　君が私を連れていってくれる店は、大抵好みに合っている」

「そりゃあ、シジスのことは長い間見てるからさ。でも、一回しか会った事のない人なんて、分からないよ。好きになるかどうかも分からないのに」

「まぁ、そうなんだろうけど」

アダルの言う事は、正論すぎて私は言葉に詰まる。

「だいたい、好きって気持ちも、良く分からないよな。ファウス様はテオドアのことが好きで好きでたまらないのは、見ていて分かるけどさ」

ゆらゆらと困ったように服の裾から出た尻尾を揺らしながら、アダルは薔薇の浮いたお茶をかき混ぜる。

「あれは、ちょっと特殊な例だと思う」

恋愛関係に関しては、アダルと大して変わらない経験値の私も、言葉を濁す。

『アルティエリ子爵家社交術入門』を仕込まれている私でも、誰かと恋をした経験はない。

「俺はあんなに熱烈な執着を女性に持ったりできるのかな？　今でも、女の子とお喋りするより、シジスと買い食いする方が楽しいって思ってるのに」

「すまない。これに関しては、私も何も言えない。だが」

「だが？」

「父、というか、母に観劇のチケットを押さえてもらっている。最後は、恋愛の勉強だ。アダル」

「勉強……！」

私は、最後の仕上げをするつもりで、アダルに美しい染めの入った観劇の招待状を叩きつけた。

アダルはお茶のカップを揺らした。私の完璧すぎる行動計画に、恐れをなしているのだろう。そう。

貴族令嬢がぎりぎり楽しめる庶民体験の後は、きちんと貴族らしい社交に励み、かつ、『恋愛』も学んでもらおうではないか！

「観劇って、歌劇だろう？　えーと、急に歌い出すやつ！」

「そうだ。感情が高まると歌い出してしまうアレだ。セリフも節が付いている」

「俺、苦手なんだよなぁ。話の筋が分かりにくし、興味がないし、眠くなるし」

「話の筋なんて、大抵単純じゃないか。男女が出会って、恋をして、邪魔が入って、喜劇ならめでたく結ばれ、悲劇なら引き裂かれるか、主役が死ぬ」

これはイザイアお父様の受け売りだ。この表現から察するに、お父様も歌劇に興味がないのだ。けれど良く接待に使っているから、有効性は認めているのだろう。

「凄く、簡単に言い切ってくれたな、シジス。確かに、言われてみればそうなんだけどさ。

何か問題が起きる度に歌い出すだろ？　歌っている暇があるなら、もっと行動を起こせよって思っちゃうんだよなぁ」

困ったようにアダルは頭を掻いて、ターバンを乱す。

根本的に歌劇の楽しみ方が分かっていない男だ。

「問題をどう解決するか、ではなく、恋の苦しみや喜びを、芝居を通じて体験するのが歌劇の醍醐味だろう」

「そ、そうなのか」

「だからこそ、貴族女性の間では人気が高い。母が用意してくれたチケットだって、なかなか手に入らなくて、結局は父のコネで押さえてもらったんだからな」

「ありがたいような、迷惑なような」

「物珍しい出来事の後は、箱入りの令嬢でも楽しみにしている観劇で王道なもてなしをする。楽しんでもらえるはずだ」

嬉しい驚きにも想定外のものと、想定内のものがある。城下町でお茶を飲むのはご令嬢にとっては想定外で、観劇は社交の常套手段だから想定内だ。

「わかった。色々考えてくれて、ありがとう、シジス。

俺は――寝ないように頑張る！」

凛々しい表情で、ものすごく低い次元の目標を立てるアダルに、私は脱力しそうになった。

「違う！　恋愛の機微《きび》を学べって言ってるんだ！　その辺が甘いから、君はいつもフラれるんだ。公爵家の嫡男なんて、本来ならすぐ婚約者が決まる立場だぞ。バルダッサーレ殿下と同じように、条件が良いんだからな。それに君は、高位貴族なのに高慢なところがなくて人柄も良いし、容姿も良いんだ。実家の経済状況以外で問題があるとしたら、そういうところだ」

「シジス、それ、褒め言葉じゃない」

「褒めてないからな」

「でも、俺のこと人柄も良いし、容姿も良いって言ったじゃないか」

「都合の良いところだけ聞くな。それでもフラれるって言っただろ。腹が立ってきたぞ。アダル。さっさと着替えてもらおう」

「え？　着替え」

「観劇は貴族の社交だと言っただろう。ふさわしい服装になるのは当然だ。ご令嬢の実家にもきちんと伝えておくように。着替えるための部屋は、用意してもらえるから」

今日は私とアダルなので、この部屋を使えばいい。

私はそう考えて、事前に用意した服を店員に出してもらう。ついでにアダルの分は、適当にモデストお父様の服を借りてきた。背はアダルの方が高いけれど、まぁ、何とかなるだろう。私自身は成り上がり貴族の家だし、アダルも武人の家系だからか、着替えぐらいは自分で出来るのだ。

「着替えか。ちゃんとした服って窮屈なんだよなぁ」

「またフラれたいのか、アダル」

面倒くさそうに解いたターバンから現れた耳をパタパタさせるアダルを睨むと、アダルはピン、と耳を立たせて肩を竦める。

「シジス。綺麗な顔で睨んだら怖いから、止めよう」

「さっさと君が着替えたらな！」

「ハイ」

私とアダルは、馬に乗って王立歌劇場を訪れたんだ。


結果として、アダルは寝た。

モデストお父様が選んだ席が、バルコニー席で良かった。いや公爵家の家格的には当たり前なんだが、助かった。

一緒にいるのは私とアダルだけだから、全三幕構成の芝居のうち、二幕で寝入ったアダルの寝息が他人にバレなかったからだ。私が何度つねったり叩いたりしても起きないいんだから、全く。興味がないのがバレバレだ。

厳しく説教が必要だな。

午前中にさんざん串焼きを食べて、満腹にさせてから連れてきたのは、間違いだったか。

「アダル、アダル。いい加減に起きろ」

広いソファ席で私にもたれかかったまま、幸せそうに寝ているアダルの耳を引っ張る。

「んー」

ぱたぱた、と長い尻尾が動く。

耳を引っ張る私の腕に、尻尾が絡んできた。

「もうちょっと」

「バカ。芝居は終わったんだぞ」

「そ、そうなのかっ」

ぱち、と青い瞳が開く。

私はもたれかかってくる長身を押し返す。そもそも重いのだ。

「そうだ。君が幸せに寝ている間に、聖女様の恋の行方は決した」

「え。ええ。そうだったのか？　ごめん、あんまり気持ち良く眠れてしまって」

ぐいぐい私に肩を押されるまま、アダルは起き上がる。

目覚めは良いのか、ぼんやりしていた顔つきもすっきりしている。

「興味がないのは良く分かったが、眠いから寝るとは何事だ」

「だってさ……すごく良い音楽で、気持ち良くなっちゃうし。歌の内容は聞いてても、同じことばっかりだし」

「同じことでグダグダ悩むのが、この物語の主題だろう」

「えー。そうなのか？」

「そうだ」

重々しく頷く。

今回の歌劇は過去何度も上演されている定番の物語

だった。

聖女「イトウ・シズ」様より遡る事数百年前、ラヴァーリャの危機に降臨された聖女「ユキ」様が物語の主人公だ。もちろん役名は変わっているが、ラヴァーリャ人なら誰でも察しがつく。

物語の主題は奇跡の内容ではないので、その辺りは上演の度に解釈が変わる。神の力で民を救う聖女、聖女を庇護し援助し続ける元第三王子の最高司祭と、身を挺《てい》して守り抜く平民出身の聖堂兵隊長の三角関係が主題だ。

一応聖堂を慮《おもんぱか》って、聖女は「祝福の乙女」、最高司祭は「大司祭」、聖堂兵隊長は「隊長」に名前が変わっている。

神の乙女に対して、高貴な血統の元王子と、平民にすぎない青年が真っ向から対立し、平民が愛を勝ち取るという意外性が、庶民にも貴族にも喜ばれる秘訣なんだと思う。

聖堂以外であれば、元王子と平民の対立なんて、まずありえない。元王子の圧勝だ。

だが、聖堂に入ると事情が変わる。建前は、聖堂に入ってしまえば神のしもべになるので、出自は関係ないことになっているからな。

あくまでも建前では。

神のしもべになっても、世俗の財産を放棄しないから平等ではない。当代最高司祭シモーネ様が、それなりの資産家であることを見れば分かる。

それぐらい不利な平民出の聖堂兵隊長と当時の最高司祭が、聖女を挟んで、本当に三角関係になったのかどうか、聖下にでもお聞きしないと分からないけれど、聞く勇気はない。

巷《ちまた》ではそう信じられている、という話だ。

「聖女様とは言わなくて、ええと、祝福の乙女だったっけ。大司祭に言い寄られたらそっちになびくし、隊長に優しくされたらそっちになびくし。どっちにも決められない、素敵な人だとか言いながら歌ってただろう。あれ、面白いのか？」

「アダルは男で、選ばれる側だから面白くないんだろうが。女性の目線で祝福の乙女になったつもりだと、楽しいんじゃないか？　選ぶのは自分だし、自分の愛を勝ち取るために二人の男が振り回されるんだし」

「ありていに言えばそうだろうけど、聖女様……じゃなくて祝福の乙女も、はっきりしないよなぁ」

不満そうにアダルは尻尾を揺らす。

「片方が悪人だったら話は簡単だけど、どちらも選べないぐらい良い人なんだろ」

さほど物語に没入しない私は、一般論を告げて笑った。

演劇の中では、最高司祭に睨まれたら聖堂兵隊長の立場が危うい、とかそういう生臭い所は一切なかった。私が聖女なら、どっちを愛するにしても、その辺りが気になってたまらないだろう。

「そうなのかもしれないけどさぁ、なんだか、納得できないんだよな。祝福の乙女の性格が悪く見えるっていうか……」

まだアダルは唸っている。

すっきり納得がいかないのは、何となく分かる。

私も、物語のあらすじを知っているとはいえ、ところどころ納得できずに引っかかるから。

例えば、物語のフィナーレは、演者全員で幸せな結婚式を歌い上げて終わる。聖女が聖堂兵隊長と結ばれる時、二人の結婚式を執り行うのは最高司祭なのだ。

明るい調子で最高司祭は二人の門出を祝福する歌を歌う。もちろん主役級の俳優が歌うので、技量は素晴らしい。力技で感動させられそうになる。

この演劇では定番のシーンなのだが、素直に感動しがたい。聖女側の視点でいえば、皆に祝福されて、何も持たないけれど誠実な愛を捧げる男性と結ばれたことになるんだろうけれど、それをライバルに祝福させるのは残酷すぎないか。

「愛する人が幸せになるなら、自分の恋が実らなくても、祝福できるものかな」

「そう、それ。それは、俺も思った」

私の一言に、アダルが食いついてくる。

君は寝てたんじゃないのか。

私が睨むと、アダルは「いい歌のところは、起きてた」とか言う。

本当か？　ずっと私を枕にしていたじゃないか。重かったんだぞ。

「最高司祭役は歌が凄く上手いから、ついつい聞き入ってしまうんだけどさ。あれだけ聖女に対して『貴方を待っていた』だの『貴方しかいない』だの言っておいて、選ばれなかったら幸せにって、切り替えが早すぎないか」

「私には、できないと思う。たぶん。いや、心底好きになったら、そういう気持ちになるのか……」

恋愛の機微は、私にも難しい。

アダルに勉強しろと言えるほど、私にも分からないのだ。

次第に観客が帰っていく劇場内で、私とアダルはお互いに首を傾げていた。

「ファウス様は、テオドアが他の人を好きになったって言い出したら、相手を食い殺しそうな気がするけどなぁ」

「それは、確かにそう思う」

私達の身近な恋愛成就の例は主君なので、アダルの言葉に深く頷いてしまう。

「最高司祭みたいに、笑顔で幸せにとは、絶対に言いそうにない」

「うんうん」

「シジス、歌劇で恋愛の勉強って言ってたけど、これは難しいぞ」

「テオドアに聞いても、教えてもらえないいな」

いつも課題を写させてくれる優秀な学友を思い浮かべる。「もー、自分で勉強しないと駄目だよ！」と言いつつ、テオドアは必ず助けてくれる。とても優しい男なのだ。

ファウス様をはじめ、私たち全員が教師から怒られずに済んでいるのはテオドアの力が大きい。

テオドアは、体力が必要な科目以外は偏りなく何でもできる。本人は「ちょっと努力しただけだよ」と言うのだけれど、苦手科目がないのも一種の才能だと思う。医学者の息子だから、頭が良いのだろう。

「シジス」

いったん私から離れたはずのアダルが、急に抱きついてくる。

大柄な体に伸し掛かられると、重たい。

「なんだ。ベタベタ引っ付くな、重いだろう」

容赦なく顎を押して、私から引き剝がそうとすると、ベタベタ引っ付いたままアダルの耳がペタンと倒れる。

「色々考えたら、腹が減った。何か食べよう」

「君はずっと、寝てたじゃないか！」

文句を言う私の声に、アダルの情けない腹の虫がグーと応えた。

「テオドア、おにぎり作ってないかな」

「作っていても、ファウス様のだろ。食べたら恨まれるぞ」

「じゃあシジス、串焼き食べたい」

「割増料金だな！」

アダルが食べ物の話を始めるせいで、私まで腹が減って来た。

恋愛の機微はさっぱりなのに、食べることに関しては積極的だな、アダルめ。

王宮の部屋に戻る前に、どこかで肉を調達しよう。お腹が空きすぎて、眠れなくなりそうだ。


「では、行ってきます」

キリリと引き締まった表情のアダルが、ファウス様に挨拶している。

ターバンに、裾の長い上着、ゆったりしたズボン。城下町を歩くときの服装だが、平民に紛れ込むには豪華すぎる装い。ややチグハグになっているのは、連れていく相手がルーチア伯爵家のジェルトルーデ嬢なのだから仕方がないのだ。

「幸運を祈る！」

「いつも通りのアダルだったら大丈夫だからね」

ファウス様とテオドアに激励されて、アダルは生真面目な表情で頷く。

真面目な顔をしていれば、充分格好良いのだ。ヘマさえしなければ、大丈夫だろう。

「私の注意を忘れるな」

「うん。分かった、シジス。色々してくれて、ありがとう」

アダルは頬を掻きながら、照れたように微笑む。

「血生臭い話はしない。狩りのことは言っても、獲物の捌き方は言わない」

「よし」

「面白そうな店を見つけても、予定していなかった場所に急に行かない」

「よし」

私からの注意事項は、ちゃんと頭に入っているらしい。

これならば安心だ。

私もファウス様も考えている通り、アダルはいい奴なのだ。一緒にいると楽しく過ごせる。

見合いが破談になってしまうのは、女心に疎すぎるのと、素直すぎるほど素直に思ったことを口に出すかな。

らだ。あとは実家の借金問題。これが一番大きいけどな。

「良い結果を待ってる」

私が笑みを浮かべると、アダルは眩《まぶ》しそうに笑う。

「シジスは綺麗だから、笑っているともっと綺麗だな」

「そう言う台詞は、今日のお相手のためにとっておけ。ちゃんと、綺麗だと思ったら相手に伝えるんだぞ。褒め言葉を惜しむな」

「分かった」

『アルティエリ子爵家社交術入門』にも載っていることだ。褒め言葉を惜しんではいけない。褒めるところがなさそうな相手でも、何とか一つ二つは見つけて褒めるのだ。美点を見つける訓練でもある。

その点は、アダルは問題ないと思う。私をはじめ、ファウス様やテオドア相手にも、感心すれば素直に口に出すのだから。相手の欠点よりも美点に視線が行くのは、アダルの心が真っ直ぐだからだと思う。

ファウス様と私達に見送られ、アダルベルド・コーラテーゼは出かけていった。

私とアダルが市場や歌劇場を巡ってから、一月ぐらいたったころ、アダルは第百一回目のお見合いをしていた。

一度目の会食で先方から「またお会いしたい」と返事が来たので、早速「アダルの良い所を見せよう作戦」が発動した。

私はイザイアお父様に頼んで観劇のチケットを手に入れたり、一緒に行った茶葉の店にアダルを紹介したりと、せっせと支援活動を行ったのだ。

舞台は整えた。

あとは主役であるアダルが頑張るだけだ。

「アダルの婚約が決まったら、シジスは寂しくなるね」

ファウス様の傍に座ったテオドアが、アダルの出ていった扉を眺めながらそんなことを言う。

「私だけ、婚約者がいないから？」

主君がさっさと結婚したので、確かに私だけが残ったことになる。

とはいえ、私の家は後継ぎが早く決まらなければ困るアダルのような、高位貴族ではない。掃いて捨てるほどいる子爵家の一つだ。

しかもイザイアお父様方の親戚はヒトなので、従兄弟は山ほどいる。

アルティエリ家側の親戚にも混血のセリアンが多く、兄弟も二人三人いる家もあるのだ。伯爵以下の家は子供が少なくて悩むことはあまりない。

早く結婚して、早く孫に会わせて、という両親からの期待は薄い。モデストお父様など、ずっと私が独り身でも、それはそれで良いと本気で思っている節がある。イザイアお父様に家を明け渡すぐらいだから、なにかと思い切りが良いのだ。

「シジスも婚約者が欲しいなら、俺がいくらでも紹介するぞ」

結婚して幸せを満喫中のファウス様は、そんなことを言う。

ファウス様が絡むと王命になるから、それは遠慮したい。相手も気の毒だ。

「私にはまだ早い話ですよ。だから、寂しくないぞ、テオドア」

「そうかな？　アダルとシジスはいつも一緒にいるから」

「それは、ファウス様とテオドアがいつも一緒にいるから、私達は遠慮していただけだ」

ファウス様がテオドアとイチャつきだしたら、そっと場を離れるのがデキる側近というものだ。今一つ鈍いアダルを引っ張って、つかず離れずの距離にするように気を付けていた。

「それは、そのう……ごめん、気を使わせて」

身に覚えのあるらしいテオドアは真っ赤になって俯く。

「これからも気を利かせてくれ」

身に覚えがあっても悪びれないファウス様は、真逆のことを言っている。

これからもデキる側近として気を使っていこう。

「アダルが上手くやってるのか、それだけが心配です」

私にできる限り手を回したけれど、アダルのことだ、善意で余計なことをする可能性は常にある。

私の予想を外してきそうで、そこだけは心配だ。

「相手のお嬢さんが動じない性格だと良いな」

ファウス様は、呑気に笑っている。

「アダルより三つ年上ですから、落ち着いていると思うのですが」

私はジェルトルーデ・ルーチア嬢のプロフィールを

思い浮かべる。

アダルより年上の二十一歳。暗褐色の髪と、こげ茶の瞳をした優しそうな純血のセリアン女性だ。肖像画を見たから容姿も知っている。

領地は王都から少し離れている。牧畜が盛んで、実家の勢いはまずまず。可もなく不可もない。ルーチア家は弟が継ぐことになっている。趣味は領地の森を馬で散策すること。

「遠乗りも趣味にしているそうですから、アダルと話が合うと思います」

「凄いな、シジス」

「アダルのお相手の趣味まで知っているんだ？」

びっくりしたようにファウス様とテオドアが目を丸くしている。

おかしなことを言っただろうか、と私は慌てた。

アダルが百一回目のお見合いをすると聞いてから、ついつい相手の名前、相手の実家の状況などを調べてしまった。

身上調査など、コーラテーゼ公爵家が事前にやっているはずだが、どうしても気になってしまったのだ。

「せっかくですから、今度こそ婚約まで漕《こ》ぎつけて欲しいと思って、調べてしまいました」

友人の見合い相手を調べ上げるなんて、今考えれば不自然だ。

私は苦しい言い訳をしてしまう。

「大丈夫だよ、アダルは良い人だ」

「二回目まで会って、しかも城下町に付き合ってくれるぐらいの人だから、大丈夫だ」

「え、ええ。そうですね」

私が手伝ったのだから、今度こそアダルの良い所を知ってもらえるはずだ。そうしたら、婚約もできるだろう。

だって、アダルはいい奴だ。幸せになるべきなんだ。

私は長く一緒にいたんだから、アダルが高貴な身分の癖に飾らない、一緒にいて楽しい相手だと知っている。

アダルのためにも、相手の女性は良い人であって欲しい。アダルが幸せになれるような人であって欲しい。

ファウス様とテオドアのように仲良く。

コーラテーゼ公爵になったアダルと、一番長く一緒にいるのは、その女性なのだから。

私では、ないのだから。

「私が手伝えるのは、ここまでですから」

言葉にしてから、寂しさが胸を突く。

ファウス様とテオドアのように、アダルとジェルトルーデ嬢が仲睦まじくしているのだと想像すれば、酷く感情が乱れる。

これが、幼馴染みが先に大人になってしまう、寂しさだろうか。

「お祝いは何の肉が良いでしょう？」

「牛じゃないか？　この間食べられなかったから」

ファウス様とテオドアは、呑気に婚約記念焼肉の話をしている。

私は、牛肉を仕入れると答えながら、いつも通りの笑みを浮かべられたか、自信がなかった。

それぐらい、幼馴染みの喪失は寂しかったのだ。


「ごめん。本当に、ごめん」

翌日。

ファウス様とテオドアの前に参上する前に、私の部屋まで来たアダルは謝り通しだった。

大きな体を縮めて、耳をペタンと倒して謝る姿は、本気だ。

「朝早くから、どうしたんだ？　例の店からも、アダルがちゃんともてなしていたと聞いてるんだが？　劇場で寝たのか？」

私の忠告通り、ジェルトルーデ嬢が選んだお茶に花を添えて、お土産にしたそうだ。

アダルにしては上出来だ。

「劇場には……行かなかった」

「え？　食べ過ぎで間に合わなかった、とか？」

「いや。その……。時間は十分あったんだけど。服を替えろって言われただろ」

「ああ。ルーチア家側にも伝えて用意してもらったんだろう？」

「うん。侍女が二人と護衛の執事が一人付いて来てたんだ。着替えもちゃんとしてた」

「なら、何が問題で？」

「綺麗に着飾った彼女が、どう思いますか？　って聞いてきたから」

「美しいって言えばいいだろう」

「綺麗ですね、ってちゃんと言った。そうしたら、今までで何番目？　って聞かれたから、少なくとも、シジスの次って言ったら、すごく怒られた。ジェルトルーデ嬢の侍女と執事に」

「……」

思わず、眉を顰めてアダルを見上げてしまう。

見合いの相手と私を比べる奴があるか。

「ジェルトルーデ嬢は怒ってはなかったけれど、一番にしてくれないのはダメって言われた」

「それは、言われるだろう。褒め言葉は惜しむなって言っただろう。どうして私なんかを引き合いに出したんだ」

「ちゃんと褒めた。シジスの次って、俺としては凄く褒めたつもりだったんだ。

だって、嘘はつけないだろ。俺は、シジスより綺麗な人は、見たことない」

アダルは、照れることもなく、平然としている。

「……」

私は、次の言葉を失った。

アダルは、心底そう思うから、素直に言葉にしただけなのだろう。深い意味はないのだろう。動揺する私の方がおかしいのだ。

叱りつけないと駄目だ。私に綺麗だと言う暇があるなら、ジェルトルーデ嬢に、失礼なことを言ったと謝りに行くべきだ。

なのに、言葉が上手く出てこない。

顔が熱い。

「どうしたんだ？　シジス、顔が真っ赤だ。せっかくシジスが色々手配してくれたのに、無駄にして、怒ってる？　ごめん、悪かったと思ってる」

「う、うるさいなっ」

「シジス」

アダルから顔を隠そうと背けると、大きな手が、私の頬に添えられる。

「どうしたら、許してくれる？　見合いに失敗するのは百一回目で慣れたけど、シジスに怒られるのは困る」

「知らないっ」

知らない。知らない。

アダルがフラれて、どこかホッとしているなんて、知らない。

どうしてそんな風に思うのか、私には分からない。

歌劇を見に行っても、私の心は自分でも分からない。

恋愛の勉強は、あまりにも難しすぎるのだ。

「謝るから」

「私に謝るぐらいなら、ジェルトルーデ嬢に謝って、やり直しをお願いしてこい！」

私を見つめるアダルから顔を背けようとするのに、純血のセリアンの怪力が離してくれない。

理由もなく恥ずかしくて、自分でも何を口走っているのか分からなくなりそうだ。落ち着かなければ。

「ジェルトルーデ嬢は、もう会ってくれないよ」

慌てふためく私とは違い、アダルは平然としていた。破談になったのは残念なはずなのに、アダルの声は明るい。

どうしたんだ。フラれすぎて感性が壊れたのか？

「そんなに先方を怒らせたのか？　怒ったのは付き添いであって、ご令嬢本人じゃないんだろう？」

「うん。怒ったっていうより、笑ってたというか、励まされたというか」

どういう意味だ？　アダルはそのご令嬢と一体何の話をしたんだ？

見合い破談記録でも喋ったのだろうか。呆れられたのか？

「君は、着飾った女性に私以下だと言う以上に何か失礼な事を言ったのか？　注意したのに、なにか血生臭い話をしたとか」

「捕った鳥の首を落とした時、上手く足を縛らなかったら走っていって、そこらじゅう血塗れになって大変だった話はしたけど……」

そんなことを話したのか、アダルの馬鹿。

私の冷たい視線を受けて、アダルは慌てて頭を振った。ついでに私の頬に添えられていた手が離れる。

良かった。

冷静になるために、アダルから距離を取らなければ。

「そんな話をするから、呆れられたんだろう？」

「でも、ジェルトルーデ嬢だって『そういう事は良くありますよね、首を落としてもまだ動くんです。初めはびっくりしました』って笑ってたから、そこは怒ってないと思う」

うん？

なんだか妙な反応をする女性だなぁ。

王都から離れた領地で、牧畜が盛んだから、家畜の処理程度では動じないんだろうか？

では、一体どんなデリカシーのない発言をしたんだろう。

「ジェルトルーデ嬢からは、何と言われたんだ？」

「えーと、まず。夫となるお方から褒めていただく時は一番じゃないと困ります、って」

「うん。当たり前だな」

それをはっきり口にするのは、ちょっと変わっていると思うが、内容は間違っていない。

私の次だなんて褒め方をするアダルが悪いのだ。

「あと、シジスモンド卿とは本当に仲がよろしいのですね、って」

「そうなのか」

どうして私の名前が出てくるんだろう。相手方もアダルの身上調査をしたはずだから、交友関係のある貴族として名前が挙がったのだろうか。

「俺がシジスの話ばっかりしちゃうからかな？」

「……」

私は再び首を傾げる。

私の名前が話題に出ているとは、初耳だぞ。

「シジスがお店を紹介してくれたし、観劇の席も押さえてくれただろ。それを説明すると、どうしてもシジスのことばかり話すことになったんだ」

なるほど。別に私が手配したことなど、喋る必要はないのだが、正直者のアダルは言わずにはいられなかったわけだ。

余計な一言の気もするが、言って悪い内容ではない。

「ジェルトルーデ嬢から、一番に褒めるべきお相手は他にいらっしゃるようです。それは、私ではありませんね、って笑われた」

「誰だ？　それは。今まで、見合いをした百人のうちの一人か？」

アダルが言う通り、その台詞では確かにやり直しは認めてくれなさそうだ。

しかし、既に『一番』がいそうだと言われても、今まで百人にフラれているのにどうやって見つければいいんだろう。

「俺にも分からないよ。それ以上ジェルトルーデ嬢に聞いても教えてくれないし、笑っているし、侍女と執事は怒っているし」

情けない表情で、アダルも降参しようとしている。

私は急に、心が軽くなった。

『一番』は既にアダルの心の内にいるらしい。でも、それをアダル自身も良く分かっていないらしい。

その『一番』をもう一度見つけるまでは、私達の関係はこのままだ。あの胸に穴が空いたような寂しさが、消えていく気がする。

問題は先送りになっただけなのに。むしろ、恋愛という訳の分からない謎が増えたようなものなのに。

「仕方ないな、アダル。良く分からないが、一番になる人を探してみるしかないな」

「そう思うか？　シジス」

「当たり前だろう？」

手当たり次第にお見合いを繰り返していたアダルの新しい局面だ。

ファウス様の側近として、アダルに無事コーラテーゼ公爵家を継いでもらうのは、大事なことだ。協力は惜しまない。

「ありがとう、シジス！　見捨てられるかと思った」

力強く私が頷くと、アダルは急に抱きついてきた。長い両腕に締め上げられそうな勢いで抱き込まれる。

本当に。私よりよほど体格が良いのに、俊敏だとはズルすぎる。飛び掛かられたことに気づく前に、捕まえられてしまった。

「次こそ、ちゃんと未来の奥方を捕まえろよ」

「頑張る。すごく頑張る。捕まえたら、うなじに牙を立てて離さないようにする」

「やる気十分だな！」

妙に血の気の多い発言が混ざっているが、やる気の表れだろう。

食欲に欲求が振り切れているアダルにしては、上出来だ。

「君の気持ちはわかったから、とりあえず離せ。ファウス様のところに一緒に報告に行って、それからお見合い失敗焼肉をしよう。今度こそ、牛肉を仕入れてある」

「シジス、大好きだ！」

「君が好きなのは、牛肉だろう」

嬉しそうな声を上げて、体重をかけて伸し掛かってるので、大変重い。

アダルは、いつものアダルだった。

そして、私も。いつもの調子を取り戻せたんだ。

おわり

世界の乙女を幸せにする小説雑誌♥
小説b-Boy
ビーボーイ
読み切り満載!!
4月,10月
14日発売
A5サイズ
人気作家陣の
豪華新作めじろおし!
ヒットシリーズ最新作も登場♥
コラボ、ノベルズ番外ショート、
特集まで盛りだくさんでお届け!!
ビーボーイ編集部公式サイト
https://www.b-boy.jp
雑誌情報、ノベルズ新刊、イベントはここでお知らせ!
小説b－Boy最新号の試し読みもできるよ♥
イラスト／みずかねりょう

BBN B-BOY NOVELS ビーボーイノベルズ

SLASH B-BOY NOVELS ビーボーイスラッシュノベルズ

毎月19日発売！

新書判

「発情」シリーズ　岩本 薫　ill／北上れん

「眷愛隷属」シリーズ　夜光 花　ill／笠井あゆみ

「最凶の恋人」シリーズ　水壬楓子　ill／しおべり由生

多彩な作家陣
美麗なイラスト
恋心が溢れ出す
BL小説レーベル！

試し読みもできる♥
ビーボーイ編集部公式サイト
https://www.b-boy.jp

初出一覧

転生したら黒獅子王子のお友達でした！　美味しく食べられて伴侶になりました

※上記の作品は「ムーンライトノベルズ」
(https://mnlt.syosetu.com/)掲載の
「転生したら黒獅子王子のお友達でした！　食べられないように偏食克服させます」を加筆修正したものです。
(「ムーンライトノベルズ」は「株式会社ナイトランタン」の登録商標です)

はやく大きくなぁれ！　書き下ろし

探せ！　アダルの婚活必勝法　書き下ろし

弊社ノベルズをお買い上げいただきありがとうございます。
この本を読んでのご意見、ご感想など下記住所「編集部」宛までお寄せください。

リブレ公式サイトで、本書のアンケートを受け付けております。
サイトにアクセスし、TOPページの「アンケート」から
該当アンケートを選択してください。
ご協力お待ちしております。

「リブレ公式サイト」
https://libre-inc.co.jp

転生したら黒獅子王子のお友達でした！美味しく食べられて伴侶になりました

著者名　猫梟・由麒しょう

発行日　2021年5月19日　第1刷発行

発行者　太田歳子

発行所　株式会社リブレ

〒162-0825 東京都新宿区神楽坂6-46
ローベル神楽坂ビル
電話03-3235-7405(営業)　03-3235-0317(編集)
FAX 03-3235-0342(営業)

印刷所　株式会社光邦

装丁・本文デザイン　円と球

Printed in Japan
ISBN 978-4-7997-5254-8